Sabine Kaufmann

Das Kreuz des Südens

Sabine Kaufmann

Das Kreuz des Südens

Historischer Roman

SILBERBURG

Sabine Kaufmann wuchs am Bodensee auf, studierte Neuere und Neueste sowie Alte Geschichte. Von Karlsruhe aus war sie viele Jahre als Journalistin unterwegs, drehte und produzierte Filme fürs Fernsehen mit den Schwerpunkten Geschichte und Gärten. Heute lebt und arbeitet sie in Zürich.

1. Auflage 2018

Umschlaggestaltung: Anette Wenzel, Tübingen,
unter Verwendung des Kupferstichs
»Schloss Ludwigsburg: Nordgarten mit altem Corps de Logis«
und des Gemäldes »Alice« von Henry Tanworth Wells.
Lektorat: Gertrud Menczel, Böblingen.
Druck: Gulde-Druck, Tübingen.
Printed in Germany.

ISBN 978-3-8425-2084-4

Für Veronika

Lebt wohl, ihr Freunde! Sehn wir uns
Vielleicht zum letzten Mal,
So denkt, nicht für die kurze Zeit,
Freundschaft ist für die Ewigkeit,
Und Gott ist überall.

Aus dem »Kaplied« von
Christian Friedrich Daniel Schubart

I

Mundelsheim, Mai 1786

Aufmerksam musterte Lotte Morell ihr Spiegelbild im Hofbrunnen, dabei strich sie sich eine widerspenstige Haarsträhne aus dem Gesicht und klemmte sie schnell hinters Ohr. Könnte ich jemals eine andere sein? Die Gedanken geisterten unaufhörlich in ihrem Kopf herum. Wie fühlt es sich an, in die Haut eines andern zu schlüpfen, einen neuen Namen zu tragen, Leben gegen Leben zu tauschen? Ist es nur ein Versteckspiel mit Kleidern, Gesten und Gewohnheiten oder verändern sich eines Tages sogar die Bewegungen, die Gefühle, das eigene Ich?

Sie tauchte ihre Hände in das kalte Wasser des Hofbrunnens. Durch die fein gekräuselten Wellen, die sie dabei aufwarf, verzerrte sich ihr Gegenüber. Zwillinge konnten mühelos den Platz der Schwester oder des Bruders einnehmen. Andere, die sich eine fremde Rolle einverleibten, blieben Schauspieler. Bei Hofe, das hatte sie gehört, liebte man die Maskerade, die absichtliche Verwechslung. Sie zog ihre Hände, die vor Kälte kribbelten, aus dem Wasser, schüttelte sie und schlug den Weg zur Obstwiese ein.

Der Frühling hatte dieses Jahr lange auf sich warten lassen. Dann war er mit aller Kraft und Verschwendungslust gekommen. Anfang Mai war die Natur explodiert. Violette und gelbe Farbtupfer flammten in den Wiesen auf, zartes Grün durchflutete die Welt und verdrängte das Wintergrau. Es war, als würde sich die Natur häuten, eine andere werden.

Lotte setzte sich ins Gras, über ihr spannte sich eine Kuppel aus weißen Blüten, sie waren so dicht und üppig, als läge Schnee auf den Ästen. Ein Summen, Brummen und Surren erfüllte die Luft, die Kirschbäume spielten ihre eigene Frühlingsmusik. Sie streckte sich aus und genoss die wenigen Augenblicke, die sie für sich allein hatte. Nicht mehr lange, und der Bauer, bei dem sie in Diensten war, würde sie aufscheuchen und drangsalieren. Das ganze Jahr hindurch, von früh bis spät, bürdete er ihr die schwersten Arbeiten auf, den Schweinestall ausmisten, die Tiere füttern, hinter dem Pflug stehen oder die Garben dreschen. Doch das Schlimmste war, dass er sie bei jeder Gelegenheit begaffte. Und die Bäuerin schlich argwöhnisch hinter ihnen her, beobachtete jeden ihrer Schritte, getrieben von der Furcht, Lotte habe ein Auge auf diesen Grobian geworfen. Verkehrte Welt.

Entfliehen, dem eigenen Schicksal entkommen, Geschlecht und Herkunft ablegen und sich ein anderes Ich, wie eine zweite Haut, überstülpen, diese Gedanken waren wohl das Wunschbild eines blendenden Frühlingstages. In ihrem eintönigen Leben würde sich nichts ändern, sie blieb Lotte Morell, eine Bauernmagd.

2

Im Garten von Schloss Hohenheim

Nichts, er sah überhaupt nichts, durch seine schwarze Augenbinde drang kein Licht, er fühlte sich hilflos, fast ein wenig kläglich. Mit ausgestreckten Armen trippelte er vorwärts, lief ins Leere, seine Fußspitze ertastete den kiesbedeckten Weg – eine Mulde, über die wäre er beinahe gestolpert. Von hinten spürte er eine Berührung an der Schulter, er drehte sich hastig danach um, hüpfte von einem Bein aufs andere, wieder eine Berührung, noch eine, er drehte sich im Kreis, schneller und schneller. Ihm wurde schwindlig, Schweißperlen standen auf seiner Stirn, dass er nichts erkennen konnte, machte ihn ärgerlich. Fast hätte es ihm die Spielerei verleidet, als er samtweiche Haut spürte; er ertastete volle, geöffnete Lippen, die auf der Innenseite feucht waren. Hatte er soeben die Spitze einer Zunge berührt? Oder war es nur eine wunderbare Täuschung? Seine Hände glitten abwärts, streiften ein weites Dekolleté, der üppige Busen und die schmale Hüfte darunter erregten ihn. Obwohl blind, sah er ihr Antlitz genau vor sich. Ihrem lockigen, braunen Haar, der hohen Stirn, die Klugheit ausstrahlte, dem lieblichen Kinn, ihrer natürlichen Schönheit war er verfallen. Als er den weichen Leib an sich zog, durchfuhr ihn ein Beben. In dem Moment löste jemand die Augenbinde und sein Franzele strahlte ihn an. Eine unbestimmte Zahl Hofdamen stand im Halbrund um sie herum, kicherte und applaudierte. Herzog Karl Eugen stieß einen langen, tiefen Seufzer aus, seine Arme fielen schlaff an ihm herunter.

»Ich bin so neugierig, sehen wir uns die Arbeiten am Schloss an? Wie weit sind sie wohl seit unserem letzten Besuch vorangekommen?« Franziska von Leutrum sprühte vor Lebendigkeit.

Der Herzog nickte ihr wohlwollend zu und gewann seine innere Fassung zurück. Franziska war sein Augenstern und der Neubau des Schlosses Hohenheim ein tatkräftiger Beweis seiner Liebe. Er ergriff ihre Hand und zusammen schlenderten sie die Jägerallee des jüngst angelegten Schlossparks hinauf. Von den italienischen Pappeln, die man hier erst vor kurzem eingepflanzt hatte, ging eine wohltuende Kühle aus. In der Ferne hüteten Hirtenmädchen eine Herde Merinoschafe. Welch grandioser Einfall, in dem weitläufigen Landschaftspark ein württembergisches Dörfle errichten zu lassen. Wie oft hatte er sein Franzele zu dieser originellen Idee beglückwünscht? Die bäuerliche Idylle war perfekt, die Gipser und Maurer hatten ganze Arbeit geleistet. Inmitten strohgedeckter Fachwerkhäuser stand ein Dorfbrunnen, aus dem Mägde Wasser schöpften. Eine Meierei bot winzige Becher mit vergorener Milch feil, die säuerlich roch. Käselaibe türmten sich vom Boden bis zur Decke und hübsch bemalte Butterfässchen zierten die Auslage. Im Rathaus residierte ein Schultheiß und an einem künstlich angelegten Wasserlauf war sogar eine Mühle in Betrieb.

Franziskas Lieblingsort war die etwas abseits gelegene Köhlerhütte, die von außen einem Bretterverschlag glich, innen aber mit gelben Seidentapeten ausgestattet war und ihr als Bibliothek diente. Überall wimmelte es von Bauersleuten, die Rechen oder Sensen geschultert hatten, eine Magd trieb eine Schar Gänse vor sich her. Sobald die Bauern seiner Durchlaucht gewahr wurden, zogen sie ihre Kappe und verbeugten sich tief, die Bauersfrauen machten einen Knicks und verharrten mit gesenktem Blick, bis der Herzog an ihnen vorübergeschritten war. Kein Zweifel, als einziger deutscher Landesfürst konnte er mit Versailles, seinen Gärten und dem Hameau de la Reine von Marie-Antoinette wetteifern.

»Wie schön wäre es doch, wenn das Dörfle jeden Tag mit Leben erfüllt wäre«, sagte Franziska.

»Dein Wunsch ist mir Befehl, die Bauern der Umgebung sollen sich täglich im Dörfle einfinden, oder besser noch: Die Damen und Herren am Hofe verkleiden sich als Müller, Magd, Bauer oder Hirtenmädchen und tun hier Dienst.« Bei diesem Einfall huschte ein Lächeln über sein Gesicht.

Sie schlugen einen schmalen Weg ein, der durch ein schattiges Wäldchen führte. Unter Ahornbäumen erhoben sich antike Ruinen. Moosbewachsene korinthische Säulen stellten einen verfallenen Jupitertempel dar. Selbst das Grab Kaiser Neros, ein Gefängnis und ein römisches Bad hatte er errichten lassen. Der Park war eine Melange aus pittoreskem Dorf und römischer Ruinenlandschaft, er versinnbildlichte den Sieg der Tugendhaftigkeit über den Sittenverfall Roms.

Durch die Blätter einer Rotbuche erspähten sie den noch unvollendeten Westflügel des Hohenheimer Schlosses. Es sollte größer, schöner, moderner werden als jeder Bau, den der Herzog je zuvor in Auftrag gegeben hatte. Entsprechend der zeitgenössischen Mode favorisierte er klare Linien statt barocken Pomps, was nicht bedeutete, auf Bequemlichkeit zu verzichten. Das Landgut hatte er bereits vor Jahren Franziska geschenkt und das neue Schloss sollte ihrer beider Zuhause, ihre gemeinsame Zuflucht werden.

Doch so schön er sich das neue Schloss mit Säulen und einer gläsernen Kuppel auch erträumte, die Sache hatte einen Haken, einen gewaltigen Haken. Die Landstände weigerten sich, die aufgelaufenen Rechnungen zu bezahlen. Diese vermaledeiten Landstände, dachte er, dauernd rieben sie ihm unter die Nase, dass sein Hofstaat, vom einfachen Lakaien bis zum Oberhofmarschall, seine Reisen, Schlösser, seine luxuriösen Extravaganzen und nicht zu vergessen seine Liebschaften horrende Summen verschlangen.

Karl Eugen setzte sich auf eine Schaukel, die auf einem Spielplatz vor der Schlossbaustelle stand. Das Franzele berührte ihn an der Schulter und gab ihm von hinten einen leichten Schubs.

Selbst wenn das Volk ihn dafür verachtete: Seine rauschenden, zur Legende gewordenen Feste hatte er bis ins Letzte ausgekostet. Die herrlichsten Bilder stiegen in ihm hoch. Zu seinem fünfunddreißigsten Geburtstag hatte der Sprengmeister vierzehntausend Raketen entzündet, die als Palmen, Pfauenschwänze und Pyramiden den Himmel illuminiert hatten. Opern, Theaterspektakel, Soireen, eine Festivität hatte die andere gejagt. Meist ersann er die Abläufe seiner Vergnügungen selbst, darin war er meisterlich, unübertroffen. Die Maskenbälle und mittelalterlichen Reiterspiele, denen der Hofadel jedes Mal entgegenfieberte, waren spektakulär, ausgeklügelt bis ins Detail. Nicht umsonst hatte Casanova seinen Hof als den brillantesten von ganz Europa gerühmt. Er schaukelte höher und höher, kam dem hellblau leuchtenden Himmel, den dieser heiße Junitag hervorzauberte, immer näher. Ein Glanzstück seiner Vergnügungen war eine Schlittenfahrt gewesen, die er mitten im Sommer arrangiert hatte. Den Weg von Schloss Solitude nach Ludwigsburg ließ er damals mit Salz bestreuen. Schiffsladungen voller Salz hatten seine Kammerdiener aus italienischen Salinen herbeigeschafft. Den Schlitten, in dem er mit einer Mätresse saß, zogen vier weiße Hirsche vorbei an einer Allee blühender Orangenbäume. Die Raffinesse seines Einfalls beflügelte ihn immer wieder aufs Neue, ließ seinen Puls auch jetzt nach oben schnellen. Er fühlte sich, als könnte er fliegen. Beim Auf- und Abschwingen sah er das treuherzige Lächeln seiner Begleiterin, die etwas zur Seite getreten war und ihm mit ihren Blicken folgte. Die Landstände sollten seiner großen Liebe auf immer dankbar sein, schließlich hatte sie durch ihr geduldiges, liebreizendes Wesen sein gieriges Blut besänftigt, seine Leidenschaften gezähmt. Plötzlich erkannte er etwas weiter entfernt zwei Gestalten, die sich langsam dem Spielplatz näherten, und sein Glücksgefühl endete abrupt.

Er ließ die Schaukel ausschwingen, stieg herab und noch außer Atem murmelte er: »Ich hatte Sie völlig vergessen.« Karl Eugen zog die Falten seines Rocks glatt, der beim Schaukeln in Unordnung geraten war, und mit einer Geste deutete er dem ersten Minister des Staates und dem Generalmajor an, ihm zu folgen.

Vor dem »Wirtshaus zur Stadt Rom«, den Namen hatte Karl Eugen sich für die Lokalität in seinem Park selbst ausgedacht, war bereits alles für die Audienz unter freiem Himmel arrangiert. Der Schaumwein, der in langen Gläsern perlte, die kleinen Häppchen aus Wildpastete und geräuchertem Saibling konnten ihn nicht darüber hinwegtrösten, dass er sich lästigen Amtsgeschäften widmen musste. Erhitzt ließ er sich auf die samtenen Polster eines goldlackierten Sessels fallen. Diener in Livree eilten umher und versuchten in vorauseilendem Gehorsam die Mimik seiner Gesichtszüge, jede Bewegung seines Körpers zu deuten.

»Geld, immer fehlt es an Geld.« Karl Eugen blies die Backen auf, seine spröde Haut wölbte sich nach außen wie bei einem quakenden Frosch. Er hielt die Luft an, dabei stach das Weiß seiner Augen hervor, dann presste er die Luft mit einem leisen Pfeifton heraus. »Jedes Mittel ist mir recht, wenn es nur frisches Geld in meine Kasse spült.«

Staatsminister Eberhard von Kniestedt, der es ohne Aufforderung nie gewagt hätte, sich an die lange, gedeckte Tafel zu setzen, zwinkerte mit den Augen.

»Geld aus Papier, das man unbegrenzt drucken könnte, und meine Schulden würden sich in Luft auflösen!« Der Herzog grinste verwegen und trank ein Schlückchen Schaumwein.

»Durchlaucht, ich verstehe nicht?«, antworte von Kniestedt.

»Meine Herren, ich habe Sie rufen lassen, denn im Staatshaushalt klaffen tiefe Löcher.«

Das ist ja nun nichts Neues, dachte von Kniestedt. Seit der Thronbesteigung Karl Eugens, seit drei Jahrzehnten, herrscht Dauerebbe in der Staatskasse.

»Die Lage ist ernst, wir brauchen eine neue …«

»Eine neue Steuer?«, unterbrach ihn von Kniestedt. »In Württemberg gibt es über vierhundert verschiedene Abgaben, Durchlaucht. Bereits jetzt beschweren sich die Landstände über die drückende Steuerlast. Es wird schwer werden, ihnen eine weitere Steuer abzuringen.«

Karl Eugen hätte seinen Staatsminister am liebsten zum Teufel gejagt. Mit welch unermüdlicher Hartnäckigkeit er ihm ständig die Klagen der Landstände vorheulte!

Der Herzog erwiderte: »Aber nein, wie wäre es etwa mit einer Staatslotterie? Städte, Gemeinden, Zünfte und besonders die Klöster sollen sich an einem Glücksspiel beteiligen, und am Ende gewinnt immer der Herzog?« Karl Eugen lachte auf.

Eberhard von Kniestedt, der vom Äußeren, seiner Körpersprache und dem hellen Ton seiner Stimme dem Typ eines vertrockneten Gelehrten entsprach, räusperte sich laut und hielt dem Blick Karl Eugens länger stand als gewöhnlich.

»Spaß beiseite.« Der Herzog deutete mit einer leichten Kopfbewegung Richtung Baustelle. »So schön und weitläufig das neue Schloss auch wird, es verschlingt Unsummen und die Landstände weigern sich zu zahlen.«

Die Finanzen sind das Rückgrat eines Staates, warum hat er nur nie gelernt, mit Geld umzugehen, dachte von Kniestedt und zog die Stirn in Falten.

»Gnade meiner Geburt habe ich beschlossen, ein Söldnerheer auszuheben, damit ließen sich die finanziellen Engpässe des Landes auf einen Schlag lösen.« Der Herzog schob sich genüsslich einen Bissen Wildpastete in den Mund.

»Wie damals 1757, als unsere Kompanien an der Seite der Franzosen in den Krieg gezogen sind?« Der Generalmajor Ferdinand Friedrich von Nicolai meldete sich nun zu Wort. Trotz seiner sechzig Jahre hatte er eine athletische Figur, sein volles weißes Haar verlieh ihm die Würde eines Diplomaten. Dass er vier Sprachen, neben Deutsch, Englisch und Französisch auch Russisch sprach, dazu hervorragende Kenntnisse in Latein und Griechisch besaß, verheimlichte er selten.

»Sie verstehen, was ich meine«, sagte der Herzog, der den Generalmajor wegen seines blendenden Aussehens insgeheim verachtete. Um seinen Verdruss hinunterzuspülen, griff er nach seinem Glas, das ein Diener wieder mit Schaumwein gefüllt hatte.

Was war das damals für ein Husarenstück, dachte der Herzog, als er im Siebenjährigen Krieg sechstausend Mann an die Franzosen verkauft hatte. Seine Untertanen kämpften in der Schlacht bei Leuthen gegen die Armee Friedrichs des Großen. Leider hatten seine Württemberger keinen guten Ruf. Sobald sie in der Nähe eines Schlachtfeldes auftauchten und Rauchschwaden über sie hinwegzogen, bekamen diese Feiglinge weiche Knie und türmten. Dann die Schmach vor zehn Jahren. Die Engländer hatten sein Verkaufsangebot einfach ausgeschlagen. Seine Männer seien keinen Schuss Pulver wert. Damals, während des Unabhängigkeitskrieges, hatte der Landgraf von Hessen-Kassel das dicke Geschäft gemacht und siebzehntausend Soldaten an die Briten verschachert. Jeder Zweite der Unglücklichen ruhte nun in amerikanischer Erde. Im Grunde war Karl Eugen jegliches Gemetzel zuwider, die blutige Realität konnte es nicht mit seinen Feldlagern aufnehmen, in denen er als junger Herzog Schlachten nachgestellt hatte. Gefahrlos konnte er dort in der Rolle des wagemutigen Helden posieren und hinterher sogar fürstlich tafeln.

»Durchlaucht, wer soll die Gnade Ihrer Gunst empfangen?«, fragte von Kniestedt, der sich noch immer vor der gedeckten Tafel seine Beine in den Bauch stand.

»Ich habe eine Anfrage von den Holländern erhalten.« Der Herzog zog einen Brief aus der Innentasche seines Rocks hervor.

»Den Holländern?«

»Genau genommen ist es die Vereinigte Ostindische Kompanie. Und ich habe bereits meine Geneigtheit signalisiert.« Karl Eugen wedelte mit dem Umschlag.

»Weihen Sie uns in die Hintergründe ein?«

»Wie Sie wissen unterhält die edle Kompanie am Kap der Guten Hoffnung eine Handelsniederlassung. Es ist eine Art Zwischenstation auf dem Weg nach Batavia. Die holländischen Kaufleute sind beunruhigt. Sie befürchten, dass die Engländer ihren Handelsposten erneut angreifen werden.«

»Wenn ich mich recht entsinne, haben englische Schiffe die Kapkolonie schon einmal vor fünf Jahren bombardiert«, sagte von Nicolai.

Der Herzog nickte. »Zu unserem Glück hat die edle Kompanie einen unersättlichen Hunger nach Soldaten.«

»Zur Verstärkung ihrer eigenen Garnison?«

»Und zur Sicherung des Seeweges nach Ostindien, wenn ich die Holländer richtig verstanden habe.«

Von Kniestedts Magenwände zogen sich zusammen, nicht etwa, weil der Herzog inzwischen eine Flasche Schaumwein geleert, alle Häppchen der Wildpastete verschlungen hatte und sich nun über die Süßigkeiten hermachte, die ein Diener servierte. Ihn beschlich ein großes Unbehagen, wenn er daran dachte, dass beim letzten Soldatenhandel Hunderte von Württembergern auf den Schlachtfeldern im Herzen Europas ihr Leben gelassen hatten. Und jetzt sollte es nach Afrika gehen, das war ein sicheres Todesurteil.

»Wie werden wir die Truppen ausheben?«, fragte von Nicolai.

»Ich denke an die übliche Vorgehensweise: Versprechen Sie den Rekruten einen großzügigen Sold. Niemand soll denken, ich sei ein Unmensch.«

»Sie meinen, jemand wird sich freiwillig melden.«

Der Herzog fixierte sein Gegenüber scharf. »Freiwillig, gut zugeredet, ein wenig nachgeholfen, wo ist da der Unterschied. Sie sind der Militärexperte. Seien Sie erfinderisch. Auf keinen Fall möchte ich mich bei den Holländern blamieren.«

»Sicher, Durchlaucht.«

»Sorgen Sie dafür, dass so viele junge Männer wie möglich angeworben werden.«

»Wir werden keine Mühe scheuen.«

»Diese zimperlichen Holländer ließen mich wissen, sie wollten keine Kinder in Soldatenröcken. Dabei ist doch allen klar, dass man mit sechzehn längst erwachsen ist. Senken Sie die Altersgrenze von achtzehn auf sechzehn Jahre.« Karl Eugen schlug mit der flachen Hand auf die Tischplatte. »Meine Herren, die Zukunft Württembergs lastet auf ihren Schultern. Von Kniestedt, überprüfen Sie, ob der Soldatenverkauf außenpolitische Turbulenzen heraufbeschwören kann. Außerdem ringen Sie den Landständen eine wohlwollende Antwort für dieses Unternehmen ab.«

Diesmal wollte der Herzog in keinem schlechten Licht erscheinen, sein Ansehen als gütiger Landesvater dürfe keinen Schaden nehmen. Niemand solle Gelegenheit bekommen, ihn zu verhöhnen, schon gar nicht dieser elende Friedrich Schiller. Der vermaledeite Schreiberling hatte ihn in seinem jüngsten Stück »Kabale und Liebe« öffentlich diffamiert. Anstatt seiner fürstlichen Durchlaucht auf ewig dankbar zu sein, in der Hohen Karlsschule eine erstklassige Ausbildung zum Medikus genossen zu haben, verunglimpfte er ihn als grausamen Menschenhändler. Karl Eugen glaubte, kochendes Blut schieße durch seine Adern, wenn er an Schillers Unverschämtheiten dachte: Der Herzog habe mit dem Elend seiner Untertanen die Gunst einer Mätresse erkauft, behauptete dieser Schuft. Sollte es Schiller noch einmal wagen, württembergischen Boden zu betreten, dann blühte ihm dasselbe Schicksal wie seinem Intimfeind Christian Friedrich Daniel Schubart. Jahrelang hatte der Dichter seinen Spott mit dem Herzog getrieben. Schließlich hatte Karl Eugen diesen Grobian im Staatsgefängnis Hohenasperg außer Gefecht gesetzt. Wenn es nach ihm ginge, könnte Schubart bis zum Ende aller Tage in dem finsteren Loch schmoren. Wirklich, das schreibende Halunkenpack machte ihn rasend. Gift und Galle könnte er spucken. Minuten vergingen, bis der Herzog sich wieder gefangen hatte. Dann lächelte er und sagte: »Herr von Nicolai, Ihnen habe ich eine besondere Aufgabe zugedacht. Machen Sie Urlaub.«

Der Generalmajor schaute verblüfft.

»Reisen Sie in die Niederlande und treffen Sie sich mit dem Abgesandten der Kompanie, ich will Resultate sehen.«

»Durchlaucht, ich habe kein größeres Verlangen, als mich der Gunst seiner Durchlaucht würdig zu erweisen.«

Beide Herren schlugen die Hacken ihrer Lederstiefel aneinander, verbeugten sich vor der Tafel und verließen rückwärts mit gesenktem Kopf das »Wirtshaus zur Stadt Rom«.

Mein Gott, durchfuhr es den Herzog, wie lange hatte er sein Franzele schon warten lassen, hoffentlich war sie nicht ungehalten mit ihm. Er zog seine Serviette aus dem Kragen, an der braune Essensreste klebten, und eilte zum Langen See. Franziska erwartete ihn bereits am Steg. Sie bestiegen eine venezianische Gondel, ein Hochzeitsgeschenk, das er für sie in der Lagunenstadt erworben hatte.

Langsam entspannten sich seine Gesichtszüge, im Grunde war er mit sich zufrieden. Durch den Soldatenhandel mit den Holländern konnte Schloss Hohenheim nun endlich fertig gebaut werden. Er ließ seine Hand durchs Wasser gleiten, samtig und weich fühlte es sich an. Gekräuselte Wellen plätscherten gegen die Bordwand der Gondel, Schlangenlinien folgten ihnen.

Wie befohlen fuhr Generalmajor Ferdinand Friedrich von Nicolai in Urlaub. In Arnheim traf er auf einen Herrn de Knecht, Bevollmächtigter der Kompanie, mit dem er schnell handelseinig wurde. Selbst die lästige Frage der Altersgrenze ließ sich zügig regeln. Die Herren kamen sich bei einem Alter von siebzehn Jahren entgegen.

Drei Monate später, im September 1786, hielt Karl Eugen den Vertrag mit der Vereinigten Ostindischen Kompanie in Händen. Zufrieden stellte er fest, die Kasse stimmte. Pro Soldat würde der Herzog einhundertsechzig Gulden von den Holländern erhalten. Die Passage, in der sich die Kompanie das Recht herausgenommen hatte, die Soldaten in jeden Winkel der Welt verschicken zu können, überlas er. Ausländische Reibereien seien durch den Handel nicht zu befürchten und selbst die Landstände würden ihm diesmal keine Knüppel zwischen die Beine werfen.

»Ich wusste es doch: Nichts ist unmöglich.« Karl Eugens Leitspruch bewahrheitete sich auch diesmal.

3

Ludwigsburg

Es war ein herrlicher Sonntagnachmittag im September. Der Spätsommer zeigte sich von seiner schönsten Seite. Der Tag war warm und mild, ein leichtes Lüftchen wehte von West und die Welt des Oberstleutnants durchströmte ein sattes goldgelbes Licht – es war genau so, wie Theobald von Hügel das Leben liebte. Er saß am runden Esstisch seiner mit Teppichen, Kommoden und Lüstern überfüllten Stube. Samtkissen türmten sich neben ihm auf dem Kanapee und ein schwerer Moschusduft erfüllte den Raum. In seiner Hand hielt er eine breite Porzellantasse, gefüllt mit Kaffee, den er langsam schlürfte, dabei stöhnte er genüsslich. Eine Wildkatze, sein Fräulein Kayser war eine Wildkatze. Ihren Geruch hatte er noch in der Nase und ihre festen Hände mit den langen, scharfen Nägeln würde er selbst Stunden später noch auf seinem Körper spüren.

Marianne Kayser war seine Verlobte, die zukünftige Mutter einer hoffentlich großen Kinderschar und die einzige Schwäche, die der Oberstleutnant besaß. Es störte ihn nicht, dass sie morgens spät aufstand, ihre Kleider und Schminkdöschen in der gesamten Wohnung liegen ließ und nur wenig Interesse zeigte, sich dem Einerlei des Haushalts zu widmen. Wozu auch? Schließlich gab es Dienstboten. Meisterhaft war sie, wenn es darum ging, eine Gesellschaft zu organisieren, lustvoll und ausgelassen konnte sie feiern, in Württemberg wohl nur übertroffen von den Vergnügungen des Herzogs, die er leider nur vom Hörensagen kannte.

Die weiten Seidenärmel des aprikosenfarbenen Negligés, nur eines seiner zahllosen Geschenke, die ihre Schränke bis zum Rand füllten, flatterten, als Marianne hereinrauschte. Sie setzte sich auf seinen Schoß und wischte ihm zärtlich den Kaffeeschaum vom Mund. Wenn sie ihre langen, dunkelbraunen Haare nach oben gesteckt hatte, kam der unwiderstehliche Schwung ihres Nackens zum Vorschein. Der Linie ihres Halses war der Oberstleutnant verfallen. Oder war es ihre alabasterweiße Haut, die ihm den Verstand raubte? Ihre Augen mit den auffallend langen Wimpern hatten denselben Farbton wie ihre Haare, an den Hüften besaß sie barocke Rundungen. Sie war genau zweiundzwanzig Jahre jünger als der Oberstleutnant.

»Ich finde es furchtbar, wenn du mich alleine lässt, viel lieber würde ich mit meinem süßen Hamster …«, dabei wiegte sie den Kopf in Richtung Schlafzimmer.

»Mein süßer Hamster!« – Hügel wäre vor Scham im Boden versunken, wenn sein Kosename unter den Soldaten die Runde gemacht hätte. Inständig bat er seine Verlobte, ihn nicht wie dieses Wühltier zu nennen, was Fräulein Kayser nach Herzenslust ignorierte. Er konnte ihr nichts verübeln, ihr nicht widerstehen, in ihrer Nähe war er butterweich. Jede freie Minute verbrachte er am liebsten mit ihr.

Seinen Spitznamen führte Hügel, so ehrlich war er zu sich selbst, auf die Physiognomie seines runden Gesichts mit den vollen Pausbacken zurück. Dazu hatte er eine niedrige Stirn und wulstige Lippen. Seine dünnen, aschblonden Haare trug er in der Mitte gescheitelt. Das Einzige, was ihm einen markanten männlichen Zug verlieh, war eine tiefe Furche im Kinn. Seine Figur glich, wie er sich zugutehielt, der des Herzogs. Die Paradeuniform, die er erst seit vier Monaten besaß, klemmte bereits wieder unter den Achseln. Als er seine militärische Ausbildung begonnen hatte, war er drahtig, sportlich, ein begnadeter Fechter gewesen. Die Zeit war unbarmherzig gegen seinen Körper.

»Dienst ist Dienst, so leid es mir tut.«

»Wieso Dienst? Ich denke, du bist der Chef und kannst kommen und gehen, wann du willst?«

»Generalmajor von Nicolai hat seinen Besuch angekündigt.«

»Was kann er wollen?«

»Nur so viel: Es muss eine wirkliche große Sache sein, andernfalls würde der alte Halunke nicht sonntags seine Knochen in die Kaserne schleppen.«

»Spann mich nicht zu lange auf die Folter, ich zerspringe vor Neugier.«

»Wie könnte ich.«

»So ist es brav.«

»Und du, mein Goldkäfer, werde mir ja nicht untreu, solange ich weg bin.« Hügel ließ seine Hand sacht über ihre Haut gleiten. Seinen Kopf drückte er tief in ihr Dekolleté.

»Niemals, versprochen.« Sie lachte laut auf.

Marianne Kayser hatte Hügel in einem anrüchigen, schummrigen Kabarett kennengelernt, in dem sie auftrat. Jeden Abend war er gekommen, um sie zu hören. Alleine saß er an der Theke, starrte sie mit offenem Mund und nach vorne gestülpten Lippen an, als wolle er den Klang ihrer Stimme, jede Bewegung ihres Körpers in sich aufsaugen. Erst wenn sie hinter der Bühne verschwunden war, begleitet von lautem Klatschen und unter dem frivolen Gejohle der Gäste, wandte er seine Augen ab.

Ihr erstes festes Engagement im »Roten Salon« war, wie sie selbst fand, der hoffnungsvolle Versuch gewesen, ihrer Karriere als Sängerin und Tänzerin Schwung zu verleihen. Da sie sich dabei der Missgunst ihres Vaters sicher sein konnte, legte sie sich umso mehr ins Zeug. Sie flirtete mit den Soldaten, verteilte Handküsse und zeigte freimütig die nackte Haut ihrer Beine. Sie unternahm alles, um ihrem Vater zu missfallen.

Als Marianne noch ein kleines Mädchen war, hatte ihre Mutter in aller Stille die Koffer gepackt und das Haus in Ludwigsburg verlassen. Angeblich sei sie mit einem Franzosen durchgebrannt und lebe in Paris, hieß es. Ihr Vater hatte die Kränkung nie überwunden, er zog sich zurück, wurde von Jahr zu Jahr mürrischer und wortkarger, es schien, als spreche er nur noch mit seinen geliebten Pferden. Seiner Tochter gegenüber war er streng und unerbittlich, ihren Wunsch zu singen und Klavier zu spielen missachtete er, schickte sie stattdessen zwei Jahre lang zu Nonnen, die ihr Gehorsam und Anstand beibringen sollten. Marianne war es, als ließe er sie für die Verfehlungen ihrer Mutter büßen. Doch ihren Willen konnten weder er noch die Nonnen brechen. Je mehr man sie drangsalierte, einsperrte oder bestrafte, desto unbändiger und aufsässiger wurde sie. Mit neunzehn tat sie es ihrer Mutter gleich, packte die Koffer, tingelte von Etablissement zu Etablissement und landete schließlich im »Roten Salon«.

Wochen vergingen, bis Hügel sie nach einer Vorstellung endlich ansprach. Er lud sie ein und hielt eine Stunde lang ihre Hand. Dann wartete er jeden Abend auf sie, überhäufte sie mit Geschenken, Blumen oder Pralinen. Dass er wesentlich älter war, störte Marianne nicht. Irgendwann gab sie seinem Drängen nach und zog bei ihm ein. Ihren Vater ließ sie wissen, dass sie ihre Gesangskarriere unterbrochen habe und ohne Trauschein mit einem zweiundzwanzig Jahre älteren Mann zusammenlebe. Marianne genoss den Luxus und die Freiheiten, die Hügel ihr bot. Sie lebte das Leben einer Müßiggängerin, gab sich beschaulichem Nichtstun hin, ohne einen Gedanken an morgen zu verschwenden.

An diesem fabelhaften Spätsommertag schlenderten verträumte Sonntagsmenschen durch die Straßen von Ludwigsburg. Verliebte Paare schmiegten sich dicht aneinander, saßen auf Parkbänken und schauten sich tief in die Augen.

Mütter versuchten vergeblich, ihre schreienden Kinder zu beruhigen. Man sah stattliche Herren, bekleidet mit Frack, Zylinder und schwarzen Kniebundhosen, sowie Damen in langen Kleidern, mit auffallend pompösen Hüten. Versonnen flanierten sie durch die Alleen entlang des Residenzschlosses.

Spazierengehen, diesem Zeitvertreib für Weichlinge konnte Hügel nichts abgewinnen. Sinn- und ziellos die Füße plattdrücken, wozu sollte das gut sein? Ein richtiger Mann ging auf die Jagd oder liebte eine Frau, dazwischen gab es nichts. Er durchquerte die Lindenstraße, am Holzmarkt bog er in die Fasanenstraße ein und erreichte schnellen Schrittes die Kaserne.

Theobald von Hügel war der Abkömmling eines unbedeutenden elsässischen Adelsgeschlechtes, dessen Stammsitz, eine einsturzgefährdete Burg, in der Nähe von Hagenau lag. Sein Vater und Großvater hatten als Generäle in der französischen Armee gedient. Die militärische Laufbahn war ihm somit in die Wiege gelegt worden. Mit einundzwanzig Jahren trat er in die Dienste Karl Eugens. In Kürze kämpfte er sich nach oben, erst Rittmeister, dann Major und schließlich Oberstleutnant. Dieser militärische Titel zierte ihn seit vierzehn Jahren, oder anders gesagt: Seit vierzehn Jahren trat er auf der Stelle. Seine Mutter, eine Baroness aus Franken, lag ihm ständig in den Ohren, ob der Rang eines Oberstleutnants schon das Ende seiner Karriere sei, er müsse ehrgeiziger sein und sich ein Vorbild an seinem Vater und Großvater nehmen. Er ließ das Gerede seiner Mutter über sich ergehen, schließlich hatte sie ihm bereits einen Vorschuss auf sein Erbe ausgezahlt, ohne den er sein Fräulein Kayser unmöglich verwöhnen konnte.

Am Kasernentor salutierten die wachhabenden Soldaten, als ihnen Hügel entgegenkam. Ein wenig verschwitzt betrat er schließlich sein Arbeitszimmer. Es blieben ihm nur wenige Augenblicke, bis der Generalmajor eintreffen würde. Ohne dass er eine Antwort auf die Frage gefunden hatte, was dieser Besuch eigentlich bezweckte, klopfte es bereits an der Tür und Nicolai trat ein.

»Stehen Sie bequem, stehen Sie bequem, nur keine unnötigen Verrenkungen.«

Hügel war aufgesprungen und hatte Nicolai soldatisch, mit der flachen Hand an der Stirn gegrüßt. Langsam lockerte er Muskel für Muskel seines Körpers. Der joviale Tonfall seines Vorgesetzten verriet ihm, dass es sich um etwas Außergewöhnliches handeln musste.

»Hören Sie, Hügel, ich war in Holland.«

»In Holland?«

»Offiziell im Urlaub.«

»Und inoffiziell?«

»Die Sache ist völlig geheim, außer dem Herzog, dem Staatsminister, mir und ab heute auch Ihnen weiß niemand etwas davon.«

Jetzt wird es tatsächlich spannend, dachte Hügel.

»Der Herzog will ein neues Regiment ausheben und braucht dafür selbstverständlich einen neuen Kommandanten.«

Hügel nickte eifrig.

»Freuen Sie sich, die Wahl seiner Durchlaucht fiel auf Sie, mein lieber Oberst.«

»Oberst?«

»Ja, ich gratuliere Ihnen, Sie werden zum Kommandanten des neuen Regiments Württemberg ernannt und sind ab heute Oberst.«

»Das ist eine große Ehre.«

»Seien Sie nicht so bescheiden. Aus meiner Sicht war es längst überfällig, Sie zu befördern.« Von Nicolai näherte sich Hügel und klopfte ihm auf die Schulter.

»Ich versichere dem Herzog meinen untertänigsten Gehorsam, meine absolute Treue und Beflissenheit zu jeder Zeit.« Ein kaum sichtbares Lächeln huschte über sein Gesicht.

»Ich habe nichts anderes erwartet.«

»Sie erwähnten Holland?«

»Ja, kommen wir zum Kern der Sache. In Holland habe ich erstklassige Bedingungen für seine Durchlaucht ausgehandelt.«

Hügel sah ihn mit offenem Mund an.

»Die Vereinigte Ostindische Kompanie braucht Soldaten, sehr viele Soldaten, genau genommen ein Infanterieregiment, das aus zwei Bataillonen zu je fünf Kompanien besteht. Außerdem sind wir vertraglich verpflichtet, eine Artilleriekompanie, die über acht Kanonen und vier Haubitzen verfügt, aufzustellen. Insgesamt sprechen wir von dreitausend Grenadieren.«

»Wo werden wir stationiert sein, in Holland?«

Mit einem spöttischen Unterton lachte Nicolai kurz auf: »Holland, etwa Muscheln sammeln am Nordseestrand? – Mann, wovon träumen Sie?«

Hügel wartete ab, jetzt durfte er keinen Fehler mehr machen, sonst war er das Kommando schneller los, als er es bekommen hatte.

»Es geht nach Afrika, ans Kap der Guten Hoffnung.«

Hügel verzog keine Miene: Afrika. Außer dass es dort heiß sein sollte, sehr heiß sogar, wusste der frisch gekürte Oberst nichts von diesem Land.

»Die Holländer wollen am Kap eine Artillerieschule aufbauen, nur mit den besten Köpfen, versteht sich. Der Abmarsch des Bataillons ist auf Mitte März 1787 geplant.«

»Es ist demnach allerhöchste Eile bei der Aufstellung des Regiments geboten, wenn ich das bemerken darf.«

»Sie dürfen. Aber keine Sorge, wir haben einen erfahrenen Rekrutenwerber verpflichtet. Er versteht es, schnell und vor allem geräuschlos zu agieren.«

Kein Aufsehen zu erregen war für den Erfolg einer Anwerbungstour ausschlaggebend, das war Hügel bewusst. Mit verstörten Ehefrauen, Geliebten oder Schwestern, die vor dem Kasernentor zeterten, musste man immer rechnen. Aufrührerisch, gar zersetzend waren diese elenden Schreiberlinge, die ihre Federn zückten, ihre verqueren Ergüsse ausschwitzten, um dann Militär und Krone seitenweise durch den Dreck zu ziehen. Wenn es ihnen gelang, mit ihren aberwitzigen Hasstiraden den gemeinen Mann aufzuhetzen, war der Schaden irreparabel. Den Dichter Friedrich Schiller würde Hügel nie verstehen. Warum brauchte man die Freiheit des Geistes, wenn es eine Dienstvorschrift gab?

»Was ist mit der Ausrüstung?«

»Dafür hat jeder Offizier selbst zu sorgen. Bevor ich es vergesse, der Kommandant erhält fünfhundert Gulden im Monat, ab sofort.«

Hügel war, als würde er an diesem Septembertag von einer Welle des Glücks getragen. Er übersah sogar die Spaziergänger, die sich mittlerweile auf dem Nachhauseweg befanden. Was für ein Triumph, man hatte ihn zum Oberst befördert und ihm ein Kommando in Afrika anvertraut. Mit siebenundvierzig würde er nochmals in den Ring steigen und allen zeigen, welch ein Teufelskerl in ihm steckte. Sein Fräulein Kayser würde ihn dafür lieben. Im Grunde war es völlig gleichgültig, wo sie ihre Sonntage miteinander verbrachten, allein auf das Wie kam es an. Und tatsächlich, nachdem Marianne die Neuigkeiten gehört hatte, liebte sie ihn erst leidenschaftlich, dann innig.

4

Mundelsheim

»Verschwinde, wir können dich hier nicht gebrauchen.«
»Ich wollte nur fragen, ob …«
»Es interessiert mich nicht, hast du verstanden?«

Lotte, die am Tresen stand, drehte sich um und ließ ihren Blick durch die Wirtsstube streifen, die bis auf den letzten Platz besetzt war. Die weintrinkenden Gäste gestikulierten mit Händen und Armen, schlugen sich auf die Schultern und grölten ein wenig zu laut. Dicker Tabakrauch waberte wie frühmorgendlicher Nebel durch den Raum.

Das »Gasthaus zum Wilden Mann« war ihr vielgeliebtes, elterliches Zuhause gewesen. Hier hatte sie eine endlose Reihe glücklicher Tage verbracht, die Erinnerung an ihre Kindheit bewahrte sie wie einen Schatz. An Feiertagen hatte ihre Mutter die Tische in der Gaststube mit gestärktem Leinen und feinem Geschirr eingedeckt. Die kantigen Bügelfalten wölbten sich über dem Holz und formten akkurate Rechtecke. Das Leinen wurde von rotleuchtenden Blumenbordüren gesäumt und in den hauchdünnen Tellern verfing sich das Sonnenlicht. Immer freitags zog der Duft von frisch gebackenem Hefezopf aus der Küche und erfüllte das ganze Haus. Lottes Mutter stammte aus bürgerlichen Kreisen und hatte viel Wert darauf gelegt, dass ihre beiden Töchter außer kochen und nähen auch rechnen, lesen und schreiben lernten.

Ihr Vater, Küfer und Bürgermeister des Ortes, durchstreifte mit Lotte die heimischen Wälder und Wiesen. Schon als Kind konnte sie das Getreide bestimmen, noch bevor es reif war, die Formen der Blätter verrieten ihr die Namen der Bäume. An Sommerabenden saßen sie lange im Hof und erzählten sich Geschichten oder lauschten dem Zirpen der Grillen. Damals hatte Lotte geglaubt, die Zeit würde stillstehen, Gegenwart und Zukunft seien aus demselben kostbaren Material gewoben.

»Mein Dienstherr hat mich vor die Tür gesetzt. Er …«

»Geschieht dir wahrscheinlich ganz recht.«

»Ich will doch nicht viel, nur essen und trinken.«

»Wir können niemanden durchfüttern, schlimm genug, dass uns deine Schwester ständig zur Last fällt.«

»Ich bin hartes Arbeiten gewöhnt.«

»Hartes Arbeiten? Das wüsste ich aber.« Lottes Stiefmutter schnaubte und stemmte ihre Hände in die Hüften.

»Der ›Wilde Mann‹ ist auch mein Zuhause, es ist mein gutes Recht, hier zu sein.«

»Was fällt dir ein, dein Vater und deine Mutter sind seit einer Ewigkeit tot. Das Wirtshaus gehört mir allein, mir und meinen Söhnen.«

»Das ist …«

»Das ist was? Schon vergessen, dein Vater lief mir hinterher, kurz nachdem eure Mutter gestorben war. Wie ist er mir um den Hals gefallen, als ich ihn getröstet und den Dreck weggeputzt habe.«

Lotte senkte ihren Kopf. »Ich weiß nicht weiter.«

»Such dir woanders eine Bleibe, wir können dich hier nicht gebrauchen«, sagte ihre Stiefmutter bestimmend.

»Ich, es ist schrecklich, …«

»Hau ab, oder soll ich den Hund holen?«

Ihre Stiefmutter besaß das Naturell eines Schlachtrosses, sie war einfältig und gierig, darüber hatte sich Lotte nie getäuscht. Aber dass man sie eines Tages aus ihrem Elternhaus hinauswerfen würde, lag völlig außerhalb ihrer Vorstellungskraft.

Lotte erschrak, als sie in die Gesichter der Gäste sah. Erst jetzt bemerkte sie, welch Gesindel im »Wilden Mann« ein- und ausging: Jede Menge Soldaten und Tagelöhner in schmutzigen Kleidern hockten zusammen. Besinnungslos schütteten sie Wein in sich hinein, spielten Würfel oder stritten miteinander, jemand spuckte auf den Boden. Ein junger Kerl mit wilden, pechschwarzen Haaren lag besoffen auf einer Tischplatte und schnarchte. Der Dielenboden war fleckig, die Stühle knarrten. Es roch nach Vergorenem. Der »Wilde Mann« hatte seine Seele verloren. Es war, als würde ein Teil von ihr sterben.

»Hast du noch immer nicht verstanden?«

»Warum sind so viele Soldaten hier?«

»Der Herzog lässt anwerben.«

»Ist Krieg?«

»Nein, für Afrika, erzählt man sich.«

»Afrika?«

»Die Männer werden nach Ludwigsburg gebracht.«

»Sind es viele, die anheuern?«

»Was schert es dich?«

Lotte zuckte mit den Schultern.

»Hau endlich ab und komm ja nicht wieder«, schrie ihr die Stiefmutter hinterher.

Wie eine geprügelte Bettlerin trat Lotte hinaus in die sternenlose Oktobernacht. Sie machte ein paar Schritte und blieb in der Dunkelheit stehen. Von weitem hörte sie das Kläffen eines Hundes. Konnte man sich einsamer und verlorener fühlen? Es war erst zwei Tage her, dass der Bauer sie verprügelt hatte. Die Beule oberhalb der Schläfe war blau angelaufen und schmerzte höllisch. Sie spürte, wie das Blut in immer heftigeren Stößen durch ihre Adern rauschte. Achtzehn Monate hatte sie bei diesem Grobian als Magd geschuftet, achtzehn Monate, davon war er ihr den Lohn eines ganzen Jahres schuldig geblieben. Als sie diesen einforderte, kam es zum Streit. Plötzlich hatte der Bauer nach einer Zange gegriffen und sie ihr über den Kopf geschlagen. Dann wurde ihr schwarz vor Augen, sie konnte sich an nichts mehr erinnern. Als Lotte wieder aufwachte, lag sie mit zerfetzten Kleidern und blutverschmierten Schenkeln in einem Graben.

Unbändige Wut und Verzweiflung schnürten ihr die Kehle zu, sie schluchzte, dann schossen Tränen aus ihren Augen. Sie heulte wie nie zuvor in ihrem Leben. Ihr Körper schüttelte sich vor Erregung. Es war hoffnungslos, im Winter würde sie keine neue Stelle finden. Was sollte nur aus ihr werden, ohne Geld, ohne Dach über dem Kopf? Gott schien sie vergessen zu haben, sie könnte auch sterben, es machte keinen Unterschied.

»Lotte, Lotte, komm hierher.« Sie erkannte eine vertraute Stimme, wischte sich die Tränen aus dem Gesicht und drehte sich um. Vom angrenzenden Brennhaus winkte ihr aufgeregt eine schmächtige Gestalt zu.

»Los, beeil dich! Es darf uns niemand sehen.«

Es war ihre kleine Schwester Marie.

»Ich habe beobachtet, wie du ins Wirtshaus gegangen bist und habe hier auf dich gewartet.«

»Du hast mich gesehen?«, fragte Lotte.

»Zufall, ich war gerade im Hof.«

So, Seite an Seite, hätte niemand die beiden Frauen für Schwestern gehalten. Lotte besaß einen braunen Teint, eine drahtige Figur und aus ihren lebendigen Augen funkelte ein scharfer Verstand. Ihre schmalen, langen Hände, die in ein feines Handgelenk mündeten, hatten gelernt zuzupacken. Sie schreckte vor keiner Arbeit zurück. Zum Verdruss ihrer Mutter war Lotte lieber an den Fluss zum Angeln gegangen, anstatt zu Hause Stickarbeiten anzufertigen. Als kleines Mädchen streunte sie mit Vorliebe durch die Streuobstwiesen und war wie eine Wilde in den Bäumen herumgeklettert. Marie dagegen war die Zarte und Blasse, die man schonen musste.

»Eine Nacht kannst du bei mir bleiben, hörst du.«

»Danke.«

»Morgen bist du wieder weg, versprochen?«

»Sicher, ja.«

Unbemerkt stiegen die beiden Frauen die Holztreppe nach oben, die das Brennhaus von der Wirtsstube trennte. Parterre befanden sich die Kammer des Knechts, der Brennofen und das Lager für die Schnapsflaschen. Im ersten Stock links des Korridors schlief Marie, ein Zimmer weiter ihre Stiefbrüder. Die rechte Seite war das Refugium ihrer Stiefmutter.

»Ich riskiere Kopf und Kragen, dich hier übernachten zu lassen«, sagte Marie, als sie in die Kammer eintraten.

Sie ist kränklich und ängstlich, aber immerhin hat sie ein weiches Herz, dachte Lotte.

Das Zimmer war schlicht eingerichtet: ein Bett, ein Stuhl und eine Holzkommode, auf der eine Tonschüssel und ein Wasserkrug standen, in einer Linie daneben lagen ein Kamm und eine Schere. Die Schwestern setzten sich aufs Bett und zogen eine schwere Wolldecke über ihre Beine. Das flackernde Kerzenlicht warf ihre Umrisse an die Wand.

»Wie konnte Vater nur diese Hexe heiraten?«

»Sie war jung und sie half ihm, als Mutter gestorben ist.«

»Angebiedert hat sie sich, die ordinäre Person, und ständig war sie besoffen. Hast du die leeren Flaschen hinter den Kellerregalen nie bemerkt?«

»Du übertreibst.«

»Natürlich, ich übertreibe. Es ist sicherlich auch übertrieben, dass wir schuften mussten wie die Tiere. Jede Drecksarbeit hat sie uns aufgehalst. Wer wischte die Böden, säuberte die Latrinen? Und als Dank verteilte sie Schläge.«

»Auf dich hatte sie es besonders abgesehen.«

»Ein Hundeleben hatten wir und ihre beiden Taugenichtse hat sie verhätschelt.« Lotte machte eine Pause. »Bis Vater vor Gram gestorben ist.«

»Er war krank.«

»Er hat den Tod unserer Mutter nie verschmerzt. Die Zeit heilt keine Wunden.«

Stumm saßen die Schwestern nebeneinander, wie zwei Fremde, die sich nichts zu sagen hatten, obwohl noch so vieles ungesagt geblieben war. Sie wagten nicht, sich anzuschauen. Als Lotte die Stille nicht mehr ertrug, fragte sie: »Hast du dir jemals gewünscht, ein anderer zu sein?«

»Du meinst, wie es wäre, in der Stadt zu leben oder am Hofe des Herzogs?«

»Würdest du gerne einmal in eine andere Rolle schlüpfen?«

»Als Schauspieler?«

»Nein, im wirklichen Leben.«

»Ich verstehe nicht.«

»Hast du dir schon einmal überlegt, wie es ist, ein Mann zu sein?«

»Du hast vielleicht verrückte Ideen!«

»Männer sind frei, ungebunden, können einfach auf und davon gehen. Frauen müssen heiraten und sind dazu verdammt, Kinder zu kriegen. Sieben, acht, bis sie im Wochenbett sterben.«

»Hör auf, was redest du da.«

»Ein Mann müsste man sein.«

»Ich will mir das gar nicht vorstellen, Männer riechen schlecht, fluchen, kauen diesen scheußlichen Tabak und spucken überallhin.«

»Als Mann kann man sogar Medizin oder Theologie studieren.«

»Davon verstehe ich nichts.«

»Eben. Frauen werden dumm gehalten, sparen für die Aussteuer und bleiben an der Scholle kleben oder müssen sich als Magd verdingen.«

»Das war schon immer so, warum sollte sich daran etwas ändern?«

»Männer können Handwerker, Ärzte, Pfarrer oder Richter werden. Uns bleibt die Wahl zwischen einem Dutzend heulender Plagen, Betteln oder …«, Lotte zögerte.

»Oder was?«

»Stehlen.«

»Nein, nein, wenn dich Vater und Mutter hören könnten.«

»Egal, wie arm ein Kerl ist, er hat immer noch die Wahl, Soldat zu werden.«

»Aber was willst du jetzt machen?«

»Nicht betteln und nicht stehlen.«

Marie löste ihre Spange und schüttelte ihr dichtes, braunes Haar. »Ich bin müde, lass uns schlafen, morgen sieht die Welt schon wieder ganz anders aus.«

»Da könntest du recht behalten.«

Marie löschte die Kerze, wickelte sich in die Decke und schlief mit dem Gesicht zur Wand ein. Lotte legte sich daneben, zog ihren Schal bis zum Kinn und hörte auf das leise Atmen ihrer Schwester. Sie spürte, wie der Schlaf langsam in ihr hochkroch. Gegen die Müdigkeit in ihrem Körper konnte sie sich nicht wehren. Immer wieder fielen ihr die Augen zu, sie krallte ihre Fingernägel in den nackten Unterarm, wollte sich zwingen, wach zu bleiben, vergeblich, sie schlummerte ein. Als Lotte plötzlich wieder aufschreckte, hatte sie das Gefühl für die Zeit verloren. Wie spät war es? Auf keinen Fall durfte sie den richtigen Augenblick verpassen. Marie neben ihr atmete tief und gleichmäßig wie zuvor. Gespannt lauschte Lotte auf jedes Geräusch von draußen, nichts, Minuten vergingen, noch immer nichts. Eine unheimliche Stille hatte das Haus erfasst.

Es war so weit. Sanft, fast unmerklich strich Lotte ihrer Schwester über das Haar: »Lebe wohl, kleine Marie.« Dann stand sie auf, griff den Beutel, steckte die Schere hinein und verließ auf Zehenspitzen Maries Zimmer.

Im Treppenhaus schlich sie nach unten, die Stufen knarrten leise unter ihren Tritten. Sie hatte Glück, die Tür zur Kammer des Knechts stand einen Spalt offen, schnell huschte sie hinein. Max schnaubte wie ein altes Maultier. Seine Sachen, Jacke, Hose, Hemd und Hut hingen an einem Holzhaken neben dem Eingang. Darunter standen seine Stiefel. Er wird sich morgen schwarz ärgern, wenn er seine Kleider nicht findet, und meine Stiefbrüder verdächtigen, sie gestohlen zu haben. Geschieht ihnen ganz recht, diesen Tölpeln. Sie schmunzelte in sich hinein. So hart würde es Max nicht treffen, sie wusste, er besaß eine zweite Garnitur.

Auf einmal wurde die Haustüre aufgerissen. Lotte hörte lautes Poltern und Grölen, das sich ihr näherte. Sie erkannte die Stimmen ihrer Stiefbrüder.

»*Wer niemals einen Rausch gehabt, der ist kein braver Mann, wer seinen Durst mit Achteln labt, fang lieber gar nicht an*«, krächzte der Ältere.

»Bravo, du könntest im Kirchenchor mitsingen«, applaudierte der andere.

»Lass uns noch eine Flasche Schnaps köpfen, meine Kehle ist schon wieder ganz trocken.«

»Einen können wir uns noch genehmigen.«

Bitte, bitte Max, nicht wach werden, sonst ist alles verloren. Lotte zitterte.

Der Knecht ächzte laut und drehte sich schnarchend auf die andere Seite.

»Der alte Max sägt mal wieder das ganze Haus zusammen.«

»Hätte gute Lust ihm eins zu verpassen.«

»Wie denn?«

»Wir schleudern ihm einen nassen Lappen ins Gesicht.« Der Ältere klopfte seinem Bruder ermutigend auf die Schulter.

»Jetzt?«

»Warum nicht? Das wird ein Heidenspaß.«

Lottes Herz schien zu flattern. Was, wenn ihre Stiefbrüder … Sie war unfähig zu denken.

»Ach, ich weiß nicht, ich will keinen Ärger.«

»Du bist so ein elender Feigling, verdirbst jeden Spaß, alte Memme.«

»Also gut, wenn du meinst.«

»Hol einen Lappen aus der Wäschekammer, ich besorg den Eimer mit Wasser. Vorwärts, sonst wird der Alte noch von ganz alleine wach.«

Der Jüngere setzte sich in Bewegung, blieb abrupt stehen und drehte sich zu seinem Bruder um. »Und was ist mit dem Schnaps?«

»Wieso?«

»Den können wir dann vergessen.«

»Quatsch.«

»Bei dem Tumult, den der Trottel veranstaltet, wird das ganze Haus wach.«

»Na und!«

»Mutter macht ein Riesentheater, wenn sie uns sieht, und den Schnaps können wir uns dann sonst wohin stecken.«

»Ahhh, meinetwegen, lassen wir den alten Sack in Frieden.«

Die Stimmen entfernten sich, Lotte hörte feste Tritte, die sich von der Vorratskammer in den oberen Stock bewegten, eine Tür wurde geöffnet und fiel zurück ins Schloss. Dann war es wieder still. Um Haaresbreite wäre sie aufgeflogen.

Sie schluckte schwer, packte die Kleider und Stiefel des Knechts und verschwand.

Die Herbstnacht war stürmisch und kalt, der Wind blies scharf aus Nordost. Zuweilen riss der Himmel auf und fahles Mondlicht fiel durch die fliehenden Wolken. Lotte blieben wenige Stunden, bis der neue Tag anbrechen und das Leben ins Dorf zurückkehren würde. Sie schlug den Weg Richtung Kilianskirche ein, die von Weinbergen umgeben am Rand von Mundelsheim lag. Eilig schritt sie an der Weinkelter vorbei, ihr Atem verwandelte sich in kleine weiße Wölkchen. Sie rannte, blieb stehen, rannte weiter, die eisige Luft schmerzte in der Lunge. Keuchend erreichte sie den Friedhof, vor dem Eingang hielt sie einen Moment inne, ihr Blut pochte in den Ohren. Angst durfte sie sich nicht leisten, Angst hätte ihr Vorhaben sofort zunichtegemacht. Dennoch, ein mulmiges Gefühl kroch in ihr hoch, als sie die Klinke des Friedhofgatters nach unten drückte. Vorsichtig ging sie zwischen den Gräbern hindurch. Bei Gott, es gab angenehmere Orte als Friedhöfe bei Nacht. Nach wenigen Schritten hörte sie ein Rascheln, vor ihr bewegte sich etwas.

»Geister«, durchfuhr es sie, »Geister«, die Kraft schien ihren Körper zu verlassen. Nein, sie glaubte nicht an Geister, es gab keine Geister, oder doch?

Es war nicht die Kälte, die sie erstarren ließ. Die grünen stechenden Augen einer Katze blitzten in der Dunkelheit auf. Miauend sprang ein dürres, abgemagertes Etwas über eine Grabplatte und wurde sogleich von der Nacht verschluckt.

»Was bin ich nur für ein Angsthase«, murmelte Lotte vor sich hin, »weiter jetzt.«

Sie tastete sich vorwärts, Grabstein für Grabstein, setzte zaghaft einen Fuß vor den anderen, aus Furcht, etwas Lebendiges aufzuscheuchen. Unterhalb des sechseckigen, mit Fachwerk verzierten Kirchturms blieb sie stehen. Ein besseres Versteck als den von hohen Tannen umringten Chor der Kirche gab es nicht. Mit lautem Raunen fegten Windböen durch die Äste. Die Nadelbäume glichen lebendigen Wesen, die ihre Seele aus dem Leib brüllten. Lotte stellte ihren Beutel auf dem Kiesweg ab und legte ihren grobmaschigen Wollschal darüber. Sie streifte ihre Röcke vom Leib, löste Schlaufe für Schlaufe ihrer Leinenbluse, zog sie aus, ließ ihr Leibchen folgen. Der schneidende Nordostwind strich wie Nadelstiche über ihre nackte Haut. Hastig deckte sie ihre Brüste mit einem breiten Lederriemen ab, stülpte sich das Hemd über, stieg in die Hose, die Stiefel. Ihre Verwandlung verlief in Sekundenschnelle. Dann schlüpfte Lotte in die Jacke des Knechts und knöpfte sie bis oben zu. Immer mehr glich sie einem Mann. Blieben die Haare, die sie zu einem Zopf geflochten trug. Sie besaß das gleiche dicke, braune Haar wie ihre Schwester, wohl das Einzige, was beiden gemeinsam war. Ohne zu zögern nahm sie die Schere und schnitt den Zopf ungefähr auf Kinnhöhe ab. Die Haarbüschel warf sie achtlos ins Gestrüpp. Dreimal musste sie ansetzen, bis die Haare durchtrennt waren. Sie setzte den breitkrempigen Hut auf, der an den Kanten bereits abgeschabt war, und zog ihn tief ins Gesicht. Schließlich schickte sie ein Stoßgebet zum Himmel und bekreuzigte sich dabei. »Heilige Maria und Josef, Hieronymus und alle Heiligen, steht mir bei.«

Lotte raffte ihre Kleider zusammen und steckte sie in den Beutel. Jetzt nur schnell weg von hier. Ihre Sachen würde sie später in den Neckar werfen oder verkaufen. In dieser Nacht war aus Lotte Morell Louis Morell geworden.

5

Mundelsheim

»Steh auf, los, wenn dein Vater dich sieht! Junge, es ist gleich halb zwölf, beeil dich.«
Unmöglich, dachte Joseph Baptist Jett, ich kann mich nicht einmal zur Seite drehen, selbst wenn ich wollte. »Lass mich in Ruhe Mütterchen, ich will schlafen.«

Seine Rippen schmerzten, seine Nase war rot geschwollen, über der Lippe klebte Blut. Er stöhnte laut auf, als seine Mutter, Hedwig Jett, ihn an der Schulter rüttelte. Die klobige Decke voller Gänsefedern rutschte zu Boden.

»Um Himmels willen, was ist denn in dich gefahren? Warum ziehst du die Stiefel nicht aus, bevor du dich ins Bett legst?«

Jo befühlte seine Rippen, das Hemd über seiner Brust war zerrissen.

»Hast du dich gestern Abend wieder geprügelt?«

»Der Sauhund hat behauptet, ich wär ein Falschspieler, zweimal hätte ich die Kreuzdame gelegt. Das behauptet niemand ungestraft.«

»Wasch dich, zieh dir was Ordentliches an. Du weißt, dein Vater sitzt Schlag zwölf am Esstisch.«

»Ich will den alten Griesgram nicht sehen.«

»Bitte, es ist Sonntag, mir zuliebe, sonst gibt es wieder Streit.«

»Und noch weniger will ich sein dummes Geschwätz hören.«

Joseph Baptist Jett hatte dunkle Augen, langgezogene Backenknochen und ein kräftiges Kinn. Sein wildes, pechschwarzes Haar fiel ihm in Strähnen ins Gesicht. Um Herr über seine Bartstoppeln zu werden, hätte er sich täglich rasieren müssen. Seine Mutter behauptete sogar, man könne ihnen beim Wachsen zusehen. Dass er wesentlich älter als zweiundzwanzig aussah, lag nicht nur an seiner auffallend starken Körperbehaarung und der muskulösen Figur, sondern auch an seiner neuesten Angewohnheit, Tabak zu kauen.

Tagein, tagaus trug er eine senffarbene Hose, ein weißes Hemd ohne Kragen, darüber abgeschabte blaue Hosenträger und Lederstiefel. Nur seine Mutter durfte ihn Joseph Baptist nennen. Alle anderen sollten gefälligst Jo zu ihm sagen.

Wie die meisten Familien des mittleren Neckartals waren die Jetts einfache Weinbauern. Der Fluch der altwürttembergischen Erbgesetze hatte dazu geführt, dass sie in der vierten Generation am Käsberg auf einer handtuchgroßen Parzelle wirtschafteten. Zugegeben, Jo's Vorfahren hatten sich einst ein idyllisches Fleckchen Erde ausgesucht. Bei Mundelsheim vollführte der Neckar, der sich jahrtausendelang durch den Muschelkalk gefressen hatte, eine atemberaubende Schleife. Dort drehte er sich fast einmal um die eigene Achse. Auf der rechten Uferseite erhoben sich wie in einem Amphitheater terrassierte Weinberge. Weiter westlich über dem Neckartal thronten die imposanten Felsengärten, ein bizarrer, von Wind und Wetter ausgewaschener Bergrücken, der der sonst so lieblichen Landschaft eine raue Note verlieh.

Jo hasste jeden Tag, an dem er mit seinem älteren Bruder Gottlieb und seinem Vater in den steilen Weinberghängen schuften musste. Geröll, Eidechsen und Unkraut, das hatte ihre Parzelle im Überfluss zu bieten, die Weintrauben, die sie ernteten, waren klein und sauer. Dass er von dem elterlichen Gut einmal nichts erben würde, stand bereits fest. Es war schlicht zu winzig.

Dem wirtschaftlichen Ruin der Familie, der wie ein drohendes Unheil über ihnen schwebte, versuchte sich Jo's Vater als herumziehender Keramikflicker entgegenzustemmen. Johann Jett klopfte an jede Haustüre, reparierte alles, was zu Bruch gegangen war. Tassen, Krüge und Teller, die von einer Generation auf die nächste vererbt wurden. Geschirr war der Familienschatz, niemand konnte sich etwas Neues leisten.

Als Jo stöhnend die Treppe zur Stube hinunterstieg und durch die Tür trat, saßen sein Vater und sein Bruder bereits mit hängenden Köpfen über ihren Tellern und schlürften Suppe. Ohne aufzublicken, sagte Johann Jett in scharfem Ton: »Es ist eine Schande, wie du dem lieben Gott die Zeit stiehlst.«

»Warum stehlen, ich nehme mir nur, was es in Hülle und Fülle gibt. Außerdem kann ich so lange schlafen, wie ich will, wenn du das meinst.«

»Nicht, solange du die Füße unter meinen Tisch streckst.«

Wenn Jo Pech hatte, spulte sein Vater nun die übliche Leier ab. Und genauso kam es auch.

»Saufen, rauchen, stundenlang in der Kneipe hocken und Sprüche klopfen, darin bist du unschlagbar, aber wenn es darum geht, im Weinberg hart anzupacken, verdrückst du dich. Du bist ein elender Herumtreiber und Tagedieb. Mach endlich was aus deinem Leben!« Als folge er den Regeln eines festen Rituals, schlug Johann Jett nun mit der Faust auf den Tisch.

Unbeeindruckt vom Auftritt seines Vaters lehnte sich Jo auf dem knarrenden Stuhl zurück und streckte die Beine weit von sich. Wie vermutet, er hatte recht behalten.

»Willst du etwa als Knecht bei deinem älteren Bruder arbeiten?«

In diesem Moment dachte Jo an das Glück des Zweitgeborenen, kein Erbe schultern zu müssen.

»Keine Sorge, vorher gehe ich ins Kloster.«

»Ins Kloster! Ich kann mich nicht erinnern, wann du mit uns das letzte Mal die Messe besucht hast.«

»Ich weiß es noch ganz genau. Im Februar vergangenen Jahres, es war bitterkalt und die Erde hart gefroren. Das Loch, das die Leichengräber ausgehoben haben, war erst viel zu klein, um unsere Anna darin zu beerdigen. Erinnerst du dich? Tagelang hat sie sich die Lunge aus dem Leib gehustet, sie zitterte am ganzen Leib, aß nichts mehr, bis sie jämmerlich gestorben ist. Anstatt den Arzt zu rufen, meintest du, beten würde genügen. Beten und heiße Wickel.«

Johann Jett warf seinen Löffel auf die Tischplatte. Er sprang auf und sein Stuhl kippte nach hinten. »Du solltest dir ein Vorbild an deinem Namenspatron Joseph, dem hart arbeitenden Zimmermann aus Nazareth, nehmen.« Polternd verließ er den Raum.

»Wie? Was soll das heißen?«, rief Jo ihm hinterher.

»Prima, du hast es mal wieder geschafft, jetzt spricht er drei Tage lang kein Wort mehr mit uns«, sagte Gottlieb.

»Umso besser, sein bigottes Geschwätz ertrage ich sowieso nicht mehr, ganz zu schweigen von seinem Jähzorn.«

»Aber ich kriege seine schlechte Laune ebenfalls ab. Übrigens, Vater hat Recht, werde endlich erwachsen. Ich kann dich nicht einmal als Knecht gebrauchen. Wie siehst du überhaupt aus?«

Jo strich sich einige Haarsträhnen aus dem Gesicht. »Keine Sorge, Arbeit bei einem Bauern finde ich überall. Außerdem will ich nicht so leben wie du oder er. Mutter hat er sich zurechtgebogen, sie umgedreht wie einen Handschuh. Das wird ihm bei mir nicht gelingen.«

»Was meinst du damit?«, fragte Gottlieb.

Jo wandte sich seiner Mutter zu, die regungslos am Tisch saß. »Früher, vor eurer Hochzeit, bist du gerne mal zum Tanzen ausgegangen, hast Freundinnen besucht, schöne

Kleider genäht. Das hat Vater dir alles verboten, stimmt es vielleicht nicht?«

»Die Zeiten sind vorbei, ich habe mich angepasst.«

»Freundinnen, Kleider, Tanzen, pah, dass ich nicht lache. Vater sagt, ›der Tanzplatz ist der Vorhof zur Hölle‹«, kam es von Gottlieb.

»Scheinheiliges Gerede, du kannst nicht ausgelassen sein, keinen Spaß haben, bist so steif und ungelenk wie ein Holzklotz.«

»Und du bist ein Windhund, drückst dich, wenn es schwierig wird.« Gottlieb wurde immer zorniger.

»Seit Anna tot ist, weiß ich, nur der Augenblick zählt.«

Gottlieb erhob sich mit einem Ruck und sagte laut: »Das Einzige, was wirklich zählt, ist, wie gut die Weinernte ausfällt, und jetzt habe ich die Schnauze gestrichen voll von dir.« Er zeigte mit der Handkante unter seine Nasenspitze, dann marschierte er hinaus und warf die Tür krachend ins Schloss.

»Du bist schon genauso verstockt wie Vater«, rief Jo ihm hinterher.

»Dass es immer so enden muss«, sagte seine Mutter traurig.

»Wenn er auch den Hof erbt, eine Frau findet er nie, dieser Holzklotz.«

»Ganz im Gegensatz zu dir.«

»Was willst du damit sagen?«

»Heute Morgen, auf dem Weg in die Frühmesse, ist mir die Susanna begegnet.«

»Susanna!«

»Sie sagte, sie müsse dich unbedingt sprechen. Das arme Kind sah ganz verheult aus. Hast du ihr etwas angetan?«

»Nichts, was gegen die Natur wäre.«

»Wie soll ich das verstehen?«

»Wir haben uns gelegentlich getroffen.«

»Das kann nicht alles sein!«

»Ja, auch nachts.« Er schmunzelte.

»Wenn das dein Vater erfährt, daran will ich gar nicht denken.«

»Immer nur Vater, Vater, das geht ihn überhaupt nichts an.«

»Joseph Baptist, wie einfältig bist du denn?«

»Na, hör mal!«

»Wenn die Susanna ein Kind bekommt, weißt du ja, was es geschlagen hat.«

»Und zwar?«

»Dann wird sofort geheiratet.«

»Heiraten will ich nicht und Kinder will ich erst recht keine, das gibt nur Ärger, sieht man ja bei uns.«

»Manchmal verstehe ich dich wirklich nicht.« Sie schüttelte sanft ihren Kopf.

Eine Frau und ein schreiender Balg waren das Letzte, was sich Jo aufhalsen wollte. Nicht um alles in der Welt würde er seine Freiheit aufgeben.

Außerdem: Selbst wenn seinem Vater bei der Vorstellung die Haare zu Berge standen, er, Jo, war ein begnadeter Spieler, er spielte, um zu gewinnen, und er gewann nahezu jeden Abend. In den Augen konnte er ablesen, welches Blatt sein Gegenüber besaß, ein Lidschlag verriet ihm, ob jemand bluffte oder nicht.

Zugegeben, Susannas lange rote Haare, die sie lässig über die Schultern werfen konnte und die sich nachts von ihrem leuchtend weißen Körper abhoben, machten ihn rasend. Doch lachen, Unsinn reden, den Tag verträumen, das konnte man mit ihr nicht. Kurz, sie hatte nichts Leichtes, Unbeschwertes an sich. Er würde sich keine Ketten anlegen lassen. Frau und Kind, was für ein Alptraum!

Jo sprang vom Tisch auf, drückte seiner Mutter einen Kuss auf die Stirn, packte seine Jacke und verließ das Haus.

Draußen nahm er seine Tabaksdose hervor und ließ das kalte Messing durch seine Hand gleiten. Ein klein geschriebenes »d« und ein großes »F«, eingerahmt von Blumengirlanden, waren auf der silbernen Oberfläche eingraviert. Früher habe sie einem holländischen Kaufmann namens de Fries gehört. Das zumindest behauptete der Kerl, dem er die Tabaksdose beim Kartenspiel abgenommen hatte. Jo nahm eine Prise heraus, legte sie in seine linke Backe und malmte mit seinen Zähnen darauf herum. Vergorener, leicht säuerlicher Tabaksaft breitete sich in seinem Mund aus. Seine Rippen schmerzten noch immer. Was sollte er mit dcm Tag anfangen? Was sollte er überhaupt mit sich anfangen? Jeder Tag war so öde wie der vorangegangene. Jeden Tag sah er dieselben Gesichter, verrichtete die gleiche stupide Arbeit. Eine unendliche Langeweile und Trägheit hatten ihn erfasst. Am besten, er legte sich zum Schlafen unter den nächsten Baum, oder waren die Neckarauen besser? Vielleicht sollte er direkt nach Mundelsheim gehen? Da die Wirtshäuser erst in einigen Stunden wieder aufsperren würden, fiel seine Wahl auf den Neckar.

Das Jett'sche Gehöft lag eingebettet von Rebstöcken oberhalb der Käsbergkanzel, einer Aussichtsplattform, die einen atemberaubenden Blick über das gesamte Flusstal freigab. Geradewegs stieg Jo die steilen Weinbergstaffeln nach unten. Es war Ende Oktober und die Rebhänge lagen wie ein bunter Flickenteppich vor ihm. Jedes Jahr war er von neuem überrascht, welch intensive Farben der Herbst hervorbrachte. Alle Nuancen zeigten sich in einem einzigen Weinblatt, wie ein Netz aus Adern zogen sich rote Linien hindurch. In wenigen Tagen würde das ganze Laub feuergelb, orange oder blutrot leuchten.

Jo erreichte den Neckar, schlenderte entlang des Ufers und ließ sich ins Gras fallen. Die Mittagsluft war angenehm warm, die Sonne bäumte sich ein letztes Mal gegen die nahende Kälte des Winters auf. Weiße Wolken spiegelten sich auf dem Wasser, tanzten auf den sanft gekräuselten Wellen. Welke, gelbe Blätter trieben in der Strömung flussabwärts. Wie lange dauerte es wohl, bis ein Wassertropfen den Rhein hinabfließen und sich ins Meer ergießen würde? Das Meer, Milliarden und Abermilliarden von Tröpfchen, ein Kontinent aus Wasser, ewig und grenzenlos. Konnte man meersüchtig sein, ohne das Meer überhaupt je gesehen zu haben? Was, wenn er niemals einen Fuß aus seinem Kaff setzen würde, die steinigen Weinberge und der Lauf des Neckars das Einzige wären, was er je zu Gesicht bekäme? Mit beiden Händen durchwirbelte er sein Haar, das jetzt nur noch wirrer vom Kopf abstand als gewöhnlich. Gegen Fernweh half nur ein kräftiger Schluck Riesling. Jo stand auf und schlug den Weg Richtung Dorf ein.

Der Ort besaß ein eigenes Gericht, in dem Diebe, Falschmünzer oder Wegelagerer angeklagt und verurteilt wurden. Der Arrest befand sich im Pleidelsheimer Tor, schräg gegenüber lagen das Rathaus und der »Wilde Mann«, der war Jo's Ziel. Von den Flussauen bog er in die Mühlgasse ein. Der Durchgang war eng, die Fachwerkhäuser standen einander so dicht gegenüber, als wollten sie sich berühren. Nur ein schmaler himmelblauer Streifen leuchtete zwischen den Dachtraufen hervor. Jo biss auf seinem Kautabak herum, der fade und geschmacklos geworden war, mit lautem Räuspern spuckte er den rötlichen Tabaksaft in den Rinnstein.

Plötzlich spürte Jo, dass ihn jemand verfolgte. Er passierte die Lange Straße, die zum Rathausplatz führte. Was wollte dieser Kerl von ihm? Wie sein eigener Schatten hatte sich der Unbekannte an ihn geheftet. Blieb Jo stehen, stand der andere still. Ging er schneller, beschleunigte auch der Fremde sein Tempo. Wenn dieser Jemand es auf eine Rauferei angelegt hatte, bitte schön, das Wort Angst kannte Jo nicht. Er stellte sich jedem Gegner. Im »Wilden Mann« würde Jo ihn hoffentlich los sein. Schließlich betrat er das Wirtshaus, nickte der Wirtin kurz zu und setzte sich auf seinen Stammplatz.

Von hinten näherte sich der Unbekannte und legte ihm eine Hand auf die Schulter. »Junger Mann, Lust auf ein Abenteuer?«

Franz Wolffskeel war in einem Feldlager zur Welt gekommen. Pferdegetrappel und Kanonendonner, Drill und Gehorsam waren sein Leben. Seine Mutter lief im Tross des Heers mit, schlug sich bis zu ihrem frühen Tod als armselige Marketenderin durch, seinen Vater kannte er nicht. Mit sieben hatte er sich bereits als Laufbursche verdingt, Stiefel gewichst, Uniformen gebürstet, seine Herren mit Branntwein und Huren versorgt, mit vierzehn trug er endlich den heiß ersehnten Soldatenrock. Von der Schlacht bei Roßbach, als er auf Seiten der Franzosen gegen die Preußen gekämpft hatte, war ihm ein lebenslanges Andenken geblieben. Eine tiefe, hässliche Narbe zog sich über seine linke Wange bis dicht unters Auge. Die Spitze eines Bajonetts hatte ihn getroffen. Sein Gegner hatte den Angriff nicht überlebt. Er wusste, unter welcher Flagge der Tod reiste, zu oft war er ihm begegnet. Ungerührt konnte er Sterbenden in die Augen sehen.

Während seines Soldatenlebens, in dem er es vom Fußknecht bis zum Feldwebel gebracht hatte, galt für ihn nur ein Grundsatz: Hinterfrage nie den Befehl eines Vorgesetzten. Und im Augenblick arbeitete er im Auftrag von Hauptmann Langsdorff, einem professionellen Rekrutenwerber. Wolffskeel solle das Gebiet rund um Ludwigsburg durchkämmen und möglichst viele junge Männer, gerne auch militärische Grünschnäbel, anheuern. Zimperlich brauche er dabei nicht vorzugehen. Welche Überredungskünste er anwende, solle er besser für sich behalten. Hauptsache, er liefere möglichst viele Rekruten ab. Pro Mann hatte Langsdorff sechsunddreißig Gulden Handgeld vom Herzog erhalten. Ihre Rechnung war simpel: Je weniger Wolffskeel so einem armen Kerl ausbezahlte, desto mehr blieb für beide übrig.

Jo drehte sich zu dem Unbekannten mit der dunklen rauen Stimme um. »Abenteuer? Was für ein Abenteuer?«, fragte er.

»Trinken wir etwas zusammen?«, entgegnete Wolffskeel, der einen Stuhl heranzog und sich Jo gegenübersetzte.

»Kommt darauf an, wer bezahlt.«

»Der, der bestellt.«

»Das höre ich gerne.«

Wolffskeel winkte der Wirtin: »Einen Krug Weißwein, nicht vom billigsten.«

»Riesling, den mag ich am liebsten.«

»Riesling«, rief Wolffskeel der Wirtin hinterher, »einen Liter.«

»Bei dir sitzt das Geld aber locker.«

»Wo ich herkomme, gibt es noch viel mehr Geld.«

»Wer kann es sich leisten, Fremde einzuladen?«

»Der Herzog.«

Die Wirtin kam zurück, stellte einen Krug Wein und zwei Gläser ab. Wolffskeel beugte sich vor, schenkte zuerst Jo und dann sich selber ein. »Trinken wir auf den Herzog!«

Jo leerte sein Glas in einem Zug. »Meine Kehle war völlig ausgetrocknet.« Zufrieden bemerkte er, das Narbengesicht schenkte ihm bereitwillig nach.

»Du scheinst ein mutiger Bursche zu sein. Wird es dir in dem Kaff nicht manchmal zu eng, zu langweilig?«

Da saß einer, der ihn verstand, dachte Jo. »Lebenslang in den Weinbergen schuften, nein, das ist nichts für mich«, vertraute er dem Fremden an.

»Dein Vater ist Weinbauer?«

»Mein starrköpfiger Vater kann sich gar nicht vorstellen, dass es außer Weinreben auch noch etwas anderes gibt.«

Wolffskeel nickte verständnisvoll.

»Außerdem wird mein Bruder einmal alles erben.«

»Und du gehst leer aus?«

»Sicher, natürlich, was sonst, ich werde mein Lebtag als Tagelöhner schuften.« Jo schlug mit der flachen Hand auf den Tisch.

»Ich wüsste etwas, das dich reizen könnte.«

»Was denn?« Jo hörte nun gespannt zu.

»Etwas, das den ganzen Mann fordert und zugleich sehr einträglich ist.«

»Lass hören.«

»Auf dein Wohl«, sagte Wolffskeel. Er hob das Glas, prostete seinem Gegenüber zu, führte das Glas zum Mund, trank aber nicht. Jo dagegen nahm einen kräftigen Schluck.

»Der Herzog sucht tüchtige Männer, nur die besten.«

»Ich schrecke vor nichts zurück.«

»Das habe ich sofort gesehen.«

Jo strahlte.

»Bevor wir hier verdursten: Nachschub!«, rief Wolffskeel in Richtung Tresen.

Junge, das ist heute dein Glückstag, ging es Jo durch den Kopf. Die Wirtin brachte einen weiteren Krug Wein zum Tisch.

»Der Herzog stellt eine Truppe zusammen für Übersee. Wohlsein.« Wieder prostete Wolffskeel ihm zu.

Jo trank, dann fragte er zögerlich: »Militär? Ich war noch nie Soldat.«

Wolffskeel verzog keine Miene und fuhr fort: »Genau gesagt geht es nach Afrika.«

»Ist Afrika weit weg von Holland?« Holland lag am Meer – so viel wusste er.

»Am Kap der Guten Hoffnung, so heißt die Gegend, wohnen viele Holländer.«

»Der Herzog sucht also Soldaten für Afrika. Aber ich weiß nicht, was ich da soll.« Jo wurde schwindelig, er rieb sich die Wangen.

»Du wirst eine schmucke Uniform tragen und gute Kameraden haben.«

»Bei uns Zuhause sagt man, der Soldat sei ein armer Teufel im bunten Rock.«

Auf diesen Einwand hatte Wolffskeel nur gewartet. Er zog einen Beutel voller Gulden hervor und schüttete die Münzen auf den Tisch.

»Wer so viel Geld verdient, ist nicht arm.«

»Wie viel ist das?« Jo's Augen blitzten auf.

»Dein monatlicher Sold, zehn Gulden, lass uns darauf trinken.« Sie stießen ihre Gläser gegeneinander, ein dumpfer Ton erklang.

»Ein Tagelöhner verdient höchstens zwölf Kreuzer.«

»... und je nach Tauglichkeit eines Mannes noch mal sechsunddreißig Gulden bar auf die Hand.«

»Bar auf die Hand.«

»Wenn du jetzt einschlägst.«

»Puh, das ist ne Menge Geld, was?«

»Ein Glas zum Runterspülen, zum Wohlsein, junger Mann.« Mittlerweile stand schon der vierte Krug vor ihnen.

»Was, was ist, wenn, ich meine, werde ich dort kämpfen müssen?«, stammelte Jo. Es würde schwer werden, jetzt aufzustehen, ganz zu schweigen von dem steilen Nachhauseweg, der noch vor ihm lag. Plötzlich war ihm, als bewegte sich der Boden unter seinen Füssen.

Wolffskeel lachte gekünstelt. »Kämpfen, wo denkst du hin. Oberst Hügel, der Kommandant des neuen Regiments, soll dort eine Militärakademie aufbauen und die Rekruten fahren zum Schutz mit.«

»Das, dadadas ist alles?«

»Trinken wir, trinken wir.«

»Ich glaube, ich habe genug.«

»Sei kein Spielverderber, ein Schluck Wein geht immer noch.« Wolffskeel nahm Jo's Glas und setzte es ihm an die Lippen, Jo trank widerwillig.

»Mit von der Partie sind lauter so Pfundskerle wie du. Stell dir vor, du stehst an Deck eines Segelschiffes, es riecht nach Salzwasser und die Gischt schäumt gegen die Bordwand. Du spürst die Kraft des Windes, gleitest über das Meer. Ich verspreche dir, es wird ein Abenteuer, von dem du noch deinen Enkeln erzählen wirst.«

In Jo's Kopf brummte es wie in einem Bienenstock: Meer, Abenteuer, Vater, Meer, Weinberge, Susanna, Vater, Meer.

»Mir ist auf einmal so schlecht. Ich glaub, ich muss k…«

»Alles, was du tun musst, ist hier unterschreiben.« Wolffskeel zog einen Vertrag, einen Federkiel und ein Fässchen Tinte aus einer Tasche, die neben seinem Stuhlbein lehnte, und schob alles in Jo's Richtung. »Du kannst doch schreiben?«

»Waaas deeenkst duuu deeenn von mir?«

Jo würgte, hielt sich die Hand vor den Mund, er konnte den Brechreiz nicht länger unterdrücken. Sein Mageninhalt entleerte sich über dem Blatt Papier, das vor ihm lag. Dann sackte er zusammen. Sein Kopf knallte auf die Tischplatte. Jo blieb in seinem Erbrochenen liegen. Ein Gulden Handgeld steckte in seiner Tasche.

6

Auf freiem Feld

Nur langsam wurde es hell. Die aufgehende Sonne blieb in der Düsternis des Herbsttages verborgen. Nebelschwaden bäumten sich wie Spukgebilde über dem Neckar auf. Der Tau hatte das Riedgras in den Auen zu Boden gedrückt. Zwischen den geknickten Halmen woben Spinnen ihre Netze, es waren grazile Kunstwerke, in denen sich feine Tröpfchen wie Glasperlen verfingen. Trauerweiden säumten das Ufer, mit den Spitzen ihrer Äste berührten sie den nebelverschleierten Fluss.

In eine Erdmulde gekauert hatte Lotte Morell die letzten Stunden der Nacht verbracht. Von der Feuchtigkeit waren ihre Kleider klamm. Sie streckte ihre Glieder, hauchte in ihre Hände, rieb sie schneller und schneller, bis sich darin eine wohltuende Wärme ausbreitete. Sie sprang auf, klopfte sich die Kälte aus den Knochen, packte ihren Beutel und marschierte los. Ihr Ziel war die Ludwigsburger Garnison. Sie würde dem Lauf des Neckars nach Süden folgen und befestigte Landstraßen meiden. Würde man sie suchen, Hunde auf sie hetzen? Nein, niemand würde sie vermissen, niemand Alarm schlagen. Weder ihre garstige Stiefmutter noch ihre tölpelhaften Stiefbrüder verschwendeten einen Gedanken an sie. Und Marie würde bestimmt den Mund halten. Sollte sie sich nun darüber freuen oder traurig sein oder beides? Lotte seufzte.

Die Nebelbänke schienen den Weg vor ihr zu verschlucken, immer wieder stolperte Lotte über Äste oder Maulwurfshügel. Kein Laut drang zu ihr durch. Die Stille umgab sie wie eine Glocke, unter der sie sich bewegte. Sie sah an sich hinunter, die weite Jacke des Knechts schlackerte um ihren Körper, und zum ersten Mal in ihrem Leben trug sie Hosen und Stiefel, unsagbar angenehm fühlten sich ihre neuen Kleider an. Das Leinen schmiegte sich warm um ihre Beine. Vorne in die Stiefelspitzen hatte sie Lappen gesteckt, jetzt konnte sie sich frei bewegen, ihre Schritte waren leicht und fest zugleich.

Von der anderen Neckarseite war Freiberg nur schemenhaft zu erkennen, als sich Lotte der Stadt näherte. Der Nebel lastete schwer auf den Dächern. Weiße Rauchfahnen entwichen den Schornsteinen, waberten waagrecht über die Dachfirste und stürzten sogleich zu Boden. Sie fand einen wackligen Holzsteg, der über den Neckar führte, balancierte mit ausgestreckten Armen darüber und gelangte ans andere Ufer. »Ab jetzt bin ich ein Mann, ein Mann, ein Mann«, wiederholte sie beinahe singend. Elegant zog sie ihren Hut vom Kopf und verbeugte sich vor einem unsichtbaren Gegenüber: »Gestatten, Louis Morell.« Sie lachte, setzte ihren Hut wieder auf. Und als Mann werde ich mich benehmen und bewegen. Sie machte weite, ausladende Schritte, räusperte sich laut und spuckte aus. Was war mit ihrer Stimme. War sie nicht viel zu hoch? Ihre Mutter hatte immer behauptet, sie besäße eine wohltönende Altstimme, darauf wollte sie vertrauen.

Lotte passierte die Schlosskelter, bog in die Vischergasse ein und in der Häuserzeile etwas zurückversetzt entdeckte sie einen Kramladen. Sie blickte hinein, die Regale waren bis auf den letzten Platz mit Stoffballen, Blechdosen, Lebensmitteln und allerlei Krimskrams gefüllt. Als Lotte eintrat, schaute eine Alte mit weißen, dünnen Haaren sie neugierig an.

»Interessiert dich das? Ich habe Kleider, die ich verkaufen will.« Lotte öffnete ihren Beutel und nahm die Sachen heraus.

Die Alte kam näher, griff nach ihrem Rock, fingerte daran herum und sah Lotte schließlich mit einem zahnlosen Grinsen an. »Wem hast du das Zeug geklaut, deinem Liebchen?«, fragte sie.

»Äh, nein«, Lotte stotterte, wie sollte sie den Besitz von Frauenkleidern erklären? »Das sind die Erbstücke meiner Mutter, das Einzige, was ich von ihr besitze.«

»Und deshalb willst du sie jetzt verkaufen?«

»Soll ich die Röcke etwa selber anziehen?«

Die Alte schien sich mit der Antwort zufrieden zu geben. »Was willst du dafür?«

»Einen Gulden.«

»Für den Plunder«, sie schüttelte heftig mit dem Kopf. »Dann kannst du gleich wieder gehen.«

»Was sind die Sachen wert?«

Die tiefen Furchen im Gesicht der alten Frau gerieten in Bewegung, sie überlegte, verzog den Mund zu einer Schnute. »Zwölf Kreuzer.«

»Zwölf Kreuzer und ein Brot.«

»Aber nur, weil du so ein fescher Junge bist.«

Dass sie plötzlich Eindruck auf Frauen machte, war ein neues, sonderbares Gefühl, etwas, das sie insgeheim amüsierte.

»Hier hast du das Brot und dein Geld.«

Lotte legte die Kleider auf den Tresen.

»Wenn du einen Moment wartest, stelle ich dir meine Enkelin vor.«

»Bitte, was?«

»Sie ist hübsch, vielleicht ein bisschen dumm, dafür sehr anschmiegsam, du wirst sie mögen.«

Lotte durchfuhr es heiß.

»Warte hier, ich bin gleich zurück.«

Sie hätte nicht zu träumen gewagt, dass ihre Verwandlung in einen Mann so einfach und perfekt glücken würde.

Als die Alte hinter dem Vorhang verschwunden war, der das Geschäft zum Treppenhaus abtrennte und die Dielen über ihr knarrten, öffnete Lotte eilig die Tür und verließ den Laden. Die Generalprobe hatte sie bestanden.

Hinter Freiberg kam sie durch eine Brachlandschaft, die Felder waren abgeerntet. Über die dicken braunen Erdschollen hüpften Krähen, auf der Suche nach vergessenen Getreidekörnern. Sie passierte einen Graben, sprang darüber und merkte, wie durstig sie war. Lotte beugte sich über den Bachlauf, schöpfte mit ihrer gebogenen Handfläche Wasser und trank. Das Brot hatte sie bereits zur Hälfte verschlungen. Da sie erst bei Einbruch der Dunkelheit in Ludwigsburg eintreffen würde, entschloss sie sich, eine weitere Nacht im Freien zu schlafen. Sie überquerte einen Acker und lief Richtung Wald. Als sie sich durch eine stachelige Brombeerhecke gekämpft hatte, war sie von hohen, majestätischen Buchen umgeben. Die Fluchten der grausilbernen Stämme wirkten wie der Säulengang eines gewaltigen Kirchenschiffes. Die Kronen der Baumriesen waren leergefegt, eine bronzefarbene Blätterdecke hatte sich über den Waldboden gelegt. Lotte liebte das Rascheln und Knistern, wenn sie durch das Laub stapfte und ihre Füße die welken Blätter aufwirbelten. Das Geräusch rührte an etwas längst Vergangenes aus Kindertagen. Frei, unbekümmert sein, keinen Gedanken an Morgen verschwenden.

Unter zwei Eiben entdeckte Lotte einen geschützten Platz. Eine Erdmulde legte sie mit Farnen aus, die in der Nähe wuchsen. Sie ließ sich nieder, zog ihre Knie an und hörte auf die Geräusche des Waldes. Der Wind frischte auf und heulte durch die Äste. Im Unterholz knackte und rumorte es unaufhörlich. Der Wald schien zu leben. Ob in Württemberg wilde Tiere auf Beutezug durch die Wälder streiften? Doch warum sollte ausgerechnet jetzt ein Rudel

Wölfe auftauchen und sie zerfleischen? Der Wald war nicht unheimlicher als der nächtliche Friedhof. Sie atmete tief durch. Ihre Not, die Einsamkeit und Demütigungen, die sie erlitten hatte, waren Geschichte. Die Gewissheit, dass nun ein neues Leben begann, erfüllte sie.

Durch die Rufe einer Schleiereule, die sich über ihr im Geäst niederließ, wachte Lotte auf. Die dunklen runden Augen, die aus dem hellen Gesicht hervorstachen, schienen sie unentwegt zu beobachten. Wie seltsam, die Eule drehte ihren Kopf fast einmal um die eigene Achse, sie konnte sehen, was in ihrem Rücken passierte. Der gewaltige Vogel plusterte sein Gefieder auf, legte seine graubraunen Schwingen um das weiße Federkleid, das die Bauchseite zierte, und schloss die Augen. Lotte verließ ihren Schlafplatz, trat aus dem Walddunkel heraus und fand einen schmalen Feldweg, dem sie folgte. Von Osten zog die Dämmerung wie ein grauer Vorhang über den Horizont.

Wenn jemand sie nach ihrer Geschichte fragte, würde sie, so gut es ging, bei der Wahrheit bleiben. Ihre Eltern waren seit Jahren tot, sie hatte sich als Knecht verdingt. Sie sei jung, unabhängig und begierig auf ein Abenteuer. Lästige Gedanken, die in ihr aufblitzen, ob sie das Richtige oder Falsche tat, bei einem gütigen Bauern Arbeit gefunden hätte oder das Militärleben ihr Verderben sein könnte, verbannte sie aus ihrem Kopf. Sie würde nichts mehr hinterfragen, nur noch handeln.

In der Mittagszeit erreichte sie Ludwigsburg und erspähte hinter hohen Eiben das Residenzschloss. Der weitläufige Park war von hohen Gittern umzäunt. Sie kam näher, bewunderte die Kaskaden der Brunnen, die Quelle, aus der sie sich speisten, schien unerschöpflich zu sein. Das Wasser strömte von Schale zu Schale, sobald eine randvoll war, gab sie ihre Last an die untere weiter. Verziert waren die Brunnen mit rätselhaften, wasserspeienden Figuren. Die Welt hinter den Gitterstäben erschien ihr wie ein Wunder.

Sie umrundete das Gelände und durchquerte die Mömpelgardstraße. Immer wieder kreuzten Reiter ihren Weg, sie wich eilenden Passanten aus und stieß mit einer Gruppe Handwerksburschen zusammen, die laut über ihr erschrockenes Gesicht lachten. In den Straßen Ludwigsburgs herrschte ein Gewimmel und Gewusel, wie Lotte es noch nie gesehen hatte. Schließlich hielt sie einen alten Mann an, der ihr kopfschüttelnd den Weg zur Kaserne erklärte.

Vor dem imposanten Hauptportal patrouillierten Wachsoldaten. Sobald ein hochdekorierter Offizier heranpreschte, standen sie still und präsentierten den Säbel. Durch die Eisenstäbe des Kasernentors beobachte sie, wie junge Rekruten gedrillt wurden. Marschieren, stillstehen und wieder marschieren. Nur wenige Schritte trennten sie von ihrer Zukunft. Sie betete, dass ihre Maskerade nicht sofort auffliegen würde. Lotte nahm ihren ganzen Mut zusammen und schritt auf einen der Wachhabenden zu. Deutlich nannte sie ihren Namen, Louis Morell, und erklärte, sie wolle sich anwerben lassen. Der Soldat verschwand und nach einer Viertelstunde kehrte er mit einem grimmig aussehenden Uniformierten zurück, der Lotte aufforderte, ihm zu folgen. Sie überquerten den Innenhof der Kaserne, stiegen eine dunkle Treppe nach oben und betraten einen hohen, weißgetünchten Raum, in dem sich eine Liege, eine Vitrine und ein Schreibpult befanden.

Das Narbengesicht musterte sie aufmerksam. »Nimm deinen Hut ab und streck die Hände vor.«

Lotte befolgte seinen Befehl. Unter ihren Fingernägeln hatte sie schwarze Ringe, ihre Finger waren rot und rissig, die Handflächen voller Schwielen.

»Wenden.«

Lottes Hände zitterten, fast unmerklich.

»Dass du körperlich gearbeitet hast, sieht man, auch wenn du sonst etwas dürr und klapprig daherkommst.«

»Ich schrecke vor keiner Arbeit zurück«, sagte sie forsch.

»Wir können entschlossene Männer gebrauchen.« Wolffskeel ging zum Pult, öffnete eine Ledermappe und zog einen Papierbogen hervor.

»Name?«

»Louis Morell.«

Wolffskeel schrieb Lottes Antworten mit.

»Wohnort?«

»Mundelsheim.«

»Beruf?«

»Knecht.«

»Alter? Wenn du jünger als siebzehn bist, behalt es für dich.«

»Ich bin siebzehn.«

»Gut, hier unterschreiben, das ist der Anwerbungsvertrag. Wenn du das Gedruckte nicht verstehst, musst du dich nicht wundern, das ist niederländisch.«

Lotte nickte. Sie trat vor und setzte ihren Namen unter das Dokument. Der Herzog brauchte anscheinend jeden Mann. Sie hätte nicht geglaubt, dass es so leicht sein würde, Soldat zu werden.

»Du verpflichtest dich für fünf Jahre und erhältst zehn Gulden Sold im Monat sowie ein Handgeld von drei Gulden. Und ab jetzt gehorchst du bedingungslos jedem Befehl eines Vorgesetzten, verstanden?«

»Jawohl.«

Zufrieden klappte Wolffskeel seine Ledermappe zu. »Ich bring dich zu den anderen.«

7

Garnison in Ludwigsburg

Mit einem schrecklichen Brummschädel wachte Jo auf. Ein stechender Schmerz pochte gegen seine Schläfe. Seine Augenlider fühlten sich bleischwer an, unmöglich, sie zu öffnen. Die Zunge klebte am Gaumen, sein Mund verströmte den Geruch einer verwesenden Wildsau. Er ekelte sich vor seinem eigenen Gestank. »Wasser.« Was er dringend brauchte, war ein kräftiger Schluck Wasser. Dazu verspürte er die unbändige Lust auf eine riesige Portion Eier mit Speck und Mutters frisch gebackenes Brot. Sie ließe sich bestimmt erweichen, wenn er sie mit seinem breiten Lachen ansah.

Statt dem vertrauten Klappern aus der Küche, dem Geräusch, das ihn jeden Morgen weckte, hörte er neben sich lautes Schnarchen, Grunzen und Stöhnen. Er riss die Augen auf. Im ersten Moment wusste er nicht, wo er sich befand. In einem riesigen Saal mit hoher gewölbter Decke lagen etwa fünfzig Männer ausgestreckt nebeneinander im Stroh. Manche hatten eine Jacke über den Kopf gezogen. Stiefel, Taschen und Gürtel lagen kreuz und quer verstreut. Ein beißender Geruch ging von den Schlafenden aus. Durch die vergitterten Fenster drang gedämpftes Herbstlicht herein. Wo war er hier gelandet? Was war passiert? Langsam und bruchstückhaft kehrte seine Erinnerung an die letzte Nacht zurück: Ein Widerling, dessen Gesicht durch eine lange Narbe verunstaltet war, hatte eine Runde Wein nach der anderen geschmissen und ständig von Afrika gefaselt. Jo rieb sich die Augen und fuhr mit den Händen durch sein wirres pechschwarzes Haar. Obwohl seine Kopfschmerzen unerträglich waren, rappelte er sich auf und wankte zu der dunklen, schweren Eichentüre, die durch vier Eisenbeschläge verstärkt war, als habe man sie für die Ewigkeit gebaut. Hartnäckig hämmerte er mit seinen Fäusten dagegen.

»Lasst mich raus«, schrie Jo. Er kratzte mit seinen Fingernägeln über das Holz. »Hört mich denn keiner?« Wieder schlug er voller Wucht zu.

»Ruhe, ich will schlafen«, beschwerte sich jemand.

»Schlafen, du hast vielleicht Nerven, wir sind hier eingesperrt!« Jo ließ nicht locker und trat mit seinen Füßen gegen die Eichentür. »Aufmachen, ich will hier raus!«

Plötzlich hörte er, wie ein schwerer Riegel zur Seite geschoben wurde.

»Was ist das für ein Lärm?«, brüllte eine dunkle, raue Stimme. Wolffskeel erschien im Türrahmen, in der Hand hielt er eine Peitsche.

»Dich kenne ich doch«, rief Jo empört, »du bist der Kerl von gestern, der mich abgefüllt hat.«

»Was soll der Unfug?«

»Irgendwas von Abenteuer und Afrika hast du gefaselt, und jetzt sitze ich in diesem dreckigen Loch.«

»Das ist die Kaserne seiner Durchlaucht, des Herzogs von Württemberg.«

»Lass mich raus, ich will hier wieder raus.«

»Zu spät, du hast dich anwerben lassen.«

»Blödsinn.«

»Vertrag ist Vertrag.«

»Ich habe nichts unterschrieben.«

»Das sehe ich anders.«

»So langsam erinnere ich mich wieder. Alles Lüge, Geld, viel Geld sollte ich bekommen und was ist das …« – Jo griff in seine Tasche – »eine einzige Münze habe ich hier. Das ist doch Beschiss.«

»Interessiert mich nicht, was du mit deinem Geld anstellst.«

»Betrüger, du bist ein verdammter Betrüger«, schrie Jo.

»Bürschchen, Bürschchen, nimm dich in Acht, ungestraft nennt mich niemand einen Betrüger.« Wolffskeel drohte mit dem Peitschengriff, den er fest und geräuschvoll in seine linke Handfläche schlug.

»Du machst mir keine Angst, mieser Betrüger.«

Jo spürte einen heftigen Schlag gegen seinen Kiefer und fiel rückwärts zu Boden.

»Warte ab, Bürschchen, du wirst mich noch kennen lernen, versprochen.«

Ein Rotschopf mit unzählbar vielen Sommersprossen im Gesicht half Jo auf die Füße. »Die Abdrücke der Peitsche bleiben dir wohl ein paar Tage erhalten.«

Behutsam fasste sich Jo ans Kinn, auf welchem der Peitschengriff einen roten Abdruck hinterlassen hatte.

»Geht's wieder?«

»Ja, geht.«

Sie setzten sich nebeneinander ins Stroh.

»Ich heiße Severin, Severin Haas.«

»Joseph Baptist Jett, Jo reicht.«

Sie gaben sich die Hand.

»Wie bist du hier reingeraten?«

Severin zuckte die Achseln. »Ich glaube, die wollten mich zu Hause loswerden.« Er berührte eine Strähne seiner roten Haare. »Mein Vater behauptete immer, ich könne nicht von ihm stammen, ich erinnere ihn an einen Kobold. Daraufhin fing meine Mutter jedes Mal zu jammern an. Was habe sie nur falsch gemacht, wie konnte ich in ihrem Leib nur so missraten: Diese roten Haare und die abstehenden Ohren seien ein Fluch. Denn meine Brüder sind alle stattlich gebaut und haben eine dicke schwarze Wolle auf dem Kopf, so wie du.«

»Ist das etwa schon alles?«

»Leider nein. Was ich angefangen habe, lief schief. Bei einem Zimmermann in der Lehre fiel ich von der Leiter und brach mir den Knöchel. Ein Schlachter erwischte meinen Finger anstatt der Schweinshaxe, ein Schmied schimpfte, ich würde seiner Tochter nachstellen, anstatt zu arbeiten. Aus Versehen hat er mir dann das halbe Ohr versengt. Aber im Grunde habe ich immer das gemacht, was andere von mir verlangten.«

Jo nickte.

»Meine Eltern, die Lehrherren und selbst der Pfarrer hatten ständig etwas zu meckern, ich sei faul, zu nichts nütze, ein elender Tollpatsch und Taugenichts.«

»Verstehe, darf ich mich vorstellen, ich bin der missratene Sohn eines jähzornigen, bigotten Vaters.« Jo grinste.

»Es verging kein einziger Tag ohne Streit. Stunk zu Hause, in der Gemeinde oder mit der Liebsten. Irgendwann kam der Schultheiß auf unseren Hof und hielt mir so ein Papier unter die Nase.«

»Was sagten deine Eltern dazu?«

»Ach, die. Ich glaube, Vater und Mutter haben den Kerl sogar gerufen. Zu dritt standen sie um mich herum, bliesen mir die Ohren voll, welch einmalige Chance das sei, so viel würde ich in Württemberg mit meinen Talenten nie verdienen. Wenn ich zurückkäme, wäre ich ein gemachter Mann und könne mit meinem Sold machen, was ich wolle, einen eigenen Kramladen einrichten, heiraten. Schließlich habe ich unterschrieben, einfach um meine Ruhe zu haben.«

»Und was ist mit euch?« Jo schaute sich um. Hinter ihm lag ein stämmiger, breiter Kerl, der um einiges älter war als Jo. »He, was ist mit dir?«

»Geht dich einen feuchten Scheißdreck an.«

»Lass gut sein«, wehrte Jo ab.

»Der saß wegen einer Rauferei im Loch. Zuerst hätten die Streithähne nur mit Fäusten gekämpft. Nachdem beide ordentlich was eingesteckt hatten, soll er seinem Gegner hinterrücks ein Messer in die Rippen gerammt haben. Das alles wegen sieben Kreuzern, erzählt man sich.«

»Hat der andere überlebt?«

»Tja, so genau weiß ich das nicht. Nur so viel: Der Meinhard hatte die Wahl zwischen viermal Gassenlaufen durch hundertfünfzig Mann, dreizehn Jahren Turm oder dem hier.«

Mit einem lauten Krachen wurde die schwere Eichentüre geöffnet. Wolffskeel schob einen jungen Burschen herein, der seinen Hut tief ins Gesicht gezogen hatte. »So, der gehört jetzt zu euch.«

Die Männer blickten auf.

»Nimm deinen Hut ab, oder versteckst du dahinter ein schiefes Pockengesicht?«, rief einer. Schwungvoll zog der Neue den Hut ab.

»He, du bist ja ein ganz hübscher Junge«, grölte die Runde. »Weiß deine Mama, dass du hier bist?« Sie lachten.

»Kann mir vorstellen, der Milchbart hat einen Schlag bei Frauen«, feixte Severin.

Ruhig Blut, dachte Lotte und holte tief Luft. Wenn Wolffskeel mir die Rolle abgekauft hat, machen es die Kerle hier erst recht. Hinter der Verkleidung vermutet niemand eine Frau, mir dürfen nur keine Fehler passieren. Lotte verzog keine Miene und setzte sich breitbeinig neben Jo und Severin. Sie räusperte sich und spuckte aus.

»Na, spucken kann er schon wie ein Großer«, sagte Jo. »Vielleicht schmeckt dir auch mein Kautabak.« Zuerst bediente sich Jo selbst, dann reichte er seine fein verzierte Messingdose weiter.

»Da sage ich nicht nein.« Sie nahm eine kräftige Prise und steckte sie in den Mund. »Louis Morell.« Langsam schob sie den Kautabak von einem Mundwinkel in den anderen. Sie hoffte sehr, dass ihr davon nicht schlecht würde.

»Ich bin Severin Haas und das ist Jo, eigentlich Joseph Baptist Jett, aber das ist ihm zu lang und zu brav.«

»Du bist ein elender Klugscheißer«, murrte Jo.

Severin grinste. Zu Lotte sagte er: »Nimm dich in Acht, hier sitzen raue Burschen.«

»Bin selbst schon mal eingefahren«, log sie.

»Was hast du denn ausgefressen, den Opferstock eurer Kirche geleert?«, fragte Meinhard.

»Im Suff soll ich Weinkrüge nach dem Schultheißen geschmissen haben, kann mich aber an nichts mehr erinnern, dafür gab es drei Tage Arrest im Turm.«

»Jetzt haben wir aber richtig Angst vor dir.«

Der frostige Tonfall der Stimme erschreckte Lotte. Sie drehte sich um. Ein Kerl mit breiter Nase, einem noch breiteren Gesicht und eiskalten Augen starrte sie an.

»Der Grünschnabel hat so ein glattes Kinn, so zarte Hände – wenn er eine Frau wäre, wüsste ich, was ich mit ihm machen würde.«

»Lass den Jungen in Frieden, Meinhard«, schimpfte Jo, »sonst gibt's ein paar aufs Maul.«

Lotte fühlte Kälte in sich aufsteigen, dieser Meinhard schien ein übler Zeitgenosse zu sein. Ihm musste sie aus dem Weg gehen.

»Die Gesellschaft ist mir hier zu schlecht, setzen wir uns auf die andere Seite«, sagte Jo laut. »Ich will sowieso mal einen Blick nach draußen werfen.«

Beim Gehen kroch der Schmerz von den Schläfen frontal in die Stirn. Wir werden wie Schlachtvieh gehalten, nicht einmal einen Tisch oder Stühle gibt es hier. Als er am Fenster war, griff er nach den Gitterstäben und zog sich nach oben. Die Kaserne war aus rotem Sandstein gebaut, ihr Fundament bildeten dicke Quader, den Innenhof umgaben hohe Mauern. Vor dem Kasernenportal standen bewaffnete Soldaten und hielten Wache. Es war unmöglich, zu fliehen.

»Louis, bist du eigentlich schon fünfzehn?«, wollte Severin wissen.

»Fünfzehn, du machst Witze, vor zwei Wochen bin ich siebzehn geworden.«

»Was treibt dich hierher?«

»Abenteuerlust.«

»Und deine Familie?«

»Hör endlich auf mit der Fragerei. Wenn Louis uns was erzählen will, macht er es schon«, knurrte Jo.

»Man wird ja noch fragen dürfen, schließlich haben wir es jetzt länger miteinander zu tun.«

»Weiß jemand, was wir da unterschrieben haben?«, rief Jo in die Runde. »Ich meine, hat irgendeiner von euch den Vertrag gelesen?«

»Also, um ehrlich zu sein«, Severin stotterte, »habe ich die Sprache nicht verstanden. Richtiges Deutsch war es jedenfalls nicht.«

»Du kannst nicht lesen, gib es zu.«

»Ha, ha und du?«

»Vergiss es, ich war sternhagelvoll.«

»Wolffskeel meinte, das sei Niederländisch«, sagte Lotte, »und wir hätten uns für fünf Jahre verpflichtet.«

»Clever, der Kleine.«

»Was ist mit unserem Sold?«, fragte Severin. »Außer dem Handgeld habe ich nichts bekommen.«

»Welches Handgeld?«, schimpfte Jo, »der Bastard hat mich übers Ohr gehauen, mir reicht's, ich habe die Schnauze gestrichen voll. Wir wissen nicht einmal genau, was wir in Afrika machen sollen, welche Ausrüstung wir kriegen, ob und wie wir je zurückkommen.«

Lotte zuckte die Achseln.

»Bei der ersten Gelegenheit hau ich ab, soviel ist sicher«, sagte Jo bestimmt.

»Pass bloß auf, wenn sie dich erwischen, kannst du dein blaues Wunder erleben.«

»Ohne mich«, wehrte Lotte ab, »ich bin heilfroh, endlich aus Württemberg rauszukommen.«

Ein korpulenter Kerl drehte sich zu den dreien um. »Abhauen? Habe ich richtig gehört, ihr wollt abhauen? Übrigens, ich bin Hayo Keller.«

»Willkommen im Kapregiment«, sagte Severin.

»Ich halte es nicht mehr aus.«

»Was ist los?«

»Meine Liebste ist schwanger und ich bin zum Nichtstun verurteilt.«

»Was hast du hier überhaupt verloren?«, fragte Severin.

»Der Vater meiner Braut konnte mich nicht ausstehen, ich war ihm so lästig wie die Krätze. Eines Tages hat er mich an die Werber verkauft. Wie aus dem Nichts sind sie plötzlich aufgetaucht.«

»Verflucht noch eins.«

»Wir bekamen von der Gemeinde keinen Trauschein.«

»Warum?«

»Ich hatte keine Arbeit, kein Geld, meine Eltern sind tot, ein elender Teufel eben.«

»Du wurdest verschleppt, mit Gewalt?«

»Sie waren in der Überzahl, ich hatte keine Chance.«

Jo ließ sich mit dem Rücken ins Stroh fallen. »Zum Abhauen findet sich eine Gelegenheit. Ihr werdet schon sehen.«

Bei diesem Gedanken ließ endlich das entsetzliche Dröhnen in seinem Kopf nach.

8

Ludwigsburg

Hügel schob die Tüllvorhänge seines Alkovens beiseite und stand mit einem Seufzer auf. Im Gehen drehte er sich nach Marianne um, die nackt auf dem Bett lag und sich genüsslich räkelte. An ihrem perfekten, alabasterweißen Körper würde er sich wohl niemals sattsehen können.

»Ich habe mir reichlich den Kopf zerbrochen«, sagte sie.

»Worüber?« Hügel blieb stehen.

»Über all die Dinge, die ich für Südafrika brauche. So eine Reise muss von langer Hand geplant werden. Am besten, ich mache eine Liste.«

»Vernünftig.« Hügel hörte jetzt nur noch beiläufig zu.

»Zuerst kommen mir Sonnenschirm, Sonnenhut und Schminke in den Sinn. Meinst du, so etwas gibt es überhaupt?«

»Was denn?«

»Puder und Cremes, die sich für die afrikanische Sonne eignen? Schweinefett zerläuft in der Sonne.«

»Schweinefett?«

»Meine Salben bestehen aus Schweinefett, wusstest du das nicht? Veredelt mit einem Duft von Maiglöckchen und Lavendel, versteht sich.«

»Wirklich?« Hügel war jedes Mal aufs Neue verblüfft, mit welchen Nichtigkeiten man die Zeit totschlagen konnte.

»Vielleicht wissen die Damen bei Hofe Rat. Ich will in Afrika auf keinen Fall geröstet werden und meinen schönen blassen Teint verlieren, schauderhaft! Nicht, dass ich irgendwann wie eine ordinäre Bauernmagd aussehe. Wirst du dich erkundigen?«

»Erkundigen?«

»Die Schminke.«

»Ja. Sicher.«

»Mein süßer Hamster.« Sie spitzte ihre Lippen und warf ihm mit der Hand einen Kuss zu. »Weiter brauche ich weiße Kleider, weiße Schuhe, weiße Haarbänder, den alten Plunder würde ich am liebsten hierlassen.«

»Auch die hübschen Sachen, die ich dir erst zum Geburtstag …?«

»Am liebsten alles, neue Kleider, neues Leben.«

Sie war ein verdammt vollendetes Luxusgeschöpf, eines, das ihm so lieb wie teuer war. Für das Frühstücksritual – er trank Kaffee, sie heiße Schokolade, beide aßen vom Teller des anderen und nach jedem Bissen küssten sie sich – blieb keine Zeit. In der Kaserne wartete Karl von Wolzogen auf den Oberst.

Der Baron war der Sprössling eines uralten Adelsgeschlechts, in dem es wahrscheinlich mehr kaiserliche Lehnsmänner, Freiherren und Offiziere gegeben hatte als im Stammbaum des Herzogs von Württemberg. Entsprechend ehrgeizig stellte sich Hügel seinen neuen Adjutanten vor. Man sagte den Herren von Wolzogen ein sehr freundschaftliches, sogar inniges Verhältnis zu Schiller nach. Gemeinsam mit dem abtrünnigen Schreiberling hatten die Brüder von Wolzogen die Militärakademie besucht. Und nicht genug, dass eine von Wolzogen der Jugendschwarm Schillers gewesen sein sollte, nach der skandalösen Uraufführung der Räuber in Mannheim war Schiller geflohen und bei einer entfernten Verwandten des Barons in Thüringen untergekrochen.

Vergeblich hatte sich der Herzog damals um Schillers Auslieferung bemüht. Dankbarkeit für die Wohltaten seines Landesherrn, die militärische Laufbahn, das Medizinstudium, welches Schiller von einem Niemand zum Hofmedikus gemacht hatte, kannte der schreibende Hitzkopf offenbar nicht. Hoffentlich war Wolzogen nicht völlig von Schillers verqueren Gedanken verdorben worden. Hügel richtete sich hinter seinem Schreibpult auf und brachte seinen Soldatenrock in Form. Weder die Ideen der Aufklärung noch ein adliger Stammbaum, selbst wenn der in direkter Linie auf Karl den Großen zurückgegangen wäre, konnten ihn beeindrucken. In seiner neuen Position als Oberst des Kapregiments musste er sich nichts mehr beweisen. Es klopfte an der Tür und der Baron betrat die Schreibstube des Obersts.

»Sir, Karl von Wolzogen, Oberleutnant im I. Bataillon des Regiments Württemberg, meldet sich zum Dienst.«

Sein junger Adjutant sah soldatischer aus, als Hügel sich ihn vorgestellt hatte. Zu seinem Bedauern war Karl von Wolzogen nicht nur durch Herkunft und Bildung privilegiert, sondern auch von der Natur überreich beschenkt worden: Er war groß, schlank und hatte volles blondes Haar. Seine ebenmäßigen Gesichtszüge wurden weder durch eine wulstige Nase, ein fliehendes Kinn noch Pockennarben verunstaltet. Sein griechisches Profil hätte einer antiken Büste alle Ehre gemacht. Nicht einmal schiefe Zähne besaß er. Hügel verspürte einen Hauch von Missgunst.

»Uns bleibt nur wenig Zeit, genau gesagt sieben Wochen, um aus den Männern Soldaten zu machen. Am 26. Februar werden wir nach Vlissingen aufbrechen. Wolzogen, bereiten Sie alles Notwenige für den Marsch vor und überwachen Sie die militärische Ausbildung der Rekruten.«

»Zu Befehl, Sir!«

»Einkleiden, Exerzieren, Waffendrill, Befehl und Gehorsam, das ganze Programm. Feldwebel Wolffskeel übernimmt die Drecksarbeit. Seien Sie ja nicht zu zimperlich mit den Rekruten, schließlich sind wir hier nicht bei der Heilsarmee.«

»Wie meinen, Sir?«

»Verbote und Peitschenhiebe sind die einzige Sprache, die die Kerle verstehen.«

»Mir scheint, Gewalt befördert die Disziplin der Männer keineswegs.«

»Wie bitte, ich verstehe nicht?«

»Lob statt Strafe und die Soldaten gehorchen von alleine.«

»Bringt man das den Absolventen der Karlsschule bei?« Hügel schnappte nach Luft. Früher als gedacht fing der Ärger mit diesem verwöhnten, verzogenen Schnösel an, der anscheinend genug Zeit und Geld besaß, um über so einen luxuriösen Blödsinn nachzudenken.

»Das lehrt die Vernunft. Eine menschenwürdige Behandlung hebt automatisch die Moral der Truppe.«

»Moral ist allein etwas für Offiziere. Ich kenne keinen Soldaten, der nicht gerne säuft, frisst und hurt.«

»Man muss auch den Gemeinen die Ideale ihres Standes, vor allem die soldatische Ehre näherbringen, dann bessert sich ihr Verhalten von alleine.«

»Soldatische Ehre, dass ich nicht lache. Ich weiß beim besten Willen nicht, was ich mit einem einfachen Soldaten gemein habe. Uns unterscheidet Geburt, Stand, Ausbildung, einfach alles. Wenn nicht einmal die Menschen gleich sind, wie können es dann Soldaten sein.«

»Das wird die Geschichte entscheiden.«

»Jetzt erzähle ich Ihnen mal meine Version der Geschichte. Der gemeine Soldat wird durch Geld und Furcht angetrieben, er muss tun, was ihm befohlen wird und unterlassen, was verboten ist. Selbst wilde Tiere kann man so gefügig machen.«

Theobald von Hügel hätte in diesem Moment nicht erklären können, warum er sich mit diesem neunmalklugen Adonis überhaupt auf eine Diskussion einließ.

Im Kasernenhof ertönte die Glocke zum Appell.

»Los, raus hier! Wird's bald?« Wolffskeel stand breitbeinig im Türrahmen des Schlafsaales.

Lotte und ihre Kameraden sprangen auf, klopften ihre Kleider ab und schoben sich einer nach dem anderen an Wolffskeel vorbei.

»Zum Fahnenplatz, falls einer von euch die Richtung vergessen hat. Schlaft unterwegs bloß nicht ein, oder glaubt ihr, der Oberst hat Lust, auf euch zu warten?«

Ein schwarzer, regennasser Himmel hing tief über dem Kasernenhof, als sei er mit Händen zu greifen.

»Achtung, der Oberst!«, brüllte Wolffskeel.

In Begleitung seines Adjutanten trat Hügel vor die wartenden Rekruten, die sich leger hintereinander aufgestellt hatten. Er streifte Wolffskeel mit einem kurzen Blick und begann seine Rede.

»Männer, ihr habt die Ehre, im Regiment Württemberg seiner Herzoglichen Durchlaucht zu dienen. Als Soldaten werdet ihr lernen, jede Art von Entbehrungen zu ertragen. Lange Märsche, schweres Gepäck oder ein Lager im Freien dürfen euch nichts anhaben. Hitze, Staub, Regen und Kälte müsst ihr trotzen, selbst bei Hunger dürft ihr niemals den Mut verlieren. Erweist euch unserer Fahne als würdig. Die Liebe zum Herzog und zum Vaterland treibt uns an.«

Ein Murren ging durch die Reihen. Hügel stampfte mit seinem Fuß fest auf die Erde. Sein strenger Blick duldete keinen Widerspruch. »Im Februar marschieren wir über Frankreich nach Holland, von dort geht es mit dem Schiff ans Kap der Guten Hoffnung. Zu jeder Zeit verlange ich von euch unbedingte Treue gegenüber dem Landesherrn und seinen Offizieren. Fluchen, Lästern, Schwören, Alkohol, Ehebruch und Hurerei sind verboten. Ich warne euch, Ungehorsam und jedes unchristliche Verhalten werden hart bestraft. Morgen früh beginnt die Ausbildung, wegtreten.«

Hügel drehte sich nach Wolzogen um und gab seinem Adjutanten einen Wink, ihm zu folgen.

»Wir sind schon jetzt ein Totenheer«, sagte Elias Hesse. Ein Alter mit wettergegerbtem, zerfurchtem Gesicht und einem Buckel, der durch jahrzehntelange Plackerei immer größer geworden war, stand neben Lotte. »Niemand wird zurückkehren, mein Junge.«

»Was redest du da?«, erwiderte Lotte.

»Ich diene schon lange genug als Soldat, um zu wissen, dass wir uns dem Tod verschrieben haben.« Die Krähenfüße um seine Augen zuckten.

»Ich habe nicht vor zu sterben«, erklärte sie bestimmt.

»Um mich ist es nicht schade.« Seine Stimme klang resigniert. »Meine Frau ist gestorben, meine Kinder wollen nichts mehr von mir wissen, ich bin alt und ausgemergelt. Mein Leben ist ohnehin vorbei. Es macht keinen Unterschied, ob ich auf See, in einer afrikanischen Kaserne oder mutterseelenallein in meiner Kammer sterbe. Aber du bist noch so jung, so blutjung.«

»Das Wort Angst kenne ich gar nicht, ich will hinaus, die Welt sehen«, sagte Lotte selbstsicher.

»Die Welt! Du meinst wohl Entbehrungen, Hunger und den sicheren Tod. Du wärst besser zu Hause geblieben.«

»Mein Zuhause war die Hölle auf Erden, ich will bestimmt nicht mehr zurück.« Obwohl es Lotte leichtfiel, nach außen ungerührt zu wirken, setzten ihr die Worte des Alten nun doch ein wenig zu, ihr war mulmig zumute.

»Hast du den Vertrag gelesen, Alter?« Jo und Severin hatten die beiden entdeckt und sich neben sie gestellt.

»Was ist, wenn wir in einen ganz und gar entlegenen Winkel der Welt geschickt werden?«, sagte Elias Hesse. »Möglich wäre das.«

»Wie, nicht nur ans Kap der Guten Hoffnung?«

»Das große Geschäft macht die Vereinigte Ostindische Kompanie von Batavia aus – und dafür braucht sie keine Männer in Kapstadt.«

»Verdammt, Ba-ta-tavia, wo soll das denn sein?« Lotte schluckte.

»Die Stadt liegt auf einer Insel östlich von Indien. Hitze, Schlangen, Fiebersümpfe, etwas anderes erwartet dort niemanden«, antwortete Elias Hesse.

»Wir sind den Holländern mit Haut und Haaren ausgeliefert.«

»Nicht mit mir. Ich hau ab«, Jo schüttelte sich.

»Wenn du wirklich vorhast abzuhauen, posaun es nicht so laut herum. Bei Fahnenflucht verstehen die Herren Offiziere keinen Spaß«, sagte der Alte.

Dann schaute er Lotte an: »Es ist ein Jammer, halbe Kinder steckt der Herzog in den Soldatenrock, nur um seine Kassen zu füllen.«

Am nächsten Tag begann der Appell vor Sonnenaufgang. Die ganze Nacht hindurch hatte es geregnet. Es schien, als sei der Himmel herabgefallen und hätte den Boden des Kasernenhofs in Schlamm verwandelt. Ein mattes, grünliches Licht flackerte am östlichen Himmel auf, als Lotte und ihre Kameraden in die Kälte traten. Fünfzig Augenpaare waren auf Wolffskeel gerichtet, der seinen bevorstehenden Auftritt sichtlich genoss.

»Das erwartet euch die nächsten Wochen: Exerzieren, Exerzieren und nochmals Exerzieren. Wer aufmuckt, landet im Kerker.« Er rieb eine lederne Knute gegen sein Hosenbein. »Damit eins klar ist, soldatisches Gleichmaß wird ab jetzt zu eurer zweiten Natur. Steht aufrecht, den Kopf geradeaus, das alles in einer Linie und vor allem zack, zack.«

Die Männer sortierten sich.

»Das nennt ihr zack, zack, ihr Memmen«, brüllte Wolffskeel. »Wer ab jetzt auch nur die Augen bewegt, lernt die hier kennen.«

Mit der Peitsche hatte er noch jeden Ungehorsam kuriert. Er holte weit aus und ließ sie laut neben sich knallen. Ein grelles Surren erfüllte die Luft, das nur langsam erstarb. Wie ein Raubtier, das sich an seine Beute heranschleicht, setzte sich Wolffskeel in Bewegung, er schritt die Reihen ab, nahm die Truppe ins Visier und fixierte einzelne Gesichter. Minuten vergingen ohne ein Wort. Jetzt würde er den Grünschnäbeln eine Vorstellung bieten, auf die er sich schon lange gefreut hatte. Willkürlich blieb er vor Hayo Keller stehen. »Bauch rein, du Fettwanst.« Mit der Kante seiner flachen Hand versetzte er ihm einen Schlag in die Eingeweide.

Hayo röchelte leise.

»Brauchst du etwa Hilfe, soll ich einen Arzt kommen lassen?«

Hayo kniff die Lippen zusammen und ertastete vorsichtig seine Magengegend.

»Hab ich was von Rühren gesagt?« Ohne Vorwarnung schlug er mit dem Peitschengriff zu und traf Hayos Hinterkopf. Dieser sackte zusammen.

»Schafft den Waschlappen weg.«

Wolffskeel machte einige Schritte vorwärts, blieb vor Jo stehen und glotzte ihn an.

»Du bist ein ganz harter Bursche, was, wie hast du mich genannt, einen Betrüger? Mal sehen, ob du das heute Abend immer noch sagen wirst.« Er drehte seinen Kopf: »A-l-l-e links um, marschiert!«, schrie Wolffskeel. Dann tippte er Jo auf die Schulter. »Nur der hier bleibt stehen.«

Der Drill begann. Lotte und die Soldaten neben ihr marschierten zuerst in langen Zweierreihen, dann in Karrees von zwölf Mann. Sie marschierten vorwärts und rückwärts, vor und zurück. Welchen Nutzen rückwärts marschieren haben sollte, erschloss sich Lotte nicht. Ohne zu murren gehorchte sie den Befehlen, die Wolffskeel den ganzen Tag vor sich hin bellte. Sobald die Linie, in der sie stand, auseinanderriss, fing die Prozedur von vorne an. »Im Gleichschritt, rechts um und weiter geradeaus«, schrie Wolffskeel. »Gleichschritt habe ich gesagt.« Tagelanges Marschieren erschien Lotte die bessere Wahl zu sein, als stinkende Schweineställe auszumisten. Außerdem ging sie hier in der Menge unter. Sie war eine unter vielen. Niemand interessierte sich wirklich für sie, begaffte sie.

Als in der Dämmerung der Zapfenstreich die Männer erlöste, stand Jo alleine auf dem Kasernenhof. Seit dem Morgen schien er sich keinen Millimeter von der Stelle bewegt zu haben. Wolffskeel trat vor ihn: »Weißt du jetzt, wer vor dir steht?«

»Feldwebel Wolffskeel, Sir.«

»Warum nicht gleich so?«

Jo glaubte, er sei zu Eis erstarrt, als er durch die Gänge der Kaserne stapfte, aber im Inneren glühte er vor Zorn. Sobald er den Schlafsaal betrat, riss er sich die nassen Kleider vom Leib und hüllte sich in eine Decke.

»Dieses miese, verdammte Schwein. Meine Beine sind steif wie zwei Holzpflöcke, unterhalb vom Bauchnabel spüre ich gar nichts mehr.«

»Dein bester Freund wird schon wieder zum Leben erwachen.« Severin grinste.

Lotte griff neben sich und reichte ihm einen Napf mit Brei. »Hau rein.«

»Was soll das sein? Sieht nicht aus, als könnte man das essen. Hat Wolffskeel da gerade reingeschissen?«

»Warum lässt du es auch bis zum Äußersten kommen«, setzte Lotte besserwisserisch nach.

»Weil ich mir nicht alles bieten lasse und von diesem Mistkerl schon zweimal nicht.«

»Wolffskeel ist ein übler Bursche, bei dem ziehst du immer den Kürzeren.«

»Behauptest du etwa, ich bin an den verfluchten Schikanen, die er ausheckt, auch noch selber schuld?«

»Nein, natürlich nicht, du könntest nur ein wenig vorsichtiger sein, das ist alles.«

»Danke, deine Ratschläge kannst du für dich behalten.«

»Mann, ich meine es doch nur gut.« Lotte verdrehte die Augen.

»Ich meine es doch nur gut«, äffte Jo sie nach. »So ein süßliches Gesäusel kann ich gar nicht gebrauchen, du redest schon wie ein überfürsorgliches Eheweib. Und jetzt habe ich genug davon.«

Lotte durchfuhr es heiß, exerzieren, marschieren, mit dem Gewehr salutieren waren eine Kleinigkeit verglichen damit, wie ein Mann zu denken oder zu reden. Je weniger sie in Zukunft sagte, desto besser. Sie hielt sich ihre Hände vors Gesicht und atmete tief durch.

Jo war gereizt aufgestanden und hatte sich neben den Alten und Hayo Keller gesetzt. Der lag zusammengerollt im Stroh. »Mein Bauch fühlt sich an, als hätte ein Pferd dagegengetreten, von meinem Kopf gar nicht zu reden. Hier halte ich es keinen Tag länger aus. Ich muss weg.«

»Das würde ich mir sehr genau überlegen. Deserteuren drohen die härtesten Strafen, Kerker oder Gassenlaufen«, sagte Elias Hesse leise.

»Es muss sich wohl niemand mehr wundern, wenn die Leute abhauen. Ich habe diese miesen Schinder so satt«, schimpfte Jo.

»Lieber fahnenflüchtig und ehrlos als für den Herzog verrecken.«

»Hast du einen Plan?«, Jo beugte sich über Hayo.

»Wenn wir durch Frankreich an die Nordsee marschieren, kommen wir durch Durlach. Meine Verlobte hat dort Verwandte, die können uns verstecken.«

»Das ist ein Wort.«

Gegen Mitternacht weckte sie die dunkle, raue Stimme Wolffskeels: »Fertig machen zum Appell.«

9

Schloss Ludwigsburg und seine Gärten

Die Orangerie des Schlosses Ludwigsburg suchte in Europa ihresgleichen. Ein Hauch von Italien durchwehte den Glaspalast. Der Stolz des Herzogs war eine Allee mit blühenden Orangenbäumen, in Rondells wuchsen Jasmin- und Myrtesträucher, die einen süßlich-herben Duft verströmten. In der Glaskuppel hingen Tausende Lampen, die beim Einbruch der Dunkelheit entzündet wurden und sodann einem Sternenhimmel glichen. Weitläufige Bassins beherbergten tropische Pflanzen, die in Scharlachrot und Purpur um die Wette blühten. Wohin man sah, gluckstén, plätscherten und sprudelten Wasserspiele und Fontänen. Mitten in Württemberg hatte Karl Eugen ein Arkadien erschaffen.

Der Herzog saß auf einem weichen Brokatsessel neben einem blühenden Hibiskus und gähnte ausführlich. Er war bereits so schläfrig, dass ihm jegliche Etikette gleichgültig war, er setzte seine Perücke ab und öffnete die Knöpfe seines goldbestickten Samtrocks. Nach üppigen Mahlzeiten spannte dieser noch stärker über seinem aufgeblähten Wanst als gewöhnlich. Wie bei seinen verflossenen Mätressen war die Zeit auch an ihm nicht spurlos vorübergegangen. Seine Muskeln waren schlaff, die Haut, einmal abgesehen von seinen rot geschminkten Wangen, schimmerte fahl. Eigene Haare besaß er kaum noch, was die Perücke glücklicherweise zu verbergen wusste. Seine dünne, langgezogene Nase, die einem gekrümmten Vogelschnabel glich, schien von Jahr zu Jahr länger und dünner zu werden.

Am liebsten hätte er für einige Minuten die Augen geschlossen, ihm war schwindelig, der schwere Rotwein, den er zum Fasan getrunken hatte, war ihm zu Kopf gestiegen. Ein weiteres untrügliches Zeichen, dass die Leichtigkeit der vergangenen Jahre verflogen war.

Er war ungehalten. Amtsgeschäfte, die angeblich keinen Aufschub duldeten, brachten ihn um seine Mittagsruhe. Der oberste Staatsdiener und der Kommandant des neuen Regiments hatten um eine Audienz gebeten. In Sachen Söldnerheer gäbe es gewisse Schwierigkeiten, die der Aufmerksamkeit seiner Durchlaucht bedurften. Schwierigkeiten, Karl Eugen hasste dieses Wort.

Nachdem der Herzog den Vertrag mit der Vereinigten Ostindischen Kompanie eingefädelt und sich wie ein kleiner Junge über die dreihunderttausend Gulden gefreut hatte, die bald seine Geldschatulle füllen würden, hatte er sich nicht weiter um das Geschäft gekümmert. Wozu auch? Schließlich leistete man sich einen Hofstaat mit Hunderten von Beamten und Beratern.

Karl Eugen gähnte wieder, blinzelte, dann fielen ihm die müden Augenlider zu. Langsam glitt sein Kopf zur Seite, er atmete schwer. Beinahe wäre er eingeschlummert, wenn nicht ein Diener, der den Kaffee servierte, unsanft gegen seinen Sessel gestoßen wäre. Der Herzog zuckte zusammen und war auf der Stelle hellwach. Einsperren lassen sollte ich diesen Tollpatsch. Wenn nur eines meiner Mokkatässchen zu Bruch gegangen ist, landet dieser Tölpel im finstersten Kerker des Landes. Leider waren die Zeiten vorbei, in denen ein Regent solche Androhungen wahrmachen konnte. Die Ära des aufgeklärten Absolutismus sei angebrochen, wie Friedrich der Große ihm auf seiner letzten Reise durch Preußen zweifelsfrei zu verstehen geben hatte. Karl Eugen hatte daraufhin beschlossen, ein gemäßigt aufgeklärter Herrscher sein zu wollen.

Aufmerksam taxierte Karl Eugen jede Bewegung des Dieners, bis alle Tässchen und Tellerchen, Kännchen und Döschen in perfekter Anmut vor ihm platziert waren. Sein Ludwigsburger Porzellan war ihm heilig. Er bewunderte das hauchdünne, beinahe durchsichtige Material, die vollendeten Formen und die haarfeinen Pinselstriche der Abbildungen. Jagdmotive hatten es ihm besonders angetan: eine Hundemeute, ein röhrender Hirsch oder eine Bache, eingerahmt von ihren Frischlingen. Die Ludwigsburger Porzellanmanufaktur war das ökonomische Filetstück seines Landes. Die bedeutendsten Arkanisten, Modelleure und Maler schufen Tafelservice und Fayencen, um die ihn sogar der französische König beneidete. Bis heute war es Karl Eugen ein Rätsel, wie aus einem Tonklumpen Porzellan werden konnte. Wäre er so abergläubisch wie ein altes Weib, könnte er tatsächlich glauben, dahinter stecke Zauberei. Vorsichtig drehte er ein Mokkatässchen hin und her, so zart und zerbrechlich und unendlich kostbar war es. Wahrscheinlich müsste ein Bauernlümmel sein ganzes Leben dafür arbeiten.

Nachdem er vier Tassen Mokka getrunken und eine Schale mit kleinen, bunten Süßigkeiten vernascht hatte, die so aussahen wie Spielzeug, stülpte er seine Perücke über, knüpfte seinen Rock zu und verließ die Orangerie in Richtung Park. Er hatte die Herren Kniestedt und Hügel nun lange genug in der Kälte warten lassen. Eineinhalb Stunden sollten genügen, um sein Missfallen auszudrücken.

Alexander von Ostheim lauschte gebannt auf das Surren einer Schmeißfliege. Ausdauernd hatte sie in der Luft Schleife für Schleife gedreht, jetzt nahm er sie ins Visier.

Die Fliege knallte immer und immer wieder gegen eine Fensterscheibe des Vestibüls im herzoglichen Appartement. Das Insekt krabbelte die Glasscheibe nach oben, erreichte eine Sprosse, blieb unschlüssig darunter stehen. Wand sich im Kreis, nach unzähligen Umdrehungen lief es die Hälfte des Weges wieder zurück. Erneut spannte es die Flügel, brummte los, als nähme es Schwung, donnerte mit Wucht gegen das Fenster und blieb wie betäubt daran kleben. Ostheim sah die zerbrechlichen Flügel, das irisierende Grün des Körpers. Monströs, geradezu ekelerregend empfand er die nach vorne gewölbten schwarzen Augen. Zu nichts war dieses Insekt nutze, zu gar nichts, ein sinnloses Leben. Ungeziefer, das den Unterschied zwischen einer Blume und einem Scheißhaufen nicht kannte.

Nach ein paar Minuten hatte sich die Fliege erholt und startete einen weiteren Versuch, die unsichtbare Barriere zu durchbrechen. Nach einem heftigen Aufprall taumelte das Insekt und blieb reglos auf dem Fensterbrett liegen. Er nahm es zwischen die Finger und riss ihm einen Flügel heraus, dann legte er es zurück. Konnte ein Tier Schmerz empfinden, und wenn ja, müsste es dann nicht laut schreien? Dieses schrie nicht, bewegte sich nicht einmal. Er schubste es mit seinem Finger an. Das Insekt versuchte zu fliehen, rotierte angstvoll mit seinem verbliebenen Flügel. Es gelang ihm sogar, sich vom Fensterbrett zu lösen, geriet in Schieflage und stürzte ab. Ein Lächeln huschte über Ostheims Gesicht. Er packte die Fliege, zog ihr auch den zweiten Flügel heraus und ließ sie zu Boden fallen. Wie lange wartete er jetzt schon auf den Herzog? Seit dem Vormittag! Er hatte dieses nutzlose Warten so satt. Was er auch tat, Briefe schreiben, um Audienzen bitten, Höflinge bestechen, nie drang er zu ihm durch, es war, als existierte er überhaupt nicht. Ostheim machte einen kleinen Schritt vorwärts und zerquetschte die Fliege mit seinem Fuß. Am Fenster lehnend sah er, wie sein Vater, der Herzog, plötzlich den Weg zu den Volieren einschlug.

Die riesigen Buchenstämme der Parkallee ragten weit in die Höhe, als wollten sie am Himmel kratzen. Der Wind hatte die Äste längst leergefegt, wie Scherenschnitte in einem Märchenbuch hoben sich die Baumkronen vor dem blassblauen Hintergrund ab. Ende November konnte man den Winter bereits riechen.

Von weitem erkannte Karl Eugen, wie der Staatsminister und der Oberst vor den Vogelkäfigen unruhig auf und ab marschierten. Sie rieben ihre Hände, pusteten hinein, hüpften von einem Bein aufs andre. Der Herzog empfand eine tiefe Genugtuung bei ihrem Anblick. Sobald die beiden ihn entdeckt hatten, blieben sie wie erstarrt stehen. Es gelang ihnen nicht mehr, den Mund zu einem Lächeln zu verziehen, sie froren zu sehr.

»Meine Herren, gehen wir ein paar Schritte. Ich möchte nicht, dass Ihnen kalt wird.«

Kalt? Meine Füße sind bereits Eisklumpen, dachte von Kniestedt.

»Ich hoffe, Sie haben wichtige Gründe, die Sie zu mir führen!«

»Unsere Bemühungen, weitere Soldaten für das Kapregiment zu rekrutieren, sind ins Stocken geraten.«

»Ja, und weiter?«, fragte der Herzog ungeduldig.

»Wir haben Werber nach Speyer, Hohenlohe und in die Kurpfalz geschickt.«

»Mit welchem Ergebnis?«

»Die Regierungen haben uns in ihrem Machtbereich die Erlaubnis entzogen, Rekruten anzuwerben.«

»Wird sich geben, meine Herren. Wird sich geben. Unser Württemberg ist ein fruchtbares Land mit vielen Untertanen. Sehen Sie zu, dass wir die Holländer nicht enttäuschen.«

»Da wären wir bei der nächsten Schwierigkeit.«

»Schwierigkeit«, der Herzog verdrehte die Augen, »dieses Wort möchte ich nicht mehr hören. Nichts ist unmöglich, haben Sie verstanden, Kniestedt.«

Fast unsichtbar zog der Staatsminister seine Mundwinkel nach unten. »Der kaiserliche Gesandte hat Einspruch bei den Reichsständen gegen unsere Unternehmung erhoben. Sie verstoße gegen Reichsgesetz.«

»Papperlapapp.«

»Der Kaiser missbilligt, dass deutsche Männer für holländische Interessen ihr Leben lassen sollen.«

»Was mischt sich Kaiser Joseph überhaupt ein? In Württemberg bin ich der Herr.«

Der Oberst meldete sich zu Wort. »Durchlaucht, das Korps muss ausgerüstet werden, es fehlt an Wäsche, Schuhen, Gewehren.«

»Warum werde ich mit derlei Kleinigkeiten belästigt?«

»Der Preis für die Ausrüstung eines Soldaten beläuft sich auf fünfzig Gulden«, sagte der Staatsminister.

»Ja?«

»Laut Vertrag hat seine Durchlaucht diese Summe vorzustrecken.«

»So, so.« Der Herzog runzelte die Stirn.

»Die Kassen sind leer und die Holländer warten.«

»Bitten Sie um einen Vorschuss.«

»Ausgeschlossen, die Kaufleute wollen, dass wir die Soldaten liefern, dann zahlen sie.«

»Wird sich geben, wird sich geben, mein lieber Kniestedt.«

Der Staatsminister schüttelte leicht den Kopf. Ich kann es nicht mehr hören dieses ›wird sich geben, wird sich geben‹. Nach einer kurzen Pause sagte er: »Durchlaucht, das Unternehmen ist zum Scheitern verurteilt, wenn wir nicht in Kürze Bargeld auftreiben.«

»Gehen Sie zu einer Bank, dort gibt es reichlich Geld.«

Warum verschloss der Herzog vor der Wirklichkeit die Augen, er war so verschuldet, dass ihm niemand mehr einen Kredit gewährte.

Die drei hatten den äußersten Punkt des Südgartens erreicht. Noch vor wenigen Jahren hatte Karl Eugen Unsummen in die barocke Neugestaltung des Parks gesteckt. Alte Stützmauern mussten weichen, Springbrunnen und kleine künstliche Seen ließ er anlegen. Götterstatuen aus Alabaster säumten das Blumenparterre, gezirkelte Kieswege führten zum üppig bepflanzten Boskett. Inselbeete mit Rosen entstanden, die in voller Juniblüte den Park mit ihrem betörenden Duft umhüllten. Ein Labyrinth aus Buchenhecken erfreute die Damen nach Herzenslust, ausgelassen spielten sie darin Verstecken, drehten Runde um Runde, bis ihnen schwindelig wurde. Immer weitläufiger und schöner sollte sein Park werden. Ackerflächen jenseits der Schorndorfer Straße fügte der Herzog seinem blühenden Paradies hinzu, lange Alleen verbanden die einzelnen Gartenräume miteinander. Doch mittlerweile hatte er das Interesse an dem Park verloren. Die prächtigen Blumenrabatten im Parterre, in denen sich je nach Jahreszeit Tulpen mit Schachbrettblumen, Päonien und Kaiserkronen abgewechselt hatten, waren Unkraut gewichen. In den Ritzen der Statuen hatte sich Moos festgesetzt und die künstlichen Seen verschilften.

Landschaftsgärten, die der Natur nachempfunden waren, so wie sie jetzt in England Mode waren, gefielen von Kniestedt ohnehin besser als die pompösen, gezirkelten Gärten des Barocks. Schließlich war auch der neue Hohenheimer Landschaftspark ein Zeichen dafür, dass Karl Eugen der barocken Geometrie seiner frühen Regierungsjahre abgeschworen hatte und sich nun dem Ideal »zurück zur Natur« verpflichtet fühlte. Für einen Augenblick hätte von Kniestedt fast vergessen, dass die Lösung von Karl Eugens Schwierigkeiten allein an ihm hängen bleiben würde, an ihm und seinem guten Namen.

»Lassen Sie uns umkehren«, erklärte der Herzog.

Von Kniestedt zögerte, schließlich sagte er: »Beim Bankhaus Notter & Co in Calw bin ich bestens bekannt. Den Vertrag mit den Holländern als Sicherheit wäre es möglich von dort ein Darlehen über sechzigtausend Gulden zu erhalten.«

»Sehen Sie, Kniestedt, alles regelt sich wie von selbst.«

Nur dass ich diesmal bürge, dachte der Staatsminister.

»Hören Sie, ich möchte, dass meine Soldaten schmucke Uniformen tragen, blau mit gelb, schöne Gamaschen. Sie sollen eine bessere Figur machen als die luxemburgischen oder hessischen Söldner.«

»Bleibt die Verpflegung«, mischte sich der Oberst ein.

Es gehörte schon ein erhebliches Maß an Impertinenz dazu – oder war es Furchtlosigkeit –, seine Beschwerden mit solcher Offenheit vorzutragen, dachte der Herzog. »Mein lieber Oberst, ich glaube, ich kann Ihnen nicht ganz folgen?«

»Auf dem Weg nach Holland müssen die Soldaten essen und trinken.«

»Ich bezahle keinen Heller, damit sich die Kerle auf meine Kosten ihre Bäuche vollschlagen, verstanden. Jeder soll sich selbst versorgen«, rief der Herzog gereizt.

Der Oberst zog seine Augenbrauen zusammen.

»Dabei bleibt es.«

Dass er von der Vereinigten Ostindischen Kompanie zweiundsiebzigtausend Gulden für den Transport der Kompanie an den Nordseehafen Vlissingen erhalten würde, sobald sich die Truppe in Bewegung gesetzt hätte, verschwieg der Herzog. Die Zweiundsiebzigtausend waren sein Geld und auf keinen Fall wollte er es mit irgendwelchen Bauernlümmeln teilen.

Die Umrisse des Schlosses lösten sich in der Dunkelheit auf, als sie das Südportal des Corps de Logis erreichten. Obwohl Karl Eugen den Kontakt mit seinen Offizieren so kurz wie nötig hielt, ihn am liebsten überhaupt vermieden hätte und interne militärische Abläufe ihn über die Maßen langweilten, ließ ihn eine Frage nicht los: »Welche Offiziere werden das Kapregiment nach Südafrika begleiten?«

»Als Oberleutnant habe ich Karl von Wolzogen verpflichtet. Er hat die berühmte herzogliche Karlsakademie in Ludwigsburg als einer der besten absolviert, außerdem dachte ich an Leutnant ...«

»Bevor Sie lange suchen, habe ich einen glänzenden Vorschlag.«

Vorschlag hieß in der Sprache des Herzogs Befehl, da gab sich der Oberst keinen falschen Illusionen hin.

»Wie wäre es mit dem Herrn von Ostheim?«

Obwohl der Herzog seinem Franzele schon seit Jahren treu war, hatte sein vergangenes Liebesleben einen üblen Beigeschmack, oder präziser gesagt unwillkommene Begleiterscheinungen gezeitigt. Seit der Trennung von seiner ersten Gemahlin ging die Damenwelt Europas an seinem Hofe ein und aus. Elisabeth Friederike hatte kurz nach der Hochzeit ihre Koffer gepackt, war zu ihren Eltern nach Bayreuth gefahren und nicht mehr zurückgekehrt. Unzählige Briefe, Geschenke und Besuche hatten sie damals nicht umstimmen können. Schließlich war er froh, sie los zu sein, denn dem zarten Geschlecht war er, weiß Gott, nie abgeneigt gewesen. Er fand sie alle hinreißend, französische Tänzerinnen, italienische Sängerinnen genauso wie die adligen Fräuleins von Württemberg. Den moralischen Appellen einer Clique selbst ernannter Tugendwächter schenkte er kein Gehör. Ihre Ermahnungen perlten an ihm ab, obwohl sie in einem Punkt letztendlich recht behielten. Seine Liebschaften brachten ihm eine Schar illegitimer Nachkommen ein. Und Ostheim war einer der Unberechenbarsten von ihnen. Dank seiner Intervention konnte der Bastard nun weit weg am Kap der Guten Hoffnung anderen auf die Nerven fallen. Karl Eugen war hochzufrieden mit dem Nachmittag. Das Geschäft mit den Holländern erwies sich nicht nur als üppig sprudelnde Geldquelle, sondern auch als glänzende Gelegenheit, einen lästigen Sprössling loszuwerden. Ohne sich zu verabschieden, betrat er das Schloss.

Alexander von Ostheim wartete noch immer vor dem herzoglichen Audienzzimmer.

10

Ludwigsburger Garnison

Es war noch stockdunkel, als der morgendliche Appell begann. Raureif hatte sich über den Boden des Kasernenhofs gelegt. Ein Kranz aus Eisblumen zierte die Ränder der Pfützen, die über Nacht zugefroren waren.

Wolffskeel befahl Lotte und den anderen Rekruten, sich in langen Reihen hintereinander aufzustellen und das Gewehr zu präsentieren. Lange standen sie da, ohne dass etwas passierte. Kein Befehl, kein Geräusch, wie alle anderen lauschte Lotte auf den tiefen Atem ihres Nachbarn. Am Himmel zeigten sich die ersten grauen Streifen. Nur zögerlich wich die Nacht dem Morgen. Lotte fühlte, wie ihre Arme schwerer und schwerer wurden, ihre Hände froren am Metall. Doch sie wagte nicht, sich zu bewegen. Von weitem hörte sie schließlich Schritte, die den Kies zum Knirschen brachten.

Die metallische Stimme eines Fremden rief. »Vorwärts, aber plötzlich, du hast noch so einiges zu lernen.«

Bei diesem harten Ton erstarrte Lotte innerlich.

Ein Offizier mit wässrigen Augen, einer spitz zulaufenden Nase und schwulstigen Lippen, nicht unähnlich denen des Herzogs, stieß einen schmächtigen Burschen vor sich her. »Der wurde gestern in der Kaserne abgeliefert. Er ist jetzt ein Rekrut seiner Durchlaucht.«

»Na, dann komm her, schon mal als Soldat gedient?«, fragte Wolffskeel.

Der junge Mann schüttelte den Kopf.

»Immer schicken sie mir die Grünschnäbel, na meinetwegen, ich hab noch jedem den nötigen Schliff verpasst.«

Wolffskeel packte den Jungen an der Schulter und schob ihn in die vorderste Reihe neben Lotte, die dem Treiben mit Argwohn und wachsender Sorge zusah.

»Bei uns lernst du das Kriegshandwerk, aus dir machen wir einen richtigen Soldaten.« Bei diesen Worten nahm Wolffskeel Lottes Gewehr und drückte es dem Neuen in die Hand. Doch der Junge weigerte sich, es mit Händen zu fassen. Sacht schüttelte er den Kopf. Seine Arme baumelten schlaff neben seinem Körper.

Lotte hätte den Neuen am liebsten geschubst, geschüttelt, bekniet, angefleht, ihn beschworen, das Gewehr nun endlich zu nehmen. Sie ahnte, was dem armen Kerl bevorstand, doch aus Furcht und Feigheit rührte sie sich nicht.

»Was sollen die Mätzchen? Nimm schon«, schnauzte ihn Wolffskeel an.

Der junge Mann zitterte am ganzen Körper.

»Kannst du mich nicht verstehen oder willst du mich nicht verstehen? Na, wird's bald, wir haben nicht ewig Zeit.«

Der Junge reagierte nicht.

»Grundgütiger, wo hat man denn die taube Nuss aufgesammelt?«

Ostheim mischte sich ein. »Soviel ich weiß, ist er den Werbern seiner Durchlaucht direkt in die Arme gelaufen.«

»Nach unserer Gottesdienstfeier am Sonntag wurde ich gewaltsam verschleppt«, protestierte der Junge.

»Ah, der Herr kann sprechen, dann besteht ja noch Hoffnung. Nimm endlich das Gewehr.«

»Ich bin Mennonit.«

»Was soll das sein?«

»Wohl irgendeine komische Sekte«, erklärte Ostheim.

»Ich bin gläubig. Wir dienen keinem fremden Herrn außer dem Allmächtigen.«

»Da musst du was falsch verstanden haben, denn hier gelten ausschließlich die Befehle des Herzogs. Los, vorwärts, letzte Warnung«, befahl Wolffskeel.

Der junge Mann rührte sich nicht.

Wolffskeel schlug ihm mit der Faust in die Magengegend. »Ich hab dich gewarnt, vielleicht verstehst du ja diese Sprache.«

Der Junge krümmte sich, fiel auf die Knie und sackte schließlich seitlich zu Boden.

Lotte stieß dabei einen dumpfen, beinahe lautlosen Schrei aus. Dann wandte sie ihre Augen ab. Sie wollte dem, was nun folgte, nicht weiter zusehen.

»Aufstehen, Gewehr präsentieren!«

Der am Boden Liegende rührte sich nicht, gab keinen Laut von sich.

»Herr im Himmel, so viel Starrsinn habe ich selten erlebt«, schimpfte Wolffskeel.

Ostheim näherte sich von hinten und ohne Vorwarnung trat er dem jungen Mann direkt in die Eingeweide. »Wird's bald!«

Der junge Mennonit stöhnte laut auf und hielt sich den Bauch. Leise murmelte er: »Wir Mennoniten lehnen jede Gewalt ab.«

»Was soll das? Beweg dich endlich, du Kübel Scheiße«, schrie Ostheim.

Der Junge röchelte: »Wir ziehen nicht in den Krieg.«

»Niemand widersetzt sich meinem Befehl. Ihr werdet mich noch alle kennenlernen.« Außer sich vor Wut trat er dem Geschundenen nun direkt ins Gesicht. »Kein Gott wird dir mehr helfen.« Immer und immer wieder traktierte er ihn mit seinen Stiefeln, bis Blut aus dem Mund des Malträtierten strömte und er sich nicht mehr rührte.

»Bringt ihn weg«, befahl Ostheim.

Was sie mit dem Jungen vorhatten, würde sie wohl nie erfahren, dachte Lotte. Wie sie diese rohe Gewalt verabscheute.

Tag für Tag absolvierten Lotte und die anderen Rekruten des Kapregiments die gleiche Prozedur. In aller Frühe aufstehen, antreten, salutieren, marschieren. Lotte hatte gelernt ein Bajonett soldatisch zu präsentieren und abzufeuern. Ihre Ohren klingelten bereits vom Stakkato der Befehle. »Nehmt das Gewehr hoch, zieht den Hahn, schlagt an, Ladung aufnehmen, zieht den Ladestock aus, ladet, gebt Feuer.«

Zwei Handgriffe, dachte sie, hätten wohl gereicht, um sich mit der Waffe nicht selbst in den Fuß zu schießen. Ob sie jemals schießen müsste, ob sie sogar einen Menschen töten müsste, diese Gedanken verbannte Lotte so schnell wie möglich aus ihrem Kopf. Nein, so weit würde es nie kommen. Sie würde nach Südafrika geschickt, um ein Fort zu bewachen. Auf welche Feinde sollte sie dort treffen? Engländer, Franzosen, einheimische Wilde? Im Grunde musste Lotte sich eingestehen, dass sie keine Vorstellung vom anderen Ende der Welt hatte.

Das tägliche Exerzieren dauerte Stunden. Schrie Wolffskeel »linksum«, oder »rechtsum«, drehten sich Lotte und die Soldaten in einem Winkel von neunzig Grad um die eigene Achse. Dass die militärischen Übungen nutzlos waren und man sie im Ernstfall wie Schießbudenfiguren vom Schlachtfeld putzen würde, kümmerte die Offiziere nicht. Hauptsache, sie bewegten sich weich und geschmeidig wie in einem Ballett und keiner tanzte bei den geometrischen Figuren aus der Reihe. Lotte war aufgefallen, dass Oberst Hügel in den letzten Wochen regelmäßig vorbeischaute. Offensichtlich wollte er sich höchstpersönlich von ihren Fortschritten überzeugen.

»Am großen Tag«, wie Hügel sich während seiner Stippvisiten ausdrückte, dürfe nichts, aber auch gar nichts schiefgehen.

Als Lotte nach dem morgendlichen Appell gemeinsam mit ihren Kameraden die Baracke betrat, ließ sie sich sogleich aufs Bett fallen.

Severin stand daneben und sah sie an: »Unsere Gesichter sollen wohl glänzen wie ein nackter Kinderarsch.« Er schmunzelte.

»Was meinst du?«, fragte Lotte.

»Schon vergessen, die Parade zu Ehren seiner Durchlaucht.«

»Wie könnte ich, es gibt ja kein anderes Thema mehr.«

»Eben, und heute kommt der Barbier, wir sollen uns den Bart scheren lassen. Du natürlich nicht, bei dir sprießt ja noch kein einziges Haar.«

»Wahrscheinlich sehe ich im Alter aus wie ein zotteliger Bär. Ich gerate ganz nach meinem Vater. Sein Bart ist so lang und struppig, er kann kaum aus den Augen schauen.«

»Und das sollen wir dir glauben«, ätzte Meinhard.

»Aber natürlich, wenn ich's doch sage.«

»Irgendwie muss ich immer denken: Steckt den Louis in ein Kleid und er könnte als Frau durchgehen.«

»Hör endlich auf mit dem Stuss, was du hier verzapfst, interessiert niemanden«, schimpfte Jo.

»Also, wie ich schon sagte, Haare schneiden, rasieren, dann kriegen wir eine neue Uniform verpasst. Zuerst natürlich gründlich waschen, versteht sich. Wer einen faulen Zahn hat, kann sich den ziehen lassen. Auf Einläufe versteht sich der Barbier übrigens auch.«

»Vor allen anderen?« Lotte sprang auf.

»Was meinst du? Den Einlauf? Ich hab schon mal einen verpasst bekommen und mir danach die Seele aus dem Leib geschissen.«

»Ich meine Waschen.«

»Waschen?«, grunzte Severin. »Siehst du hier etwa einzelne Kabinen?«

Waschen vor allen anderen, das war das Ende, kein Entrinnen. Lotte brach der Schweiß aus. Sie rang nach Luft. War sie denn von allen guten Geistern verlassen gewesen, als sie sich freiwillig in der Kaserne meldete? Nein, wie töricht, wie dumm von ihr. Wie konnte sie nur so blauäugig in ihr Unglück rennen? Eine Frau zwischen einer Horde nackter Männer. Sie würden gaffen, johlen und kreischen wie nie zuvor in ihrem Leben. Und das war noch das Harmloseste, was passieren konnte.

»Bist du wasserscheu oder prüde?«

Lotte reagierte nicht, sie starrte wie versteinert geradeaus.

»Hallo, Louis, wasserscheu oder prüde?« Severin schubste sie an der Schulter. »Hört, Jungs, der Kleine will sich nicht mit uns waschen. Seine Mutter hat ihn doch zu früh aus dem Nest gelassen.«

Lautes Lachen schallte durch den Saal.

»Du hast doch nichts zu verstecken?«

»Natürlich nicht, was soll das?«

»Für deinen kleinen Stängel musst du dich nicht schämen.«

Die Soldaten im Schlafsaal grölten.

»Keine Sorge, der wird eines Tages schon noch anschwellen.«

Das Gejohle wurde immer lauter. Die Männer schienen sich nicht mehr zu beruhigen.

Jetzt nur nicht klein beigeben, setz dich zur Wehr, befahl ihr eine innere Stimme. »Ihr Witzbolde, ich bin weder prüde noch ein Angsthase, und schon gar nicht schlecht bestückt.« Dabei fasste sie sich zwischen die Beine.

Mit Gepolter wurde der Eisenriegel der Türe zur Seite geschoben.

»Was ist denn hier los«, bellte Wolffskeel. »Na, euch wird die gute Laune noch vergehen, dafür werde ich schon sorgen. Aufstellen in einer Reihe und vorwärts, eure Haut kommt mal wieder mit Wasser und Seife in Berührung, wird auch höchste Zeit, hier stinkt's wie in einem Schweinestall.«

Die Rekruten stellten sich in einer Reihe hintereinander auf und trabten los. Als Lotte Wolffskeel passierte, blieb sie stehen.

»Warum müssen wir eigentlich schon seit Wochen in diesem dunklen Loch hausen, haben wir nichts Besseres verdient?«, fragte sie angriffslustig.

Wolffskeel musterte Lotte.

»Wir leben in unserem eigenen Dreck. Selbst Vieh behandelt man besser.«

»Ich rate dir, Kleiner, lass die Sprüche«, brummte Wolffskeel mürrisch.

Es schien, als verpufften Lottes Worte ungehört.

»Komm, Louis, fang keinen Streit an, das bringt doch nichts.« Jo zog Lotte am Ärmel.

»Wieso? Wir sind Soldaten seiner Durchlaucht, und so will ich auch behandelt werden. Es fehlt an allem, Möbel, Wäsche, Betten. Zu dritt müssen wir aus einem Blechnapf fressen.«

»Was ist bloß mit dir los?« Jo fasste sie am Arm. »Du musst hier niemandem etwas beweisen und schon gar nicht den starken Mann markieren.« Jo ließ nicht locker.

»Weiter«, knurrte Wolffskeel.

Lotte verstand die Welt nicht mehr. Auf einmal verhielt sich Wolffskeel wie das schwerfällige Ross eines Bierkutschers, welches das Gesurre lästiger Insekten gleichgültig ertrug.

»Von dem Saufraß, den wir hier vorgesetzt bekommen, ganz zu schweigen.« Lotte bewegte sich keinen Zentimeter von der Stelle, als wäre sie am Boden festgenagelt.

»Willst du wirklich die Bekanntschaft mit unserem Kerker machen. Ich warne dich ein letztes Mal – und jetzt vorwärts.«

»Der Herzog schlägt sich den Wanst voll und uns lässt er hier vermodern.«

»Genug, ab mit ihm in den Arrest. Das Tageslicht siehst du bis zum Abmarsch nicht mehr.«

Kräftige Arme packten Lotte links und rechts unter den Achseln. Zwei Hünen schleiften sie über Gänge und Treppen immer weiter und tiefer hinunter ins Innere der Kaserne, bis schließlich ein schweres Eisentor aufging und kurz darauf laut krachend ins Schloss fiel.

Lotte war von völliger Dunkelheit umgeben, nichts, sie sah nichts. Ihre Hände hatte sie weit von sich gestreckt. Nur langsam bewegte sie sich vorwärts. War da etwas, hatte sie ein Rascheln gehört? Nein, ausgeschlossen, außer ihr war hier niemand, sie war alleine im Kerker eingesperrt. Wieder ein Rascheln. Sie räusperte sich. »Ist da jemand?«, fragte sie vorsichtig. Keine Antwort. Lotte fühlte sich plötzlich wie auf dem Friedhof in Mundelsheim, als sie hinter jedem Grabstein ein Gespenst vermutet hatte. Nein, unmöglich, das hatte sie sich schon damals klargemacht, es gibt keine Gespenster. Aber da war doch wirklich etwas. Jetzt hörte sie ein Piepsen, erst leise, dann immer stärker. Ratten, schoss es ihr durch den Kopf, mein Gott, hier sind Ratten und kein Entkommen. Sie schlug mit der Faust gegen die Wand. »Ist denn in diesem Loch keiner, ich will raus hier.« Sie schlug immer heftiger und heftiger, bis ihre Hände schmerzten. Es war vergebens. Durch die dicken Steinmauern des Kellerverlieses würde sie niemand hören. Überhaupt, wie einfältig zu glauben, jemand könnte sich ihrer erbarmen, die Türe öffnen und sie aus ihrem Gefängnis herausspazieren lassen. »Mein Gott«, stöhnte sie, in welch missliche Lage hatte sie sich hineinmanövriert. Ein Wort zu Wolffskeel hätte genügt und der Spuk wäre zu Ende und sie wieder Lotte Morell gewesen. Aber was dann? Letztendlich blieb ihr keine Wahl.

Sie vergrub ihr Gesicht in den Händen. Sie konnte nicht ewig in der Mitte des Verlieses stehen bleiben, irgendwann würde sie müde werden, sich hinsetzen, einschlafen, und dann fielen schon die Ratten über sie her, welch schaurige Vorstellung. Hatte es im Dorf nicht einmal einen schrecklichen Zwischenfall gegeben, als Ratten in die Wiege der jungen Metzgersfrau geklettert waren und ihr Neugeborenes totgebissen hatten? Nur kurze Zeit war die Wiege unbeaufsichtigt im Hof der Metzgerei gestanden. Die Unglückliche war damals untröstlich gewesen. In dem Moment fühlte Lotte, wie etwas Lebendiges an ihrer Schuhspitze schnüffelte. Ohne zu überlegen, verpasste sie dem Fellbündel einen gewaltigen Tritt. Lotte hätte nicht für möglich gehalten, welche Kräfte in ihr steckten. Sekunden später hörte sie einen heftigen Aufprall, ein hektisches Quietschen, dann Stille.

Es musste bereits Abend sein, in jedem Fall schienen Stunden vergangen zu sein, als eine Luke zu ihrem Verlies geöffnet wurde und eine Hand ihr einen Napf entgegenschob. Sie roch daran, es schien, als habe jemand den Inhalt bereits verdaut und wieder ausgeschieden. Da sie hungrig war, fing sie an darin herumzustochern und die Masse mit einem Löffel zum Mund zu schieben. Kalter Gerstenbrei. Sie durfte nichts übriglassen, fuhr es ihr durch den Kopf. Mit den Fingern schleckte sie den Napf sogar aus. Essensreste würden die Ratten sogleich wieder anlocken. Noch hatte sie Glück gehabt, bis jetzt war es still geblieben, kein Rascheln, nichts war zu hören.

Nach ein paar Tagen hatten sich ihre Augen an die Dunkelheit gewöhnt. Als sie einmal nach einem unruhigen Schlaf mit dem Rücken an die Wand gelehnt erwachte, saß eine Ratte auf ihrer Schulter und beschnupperte ihr Haar. Mit einem lauten Schrei stieß Lotte das Tier von sich. Seitdem war ihre Angst vor den Nagern verschwunden, der Ekel aber blieb.

Oberst von Hügel saß an seinem Schreibtisch in der Garnison. Vor ihm lag eine der neuen Uniformen, die soeben eingetroffenen waren. Sanft strich er über den schweren dunkelblauen Stoff. »Wurde auch höchste Zeit, beinahe hätte ich die Geduld verloren.« Dann lächelte er: »Sehen sie nicht prächtig aus?«

Verführerisch wie ein Sahnebonbon saß Marianne in einem cremefarbenen Rüschenkleid vor ihm auf der Kante des Schreibtischs. Sie hatte ein Bein über das andere geschlagen, die blasse Haut ihrer Knöchel kam zum Vorschein. Den Kopf zur Seite geneigt musterte sie die Uniformen. Nach einem Einkaufsbummel ließ sie es sich nicht nehmen, ihren Oberst in der Kaserne zu besuchen. Hügels Offiziersstube war karg eingerichtet, ein Tisch und ein Stuhl standen gedrängt in einer Ecke, die Fahne Württembergs und ein Bild des Herzogs waren der einzige Schmuck.

»Sag, was findest du?«

»Wunderbar!«

»Dazu die gelben Achselklappen und Kragen, ich bin begeistert, die Farben sind perfekt aufeinander abgestimmt. Darunter tragen die Soldaten eine weiße Tuchweste und weiße Hosen, die in schwarzen Gamaschen stecken. Und an den Füßen haben sie diese herrlichen Schühchen mit Schnallen. Der Herzog wird seine Freude haben.«

»Schauspieler auf einer Bühne könnten keine schöneren Kostüme tragen.«

»Meinst du wirklich? Der Herzog liebt das Theater.«

»Mir wäre dieser Stoff allerdings zu fest, zu schwer, ich wollte ihn nicht tragen. In Afrika wird man darin zerfließen wie Schnee in der Sonne.«

Hügel rümpfte die Nase. Frauen schienen keine Ahnung von militärischen Notwendigkeiten zu besitzen.

Es klopfte, und von Wolzogen stand in der Tür.

»Ah, der Herr Adjutant, treten Sie ein, treten Sie ein. Ihre Meinung ist gefragt, wie gefallen Ihnen die Uniformen?«

Wolzogen kam näher, warf einen Blick darauf und räusperte sich: »Sir, ich gebe zu bedenken, dass die bunten Uniformen im Feld wenig tauglich sind.«

»Wer sagt denn, dass die Männer im Matsch herumkriechen und ihre schmucken Röcke und Hosen verdrecken sollen.«

»Wie mir scheint, ist dein Adjutant nicht gerade Feuer und Flamme für die neue Ausrüstung. Entschuldigt mich jetzt, ich habe es eilig, es wartet noch so vieles, das ich vor Südafrika erledigen muss.«

Marianne sprang auf, drückte dem Oberst einen dicken Kuss auf die Stirn und entschwebte. Hügel schaute ihr nach, bis die Tür ins Schloss gefallen war.

»Sir, erlauben Sie mir ein Wort zu den Schuhen, es ist zu befürchten, dass sie sich beim ersten Regen in nichts auflösen werden.«

»Für einen Tag müssen unsere Leute strahlen, brillieren, mehr nicht.«

Soweit käme es noch, dass ihm dieser blasierte Wolzogen in den Rücken fiel.

»Wie steht es mit den Vorbereitungen für die Parade?«, wollte Hügel wissen. »Wenn der Herzog kommt, sollen die Burschen aussehen wie aus dem Ei gepellt. Alles andere interessiert mich nicht, verstanden?«

»Sir, ich tue mein Bestes, doch leider fehlen den Spielleuten die Schlägel.«

»Das Beste scheint nicht zu genügen. Muss ich mich wirklich um alles kümmern? Sie werden wohl ein paar ausrangierte Trommelschlägel auftreiben, zur Not schnitzen Sie welche.«

»Jawohl Sir, alles wird reibungslos laufen, verlassen Sie sich auf mich.«

»Hoffentlich, sonst sehe ich schwarz für Ihre Laufbahn, der Herzog vergisst nichts.«

»Zu Befehl.«

»Eins noch: Beim Marsch nach Holland ist allerhöchste Vorsicht geboten. Schärfen Sie jedem Einzelnen ein, wer versucht abzuhauen, lernt den Stock kennen.«

Lange Schatten fielen über den Innenhof der Kaserne. In der Morgendämmerung roch die Luft nach Schnee, es war bitterkalt. Jo, Severin und die anderen zitterten, als Wolffskeel sie aus den Unterkünften nach draußen scheuchte.

»Bewegt euren Arsch, dann wird euch warm«, schrie er. Im Laufschritt drehten sie drei Runden über den Hof, dann ordneten sie sich wie dressierte Hündchen zu Karrees. Unter dem Fahnenmast stand Wolzogen, der die Kapsoldaten erwartete. Er räusperte sich ausgiebig. »Alle ziehen den Rock gerade, ich will keine Falten sehen, schnallt die Lederkoppel um, daran macht ihr die Säbel fest!«

»Los, wird's bald.« Wolffskeel stürmte die Reihen entlang.

»Der Kopfputz muss perfekt sitzen: Die Haare werden zu einem Zopf geflochten und gepudert, jeder hilft seinem Nachbarn.«

»Was ist das für ein Frauenkram«, schimpfte Jo.

»Sei froh, dass du dich nicht in ein Mieder oder ein Kleid zwängen musst.« Severin grinste über das ganze Gesicht.

Jo verdrehte die Augen und sagte leise: »Kein zweites Mal lasse ich mich wie ein Zirkuspferd ausstaffieren, das schwöre ich.«

»Pass auf«, Hayo nickte ihm verschwörerisch zu, »meine Verlobte kommt zur Parade vors Schloss.«

»Der Puder gehört auf die Haare, nicht in die Augen und schon gar nicht auf die Uniform«, schimpfte Wolffskeel.

»Wenn eure Haare fertig sind, setzt ihr das Kaskett auf.«

»Andersherum, du Trottel!« Wolffskeel fuhr einen blassen, schmächtigen Jungen an: »Der gelbblaue Federbusch muss links sitzen.«

»Bei jedem muss der Rossschweif locker herabfallen, der Herzog schätzt akkurates Aussehen.«

»Der alte Hanswurst sollte besser mit Zinnsoldaten spielen, die kann er anmalen und nach Herzenslust durch die Gegend schubsen«, schimpfte Jo.

»Versau jetzt nicht alles mit deinem Geschwätz, heute Abend sind wir frei.«

»Zu den Waffen! Haltet das Bajonett über der Schulter, kerzengerade, so wie ihr es gelernt habt.«

»Links, die Patronentasche wird links geschultert. Ich zieh euch die Hammelbeine lang!« Wolffskeel war in seinem Element.

Plötzlich ertönte ein lautes schrilles Pfeifen, gefolgt von rhythmischem Klatschen. Alle starrten auf Lotte, die sich geblendet vom Licht die Hand vor die Augen hielt.

»Juhu, unser Teufelskerl ist wieder da«, erschallte es.

»Komm hierher, ich pudere dir die Haare.« Severin winkte ihr zu.

Ein wenig wackelig auf den Beinen bewegte sich Lotte Richtung Truppe.

»Wenigstens haben dich die Ratten am Leben gelassen.« Jo schmunzelte.

»Ja, es ist noch alles dran.« Lotte bewegte alle zehn Finger ihrer Hände, dann berührte sie ihre Ohrläppchen und darauf die Nasenspitze.

»Du warst ja schon immer nur ne halbe Portion, aber jetzt siehst du aus wie ein Häufchen Elend.«

»Hauptsache überlebt! Wie lange war ich eigentlich weg? Habe völlig das Gefühl für die Zeit verloren.«

»Seit deinem Abgang sind fünf Tage vergangen.«

»Alleine in einem dunklen Loch kommt einem das vor wie eine Ewigkeit.« Lotte rieb sich die Arme.

»Willst du wirklich bei den Schindern bleiben?« Jo setzte nach.

»Auf jeden Fall möchte ich kein zweites Mal mehr Bekanntschaft mit Ratten machen, alles andere ist mir egal.«

»Deine Sache, eine bessere Chance bietet sich nicht mehr.«

»Welche Chance?« Wolffskeel legte die Stirn in Falten, als er vor Jo stehen blieb.

»Seiner Durchlaucht und dem Vaterland zu dienen«, erwiderte der schnell.

»Vor mir steht ein treuer und ergebener Diener seiner Durchlaucht, wenn ich das nur glauben könnte«, sagte Wolffskeel spitz und drehte sich um.

»Halt endlich dein Maul«, fuhr ihn Hayo an, »du verdirbst noch alles.«

Nachdem die Männer drei Stunden lang gebürstet, gekämmt und gepudert auf dem Platz gestanden hatten, gab Wolzogen den Befehl zum Abmarsch.

Schon seit Stunden waren der Herzog und sein Franzele auf einer holprigen, verschneiten Landstraße unterwegs.

Jede Unebenheit, jedes Schlagloch spürte Karl Eugen in den Knochen. Mal schien die Kutsche über eine Eisfläche zu schlittern, dann blieben sie in einer Schneewehe stecken. Unter Flüchen befreite sie der Kutscher aus ihrem weißen Gefängnis. Im Inneren der Kutsche war es ungemütlich kalt, durch die Ritzen der Fenster blies ein frostiger Wind, seine lange dünne Nase war blau gefroren. Karl Eugen vergrub seinen Hals bis zum Kinn im Hermelinpelz, zog das verrutschte Hirschfell über die Brust und rückte nah an Franziska heran. Welch unvorstellbare Wärme ging von ihrem Körper aus, seine steifen Gliedmaßen lockerten sich, in seinen Füßen begann es zu kribbeln. Das erste Mal, als sie nebeneinander in einer Kutsche saßen, kam ihm in den Sinn. Er hatte sie während eines Kuraufenthalts in Pforzheim kennengelernt, in ihre fröhliche, unprätentiöse Art hatte er sich sogleich verliebt. Sie war erfrischend, jung, verkörperte das genaue Gegenteil der affektierten Edelfrauen an seinem Hofe. Ihren buckligen, griesgrämigen Ehemann hatte er noch in Pforzheim zu seinem Reisemarschall ernannt, seitdem saß Franziska an seiner Seite.

Die Schneeflocken wurden immer dichter. Wie ein Schleier verhüllten sie die Glasscheiben. Die drei Gepäckwagen, die ihnen folgten, waren im Weiß verschwunden.

Den Februar hatte das Paar an der Seine verbracht. Karl Eugen war besessen von der Idee, das Schloss Hohenheim mit seinen fünfundsiebzig Zimmern im neuesten Chic einzurichten. Alles, was ihn in Bann zog, verfolgte er mit Hartnäckigkeit und Ausdauer. Und gerade hatte er sich der prächtigen Ausstattung von Schloss Hohenheim verschrieben. Franziska und er hatten keinen Weg, keine Kosten und Mühen gescheut, Bibliotheken, Bijouteriehallen und Kupferstichkabinette durchstöbert, gefeilscht und zusammengetragen, was ihre Kräfte erlaubten. Während der Abende, die sie im Hause von Aristokraten oder Künstlern verbracht hatten, bestaunten sie raffinierte Möbel, Seidentapeten oder Kristalllüster und ließen sich bei Gefallen die Adresse des Händlers geben, der die Stücke vertrieb.

Auf einen Besuch am Hofe Ludwigs XVI. hatten sie dieses Mal verzichtet, die letzte Visite in Versailles war ihnen in allzu schlechter Erinnerung geblieben. Damals hatten sich der französische König und seine Gemahlin Marie-Antoinette geweigert, Franziska zu empfangen. Sie sei von zu niedrigem Rang, wie ihnen die Königin durch einen Kammerdiener mitteilen ließ, nachdem sie zwei Stunden im Antichambre du Grand Couvert ausgeharrt hatten. Unvergessen war auch die Kränkung der Herzogin von Braunschweig, ihre Worte klangen noch heute in seinen Ohren: Selbst wenn die Mätresse des Herzogs von Württemberg über und über mit Juwelen behängt sei und funkle wie ein Weihnachtsbaum, könne dies weder ihre Sommersprossen auf Nase und Stirn verbergen noch über ihr bäurisches Aussehen hinwegtäuschen. Sie möge vielleicht sittsam und züchtig sein, Esprit besitze sie keinen.

Der Herzog schob seine Hände wieder unter das Hirschfell und berührte den weichen Wollstoff von Franziskas Mantel.

»Den Miniatursekretär aus duftendem Weidenholz werde ich in mein Boudoir stellen, was hältst du davon? Ich bin richtig vernarrt in die vielen Schubladen und Geheimfächer, sie sind so winzig als gehörten sie zu einem Puppenhäuschen.« Franziska war aufgekratzt, ihre Wangen röteten sich.

Er nickte ihr freundlich zu, obwohl sich die Kälte wieder seiner Glieder bemächtigt hatte und er seine Füße nicht mehr spürte.

»Es wird Tage dauern, bis wir alles ausgepackt, gestellt und arrangiert haben. Ich bin schon so gespannt, wie es aussehen wird.«

Er sehnte sich nach der Abgeschiedenheit von Hohenheim, konnte es kaum erwarten, bis sie endlich dort einzögen. Die vielen Menschen, der Rummel in Paris, die Aufführungen in der Komödie, die nächtlichen Soupers hatten ihn mehr angestrengt, als er zugeben wollte. »Unser neues Zuhause soll luxuriöser werden als alle anderen zuvor«, sagte er. Noch edler als das Schlösschen Retraite, das er Franziska vor einem Jahr geschenkt hatte.

»Danke, vielen, vielen Dank, dass du mich zu der hellen Salongarnitur überredet hast, die Sessel aus Zitronenholz werden sich wunderbar in unserem Balkonsaal machen. Von dort haben wir einen herrlichen Blick auf den Park und das Dörfle.«

Seine steifen Finger schienen sich zu sträuben, als er sie unter dem wärmenden Fell hervorzog. Ungelenk griff er in die Innentasche seines Mantels und hielt ein kleines Schmuckkästchen in Händen, öffnete und reichte es ihr. Gebettet auf rotem Samt funkelte ein Brillantring. An einem Nachmittag, als Franziska zu einer Modenschau eingeladen worden war – der letzte Schrei in Paris –, hatte er den Ring bei einem bekannten Juwelier erstanden.

»Mein Bester, du verwöhnst mich so«, sie nahm ihn und steckte ihn über den behandschuhten Finger, drehte ihn sacht. »Jetzt bereue ich es doch ein wenig, dass ich den hübschen Rokokofächer mit den Hinterglasmalereien nicht gekauft habe, er hätte perfekt auf die neue Nussbaumkommode gepasst.«

Der Herzog sah sie verwundert an, spürte einen leichten Ärger, der in ihm hochstieg. Wie konnte sie im gleichen Atemzug von diesem billigen Tand und einem der kostbarsten Ringe von Paris sprechen. War es mangelnde Rücksicht,

Einfältigkeit oder fehlte es Franziska schlicht an Klasse? Er legte die Stirn in Falten, rückte von ihr weg und schaute aus dem Fenster. Eine Wand aus Schneeflocken tat sich vor ihm auf. Ein Wunder, dass der Fuhrmann bei dem Schneegestöber den Weg nicht aus den Augen verlor.

Sie hatten die Höhenzüge des Schwarzwalds passiert und das Wetter beruhigte sich. Im Osten zeigte sich ein heller Lichtstreifen am Horizont. In jedem Knochen spürte der Herzog eine eiserne Schwere, er wollte nur noch schlafen.

Eine Heerschar Kammerdiener hatte sich bereits versammelt, als ihr Konvoi im Fort de Logis vorfuhr.

»Weiter, weiter, die Gepäckwagen mit den Möbeln fahren direkt nach Hohenheim«, befahl der Herzog mit einem Wink, und gestützt auf den Rücken eines Dieners entstieg er der Kutsche.

»Wir haben Eure Durchlaucht schon erwartet.« Der Generalmajor schlug die Hacken zusammen.

Was hatte ausgerechnet dieser Schönling hier verloren, der in seiner Galauniform noch eleganter und athletischer aussah als sonst. »Nichts, nichts, ich will nichts hören.« Der Herzog machte eine abweisende Handbewegung. Seit einer Ewigkeit waren sie nun unterwegs, warum hatte ein Landesfürst kein Anrecht auf ein wenig Privatsphäre, Ruhe und Schlaf, wie jeder gemeine Untertan auch.

»Durchlaucht, heute findet die Verabschiedung des Kapregiments statt, gegen Mittag müssen Sie die Parade abnehmen.«

Obwohl er durchgefroren war, stieg ihm plötzlich die Hitze zu Kopf. »Sicher, die Parade«, wiederholte er. »Die Kammerdiener haben hoffentlich schon alles Nötige bereitgestellt.«

Nur gut, dass man die Offiziere nach der Parade nicht zu Tisch bitten musste, schließlich durfte das Regiment auf dem Weg nach Holland keine Zeit verlieren. Das dümmliche Geschwätz dieser Rohlinge hätte ihn über alle Maßen zermürbt.

Unterwäsche, Strümpfe, Haarbänder und Schuhe lagen in riesigen Haufen kreuz und quer über den Boden von Mariannes Wohnung verteilt, auf den Kommoden stapelten sich Parfümfläschchen und Puderdöschen, im Bett und über den Stuhllehnen türmten sich Röcke und Kleider. Der Tag ihrer Abreise rückte unausweichlich näher. Zu ärgerlich, dass Marianne sich um alles alleine kümmern musste, ihr Dienstmädchen hatte sich entschuldigt, war krank. Wahrscheinlich war ihr angesichts der Herkulesaufgabe der Schreck in die Glieder gefahren und die Kleine hatte kapituliert. Marianne krempelte die Ärmel ihrer Bluse nach oben. Wenn es darauf ankam, war sie eifrig und flink. Sie stieg die dunkle Treppe zum Dachboden hinauf, befreite die Gepäckstücke vom Staub und schleifte Koffer um Koffer nach unten. Zuerst würde sie die Wintersachen entsorgen, danach die neuen, weißen Kleider einpacken, die Unterröcke, dann die Hüte und schließlich ihr Schminkzeug verstauen. In Kleinarbeit trug sie die Wäscheberge ab, sortierte, ordnete, faltete, doch plötzlich fiel es ihr siedend heiß wieder ein: die Parade des Herzogs. Sie ließ alles stehen und liegen, setzte sich ein Hütchen auf, das sie von einem Kleiderhaufen fischte, und raste aus der Wohnung.

Wie eine Kuhherde beim Viehtrieb rannten, drängelten und schoben sich die Menschen Richtung Schloss. Vor der Orangerie kam der Strom wie auf Kommando zum Stehen. Zwei Hünen verdeckten Marianne die Sicht, sie stellte sich auf die

Zehenspitzen, reckte ihren Kopf in die Höhe. Es mussten Tausende sein, die die Straßen und Plätze säumten.

Trommelwirbel ertönte, Fanfaren kündigten den Zug des Kapregiments an. Jetzt erspähte Marianne den Oberst, der hoch zu Ross in einer grüngoldenen Paradeuniform vorneweg trabte und eine blendende Figur machte. Nachdem Hügel den Herzog passierte hatte, zog er die Zügel an und brachte sein schnaubendes Pferd neben der Leibjägergarde zum Stehen. Während immer mehr Uniformierte an ihnen vorbeizogen, ging plötzlich ein Raunen durch die Menge: Marianne hörte, wie sich ein Alter ganz in ihrer Nähe ereiferte: »Die armen Kerle werden verschachert wie eine Horde Vieh.«

»Meinen Liebsten haben sie an einem Morgen einfach abgeführt«, erklärte eine junge Frau, die danebenstand.

»Hört, hört, noch sind die Rekruten freiwillig hier«, mischte sich ein anderer ein.

»Die Ärmsten sind dem Tod geweiht wegen der unersättlichen Gier des Herzogs.«

»Das grenzt bereits an Majestätsbeleidigung.«

»Ich mache mir nichts vor, das ist ein Abschied auf immer.«

»Still, der Pfarrer segnet die Fahne.«

Marianne war verwirrt, von verschachern, abführen, Abschied für immer war nie die Rede gewesen, keine Silbe hatte der Oberst darüber verloren, was nichts bedeutete, denn Hügel plauderte keine Geheimnisse der Armee aus, höchstens, wenn sie ihn selbst betrafen. Die weinenden Frauen, die Alten, die sich empörten, stimmten sie nachdenklich. Wer hatte Recht, wer Unrecht? Sie beschlich ein seltsames Gefühl, was, wenn etwas davon stimmte? Ihr Vater, der Hofmarschall seiner Durchlaucht, hatte Karl Eugen immer verehrt, das war Grund genug, skeptisch zu sein. Sie versuchte, die lästigen Gedanken zu verscheuchen, was ging sie das Unglück anderer Leute an? Sie freute sich auf Südafrika und ihr neues Leben. Sie war heilfroh, endlich dem Dunstkreis ihres Vaters zu entkommen. Doch dem Tag, der so viel Aufbruch und Neubeginn bedeutet hatte, haftete nun ein Makel an.

Nach der Fahnenweihe ergriff der Oberst das Wort. Die Soldaten seien dem Herzog und dem Vaterland zur absoluten Treue verpflichtet. Die Standarte des Kapregiments hätten sie wie ihr Leben zu verteidigen. Opferbereitschaft sei ihre höchste Tugend und der Eid ein Gelöbnis vor Gott. Wer fliehe, versündige sich gegen den Herrn.

Der Alte murmelte leise vor sich hin: »Die verwechseln Hörigkeit mit Patriotismus und Knechtschaft mit Glaube.«

Hügel warnte die Soldaten eindringlich. Kein Fahnenflüchtiger gehe dem Kapregiment durch die Lappen. Jeder würde wieder eingefangen und hart bestraft werden. An Flucht sollten sie deshalb erst gar nicht denken.

Nachdem der Kommandeur geendet hatte, trat jeder einzeln vor und berührte die Fahne, die Wolffskeel bis dahin unermüdlich geschwenkt hatte. Das Ritual dauerte eine ganze Stunde. Der Pfarrer sprach den Treueschwur, ein dumpfes Echo folgte und erstarb schnell.

Dann erhob sich der Herzog schwer atmend aus seinem Brokatsessel, die Parisreise war ihm ins Gesicht geschrieben, er hatte schwarze Ringe unter den Augen: »Ich weiß, was Eltern, Geschwister und Bräute jetzt fühlen, die ihr Liebstes ins Feld geben. Auch ich muss mich von meinem Sohn trennen. Seid gewiss, unsere Männer dienen einer höheren Sache.« Beinahe hätte er gegähnt.

»Was meint er damit?«, rief einer der Umstehenden.

»Natürlich seine Taschen voller Geld«, erschallte es wie im Chor.

»Vorsicht! Wollt ihr riskieren, auf dem Hohenasperg zu landen wie dieser Dichter? Christian Friedrich Daniel

Schubart schmort seit zehn Jahren im Gefängnis, weil er seinen Spott mit dem Herzog getrieben hat.«

»Das ist der genialste, heißblütigste Poet unserer Zeit – und er kämpft für die Freiheit der Presse«, meinte der Mann, der sich zuerst zu Wort gemeldet hatte.

»Schubart ist ein Scheusal, nichts ist ihm heilig. In Kneipen und Wirtshäusern poltert er gegen Pfaffen und die Prasserei der gekrönten Häupter. Die Hohe Karlsschule nennt er eine *Sklavenplantage* und Franziska von Hohenheim beschimpft er als *alte Jungfer*. Dass ihn Häscher eingefangen und verschleppt haben, geschieht ihm ganz recht.«

»Wann hat diese Kleingeistigkeit nur endlich ein Ende?«

Hügel gab den Befehl, sich zu rühren. Jeder dürfe sich nun von seiner Familie verabschieden. Viele Mütter schluchzten in ihr Taschentuch, Väter standen stumm daneben, Kinder schrien. Eine Alte wollte ihren Sohn überhaupt nicht mehr loslassen. »Du erdrückst mich ja, ich kriege keine Luft mehr«, mit diesen Worten löste sich der schmächtige Bursche aus ihrer Umarmung.

Jo und Lotte standen nebeneinander in der dritten Reihe.

»Hast du denn keine Liebste, die sich von dir verabschieden will?«, fragte Jo.

»Nein, mich wird niemand vermissen – und dich?« wollte Lotte wissen.

»Meine Familie weiß nicht einmal, dass ich hier bin.«

»Ich bin froh, wenn das ganze Tamtam endlich vorbei ist, und ich meine Glieder endlich wieder auf einer Matratze austrecken kann. Ich bin noch ganz steif von der Kerkerhaft.« Lotte reckte sich, so gut sie es unter der schweren Uniform vermochte.

»Du glaubst doch nicht im Ernst, dass man uns auf dem Marsch eine weiche Unterlage zum Schlafen geben wird.«

Lotte sah ihn entgeistert an.

»Warum du bei diesen Schindern bleiben willst, kann ich nicht verstehen. Mich halten hier keine zehn Pferde.« Jo ließ nicht locker.

In dem Moment stürmte eine junge Frau auf Hayo zu, umarmte ihn und steckte ihm einen Zettel zu. »Wir warten auf dich in Durlach«, flüsterte sie ihm ins Ohr.

Die Trommeln spielten einen Tusch, die Soldaten ordneten sich erneut. Im Gleichschritt, mit dem Bajonett vor der Brust, defilierten sie am Herzog vorbei.

»Ein Leichenzug verlässt Ludwigsburg.«

»Hier, verteilt das Flugblatt an alle. Christian Friedrich Daniel Schubart hat zum Abschied des Regiments ein paar Zeilen geschrieben.«

»Mach schon, lies vor!«

Auf, auf, ihr Brüder und seid stark!
Der Abschiedstag ist da.
Schwer liegt er auf der Seele, schwer.
Wir sollen über Land und Meer
ins heiße Afrika.

Ein dichter Kreis von Lieben steht,
ihr Brüder, um uns her:
Uns knüpft so manches teure Band
An unser deutsches Vaterland,
Drum fällt der Abschied schwer.

Aus voller Kehle schmetterten die Umstehenden das Kaplied.

II

Unterwegs nach Durlach

Rücken an Rücken, wie gepökelte Heringe in einem Eichenfass, lagerten Lotte und die Soldaten in den Auen der Enz. Mit schweren Lederstiefeln und einem langen Filzmantel bekleidet, den Hut tief ins Gesicht gezogen, stieg Wolffskeel über die Köpfe der Liegenden hinweg und zählte dabei laut: »Siebenundvierzig, achtundvierzig, neunundvierzig, fünfzig, melde: Kompanie ist vollzählig.«

Ostheim überwachte die Bewegungen des Feldwebels millimetergenau. »Wäre Ihnen auch schlecht bekommen, wenn sich bereits hier die Ersten aus dem Staub gemacht hätten. Und schreiben Sie sich das gefälligst hinter die Ohren, Unteroffiziere haben mich mit Sir oder Herr Leutnant anzusprechen. Verstanden?«

Wolffskeel zuckte fast unmerklich zusammen. Pass bloß auf, dass du nicht über deine große Klappe fällst, du widerlicher Bastard. Mit säuselnder Stimme sagte er: »Untertänigst zu Befehl, Herr Leutnant.« Ostheim wandte sich ab.

Die Nacht war sternenlos, Dunstschleier hingen über der Enz, die sich mehr und mehr verdichteten, wie undurchdringbar wirkten. Das Riedgras am Ufer wurde von hauchfeinen Tropfen umhüllt, es schien unter dem gläsernen Gewicht zu ächzen. Abendtau hatte sich auf die Erde gelegt und selbst die Uniformen der Lagernden durchnässt.

»Meine Füße sind knallrot und voller Blasen«, jammerte Severin.

»Was bist du nur für eine Memme.« Lotte streckte sich der Länge nach aus.

»Ist doch nicht meine Schuld, dass die Schuhe mich bereits nach den ersten Kilometern im Stich lassen.«

»Du kannst dich ja beim Herzog beschweren, vielleicht kauft er dir ein Paar neue«, sagte Lotte, beim Ausatmen blies sie kleine, weiße Wölkchen in die Luft.

»So viel Schneid traue ich dir sogar zu.« Severin hatte die Knie angezogen und hielt sie mit seinen Armen umschlungen. »Zum Kuckuck, was, wenn wir jede Nacht im Freien schlafen müssen, mir ist jetzt schon saukalt.«

»Dann holt sich der Herr wohl noch einen Schnupfen«, Lotte grinste.

»Lach nicht, ich habe Kameraden gesehen, die sind am Faulfieber jämmerlich krepiert. Die armen Teufel liefen blau an, ihre Haut sog sich mit Blut voll. Zuerst lallten sie nur, bis sie dann im Fieberwahn völlig durchdrehten«, sagte Elias Hesse.

»He, Alter, was lässt du für einen Stuss raus«, schimpfte Meinhard, »behalt deine Märchen für dich.«

»So wahr mir Gott helfe, die Soldaten sind innerlich verblutet.«

»Gib endlich Ruhe«, kläffte Meinhard erneut.

Der alte Soldat wandte sich Lotte und Severin zu. »Ich glaube, schuld waren die dreckigen, verlausten Kleider, die sie am Leib trugen.«

»Faulfieber in den Sümpfen von Pforzheim? Meinst du wirklich?« Lotte schnippte sich eine Laus vom Ärmel.

»Geht mir sowieso alles am Arsch vorbei. Für mich endet die Reise morgen in Durlach«, sagte Jo.

»Meine Verlobte wartet am Haus ihres Onkels auf uns.« Hayo hielt einen zerknitterten Zettel in der Faust.

Aus dem Zelt des Obersts, das unter einer Gruppe Buchen stand, fiel ein matter Lichtschein. Gurgelndes Lachen war zu hören.

»Ich bin hocherfreut, dass Sie in unser Regiment berufen wurden, Leutnant von Ostheim. Die Worte seiner Durchlaucht beim Abschied waren ergreifend, so viel Feingefühl und Eleganz. Vielleicht werden wir bald wieder das Vergnügen haben und Karl Eugen erweist uns die Gunst seiner Gegenwart.«

»Der Herzog arbeitet hart, ist viel auf Reisen. Das Wohlergehen des ganzen Landes ruht auf seinen Schultern«, erklärte der Leutnant wichtigtuerisch. Er konnte sich nicht mehr daran erinnern, wann er seinen Vater zuletzt alleine gesehen hatte. Eine Amme berichtete ihm, dass sich der Herzog an seinem dritten Geburtstag Zeit für ihn genommen hätte, ein Tag, an den er sich beileibe nicht mehr erinnern konnte. Uneheliche Bälger bekamen im besten Fall einen Adelstitel, sicher keine Alimente und noch weniger Aufmerksamkeit, wie auch – bei siebenundsiebzig Halbgeschwistern. Schmerzlich hatte er erfahren, wie es war, einen mächtigen Landesherrn zum Vater zu haben, der einen übersah, sogar verachtete.

»Sicher, die Bürde des Amtes.« In die Runde der Offiziere, die sich halbkreisförmig vor seinem Schreibpult aufgestellt hatten, sagte Hügel: »Die Route steht fest. Hinter Durlach passieren wir die Grenze und marschieren auf französischem Gebiet weiter.«

»Ist das kein Umweg ans Meer?«, wollte Wolzogen wissen.

»Die Kurfürsten von Köln und Trier verweigern uns den Durchmarsch. Sie würden sogar Barrieren auf dem Rhein errichten, falls wir es wagten, mit Kähnen nach Vlissingen zu schippern. Der Befehl des Herzogs ist eindeutig, wir sollen so wenig fremde Hoheitsgebiete durchqueren wie möglich.«

»Um den Wegzoll zu sparen?«

»Wolzogen, denken Sie kaufmännisch. Jeder noch so kleine, unbedeutende Duodezfürst würde uns ausnehmen wie eine Weihnachtsgans. Dieses Unternehmen ist zuallererst ein Geschäft.« Wesentlich lauter und für alle hörbar, fügte er hinzu: »Ich lasse die Wachen verstärken, ab morgen begleiten uns württembergische Scharfschützen. Sie, Ostheim flankieren die rechte Seite des Zugs, Wolzogen reitet links. Es ist wie verhext, selbst wenn man den gemeinen Soldaten die härtesten Strafen androht, sie hauen trotzdem ab.«

»Hunger ist das beste Fersengeld«, erwiderte Wolzogen.

»Wie soll ich das verstehen?« Hügel seufzte laut.

»Gutes Essen, ordentliche Kleidung, einen warmen Platz zum Schlafen und …«

»In Frankreich ist hoffentlich mit diesen provisorischen Lagern Schluss«, sagte Hügel.

» … und einen gerechten Sold, dann halten uns die Soldaten die Treue.«

»Deserteure sind alles Taugenichtse, menschliches Treibgut, um das es ohnehin nicht schade ist«, mischte sich Ostheim ein.

»Es müssen nur Werber auftauchen und bessere Bedingungen anbieten, da werden selbst die Tapfersten schwach.«

»So ein Blödsinn, allein Vagabunden und Ausländer ohne Ehrgefühl entfernen sich von der Truppe.«

»Alle hören jetzt genau zu«, befahl Hügel, »bei Einbruch der Dunkelheit müssen wir besonders auf der Hut sein, nachts setzen sich die meisten ab. Wolffskeel und Leutnant von Ostheim schieben die erste Wache, ab Mitternacht übernimmt Wolzogen.«

»Meine Herren, dann darf ich mich empfehlen.« Karl von Wolzogen tippte mit seinem Mittel- und Zeigefinger an die Stirn und verließ das Quartier des Obersts.

Hügel war nahe an Ostheim herangerückt. Es schien, als berührten seine Lippen das Ohr des Leutnants. Im Flüsterton sagte er: »Ich habe mich noch nicht entschieden, wer Hauptmann des Kapregiments werden soll. Wenn Ihnen niemand durch die Lappen geht, erhöhen sich Ihre Chancen auf den Posten. Wolzogen traue ich nicht hundertprozentig über den Weg, obwohl er einen ausgezeichneten Leumund besitzt. Er ist zu weich, zu verständnisvoll, hängt diesen seltsamen Ideen der Aufklärung an.«

»Sie können sich absolut auf mich verlassen.« Ostheim strahlte.

»Übrigens, für jeden eingefangenen Deserteur gibt es ein Kopfgeld. Ich habe zusätzliche Patrouillen angefordert, die die Heerstraßen der Umgebung kontrollieren werden.«

»Mir entwischt keiner.«

In den weitläufigen Auen der Enz bauten sich dichte Nebelschwaden wie eine Wand vor Wolffskeel auf. Wege und Bäume verloren sich im Nebel, unmöglich, den gesamten Lagerplatz im Auge zu behalten. Er schritt einen Pfad auf und ab, den Biber entlang des Ufersaums gespurt hatten. Es war verabredet, dass Ostheim oberhalb des Geländes, am Waldrand patrouillierte.

In seinem bewegten Soldatenleben hatte Wolffskeel schon die seltsamsten Typen kennengelernt. Prahlhälse, die beim ersten Kanonendonner die Hosen gestrichen voll hatten. Vorgesetzte, die planlos Befehle erteilten und ihre Männer willkürlich in den Tod schickten, oder skrupellose Banditen, die ihre Kameraden beklauten. Dieser Ostheim ließ sich nur schwer einschätzen. Er war der ewig unzufriedene, verschmähte Bastard eines Herzogs, der um Anerkennung buhlte, sich um Karriere, Stand und Besitz betrogen fühlte. Wie ein beißwütiger Kettenhund schien er sich für jedes erlittene Unrecht rächen zu wollen. Ostheim könnte womöglich sogar ihm gefährlich werden.

Der Nebel schluckte jeden Laut, verschleierte jede Bewegung. Es wäre ein Kinderspiel, jetzt zu entkommen, dachte Wolffskeel. Er ging in die Hocke und legte einige Äste in die schwelende Glut. Das nasse Holz zischte und dampfte. Über dem Rauch rieb er sich die Hände. Plötzlich hörte er ein leises Geräusch, wie das Knacken eines Zweiges. »Sind Sie das, Herr Leutnant?«, rief er in die Stille.

Er erhielt keine Antwort. Wolffskeel sprang auf, lief zum Fluss und starrte in das undurchdringliche Weiß. Diesmal hörte er ein zaghaftes Rascheln. Vor ihm in der Uferböschung zitterten Schilfrohre, als hätte sie ein leichter Windhauch erfasst. Wolffskeel wusste haargenau, was jetzt zu tun war. Er war hellwach, die Muskeln seines Körpers spannten sich wie bei einem Raubtier vor dem Sprung. Er zog sein Messer, warf sich über den Mann, der im Schilf kauerte und drückte ihm die scharfe Klinge direkt unter die Kehle, sein rechtes Knie stemmte er ihm in den Rücken. Dann packte er den Wehrlosen am Kragen und riss ihn auf die Füße.

»He, loslassen, ich bin keiner von euch«, schrie der Eindringling.

»Das werden wir gleich beim Oberst klären.«

»Ich bin Preuße, ich handle im Auftrag des preußischen Königs.«

»Sicher, erzählt das unserem Oberst, ich bringe dich zu ihm.«

»Hör doch, ich soll eure Soldaten abwerben.«

Aus dem Nebel tauchte eine Gestalt auf. Es war Ostheim. Wortlos näherte er sich dem Gefangenen. Ohne zu zögern, rammte er ihm ein Messer zwischen die Rippen. Andere Lebewesen zu töten, egal ob Mensch oder Tier, verschaffte ihm eine seltsame Befriedigung, mehr noch, er verspürte ein erhabenes Gefühl von Macht. Es war wie ein Sog, dem er sich nicht entziehen konnte. Der preußische Werber röchelte, sein weißes Hemd tränkte sich mit Blut, dann sackte er tot zusammen.

Ein schriller Trompetenton durchbrach die Stille, jeder war auf den Beinen, alle schrien durcheinander. Das Feldlager glich einem surrenden Hornissennest. Die Offiziere stürzten ins Zelt des Obersts. Der Tote lag blutverschmiert auf einem Feldbett.

»Abgestochen wie ein Schwein«, Hügel lief rot an. Die Furche in seinem Kinn zitterte vor Wut. Seine Stimme bebte. »Wie konnte das nur passieren, Wolffskeel, Sie hätten den Mann einfach festnehmen sollen.«

»Ich habe ihn nicht …«

»Seien Sie still. Jetzt auch noch leugnen. Leutnant Ostheim hat mir alles haarklein erzählt. Hinterrücks und ohne Vorwarnung haben Sie den preußischen Werber niedergemetzelt. Wir sind nicht im Krieg, elender Stümper.«

»Während meiner Patrouille beobachtete ich, wie Wolffskeel den Fremden, der auf dem Bauch ins Lager kroch, überwältigte und mit dem Messer zur Strecke brachte«, sagte Ostheim sachlich.

Wolffskeel unternahm keinen Versuch mehr, sich zu verteidigen.

»Verflucht und zugenäht, an der Uniform hätten Sie erkennen können, dass es ein fremder Offizier ist.«

»Als ich herbeieilte, lag der Mann bereits im Sterben, ich konnte nichts mehr für ihn tun«, log Ostheim.

»Sie trifft keine Schuld, Leutnant. Kann ja niemand ahnen, dass unser Feldwebel plötzlich den Verstand verliert.«

Wolffskeel verzog keine Miene. Es war sinnlos, sich gegen den Sprössling des Herzogs zur Wehr zu setzen.

»Der Tote ist mir gleichgültig. Schließlich wollte er unsere Leute abwerben. Die Sache ist die, hier befinden wir uns auf fremdem Gebiet, in Baden genießen wir nur Gastrecht. Wir haben die Territorialrechte des Markgrafen verletzt, das kann böse enden. Karl Eugen wird außer sich sein, und der ganze Ärger bleibt wieder an mir hängen.«

»Ich könnte beim Markgrafen vermitteln, es sei ein bedauernswertes Missgeschick gewesen«, schlug Ostheim vor.

»Gut, versuchen wir das.«

»Vielleicht gelingt es mir auch, meinen Herrn Vater zu besänftigen.«

Hügels Mundpartie entspannte sich sichtbar, seine Stirn glättete sich. Ostheims direkter Draht zum Herzog könnte sich als Glücksfall erweisen. Mit einem verächtlichen Ton in der Stimme erklärte er: »Und für den Feldwebel wird der Zwischenfall ein unangenehmes Nachspiel haben. Er wird seine gerechte Strafe erhalten.«

Worauf sich der Bastard verlassen kann, dachte Wolffskeel.

Über Nacht hatte der Wind gedreht, es war Winter geworden. Schnee umhüllte die Gipfel des Schwarzwaldes. Frierend setzten sich die Soldaten in Bewegung. Weißer Dampf stob aus den Nüstern der Pferde, nervös tänzelten die Tiere neben den Marschierenden her. Hügel ritt an der Seite von Wolzogen. »Die nächste Rast machen wir kurz vor Durlach. Im offenen Gelände können wir die Soldaten besser im Auge behalten.«

»Sir!«

»Innerhalb der badischen Bürgerschaft soll es bereits heftig rumoren.«

»Unseretwegen?«

»Mit einem freundlichen Empfang können wir in Durlach kaum rechnen.«

Nach einer kurzen Pause sagte der Oberst: »Hören Sie, Wolzogen, ich bin auf der Suche nach einem zuverlässigen

Hauptmann. Im Grunde sehe ich Sie in dieser Position, nicht Ostheim, er ist so impulsiv, so unberechenbar.«

»Danke, Sir. Ich werde Sie nicht enttäuschen.«

»Achten Sie darauf, dass wir vollzählig in Südafrika ankommen, dann steht Ihrer Beförderung nichts im Wege.«

»Zu Befehl, Sir.«

»Die Reihen schließen«, fauchte Hügel einen Scharfschützen der Eskorte an. Dann gab er seinem Pferd die Sporen und setzte sich an die Spitze des Zuges.

Gegen Mittag war der Schnee verschwunden und hatte die Schwarzwaldwege in Matsch verwandelt. Mürrisch stapften Lotte und die anderen die aufgeweichten Furchen entlang. Durch das dichte Nadeldach der Tannen drang kein Licht. Dunkelheit und Kälte umgaben sie, als wäre es bereits Abend. Es klackte und gluckerte, dicke Tautropfen fielen von den Ästen, es schien zu regnen. Nichts geschah, was sie aus ihrem dumpfen Trott herausgerissen hätte. Nach Stunden öffnete sich plötzlich der Schwarzwald und Sonnenstrahlen fielen durch das Gehölz, der Boden war mit Moos bedeckt. Laubbäume mischten sich unter die Tannen, der Wald wurde immer lichter. Schließlich traten sie in die Helligkeit, ihre Augen blinzelten im grellen Licht. Vor ihnen erstreckte sich ein riesiges Nebelmeer. Die Rheinebene war im Grau verschwunden, nur die sanften Hügel des Kraichgaus ragten wie kleine verlorene Inseln daraus hervor. In der Ferne wanderte die Sonne den Horizont entlang und schob sich schließlich als leuchtender Feuerball durch die Nebeldecke.

Endlich, dachte Jo, morgen bin ich ein freier Mann. Wirklich frei, denn auf die Weinbergscholle meiner Eltern kehre ich nicht mehr zurück. Alles schien auf einmal möglich zu sein. Ein neues Leben, eine neue Arbeit.

Er verspürte die unbändige Lust auf eine Prise Kautabak, griff in die Jackentasche seiner Uniform und befühlte das angenehm kühle Metall seiner Messingdose. Dabei kreuzte er Hayos Blick, die Lippen seines Kameraden waren blau angelaufen und zitterten. Hayo war voller Unruhe, nervös schaute er um sich. Angst war ihm ins Gesicht geschrieben. Wenn die Flucht misslingt, prügeln sie mich halbtot, wie einen räudigen Hund. Die Gedanken in Hayos Kopf drehten sich schnell und schneller wie in einem Karussell.

Als das Kapregiment die Rheinebene erreichte, wurde der Nebel immer dichter, Feuchtigkeit breitete sich aus. In einer Senke nahe dem Fluss errichteten die Soldaten ihr Nachtlager. Lotte versuchte, aus nassen Zweigen ein Feuer anzuzünden, es qualmte und zischte, kleine Flammen flackerten auf, die sofort wieder erstarben. Sie fluchte und rieb ihre geröteten Hände. Die kommende Nacht würde verdammt frostig werden.

Eingezwängt zwischen den anderen kampierte sie auf der blanken Erde, den Soldatenrock hatte sie bis unters Kinn gezogen. Obwohl Lotte sterbensmüde war, brachte sie kein Auge zu. Scharfschützen umkreisten die Liegenden, registrierten jede kleinste Bewegung. Eine unerträgliche Spannung hatte alle erfasst.

Es war noch nicht hell, als Jo aus dem Augenwinkel ein Paar Lederstiefel auf sich zukommen sah, die direkt vor seinem Gesicht stehen blieben.

»Aufstehen, wird's bald.«

Schlaftrunken folgte Jo dem Befehl und rappelte sich auf. »Was ist denn los?«

Wolffskeel hielt ein Messer in der Hand, die Klinge auf Jo gerichtet.

»Zieh die Jacke aus!«

Widerstandslos gehorchte er. Der Feldwebel kam näher und mit einem Schnitt durchtrennte er Jo's Hosenträger.

»Hey, was soll das?« Jo wusste nicht, wie ihm geschah.

»Und jetzt knöpf die Hose auf.«

»Was, bist du noch bei Trost?«

»Stell keine Fragen, mach es einfach!«

»Das geht zu weit, niemand darf das, was ist das für eine elende Sauerei!« Jo wollte Wolffskeel gerade wegstoßen, als zwei Scharfschützen Jo von hinten packten und ihm die Arme auf den Rücken drehten.

Wolffskeel beugte sich vornüber, packte seinen Hosenlatz und schnitt ihm einzeln die Hosenknöpfe ab. Nacheinander fielen sie herab und verschwanden im Gras. »Das war eine reine Vorsichtsmaßnahme«, sagte Wolffskeel gelassen und wandte sich ab. »Auf, auf, ihr Schlafmützen, alle auf die Beine, wir marschieren los.«

»Ich hab's ja gewusst, du verdirbst noch alles.« Hayo drückte sich neben Jo, der beim Gehen seine Hose mit beiden Händen festhielt. »Die trauen dir nicht über den Weg.«

»Und wenn schon, das ändert gar nichts«, sagte Jo barsch.

Als sie in Durlach eintrafen, den Stadtgraben und das Basler Tor passierten hatten, war die ganze Stadt auf den Beinen. Die Türen und Fenster der Häuser und Ställe waren weit geöffnet.

»Was habt ihr schäbigen Menschenhändler hier verloren, schämt euch, unsere Brüder wie Vieh zu verschachern.« Hunderte, die die Straßen säumten, schrien laut durcheinander. Hayo schaute hektisch um sich. In der aufgebrachten Menge konnte er seine Verlobte nicht erkennen. Sein Puls hämmerte, sein Blut raste durch die Halsschlagader.

»Jeweils fünf Scharfschützen sollen an den Straßenkreuzungen Stellung beziehen«, befahl Hügel seinen Offizieren. »In den engen Gassen zwischen all dem Volk wird es brenzlig, jeden Augenblick müssen wir mit einem Ausbruch rechnen.«

»Hierher, hierher.« Die Umstehenden gestikulierten wild mit den Armen. Ein Soldat löste sich aus seiner Viererreihe und galoppierte wie ein fliehendes Pferd in einen Hauseingang. Hinter ihm wurde die Tür zugeschlagen.

»An die Gewehre«, schrie Ostheim, »nehmt das Haus unter Beschuss.«

Die Scharfschützen legten an und schossen Salve um Salve auf das strohgedeckte Bauernhaus. Hektisch liefen die Durlacher Bürger auseinander. Furcht war in ihre Augen geschrieben. »Aufhören, hört auf zu schießen«, riefen einige.

Der Funkenflug entzündete das Strohdach, das sofort lichterloh brannte. Das Geschrei war infernalisch, wie auf einem Schlachtfeld. »Rauch, überall ist Rauch«, »Hilfe, Hilfe, wir brauchen Wasser, wo sind die Eimer?«

Die Flammen drohten auf die anderen Häuser überzuspringen. In dem Tumult erkannte Hayo seine Chance. Er ließ sich plötzlich zurückfallen, streifte blitzschnell seinen Rock ab, warf das Kaskett weg und tauchte im Gewühl unter. Niemand hatte sein Verschwinden bemerkt.

Die Situation schien immer weiter zu eskalieren, das Feuer hatte jetzt auch die angrenzenden Nachbarhäuser erfasst, Panik breitete sich unter der Menschenmenge aus. Wann, wenn nicht jetzt, fragte sich Jo, das ist die Gelegenheit, und rannte die Ochsentorstraße hinunter. Wie ein hakenschlagender Feldhase wechselte er die Straßenseite, sprang von links nach rechts, von rechts nach links, seine Hände krallten sich am Hosenbund fest. Bloß nicht loslassen, sonst stolpere ich über meine eigenen Füße, dachte Jo. Beinahe wäre er mit jemandem zusammengerauscht, der ihm jedoch in letzter Sekunde ausgewichen war. Jo preschte durch ein mächtiges Tor und gelangte in einen Hinterhof, eine Stalltür stand offen. Mit einem Satz sprang er über einen Bretterverschlag und landete kopfüber in einem Schweinetrog. Lautes Quieken ertönte und eine feuchte Schnauze schnüffelte an seinem Gesicht, die Hose baumelte um seine Waden.

»Hier ist der Ausflug zu Ende«, sagte Wolffskeel mit ruhiger Stimme. Er war Jo auf den Fersen gefolgt.

Es war, als öffnete sich vor ihm ein langer, schmaler Tunnel. Die Gasse aus Stiefeln und Uniformen erfüllte ein schneidender Ton. In seine Angst mischte sich der dumpfe Schlag von Trommeln. Spießruten sausten auf ihn nieder, sausten nieder, zerfetzten seinen entblößten Rücken. Er zog den Kopf in den Nacken. Ein brennender Schmerz entflammte auf seiner Haut, schoss durch seinen Körper. Er versuchte sich an etwas zu erinnern, an die leuchtende Herbstfärbung des Weinlaubes, an Susannas Gesicht, ihr Lächeln. Schläge sausten auf ihn nieder, sausten nieder. Seine Gedanken entglitten ihm, er fand keinen Halt mehr, der Schmerz nahm ganz von ihm Besitz. Die Pflastersteine, über die er sich schleppte, die Stiefel verschwammen vor seinen Augen. Er atmete Blut. Alles Lärmen und Getöse verschmolz zu einem einzigen lauten Surren in seinen Ohren. Leeres Dunkel umgab ihn. Es war, als würde sich der Tunnel nicht mehr öffnen, als gäbe es keinen Ausgang. Jo schwanden die Sinne.

12

Fort Louis

»Steht nicht rum, helft mir, diesen armen Teufel auf meinen Tisch zu hieven«, sagte Dr. de Cohen forsch. In einem Kellerverlies von Fort Louis hatte der niederländische Arzt eine notdürftige Praxis eingerichtet. Die Bahre, ein schweres Eichenbrett, das über zwei leeren Wasserfässern lag, stand mitten im Raum. Auf einem Holzschemel hatte er sein medizinisches Besteck, Scheren, Zangen und Sägen, ausgebreitet. Die Arzneien, Glasschälchen mit ockerfarbenen Harzen, kleine Fläschchen, in denen dunkle Essenzen schimmerten, sowie Gazebinden, waren in einer Vitrine aufgereiht. Durch ein Eisengitter unterhalb der Decke fiel ein schmaler Lichtkegel. Wasser tropfte die Wände herab, es roch nach Schimmel und Moder. Fort Louis war ein Gebirge aus Stein, ein sternenförmiger Koloss, den der Festungsbauingenieur Vauban auf einer Rheininsel nahe Iffezheim platziert hatte. Die Zitadelle war das erste Quartier des Kapregiments auf französischem Boden.

»Junge, schneide den Verband zurecht.« Lotte griff nach einer Schere und zerteilte die Binden in lange Streifen. »Ich werde es nicht verstehen, warum muss man denn mit aller Härte zuschlagen? Ist es Teil der menschlichen Natur, andere zu quälen? Wir haben gelernt, Leiber aufzuschneiden, Sehnen und Adern freizulegen, aber die Seele der Menschen werden wir wohl nie ergründen.«

Jo's Rücken war eine offene Fleischwunde, Hautfetzen hingen herunter. Blut quoll aus seinen Verletzungen.

»Der arme, arme Jo.«

»Jammern hilft jetzt auch nicht weiter.«

»Unendlich oft habe ich ihn gewarnt, eine Flucht wird böse enden«, sagte Lotte halb mitleidig, halb vorwurfsvoll, »er wollte partout nicht auf mich hören.«

»Jo ist ein furchtbarer Sturkopf, das ist doch allen sonnenklar, und das hier ist die Quittung für seine Sturheit«, stellte Severin nüchtern fest.

»Gassenlaufen ist eine gottverdammte Barbarei, Menschen werden zu Ungeheuern, malträtieren einen Kameraden, der ihnen nichts getan hat, ich könnte kotzen«, sagte Lotte.

»Dankt Gott, dass eine andere Kompanie die Drecksarbeit für euch erledigt hat.«

»Ich hätte mich geweigert, einen Freund zu schlagen.«

»Um dann selbst halbtot geprügelt zu werden, nein danke«, erklärte Severin.

Dr. de Cohen nahm ein Stück Leinen, beschmierte es mit einer harzigen Paste und träufelte eine dunkle, stinkende Tinktur darüber. Vorsichtig drückte er das Wundpflaster auf eine lange Strieme.

»Die Leinen präparierst du jetzt genau so, wie ich es vorgemacht habe«, sagte er zu Lotte.

»Jo hat ein Schweineglück, dass er bewusstlos ist, ich könnte diese entsetzlichen Qualen nicht ertragen.«

»Wenn einer vor Schmerzen durchdreht, hilft nur eins.« Dr. de Cohen nahm ein kleines Fläschchen aus seiner Vitrine. »Das sind die weißen Samen des Schlafmohns, danach spürt man garantiert nichts mehr.«

Präzise und ruhig arbeitete Dr. de Cohen weiter. »Auf holländischen Fregatten habe ich Schiffsärzte beobachtet, die Verletzungen mit den Maden der Goldfliege heilten. Angeblich fressen die Maden das tote Gewebe auf.«

»Was, fiese kleine Würmchen sollen einem helfen, gesund zu werden, unglaublich!« Lotte schüttelte sich.

»Das ist keine Frage des Glaubens. Patienten sterben nach so einer Prozedur wesentlich seltener als ohne. Nur wer Neuland betritt, verändert die Welt.«

»Und was macht ein Holländer, der neue Welten beschreitet, in diesem Loch?«, fragte Lotte keck.

»Seit einer Ewigkeit stehe ich schon in Diensten der Vereinigten Ostindischen Kompanie.«

Lotte war zur Vitrine gegangen, und anstatt ein Schälchen mit Salbe zu holen, griff sie nach einem dicken Wälzer, der im untersten Regal lag. In goldenen Lettern war der Titel »Die Heilpflanzen Europas« eingraviert.

»›Dr. Schimmelpfennig‹ steht auf dem Einband«, sagte Lotte, während sie in dem Buch blätterte.

»Habe ich dir erlaubt, eine Pause zu machen?«

Lotte reagierte nicht auf den Doktor, ruhig las sie vor: »Tee aus Himbeerblättern eignet sich als fiebersenkendes Mittel.«

»Mach vorwärts, ich brauche von der Ringelblumensalbe.«

Mit dem Finger glitt sie die Buchseite herab. »Hirschkraut, auch als bittersüßer Nachtschatten bekannt, wirkt harn- und schweißtreibend. Die giftige Pflanze kommt bei Gicht und Rheuma zur Anwendung. Ihre Blüten sind violett.«

Samuel de Cohen räusperte sich.

»Hirtentäschel lindert die Schmerzen während der Monatsblutung.«

»Schon gut, hör bloß auf. Was willst du wissen?«

Lotte schlug das Buch zu.

»Alles!« Sie lächelte.

Während Dr. de Cohen eine Wunde säuberte, begann er zu erzählen. »Mein Vater betrieb eine lausige, heruntergekommene Praxis in Stuttgart. Hungerleider der übelsten Sorte drückten sich bei uns herum. Eines Tages grassierten die Blattern und rafften nicht nur die Patienten, sondern auch meine ganze Familie dahin. Als ich selbst schon mit einem Bein im Grab stand, setzte mich ein Nachbar an der Schwelle eines Klosters ab und verschwand. Das Einzige, was ich bei mir trug, war das Lexikon. Sieben Jahre lang habe ich die Segnungen der Kirche erfahren. Strafen, Schläge, stundenlanges Stehen auf eiskalten Kirchenböden. Der einzige Lichtblick war der Klostergarten. Darin wuchsen Nachtkerzen, Schöllkraut, Schafgarben, Malven, Alante und Ringelblumen. Der blühende Garten, der von einem Säulengang eingeschlossen war, erschien mir wie das Paradies. Die süßlichen und herben Düfte berauschten meine Sinne. Ich war überwältigt von der Farbenpracht, die sich im Laufe der Jahreszeiten veränderte. Einzelne zarte Blüten kündigten den Frühling an, im Sommer wogten Lichtgelb und Himmelblau durch die Beete, die von warmen und satten Herbsttönen abgelöst wurden. Zu beobachten, wie die Natur im November abstirbt, im Winter in eine Todesstarre fällt, um im nächsten März wieder zu erblühen, machte mich demütig. Ein Pater entdeckte, mit welcher Hingabe ich mich im Klostergarten aufhielt, und weihte mich in die Heilkraft der Pflanzen ein. Ich lernte, dass Wolfsmilch gegen Warzen hilft und Weidenröschentee die Beschwerden beim Wasserlassen verringert. Meine Neugier kannte keine Grenzen. In seiner Kräuterküche demonstrierte der Pater mir die Herstellung von Ölen, Salben und Tinkturen. Er schlug dem Prior vor, ich solle Theologie in Regensburg studieren.«

»Daraus wurde wohl nichts?«, unterbrach ihn Lotte.

»Nein, ein Mitschüler bemerkte, wie ich ein Fläschchen Alkohol aus der Klosterapotheke mitnahm, und verriet mich.«

»Alkohol zum Trinken?«, fragte Severin grinsend, aber der Doktor ließ sich nicht irritieren und fuhr mit seiner Geschichte fort.

»Bevor die Patres mich tagelang in einen Zwinger einsperren konnten, lief ich weg. Mit vierzehn trieb ich mich allein auf den Straßen herum, übernachtete in Hauseingängen, klaute auf dem Markt, was ich zum Überleben brauchte. Einer meiner Kameraden, ein alter Matrose, riet mir, nach Amsterdam zu gehen, es sei die prächtigste und reichste Stadt auf Erden. Selbst ein Niemand brächte es dort zu Ansehen und Reichtum.«

Dr. de Cohen legte das letzte Wundpflaster auf Jo's Rücken.

»Bei einem Barbier in Amsterdam lernte ich alles, was ein ordentlicher Schiffsarzt können muss: faule Zähne ziehen, Blut schröpfen, Gliedmaßen amputieren, Verbände anlegen. Jahrelang fuhr ich auf englischen, dänischen oder holländischen Schiffen zur See. Nachdem ich die Eiswelt von Grönland und die grüne Hölle auf Borneo überlebt hatte, kehrte ich nach Leiden zurück und studierte Medizin. Sagen wir, aus Liebe zur alten Heimat habe ich bei diesem Unternehmen angeheuert.«

Dr. de Cohen verzog sein braun gebranntes Gesicht. »So, und nun wisst ihr auch, wie ich laut Taufregister heiße. Nur, welcher Kapitän vertraut schon einem Schiffsarzt namens Samuel Schimmelpfennig?«

»Jo kommt doch wieder auf die Beine?«, fragte Lotte.

»Die Wunden können sich entzünden und eitern, dann sieht es schlecht aus«, antwortete Dr. de Cohen.

»Sie haben doch alles Erdenkliche für ihn getan?«, hakte sie energisch nach.

Der Doktor nickte. »Den Feldprediger müsst ihr nicht gleich rufen.«

Jo öffnete die Augen und stöhnte laut. »Aaah, aaah, auuu.«

»Er kommt zu sich, Gottlob, er ist wieder da.«

Jo konnte sich nicht bewegen, der Schmerz steckte in jeder Körperfaser. Die Martern des Gekreuzigten konnten kaum größer sein. »Ääh, aaah«, röchelte er. Seine Mutter fiel ihm ein. Würde sie ihn nicht schrecklich vermissen? Bislang hatte sie kein Lebenszeichen von ihm erhalten.

Machte sie sich Sorgen? Sein Vater und Gottlieb glaubten bestimmt, er habe sich ohne ein Wort aus dem Staub gemacht. Pah, wahrscheinlich hätten sie nicht einmal Mitleid mit ihm, wenn sie ihn so sehen würden. Mitleid, er brauchte kein Mitleid. Er versuchte sich aufzurichten, unmöglich.

»Durst, ich habe entsetzlichen Durst.«

Mit einer Kelle schöpfte Lotte Wasser aus einem Eimer und hielt sie ihm vor den Mund. Jo hob den Kopf und trank gierig. Seine Augen füllten sich mit Tränen, vor Schmerzen und Wut.

»Mein Rücken brennt, als hätte ein Schwarm Hornissen zugestochen.«

»Gegen die Schmerzen nimmst du das.« Dr. de Cohen gab ihm einen kleinen Becher mit einer milchigen Flüssigkeit.

»Ich könnte jetzt etwas Ordentliches vertragen«, sagte Lotte.

»Welcher Schiffsarzt geht schon ohne Rum auf Reisen? Werden wir doch mal sehen, ob der Doc nicht irgendwo etwas Trinkbares versteckt hat.« Dr. de Cohen zog eine Flasche hervor, die unter einem Holzschemel stand. »Solange wir im Elsass sind, gibt es ›Eau de vie‹.«

Jeder nahm einen Schluck aus der Flasche.

»Du musst die nächsten Tage auf dem Bauch liegen bleiben. Verstanden? Der Junge wird dir die Verbände wechseln.«

Jo sackte auf der Bahre zusammen. Ich bereue nichts, gar nichts. Hätte ich die Flucht nicht gewagt, würde ich mir ewig Vorwürfe machen, so bereue ich nichts. Die kriegen mich nicht klein, mich nicht. Und wo ist eigentlich meine verdammte Kautabakdose.

Karl Eugen fühlte sich unendlich erleichtert, als er den Abort beinahe in letzter Sekunde erreicht hatte. Es prustete, platschte und spritzte. Die Hosen schlackerten um seine dünnen Waden. Schon seit Tagen war er nicht mehr Herr seiner Gedärme, die langen, verwinkelten Gänge des Forts verschärften sein Ungemach noch. Sein Bauch war aufgequollen, in seinem Inneren rumorte es heftig. Lag es am Fleisch, am Lauch, am sauren Wein oder war es das Alter, unbarmherzig und unaufhaltsam wie der Lauf der Weltgeschichte? Seine Energie, seine Leidenschaft waren dahin. Er schaute sich um, der Abort glich einem Kerker, es war kalt, dunkel und stank fürchterlich. Müsste er hier sein tägliches Geschäft verrichten, würde er sich womöglich den Tod holen. Warum um Himmels willen durfte er Fort Louis nicht augenblicklich verlassen? Er stöhnte laut auf. Dieses elende Regiment! Geld, viel Geld sollte es ihm einbringen, keine Schwierigkeiten. Wie er dieses Wort hasste. Der peinliche Zwischenfall auf badischem Gebiet war eine diplomatische Katastrophe. Ein toter preußischer Offizier, wie konnte das passieren? Er schien von ausgemachten Stümpern umgeben zu sein. Mit diesem unfreundlichen Akt habe Württemberg die Territorialrechte eines befreundeten Landes verletzt, ließ ihn die badische Staatskanzlei wissen. Wieder einmal musste er die Suppe alleine auslöffeln. Wie vermutet, hatte sich der badische Markgraf nur mit harter Münze besänftigen lassen.

Ein grenzenloses Desaster allerdings waren die Deserteure. Jeder Einzelne dieser feigen Hunde, die nicht würdig waren, seinen herzoglichen Soldatenrock zu tragen, kostete ihn Unsummen. Wie sollte er so schnell Ersatz finden? Die Holländer, knallharte Krämerseelen, bestanden auf der ausgehandelten Zahl Soldaten. Vielleicht waren auch diese Hasenfüße der Grund für sein Leiden? Er blickte an sich hinunter. Seine Knie waren blau angelaufen und erst jetzt spürte er die Eiseskälte in seinen Oberschenkeln. Wenn ich noch länger hier sitze, hole ich mir tatsächlich den Tod.

Dichte, weiße Nebelschleier verhüllten Fort Louis, die nassen Schwaden hingen so tief über dem gepflasterten Innenhof, dass der Herzog nichts von den Wehrtürmen und Zinnen sah, als er ins Freie trat. Kälte und Feuchtigkeit nahmen von seinem Körper Besitz. Die Warnungen seines Leibarztes, bereits jeder kühle Lufthauch befeuere seine Gicht, brächte ihn dem Grab einen Schritt näher, klingelten in seinen Ohren. Der Herzog verzerrte das Gesicht. Ein beißender Schmerz bohrte sich durch seine linke Schulter. Er verwünschte den Oberst, was hatte sich diese Niete nur dabei gedacht, das Kriegsgericht hier draußen abzuhalten.

Dem Herzog eilte ohnehin der Ruf voraus, mit Delinquenten seiner Armee kurzen Prozess zu machen, und das wünschte er sich nun am sehnlichsten, einen kurzen Prozess. Zögerlich bewegte er sich durch die Nebelschwaden. Zuerst sah er nur grobe Schemen vor sich, die langsam an Kontur gewannen. Die Wartenden wirkten wie Gespenster, die sich zwischen dem alten Gemäuer verirrt hatten. Dann erkannte er Oberst Hügel, Wolzogen, Ostheim und Wolffskeel.

Mit einem »Unverzeihlich, Hügel, das ist wirklich unverzeihlich« eröffnete der Herzog seinen Auftritt.

»Durchlaucht, ich kann mir nicht erklären, warum Wolffskeel den preußischen Offizier rücklings niedergestochen hat, er gilt als umsichtig und besonnen.«

»Ich dachte, Sie hätten Ihre Mannschaft besser im Griff. Ich bin sehr enttäuscht, Hügel, wirklich sehr enttäuscht.«

Schwerfällig ließ sich der Herzog in einen Sessel fallen, den man hinter einen opulenten Eichentisch gestellt hatte. Er spürte, wie unzählige feine Tröpfchen an seinem Rock hafteten. Sobald er sich bewegte, perlten sie über den blauen Stoff.

»Der badische Markgraf war empört, erzürnt. Er gewährt uns das Recht, durch Baden zu marschieren, und wir bedanken uns mit diesem beispiellosen Affront. Welche internationalen Turbulenzen so ein Fall nach sich ziehen kann, Hügel, Sie haben ja keine Ahnung.«

»Durchlaucht, ich bedaure außerordentlich. Glücklicherweise konnten wir den Fall zügig aufklären, da Leutnant Ostheim Zeuge des Geschehens war und sofort Meldung machte.«

»Dieser Wolffskeel, was hat er sich eigentlich davon versprochen? Nun, im Grunde will ich es gar nicht wissen.« Karl Eugen trommelte mit seinen Fingern auf der Tischplatte.

Wolffskeel stand mit versteinerter Miene vor dem Tribunal. Starr schaute er durch die Anwesenden hindurch. Nur seine Kinnpartie zitterte leicht, mit aller Kraft kämpfte er gegen den kochenden Zorn in seinem Inneren an. Jede Verleumdung, jede Demütigung würde er regungslos ertragen, so schwer es ihm auch fiel. In diesem Spiel besaß er von allen die schlechtesten Karten. In Zukunft, darauf vertraute er, gäbe es ausreichend Gelegenheit für seine Rache.

»Dank meines glänzenden diplomatischen Geschicks konnte ich den Markgrafen besänftigen und weiteres Unheil von der Truppe abwenden. Dennoch, so ein Vorfall darf nicht ungesühnt bleiben.« Der Herzog räusperte sich. Der Stoff seiner Uniform hatte sich mit Wasser vollgesogen. Er war nass und schwer und klebte auf der Haut. Hoffentlich bekomme ich jetzt kein Fieber, dachte der Herzog. »Machen wir es kurz. Der Feldwebel verzichtet vier Monate auf seinen Sold und die Sache ist erledigt.«

»Äußerst gnädig, Eure Durchlaucht. Ihre Milde mehrt Ihren Ruf als gütiger Landesvater«, sagte Oberst Hügel.

»War Wolffskeel nicht derjenige, der einen Geflüchteten wieder eingefangen hat?«

»Der Ausreißer hat seine gerechte Strafe erhalten, Hoheit, dafür habe ich persönlich gesorgt«, entgegnete Ostheim.

»Ich hoffe, Leutnant, der Deserteur wurde nicht zu Tode geprügelt. Jeder Mann zählt.« Der Herzog sah seinen Sohn scharf an. Dann wandte er sich an den Oberst. »Hügel, tragen Sie Sorge, dass der Abtrünnige wieder ehrlich gemacht wird. Er soll die Fahne berühren, den Eid schwören und er ist wieder ein treuer Diener seiner Durchlaucht.«

»Zu Befehl, Hoheit.«

»Und nun möchte ich mich von den tapferen Soldaten verabschieden, die den Ruhm ihres Vaterlandes auf so ehrenvolle Art vermehren. Lassen Sie antreten.«

»Hoheit, wir haben nicht so bald mit Ihrem Besuch gerechnet. Wir glaubten, Ihre Ankunft würde sich um einige Tage verzögern.«

»Was heißt das?«

»Unsere Leute konnten noch kein Quartier beziehen. Das Fort ist mit Schweizern besetzt.«

»Durchlaucht, die Soldaten stehen seit ihrer Ankunft heute Morgen auf dem Marktplatz des kleinen Städtchens herum.« Wolzogen trat vor den Herzog.

»Soll ich etwa jedem Einzelnen einen Schlafplatz suchen? Was stellen Sie sich vor?«

»Ich möchte Eure Durchlaucht nicht beunruhigen, dennoch: Als Oberbefehlshaber des Landes sollten Sie Kenntnis darüber haben, dass der Krankenstand von Tag zu Tag wächst, die Uniformen in einem schlechten Zustand und die Schuhe schon bald unbrauchbar sind. Bei der Versorgung der Truppe gibt es Engpässe und die Kosten für den Transport laufen aus dem Ruder.«

Kosten, Geld hatte er richtig gehört? Das war sein Geld, von dem Wolzogen gerade sprach. Schon wieder tauchten neue Schwierigkeiten auf. Warum waren seine Offiziere so elende Dilettanten? Am liebsten hätte er mit der Faust auf den Eichentisch geschlagen, wenn ihm nicht sein Leibarzt jegliche Aufregung verboten hätte. Er atmete langsam und tief durch.

»Wolzogen, Sie bürgen mir mit Ihrer Ehre, dass die Kompanien unversehrt Südafrika erreichen. Als Beweis meines Vertrauens ernenne ich Sie hier und heute zum Hauptmann des Kapregiments. Wenn ich mich recht entsinne, war der Posten noch vakant, stimmen Sie mir zu, Hügel?«

Oberst Hügel nickte eifrig.

»Durchlaucht, ich werde mich Ihrer Gunst als würdig erweisen.« Von Wolzogen verzog seine Lippen zu einem leichten, hämischen Grinsen.

Ostheim trafen die Worte seines Vaters ins Mark, ihm war, als reiße der Herzog ihm sein Herz bei lebendigem Leibe heraus. Wie konnte er nur so gnadenlos sein, ihn übergehen und diesen Schnösel zum Hauptmann ernennen? Einmal mehr fühlte sich Ostheim von seinem Vater verachtet und verstoßen.

»Sehen Sie, meine Herren, so löst man Probleme.«

Der Herzog erhob sich schwerfällig, nickte in die Runde und verschwand im Nichts. Nach seiner Abreise morgen früh könnte er das Kapitel Kapregiment nun endgültig zu den Akten legen.

13

Unterwegs durch Frankreich

Jeder Tag war trostloser als der vorangegangene. Lotte und ihre Kameraden durchquerten ein endloses Nebelland. Das Weiß schien die Welt unter sich zu begraben. Missmutig trotteten sie voran. Die Wälder, durch die sie kamen, waren dunkel und gespenstisch. Alte Eichen, die ihre mächtigen Arme weit ausbreiteten und ihre nebelumsäumten Baumkronen emporreckten, wirkten wie unheilvolle Riesen aus einer Sagenwelt.

Später setzte Regen ein, der Lotte durch die Kleider lief, der Stoff hing wie Blei an ihren Schultern. Wasser tropfte ihr über die Augenbrauen ins Gesicht, achtlos wischte sie es beiseite. Bei jedem Schritt versank sie im Matsch, der Dreck spritzte an ihr hoch. Die Nähte ihrer Schuhe waren aufgesprungen, die durchnässten Pappsohlen lösten sich auf und wickelten sich als Knäuel um ihre Knöchel. Barfuß lief sie weiter, ein beißender Schmerz flammte zwischen ihren Zehen auf, durchströmte ihre Füße. Auf dem Weg durch Frankreich glaubte sie, ihr Ziel aus den Augen zu verlieren.

Wenn das Kapregiment bei Dunkelheit eine Herberge erreichte, drängte sich Lotte zusammen mit den anderen vor der Glut eines ersterbenden Feuers. Sie fror und hungerte, im Schlaf suchten sie schlechte Träume heim, beim Erwachen fühlte sie sich erbärmlich, Hunger und Kälte wurden übermächtig.

Jeden Morgen stürzten sich die Männer wie tollwütige Hunde auf eine Kruste Brot, ihre Mutter hätten sie für eine

Scheibe gebratenen Speck verhökert. Lotte beobachtete das Treiben ungerührt, versuchte ihrerseits eines Stücks Brot habhaft zu werden.

Wer sich die Lunge aus dem Leib hustete, Blut spuckte oder im Fieber halluzinierte, wurde zurückgelassen. Doch keinen kümmerte das. Marschieren und immer weiter marschieren, vorbei an unwirtlichem Brachland und einsam gelegenen Dörfern, die wie ausgestorben wirkten. Die Stille, die sie umgab, wurde nur durch das hohle Gekrächze entfernter Krähen durchbrochen. Irgendwann spürte Lotte ihre Füße nicht mehr, ihre Sinne waren abgestumpft. Niemand sprach ein Wort. Nach einem sechswöchigen Marsch voller Entbehrungen frischte der Wind plötzlich auf, die Luft roch salzig, sie waren am Meer.

14

Fort Rammekens

»Hätte nicht geglaubt, dass wir es bis nach Holland schaffen.« Severin ließ seine Beine von der oberen Kante eines Stockbettes herunterbaumeln. Darunter hatte sich Lotte der Länge nach ausgestreckt. Nach Wochen wieder ein richtiges Bett mit sauberen Laken und einer eigenen Decke, geradezu paradiesisch, dachte sie. Ich könnte schlafen und schlafen und würde am liebsten nie wieder aufwachen. Lotte gähnte laut.

»Auf dem Markt kaufe ich mir neue Schuhe aus weichem, glänzenden Schweinsleder«, sagte Severin.

Lotte schaute an sich hinunter. »Und ich könnte ein paar neue Füße gebrauchen.« Sie richtete sich auf und pellte weißen Schorf von ihren Knöcheln. Die Sohlen waren scharlachrot und mit Schwielen übersät. »Meine Fußsohlen sind so hart wie Baumrinde, da könnte man Dornen reinbohren und ich würde nichts spüren.« Sie strich mit ihrer Hand darüber.

»Meinst du, meinen geht es besser?«

»Meine Latschen haben sich unterwegs in Luft aufgelöst.«

»So ging es allen.«

»Der Herzog hätte mit unseren Schuhen keine hundert Meter laufen können, wetten?«

»Leider hört dich der Herzog hier nicht.«

»Verfluchte Pappdinger!«

»Wo sind wir hier eigentlich? Hat irgendjemand irgendwas aufgeschnappt?«, fragte Severin laut in die Runde.

Lotte streckte sich: »Fort Rammekens oder so.«

»Diese elenden Forts, eines gleicht dem anderen, alle sind duster und muffig.«

»Mit einem Unterschied: Hier sind wir rundherum von Wasser umgeben.«

Ihre Schlafstätte, welche bis auf den letzten Platz mit Stockbetten gefüllt war, glich der Krypta einer verfallenen Kirche. Ein fleckiges Tonnengewölbe spannte sich über den niedrigen Raum. Durch Erker, die der Westerschelde zugewandt waren, fiel ein fahler Lichtschein. Die Seefestung war das Tor zu den Niederlanden. Es hieß, Fort Rammekens, welches einem überdimensionierten Donnerkeil glich, dessen Spitze zum Meer ragte, sei uneinnehmbar. Unerwünschte Besucher hätten die Holländer nicht zu fürchten. Für die Vereinigte Ostindische Kompanie war die Scheldemündung der ideale Ort, um mit ihren Handelsschiffen vor Anker zu gehen.

»Wo früher mein Magen war, ist jetzt ein riesiges Loch«, sagte Lotte.

»Was meinst du?«, fragte Severin.

»Das bisschen Essen, das man uns in Frankreich aufgetischt hat, füllte vielleicht grad so meine Zahnlücken.« Lotte seufzte und rieb sich dabei den Bauch. »Nachts träume ich von Schweinebraten mit Knödeln. Ich sehe einen riesigen Fleischberg vor mir, gespickt mit Zwiebeln und Speck, die Kruste leuchtet goldbraun. Dazu gibt es eine herrliche dicke Soße, die von Pilzen überquillt. Im Traum riecht es nach Schweinebraten, überall riecht es nach Schweinebraten, das Wasser läuft mir im Mund zusammen. Doch sobald ich reinhauen will, wache ich auf, entsetzlich.«

»Wenn wir unseren Sold bekommen«, sagte Paul Schwarzenberg, der auf dem Bett neben Lotte und Severin saß, »kannst du dir in der nächsten Hafenkneipe den Bauch vollschlagen. Vorausgesetzt, die feinen Herren lassen endlich ein paar Münzen springen.«

»Hast du Zweifel?«, entgegnete sie.

»Ich zweifle an allem, was ich nicht fest in Händen halte.«

»Red keinen Blödsinn, wir sind seit zwei Monaten unterwegs, vorher wochenlanges Exerzieren in der Kaserne. Unser Sold ist längst überfällig«, sagte Lotte.

»Abwarten, hohen Tieren und Würdenträgern trau ich nicht über den Weg.«

Mit einem lauten Krachen wurde die mächtige Holztür entriegelt.

»Auf, auf, ihr faulen Säcke«, schrie Wolffskeel, »vor den Betten in Einerreihen aufstellen. Wird's bald?«

»Kriegen wir endlich unser Geld?«, murrten die Soldaten.

»Ich glaube, ihr träumt. Wenn man mir keinen Sold auszahlt, bekommt ihr erst recht keinen.«

Hinter Wolffskeel hatte Dr. de Cohen den Saal betreten.

»Der Doktor wird jetzt jeden Einzelnen untersuchen. Seht nur, die Holländer kümmern sich um euch wie eine liebende Mutter.«

»Die Holländer nehmen wohl keine vergammelte Ware mit nach Südafrika«, sagte Severin.

»Oberkörper freimachen, und zwar sofort«, befahl Wolffskeel.

Lotte durchfuhr es heiß. Ihre Maskerade würde binnen Sekunden in sich zusammenfallen, das Versteckspiel hatte ein Ende, jetzt war alles aus. Ihr Herz hämmerte bis zur Halsschlagader hinauf, ihre Hände wurden feucht, sie war verloren. Wie sollte sie sich der Untersuchung entziehen, wie könnte sie sich weigern? Schrie oder lamentierte sie, ihr fehle nichts, sie sei kerngesund, würde sie den Argwohn aller heraufbeschwören. Denn was sprach schon gegen eine Untersuchung? Vor ihr in der Reihe standen zwei, die sich bereitwillig das Hemd aufknöpften und über den Kopf zogen.

»Name?«

»Paul Schwarzenberg.«

»Zunge rausstrecken, ›ah‹ sagen«, befahl Dr. de Cohen. »Husten!«

»Ähhh«, räusperte er sich.

»Ja, hört sich gut an. Jetzt zwei Kniebeugen. Hast du irgendwelche Schmerzen?«

Paul Schwarzenberg schüttelte den Kopf.

»In Ordnung.« Umständlich zog Samuel de Cohen ein Stück Papier aus seiner Aktenmappe, schrieb den Namen und einen kurzen Befund darauf, ordnete das Blatt wieder ein und klemmte sich den Ordner unter die Achsel.

»Der Nächste. Name?«

»Jakob Gerst.«

Eine Ohnmacht, eine plötzliche Ohnmacht! Wäre das die Lösung! Nein, man würde mich einfach wegtragen, ausziehen und untersuchen. Hinter Lotte hatten bereits alle Männer den Oberkörper entblößt. Vorsichtig nestelte sie am obersten Knopf ihres Hemdes.

»Die roten Flecken auf deiner Haut, jucken die?«, fragte der Arzt.

»Die jucken, kratzen, beißen wie die Hölle. Nachts werde ich halb wahnsinnig«, sagte Jakob Gerst.

»He, Louis, ist dir etwa kalt, ausziehen, du bist gleich dran«, Severin stupste Lotte von hinten.

»Immer schön mit der Ruhe.« Alle Kraft hatte ihren Körper verlassen. Sie war wie gelähmt, unfähig ihre Arme zu heben. Sie wollte sich nicht vorstellen, was nun passieren würde. Peinliche Fragen, Häme, Erniedrigungen, obszöne Witze, Kerkerhaft, die Verbannung aus dem Fort, aus den Niederlanden und zu Hause ein Dasein als Bettlerin. Zuvor wäre sie noch zum Gespött des ganzen Regiments geworden. Sie stöhnte und dachte, wenn sie doch nur auf der Stelle tot umfiele. Aber selbst dann käme ihr Geheimnis zu Tage und man würde ihre Leiche als Kuriosität in medizinischen Kabinetten ausstellen.

»Die Flecken sind die Krätze, das muss ich notieren.« Dr. de Cohen öffnete seine Mappe, dabei flatterten Dutzende Zettel kreuz und quer über den Boden.

»Die Schreiberei macht mich ganz wahnsinnig. Ich kann nicht gleichzeitig schreiben und untersuchen«, schimpfte de Cohen. Er bückte sich, sammelte die Blätter wieder ein, und als er aus der Hocke hochkam, entdeckte er Lotte. »Junge, dich schickt der Himmel. Ab sofort bist du mein Assistent.« Freudig ging er auf Lotte zu, klopfte ihr auf die Schulter und drückte ihr den Papierkram in die Hände. »Hier trägst du alles ein, was ich dir diktiere. Und hinter deinem Namen kannst du gleich einen Vermerk mit ›gesund‹ machen. Das spart uns jetzt viel Zeit.« Für einen kurzen Moment stutzte der Doktor: »Fehlt dir etwas? Du bist heute so blass um die Nase.«

Lotte schluckte. »Nein, wirklich, ich hab mich nie besser gefühlt.«

Stunden vergingen, bis der Doktor unzählige Rachen untersucht, Lungen abgehört, Hautausschläge, Erfrierungen und Flohbisse begutachtet hatte.

»Die Männer sind einsatzbereit«, sagte er zu Wolffskeel. »Ich werde mich noch um die Kranken auf der Station kümmern.« Er gab Lotte einen Wink, ihm zu folgen. In den nächsten Wochen würde die Arbeit nicht weniger werden, versprach er, jemand müsse Protokolle verfassen, Verbände anlegen, Brüche schienen, bittere Tinkturen verabreichen und Nachttöpfe leeren. Wäre er dazu bereit? Lotte nickte unablässig, dabei dankte sie Jesus, Maria und allen Heiligen. Eine höhere Macht schien es doch gut mit ihr zu meinen.

Das Spital bestand aus zwanzig weiß gestrichenen Betten, die im oberen Stock des Forts aufgereiht waren. Der graugrün gesprenkelte Steinboden glich dem Schuppenmuster einer Forelle. Die Fenster waren vergittert, vom Meer wehte eine kühle Brise herein, es roch nach Pech und Seetang.

»Wurde auch höchste Zeit, dass ihr mich hier rausholt, vom Rumliegen werde ich noch ganz blöde im Kopf«, rief Jo, als er den Doktor und Lotte bemerkte.

»Bis jetzt hast du nichts verpasst, jeder Tag war öder als der zuvor, Uniform striegeln und stumpfsinniges Exerzieren im Hof.« Lotte zog einen Stuhl heran und rutschte bis zur Kante vor.

»Freimachen, ich will mir deinen Rücken ansehen«, sagte Dr. de Cohen zu Jo.

Der richtete sich auf und zog sein Hemd über den Kopf.

»Prima, großartig, du hast unglaubliche Selbstheilungskräfte, die Wunden sind nicht vereitert, alles ist gut verheilt. Narben werden allerdings zurückbleiben.«

»Das Vaterland kann mich also wieder in seine Arme schließen!«, sagte Jo mit einem spöttischen Unterton in der Stimme.

»Ab morgen wirst du deiner Kompanie überstellt.«

»Andere hatten nicht so viel Glück.«

»Was meinst du?«, fragte Lotte.

Jo stülpte sich das Hemd wieder über, dann sagte er ernst: »Auf offenen Wagen, wie Schlachtvieh, hat man die Kranken durch Frankreich gekarrt. Die Wolldecken, in die wir uns zum Schutz vor Regen und Kälte eingewickelt hatten, saugten sich im Nu mit Wasser voll. Ein junger Kerl neben mir litt entsetzlich, er krümmte sich vor Schmerzen. Schweißperlen standen auf seiner Stirn, seine Haut, seine Hände waren wie durchsichtig. Fieberwellen erschütterten seinen Körper, im Wahn schrie er nach seiner Mutter. Abends machte er die Augen nicht mehr auf. Wer nicht transportfähig war, blieb zurück. Ein Leutnant, ich glaube Ostheim, kümmerte sich um die Bestattungen. Aufgetürmt zu einem Scheiterhaufen verbrannte er die Habseligkeiten der armen Teufel.«

Lotte zuckte zusammen.

»Mensch, Kleiner, schau nicht so entsetzt, schließlich bin ich dem Tod noch mal von der Schippe gesprungen.« Jo grinste und ließ sich in die Kissen fallen. »Und was nicht zum Tode führt, härtet bekanntlich nur ab.«

Weiße Wölkchen, die aussahen wie die Flocken geronnener Milch, jagten über den Himmel. Im Seehafen von Vlissingen erhob sich ein Wald aus Masten, umsäumt von einem Gewirr aus Wanten und Tauen. In den Takelagen der vor Anker liegenden Schiffe knisterte und knarrte es unaufhörlich. Holzpfähle, überzogen mit einer Kruste aus schwarzen Miesmuscheln, ragten aus der Brandung. Vom Strand aus verfolgte Lotte den Flug der Möwen, die sich kreischend ins Wasser stürzten, wieder emporschossen und sich um eine unsichtbare Beute stritten. In der Ferne durchpflügten Ostindienfahrer mit aufgeblähten Segeln die Wellen. Sie fühlte sich leicht und frei. Die Angst, entlarvt zu werden, fiel endlich von ihr ab.

Lotte begleitete Dr. de Cohen, um Salben und Verbandsmaterial für die Schiffsapotheke einzukaufen. Auf ihrem Weg in die Stadt kamen sie am Schreiershuisje vorbei, einem Holzschuppen, in dem die Fischersfrauen bei schwerer See ihren Männern Lebewohl sagten. Nach einem tränenreichen Abschied blickten sie hier lange aufs Meer hinaus und winkten ihren Liebsten ins Ungewisse hinterher, selbst dann noch, wenn die Schiffe bereits am Horizont verschwunden waren.

Vlissingen selbst ist von einem Netz aus Wasserstraßen durchzogen, hölzerne Flutwehre schützen die Stadt vor der Unbill der Gezeiten. In den Grachten legen alte Kutter an, Fischer bringen den Fang der letzten Nacht an Land oder feilschen mit Händlern um den Preis ihrer Ware. Andere schrubben Planken, bessern Netze aus. Seemänner sitzen auf Kisten oder umgestülpten Körben und stopfen sich ihre Tabakspfeife.

Inmitten einer Gracht beobachtete Lotte eine Frau, die eifrig Kleidungsstücke einseifte, über ein Waschbrett zog, im Wasser ausspülte, auswrang und schließlich auf einen Stapel neben sich ins Boot legte. Auf einmal entglitt ihr eine Hose, die im Brackwasser versank. Hektisch teilte sie mit ihren Händen den Seifenschaum, der auf dem Wasser schwamm, tauchte mit ihren Armen unter, ruderte und paddelte, vergeblich, die Hose blieb verschwunden. Die Frau war untröstlich. Lotte konnte sich nicht von ihrem Anblick trennen, als Doktor de Cohen sie mit dem Finger anstieß und am Ärmel weiter durch die Gasse zog.

Die Türen der Geschäfte und Häuser, die sie passierten, standen weit offen. In einer Werkstatt waren Segel der unterschiedlichsten Größen zum Trocknen aufgehängt. Eine Weile schauten sie einem Blockmacher zu, der weißes Segeltuch raffte und streckte, eine Naht auftrennte und sie emsig wieder zunähte. Schließlich rief er ihnen etwas auf Niederländisch zu, winkte sie herein und gab ihnen ein Zeichen, den Mast, an dem er gerade zugange war, umzudrehen.

Als sie zur alten Börse gelangten, drückte der Doktor seinem Gefährten drei Gulden in die Hand, damit er kaufen könne, was ihm gefalle. Eine solche Gelegenheit fände sich so schnell nicht wieder. Dann verschwand er hinter den Türen einer Apotheke. Schlag vier hatten sie sich am Kai verabredet.

Lotte fühlte, wie die Aprilsonne ihren Rücken wärmte. Sie blieb stehen, drehte ihr Gesicht in das wohltuende Licht und schloss die Augen. In die männliche Rolle zu schlüpfen war weniger einfach, als sie gedacht hatte. Ein Mann sein bedeutete nicht einfach nur Hosen tragen. Täglich musste sie sich verstellen, immer auf der Hut sein und blitzschnell reagieren, um einer Demaskierung zu entgehen. Wie lange würde sie das Versteckspiel noch durchhalten? Oder würden sich eines Tages ihre Gesten und Gedanken, ihr Inneres so verändern, dass sie vergaß, eine Frau zu sein? Hier und jetzt stand es ihr frei, das Treiben zu beenden. Und wie weiter? Welche Möglichkeiten hätte sie? In der nächsten Hafenkneipe könnte sie ihren Körper anbieten. Sie hatte die Unglücklichen am Kai gesehen, blass und ausgezehrt, die Wangen eingefallen, beim Sprechen sah man ihren zahnlosen Mund. Die Syphilis hatte ganze Arbeit geleistet.

Es war kein Geheimnis, massenweise schaffte man Prostituierte an Bord der vor Anker liegenden Schiffe. Wie ein Stück Fleisch wurden sie den Matrosen vorgeworfen, die ihre Lust schnell und heftig befriedigten. Nach einer halben Stunde wurden sie zurück an Land gebracht. Lotte war, als würden die Frauen wie Abfall entsorgt, ausgespuckt in den Dreck der Gosse. Wäre sie eine Prostituierte, müsste sie sich so oft verkaufen, bis sie jede Selbstachtung verlöre, bis nur noch eine Hülle von ihr übrigbliebe. Als Mann war sie wenigstens immer Herr ihres Handelns, selbst unter einer Horde derber und gottloser Soldaten.

Sie erreichte den Rathausplatz, der von malerischen Giebelhäusern umschlungen war. Es war Markttag und viel Volk drängte sich um die Stände, lauthals priesen die Marktfrauen ihre Waren an. Lotte kam näher und war überwältigt von dem Reichtum, der sich ihr bot. Gemüse stapelte sich auf den Auslagen, Berge von Knollen und Früchten, die sie nicht kannte. Riesige Holzfässer waren bis zum Rand mit

Heringen gefüllt. In dampfenden Kesseln lag sonderbares Getier, ähnlich rotbraunen Würmern, die lange Fühler und hervorstechende, schwarze Augen besaßen. Sie entzifferte ein Schild mit der Aufschrift »Garnalen, heden vers.« Die Holländer schienen süchtig danach zu sein. Sie knackten den Panzer, pellten weißrötliches Fleisch heraus und schoben sich den Leckerbissen gierig zum Mund. Der Boden war über und über mit Schalen bedeckt.

Einige Meter weiter standen Weidenkörbe, in denen sich gelbes, purpurrotes und ockerfarbenes Pulver, kleine violette Beeren und grüne Kapseln türmten. Der Händler hielt ihr ein Gewürz unter die Nase, das aussah wie ein kleines Stückchen Holz, es roch würzig und süß zugleich. »Kaneel, Kaneel«, frohlockte der Mann. Die quirlige Lebendigkeit des Ortes begeisterte Lotte. Es war, als durchlebte sie einen Traum, in dem die Farben bunter, die Gerüche verlockender waren als in ihrer eigenen Welt. Wann hatte sie sich zuletzt so glücklich gefühlt? Sie lächelte in sich hinein.

Als sie einen Käsestand passierte, wollte die Marktfrau sie nicht mehr ziehen lassen, die Matrone drückte Lotte an ihren üppigen Busen, schob ihr immer wieder ein Stückchen Käse in den Mund und wiederholte Worte, die klangen wie »zon lekker Jongen«. Mühsam konnte sich Lotte aus ihrer Umarmung befreien. Dann schlenderte sie in den hinteren Teil des Marktes, der direkt an die Backsteinhäuser grenzte. Aus den Kneipen dröhnten Seemannslieder, Matrosen hatten sich mit vollen Bierkrügen in die Frühlingswärme gestellt. Lotte entdeckte einen Händler, der allerlei Krimskrams feilbot. Sie kaufte Nadeln und Zwirn, eines Tages könnte sie sich sicher damit beliebt machen. Dazu einen Eimer, Gazebinden und einen Lederbeutel, mit dem sie ihre Hose im Schritt auspolstern wollte, außerdem ein Fässchen Branntwein. Hochprozentiges war eine feste Währung, die sich an Bord gegen die eine oder andere Gefälligkeit eintauschen ließe. Zuletzt fiel ihr Blick auf ein Horn.

»Es hat einst den Schädel eines schottischen Hochlandrindes geziert«, behauptete der niederrheinische Kaufmann. »Da die Spitze abgebrochen ist, kannst du es für fünfzig Kreuzer haben.«

»Ich zahle höchstens zwanzig dafür«, entgegnete Lotte.

»Du machst mich bettelarm. Vierzig ist mein letztes Wort.«

»Das kaputte Ding kannst du niemandem mehr andrehen, dreißig.«

»Wegen mir fünfunddreißig.«

»Fünfunddreißig, dann bekomme ich noch die Pfeife und den Tabak dazu.« Die ist für Jo, dachte Lotte, damit er nicht ständig auf seinem schrecklichen Kautabak herumbeißt.

»Aber nur, weil heute mein großzügiger Tag ist. Was hast du mit dem Horn eigentlich vor?«

»Vielleicht will ich irgendwann mal im Stehen pinkeln.«

»Du bist ja ein richtiger Witzbold, was?«

Die Turmuhr des Rathauses schlug zum vierten Mal, als Lotte in die Hafengasse einbog. Auf der Kaimauer brachten heftige Böen eine Windmühle zum Rotieren, ihre Flügel flatterten und ratterten bei jeder Umdrehung. Dr. de Cohen wartete bereits auf sie.

15

Vlissingen

Marianne hatte dem Tag, an dem sie in See stechen würden, lange entgegengefiebert. Seit Wochen saß sie auf gepackten Koffern. Die Wohnung in Ludwigsburg hatte sie aufgelöst, die Möbel verkauft, Altes und Getragenes verschenkt. Ihr Dienstmädchen blieb verschwunden, überflüssig ihr zu kündigen. Nach Holland war sie alleine aufgebrochen, irgendwann hatte sie aufgehört zu zählen, wie oft sie die Kutsche wechseln musste. Sie hatte im Regen ausgeharrt, in heruntergekommenen Herbergen gewartet, sich mit verschimmeltem Brot abspeisen lassen, auf Strohsäcken übernachtet und in den Nächten kein Auge zugemacht. Endlich an der Küste schien es ihr, als mache die salzige Seeluft sie wieder lebendig, als beflügelte sie der Wind, das Rauschen des Meeres. Jede Faser ihres Körpers war zum Zerreißen gespannt. Sie fühlte sich wie ein junges Fohlen, unruhig auf der Stelle trippelnd, bis sich die Stalltür im Frühling zum ersten Mal öffnet.

Marianne trommelte mit ihren Fingern auf die Platte des Tresens, an dem sie saß. In einer schummrigen Hafenkneipe von Vlissingen wartete sie auf den Oberst. Betrunkene Seeleute, die ihr eindeutige Avancen machten, ließ sie kurz und unwirsch abblitzen. Mit gerötetem Kopf erschien Hügel im Eingang, erblickte sie, stampfte durch die Kneipe und setzte sich schnaubend neben sie. Er war gereizt, wütend, stinksauer. Ohne sie zu begrüßen, legte er los.

»Mir steht's hier«, mit der flachen Hand zeigte er zwischen Kinn und Nase. »Die Wachsoldaten, die Kranken und die Untersuchungen kosten ein Heidengeld. Geld, das ich nicht habe.« Er war nicht mehr zu bremsen. »Der Marsch durch Frankreich entpuppt sich als finanzielles Desaster. Die Wirte, diese miesen Halsabschneider, haben horrende Preise für Brot und Suppe gefordert. Jede Kleinigkeit ist so unverschämt teurer.« Er schlug mit der Faust auf den Tresen. »Und jetzt sind die feinen Herren der Vereinigten Ostindischen Kompanie nicht bereit, einen Kreuzer draufzulegen, diese holländischen Geizhälse.«

»Was hast du vor?«

»Was wohl? Mir bleibt nichts anderes übrig, ich muss den Sold der Soldaten einbehalten, komplett.«

»Ist das gerecht?«

»Gerecht? Darum geht es überhaupt nicht. Gerechtigkeit ist was für Sonntagspredigten, nicht für die Armee. Ich bin verantwortlich, dass es rund läuft.« Er schnappte nach Luft. »Zu allem Übel fehlen seit unserem Abmarsch bereits siebenundsiebzig Mann. Die meisten desertiert, diese Hasenfüße.«

»Wenn sie nicht freiwillig mit dabei waren, verstehe ich sie sogar.«

»Wer setzt dir solche Flausen in den Kopf?«

»Niemand, nur was man so aufschnappt.«

»Reiß dich bloß zusammen, ich kann jetzt überhaupt keinen neuen Ärger gebrauchen. Geht das in deinen Kopf?«

Mariannes Augenlider zuckten, so schroff hatte Hügel sie noch nie abgespeist.

»Zehntausend Gulden hat die Kompanie mir für die Abgänge in Rechnung gestellt. Und Ersatz ist keiner in Sicht.« Oberst Hügel drehte sich auf seinem Barhocker um und sprach nun mehr mit sich selbst als mit Marianne.

»Ich muss weg, die feierliche Übergabe des Kapregiments an die Vereinigte Ostindische Kompanie steht an und alles bleibt wieder an mir hängen. Wir sehen uns in einer Woche bei der Abreise, mein Adjutant kümmert sich um dich.« Hügel sprang auf, eilte zur Tür und war ohne einen Gruß verschwunden.

Da Marianne von Aufmärschen und Ansprachen ohnehin mehr als genug hatte, gefiel ihr die Aussicht, die nächsten Tage am Hafen verbringen zu können.

Eine Schar Möwen zog ihre Bahnen über Fort Rammekens, welches vom Dunst der Nordseeküste umhüllt war. Ihr Kreischen kam näher und entfernte sich wieder. Einzelne Sonnenstrahlen blitzten durch die grau verwaschene Wolkendecke und warfen fahle Lichtkegel auf die wuchtigen Mauern.

Alles, was Rang und Namen hatte, war auf dem Waffenplatz der Festung erschienen. Der Bürgermeister und die Honoratioren der Stadt umringten die Direktoren der Kompanie, die in ihren schwarzen Röcken, Seidenhemden und ihren frisch gepuderten Perücken an Eleganz und Weltläufigkeit alle anderen übertrafen. Ein Fanfarenzug spielte Märsche, Trommelwirbel erklang und die aufmarschierten Soldaten salutierten. Der Feldprediger sprach die üblichen Segensworte, Oberst Hügel schritt zusammen mit den Herren Direktoren die vorderste Reihe der Truppe ab, danach sollte die Übergabe des Regiments schriftlich besiegelt werden. Als sie unter einem blau-weiß gestreiften Zeltdach Platz genommen hatten und ihre Unterschriften auf ein opulent verziertes Dokument setzen wollten, wurden sie von lauten Rufen und Pfiffen gestört.

»Was ist mit unserem Sold?«, schrie Paul Schwarzenberg.

»Gebt uns endlich unser Geld.«

»Wir lassen uns nicht länger verschaukeln.«

Den Chor der Unzufriedenen verstärkten mehr und mehr Stimmen.

»Was ist denn in euch gefahren?« Wie ein Terrier sprang Wolffskeel um die Protestierenden herum.

Jo wollte gerade aus Leibeskräften brüllen, als Lotte ihm den Mund zuhielt. »Hast du noch immer nicht genug?«

»Aber ich will doch nur meinen Sold«, setzte er sich zur Wehr.

»Dein Rücken ist noch immer blutunterlaufen, die nächsten Prügel überlebst du nicht.«

»Ihr Geizhälse, elende Geizhälse, im Schlamm dürfen wir verrecken, unseren Sold schiebt sich der Herzog sonstwo rein«, schimpfte Paul Schwarzenberg.

Die geometrische Formation des Regiments löste sich auf, und ein völliges Durcheinander entstand. Der Lärm schwoll an, wurde ohrenbetäubend. Das Beben ihrer Rufe und Schreie mischte sich mit dem Echo, das die dicken Mauern des Forts zurückwarf. Hunderte skandierten: »Geld her, Geld her, Geld her.«

Wolffskeel hielt dagegen, ohne Erfolg.

Sie schrien: »Diebe, ihr bringt uns um unseren Lohn.«

Die Situation schien zu eskalieren. Plötzlich lösten sich Schüsse. Einige Männer schauten verdattert um sich. Mit qualmender Pistole stand Hügel vor der aufgebrachten Menge. »Den nächsten feure ich nicht mehr in die Luft.«

»Gebt uns endlich unseren Sold.«

»Zwei Schilling für jeden, den Rest gibt es in Südafrika.«

»Wir fordern alles, was uns zusteht.«

»Das sind zehn Gulden im Monat«, rief Paul Schwarzenberg.

»Männer, nehmt Vernunft an. Der Marsch durch Frankreich war horrend teuer, die Kosten für eure Verpflegung sind explodiert. Dazu die Unsummen für die Kranken, kurzum: Ihr habt euch an den Ausgaben zu beteiligen.«

»Das ist Betrug«, schrie Schwarzenberg.

»Nein, so steht es in eurem Vertrag, ihr hättet ihn nur lesen müssen.«

Ein Raunen ging durch die Menge. Untereinander tauschten sie verstörte Blicke aus.

»Vier Gulden – mein letztes Wort.«

Viele nickten bereits zustimmend. Der Aufruhr brach so schnell in sich zusammen, wie er entflammt war.

»Wer jetzt noch aufmuckt, kriegt die hier zu spüren«, Hügel zog seine Peitsche hervor.

»So läuft das nicht. Ich verlange den vereinbarten Sold, sonst lasse ich mich nicht einschiffen.«

Inzwischen waren Wachsoldaten des Forts aufmarschiert, ihre Bajonette zielten direkt auf die Köpfe der Aufständischen.

»Noch jemand, der fünfzig Peitschenhiebe will?«

Schwarzenberg blieb alleine im Hof stehen.

Wenn dann die Meereswoge sich
An unsern Schiffen bricht,
So segeln wir gelassen fort;
Denn Gott ist hier und Gott ist dort,
Und der verläßt uns nicht!

Aus dem »Kaplied« von
Christian Friedrich Daniel Schubart

16

An Bord der Fortuna

»Das muss alles unter Deck.« Bekleidet mit einem weißen Musselinkleid stand Marianne inmitten eines Gebirges aus Seekisten und Truhen an Bord der Fortuna. Mit geröteten Wangen dirigierte sie drei Matrosen, die sich nach Kräften bemühten, ihre Wünsche zu erfüllen. »Die Kisten mit der blauen Aufschrift müssen in die Offiziersmesse. Weiß gehört in meine Kajüte, rot ist schweres Gepäck. Und Vorsicht, Vorsicht mit den Schachteln, meine besten Hüte stecken darin.« Sie folgte den Seeleuten die steile Treppe hinunter in den Bauch des Schiffes und schlängelte sich zu ihrer Kajüte vorwärts. Keinen einzigen Gedanken hatte sie daran verschwendet, wie eng ein Zwischendeck sein konnte. Unendlich oft würde sie ihren Kopf gegen die niedrige Decke schlagen und sich in ihrer zwergenhaften Unterkunft zahllose blaue Flecke einhandeln. Sie trat ein, die Luft in ihrer Kajüte war miefig und abgestanden, es roch käsig nach dem Schweiß der Matrosen. Marianne sah durch die Backbordluke. Die aufgehende Sonne zauberte einen leicht rosafarbenen Streifen über das Meer, der binnen Augenblicken vom Grau des Tages verschluckt wurde.

Zwischen ihrem Gepäck, das sich bis zur Decke türmte, fühlte sich Marianne wie eingemauert. Sie streckte die Arme weit von sich, dehnte ihren Körper und presste die eingesogene Luft mit einem Stöhnen heraus. Sie brauchte Platz, musste sogleich zur Tat schreiten, öffnete Kisten, strich Kleider glatt, faltete sie, suchte Schuhe zusammen und räumte die Sachen in den Spind. Ihre Schminksachen verstaute sie in einem Kasten, der neben ihrem Bett festgenagelt war. Leere Koffer stellte sie abholbereit vor die Tür. Sie verschmolz so sehr mit ihrem neuen Leben, dass sie nicht bemerkte, wie der Anker der Fortuna gelichtet und dröhnend nach oben gezogen wurde. Sie sah weder die winkenden Menschen am Kai, noch schenkte sie Fort Rammekens einen letzten, flüchtigen Blick, das kleiner und kleiner wurde, bis es nur noch ein winziger schwarzer Punkt am Horizont war. Sie überhörte das Trommeln des Meeres an der Bordwand und bewegte sich leichtfüßig im Takt der Wellen. Allein als die Fortuna zum Abschied elf Kanonenschüsse abfeuerte, zuckte sie für einen kurzen Moment zusammen.

In einer sternenlosen Nacht passierte die Fortuna die Kreidefelsen von Dover und drang nach zwei ereignislosen Tagen in den Atlantik vor. Oberst Hügel hatte die Herren Wolzogen und Ostheim zu sich in die Offiziersmesse gebeten. Die Öllampe an der Decke tanzte zu den Bewegungen des schlingernden Schiffes. Im Widerschein des Lichtes hüpften ihre schwarzen Umrisse an der Kajütenwand auf und ab.

»Je nach Wind und Wetter werden wir in vier Monaten die Südspitze Afrikas erreichen«, begann Oberst Hügel. »Halten Sie die Soldaten auf Trab, damit sie auf keine dummen Gedanken kommen. Täglich sollen sie ihre Hängematte ausklopfen, die Kleider lüften, ihren Rock ausbürsten und die Decks schrubben. Verdonnern Sie unsere Leute zum Wacheschieben an Bord. Seien Sie einfallsreich, verstanden?«

»Das übernehme ich«, erklärte Ostheim.

»Sir, ich gebe zu Bedenken, die Männer sind keine Matrosen, ich will nicht riskieren, dass einige unterwegs verloren gehen. Wie Sie wissen, stehe ich beim Herzog im Wort«, sagte Wolzogen, streckte seinen Rücken und reckte sein Kinn, sodass er sowohl den Oberst als auch Ostheim weit überragte.

»Unsere Leute sollen auch nicht im Sturm in die Takelage klettern, die Segel am Großmast streichen oder auf dem Topgast Ausschau halten. Ich will, dass sie sich dem Rhythmus an Bord unterordnen, Segel flicken, Planken putzen, auf einem Schiff gibt es schließlich Arbeit genug.«

Wolzogen nickte.

»Im Übrigen ist das bereits mit dem Kapitän abgesprochen, der Bootsmann wird sie unter seine Fittiche nehmen.«

Hügel zog ein Kuvert aus der Innentasche seiner Uniform hervor und baute sich vor den beiden anderen auf. Umständlich löste er das Siegel und entfaltete das Dokument.

»Seine Durchlaucht schickt uns die besten Wünsche. Er hofft auf ein gutes Gelingen der Unternehmung.«

Die beiden nickten andächtig.

Dann fächelte sich der Oberst mit dem Brief etwas Luft zu und ließ ihn achtlos auf den Tisch gleiten. »Ich will es so formulieren, meine Herren: Herzog Karl Eugen hat eine Bitte an das Offizierskorps herangetragen.«

»Eine Bitte seiner Durchlaucht ist uns Befehl«, sagte Ostheim und strich seine Uniform glatt.

»Auf Anraten der Vereinigten Ostindischen Kompanie schlägt der Herzog vor, den Sold nicht in holländischer, sondern in kapländischer Währung auszuzahlen.«

»Was heißt das genau?«, fragte der Hauptmann.

»Ein holländischer Rixdaler hat den Wert von vierundsechzig Kreuzern, ein kapländischer Rixdaler kostet dagegen nur achtundvierzig Kreuzer.«

»Die Differenz zwischen dem holländischen und dem südafrikanischen Geld beträgt ein Viertel«, stellte Wolzogen fest.

»Genau genommen spart der Herzog durch den Kurswechsel neunzigtausend Gulden im Jahr.«

»Das ist das Geld der Kapsoldaten, oder etwa nicht?«

»Glauben Sie wirklich, Wolzogen, dass einer dieser Bauerntölpel den Unterschied zwischen holländischer und kapländischer Währung bemerkt? Das wird nicht passieren.«

»Wer nicht lesen kann, kann noch weniger rechnen«, mischte sich Ostheim ein.

»Wenn Sie unseren Leuten das südafrikanische Papiergeld schmackhaft machen, wird es Ihr Schaden nicht sein.«

»Scheine statt Münzen?«

»Geld aus Papier, das ist genial, nicht wahr? Papier ist nicht nur wesentlich leichter als Metall, es ist auch vor jedem Piratenangriff sicher. Die Gelddruckerei befindet sich nämlich mitten in Kapstadt.«

»Das Ganze ist also schon beschlossene Sache?«

»Seine Durchlaucht erweist sich als äußerst großzügig. Jeder Offizier ab dem Rang eines Hauptmanns erhält fünftausend Gulden extra, die niedrigeren Dienstgrade bekommen etwas weniger. Sie sehen, wir gehen bei diesem Handel nicht leer aus.«

»Es schadet nur der Disziplin, wenn ein Gemeiner zu viel Geld in die Finger bekommt«, erklärte Ostheim.

»Oberst, mit Verlaub, diese Kursschiebereien könnten sich eines Tages rächen, ich erinnere nur an die Revolte in Fort Rammekens.«

»Ist doch reine Verschwendung, diesen Nichtsnutzen das ganze Geld auszuzahlen. Sie versaufen und verhuren es ohnehin nur im nächsten Puff«, setzte Ostheim nach.

»Revolte, papperlapapp, ein Sturm im Wasserglas war das, nichts weiter. Wenn Sie standhaft und loyal bleiben, passiert gar nichts.«

»Ich hoffe, Sie behalten Recht.«

Wolzogen hatte schnell dazugelernt: An Bord eines Schiffes wurden die Ideen der Aufklärung, mit denen er einst als Karlsschüler geliebäugelt hatte, außer Kraft gesetzt. Auf See und in den Kolonien zählte das Gesetz des Stärkeren, nur wer sich anpasste, würde profitieren. Und weit verlockender als die Ideale der Aufklärung waren die Annehmlichkeiten und pekuniären Vorteile, die er als Hauptmann genoss. In Zukunft würde er sich jeden Ärger vom Hals halten.

An Deck schlug es zwei Glasen der Hundewache.

»Was für eine Schnapsidee, jetzt soll ich auch noch einen Sack Flöhe hüten«, schimpfte der ostfriesische Bootsmann Hendrik Pommer. »Ist das eure erste Reise auf See?«

»Bislang hatte ich immer festen Boden unter den Füßen«, sagte Severin.

»Das sind ja erstklassige Empfehlungen.« Hendrik Pommer schnaubte laut aus, sein Missfallen zeigte sich in seinen bebenden, fleischigen Nasenflügeln, die seinem Gesicht Strenge und Entschlossenheit verliehen.

»Das einzige große Wasser, das ich kenne, ist der Neckar«, gab Jo zu.

»Neckar, was soll das sein, ein Fluss? He, was soll ich mit euch Landratten anfangen? Kann mir das einer erklären?«

Sie zuckten mit den Achseln.

»Ist jemand fähig, mit Nadel und Faden umzugehen?«

Lotte hob die Hand.

»Wenigstens kann ich einen von euch Pappkameraden gebrauchen.« Zu Lotte gewandt sagte er: »Kleiner, wenn du dir nicht zu fein bist, die Socken der Matrosen zu flicken, kannst du hier noch richtig Karriere machen und wirst sogar zu unserem wichtigsten Mann.« Jetzt grinste Hendrik Pommer breit und seine Nasenflügel schienen zu tanzen. »Schwingt die Hufe, und ab mit euch auf die Back.«

Die drei sahen ihn verdattert an.

»Die Back ist im Vorderdeck. Allmächtiger! Womit habe ich das verdient. Und steht mir in Zukunft bloß nicht im Weg herum, ich kannte schon Blindgänger wie euch, die hatten an Deck einen schrecklichen Unfall, sind einfach über Bord gegangen.«

Es war eine laue und ruhige Sommernacht. Das fahle Licht des Mondes verlieh dem Meer die Farbe von kühlem Silber. Tausende Sterne schmiegten sich in die Kuppel des Firmaments. Lotte schien es, als segelte die Fortuna mitten durch den Lichterhimmel, als würde das Schiff höher und höher getragen in eine Welt aus Sternenglanz.

»Hört ihr das?« Chi Ying Ping hielt eine Laterne in der Hand. Mit wässrigen, rot unterlaufenen Augen schaute der alte Chinese sie an. Er hatte einen kahlgeschorenen Schädel, vom Nacken bis unter die linke Schläfe schlängelte sich eine grünlichblaue Eidechse, seine runzlige Stirn war mit magischen Vierecken tätowiert, an seinen Ohrläppchen baumelten braune Federn. Chi Ying Ping behauptete von sich, so alt wie Buddha zu sein und nicht nur die Sprache der Menschen, sondern auch die der Tiere und Pflanzen zu verstehen.

»Hört ihr das?«, fragte er wieder.

»Nichts, da ist nichts«, sagte Jo.

»Sollten wir etwas hören?«, fragte Lotte.

»Psst, seid still.« Er hielt seine breite, ledrige Hand hinters Ohr. »In das Raunen des Meeres mischt sich ein sanftes leichtes Murmeln, ein Singsang, wie von einer menschlichen Stimme.«

»Vielleicht werde ich ja bald taub, da ist nichts.«

»Unter Wasser breiten sich die Klänge pfeilschnell aus.«

»Ja, da war etwas, wie ein heller Ton.«

»Das ist der Gesang der Meerjungfrauen.«

»Meerjungfrauen. Hast du schon mal eine gesehen?«, frage Jo.

»Es sind anmutige Frauen mit einer zarten blassen Haut, ebenmäßigen Gesichtszügen und langen dunklen Haaren, so liebreizend und bezaubernd, wie du im Leben noch keine Frau gesehen hast. Ihr einziger Makel: Sie besitzen keine Beine, aus ihrer Hüfte wächst ein schuppiger Fischschwanz. Wie aus dem Nichts tauchen sie in den Fluten des Meeres auf und versprechen den Matrosen ein sorgenfreies Leben in ihrem kühlen Korallenpalast. Mit ihrem betörenden Gesang bezirzen, verführen sie die Armseligen und locken sie in die Tiefe des Ozeans. Doch am Meeresgrund erwartet die Seemänner nicht Reichtum und Glück, sondern der Tod.«

»Wie schrecklich!« Severin erschauerte.

»Ein Bretone hat mir erzählt, Meerjungfrauen wären gallische Prinzessinnen, die sich einst geweigert hätten, getauft zu werden. An stürmischen Novembertagen kämen sie an Land und irrten umher auf der Suche nach einem frommen Ehemann, der sie erlöst.«

»Glaubt ihr Seeleute alle an so was?«, fragte Lotte.

»Das ist keine Frage des Glaubens. Ich habe Schiffe kentern sehen, nur weil Frauen an Bord waren. Sie bringen Unglück.«

»Was soll das heißen?« Lotte war entrüstet.

»Nehmt euch vor der Mademoiselle des Obersts in Acht«, warnte der alte Chinese.

»Warum? Weil sie über Deck spaziert und den Matrosen schöne Augen macht? Sie weiß eben genau, wie sie die Körpersäfte der Männer zum Kochen bringt. Nur jammerschade, niemand wird je bei ihr landen – und das ist auch schon das ganze Unglück.«

Jo und Severin lachten. »Der Kleine kennt sich aus, was?«

Lotte hatte vor Empörung einen hochroten Kopf bekommen.

»Euch wird das Lachen noch vergehen. Ich habe mysteriöse Dinge auf See erlebt, die lassen euch erschaudern«, raunte Chi Ying Ping.

»Erzähl schon«, bat Severin.

Der alte Chinese strich sich über seinen kahlen Schädel. »Wir hatten gerade St. Helena passiert, die See war ruhig, und der Kapitän ließ uns die Außenbordwand der Agathe streichen. Wir hatten die Bohlen mit Seilen an der Reling befestigt. Meine Kameraden balancierten fünf Meter über dem Wasser. Plötzlich bebte die See, ein Windstoß erfasste das Schiff und ein riesiger Kalmar tauchte auf. Ich sehe noch heute sein gigantisches Maul und seine glibberigen, irren Augen. Er schlängelte einen Arm mit gewaltigen Saugnäpfen um zwei Matrosen und riss sie in die Tiefe. Den dritten Mann hatte er bereits gepackt. Ich sah das Unglück, stürzte herbei und versuchte mit einer Axt seinen Greifarm zu durchtrennen. Ich schlug zu, fester und fester, vergeblich. Die Bestie hielt den Matrosen fest im Würgegriff und verschwand mit ihm in den Fluten. Dann färbte sich das Meer tiefschwarz und es roch nach Moschus.«

»Puuh, was für eine Geschichte.«

»Du kannst uns so viel Seemannsgarn auftischen, wie du willst, davon glaube ich nicht so viel …« Dabei pulte

Jo Dreck unter seinem Fingernagel hervor und stippte ihn weg.

»Auch wenn die See sanftmütig und verführerisch ist wie heute Nacht. Vergesst nie: Uns trennt nur eine Planke vom Tod!«, sagte Chi Ying Ping.

Sie sahen dem Chinesen nach, wie er im Dunkel des Schiffes verschwand.

»Jetzt höre ich wirklich etwas«, sagte Jo. »Musik, da ist Musik. Wer kommt mit?«

Lotte schüttelte den Kopf, die Geschichten von Meeresungeheuern, Frauen mit Fischschwänzen und dem Tod, der angeblich immer und überall auf die Seefahrer lauerte, hatten ihr mächtig zugesetzt. Im Inneren zitterte sie. Was sie jetzt brauchte, war Ruhe, sie wollte alleine sein, hinausschauen auf das endlose schwarze Meer, so würde sie wieder ihre Ruhe finden. Außerdem, je weniger sie sich mit den anderen abgab, desto sicherer war sie vor einer Enttarnung.

»Dann gehe ich eben alleine.« Jo sprang von der Back herunter und schaute nicht mehr zurück. Gemächlichen Schrittes näherte er sich dem fröhlichen Gelärme. Im Zwischendeck sangen die Seemänner aus voller Kehle.

A sailor from Dover, from Dover he came
He courted lovely Sally and Sally was her name;
But still she walked so lofty and her fortune was so high,
That she on a sailor would scarce cast an eye.

Finn O'Malley saß auf einem kleinen Hocker und entlockte seiner Trommel einen dumpfen Klang. Über eine Mehlkiste hatte er die getrocknete Haut eines Albatros gespannt. Neben ihm stand ein Matrose, der einen Marlspieker mit dem Rücken eines Messers traktierte. Es klang hell und schrill, wie der Ton eines Triangels. Die Seeleute, die sich rundherum versammelt hatten, klatschten, pfiffen und wurden immer lauter und lauter. Dann sprang Finn O'Malley auf und vollführte einen Stepptanz. Er stampfte mit seinen Füßen auf die Bohlen, ging in die Knie und sprang im gleichen Augenblick mit gegrätschten Beinen in die Höhe. Wie ein tanzender Derwisch wirbelte er umher. Die Stimmung unter Deck kochte. Schließlich kreuzte er seine Arme über der Brust und verbeugte sich. Die Mannschaft johlte.

»Du bist der Erste an Bord, der gute Laune verbreitet.« Jo reichte Finn O'Malley seine Kautabakdose. »Verstehst du, was ich sage?«

Finn O'Malley schmunzelte. »Bin viele Jahre unter einem niederrheinischen Kapitän gesegelt.«

»Bestens!« Jo nahm ebenfalls eine Prise.

»Was macht ihr Landeier auf einem Schiff mit Kurs Südafrika, habt ihr zu Hause was ausgefressen?«

»Ich wüsste nicht, was. Nur, dass ich im falschen Augenblick mit dem Falschen gesoffen habe.«

»Und zur Strafe musst du am Kap Dienst schieben?«

»Ja, verflucht noch eins, aber bei der erstbesten Gelegenheit hau ich ab, so viel ist sicher.«

»Wird schwierig, wenn man Hunderte Meilen von Wasser umgeben ist.« Finn O'Malley schlug sich mit der flachen Hand an die Stirn. »Himmel, jetzt ist mir auch klar, warum wir alle Beiboote abschrauben und ins Trockendock der Vereinigten Ostindischen Kompanie schaffen mussten. Die haben wirklich Angst, dass ihr euch verdrückt.«

»Gibt es jemanden, der es geschafft hat?«

»Nahezu unmöglich. Ich hab von meuternden Seeleuten gehört, die wurden zur Strafe in einer kleinen, wackligen Nussschale ausgesetzt. Ohne Kompass und Karten verliert man schnell die Orientierung. Auf dem Ozean brennt die Sonne erbarmungslos auf dich runter, irgendwann wird das

Süßwasser knapp. Wenn man nicht schleunigst aufgefischt wird, geht es ruckzuck zu Ende. Man glaubt zu verdursten, trinkt Salzwasser, sieht Dinge am Horizont, die es gar nicht gibt, steigt über Bord. Soweit ich weiß, sind die Meuterer damals nicht wieder aufgetaucht.«

»Aber so ganz ohne Beiboot, was ist, wenn die Fortuna in einen Sturm gerät und kentert?«

»Dann saufen wir ab mit Mann und Maus.«

17

An Bord der Fortuna

»Nein, was für ein Riesending!« Severin hielt eine laut fiepende Ratte am Schwanz. Das Tier zappelte, krümmte sich und schaute ihn mit seinen runden, schwarzen Augen an. Ein kurzes Knacken war zu hören. Mit einem schnellen Griff hatte Severin ihr den Hals umgedreht. »Das war Nummer sieben.«

»Wo treiben sich die Mistviecher nur herum? Ich hab erst eine geschnappt«, sagte Lotte, die das Soldatendeck zwischen den baumelnden Hängematten nur zögerlich absuchte. Insgeheim wollte sie den Biestern nicht zu nahe auf den Pelz rücken. Seit ihrer Begegnung mit Ratten während ihrer Kerkerhaft in Ludwigsburg hatte der Ekel vor den Tieren nicht nachgelassen.

»Die sind überall, eine hockte auf euren Seesäcken. Im Vorratslager auf dem Gepökelten turnen sie am liebsten herum und eine entwischte mir unten bei den Latrinen.«

»Zahlt dir Ostheim eine Prämie für die Kadaver oder warum strengst du dich so an?«, fragte Jo.

»Witzbold, ich schneidere mir aus dem Rattenfell Handschuhe, falls es in Südafrika kalt werden sollte«, entgegnete Severin. »Gott im Himmel, Befehl ist Befehl, ich mache nur, wozu uns Ostheim verdonnert hat.«

»Obwohl sich dieser Fiesling erstaunlich viel Mühe gibt, uns herumzuscheuchen, scheint die Zeit stillzustehen.«

»Du könntest zur Abwechslung auch ein paar Ratten fangen.«

»Das ist ja noch viel öder.« Gähnend versank Jo in seiner Hängematte und schaukelte leicht hin und her.

»Warum gibt es eigentlich keine Katzen an Bord, die könnten den Ratten doch sehr viel besser den Garaus machen?«, meinte Lotte.

»Katzen, Priester, Frauen, bringt doch alles Unglück«, sagte Elias Hesse missmutig, der in der Hängematte neben Jo hockte.

»Aberglaube ist was für Einfaltspinsel oder Muttersöhnchen.« Jo zog seine Pfeife hervor, klopfte den Pfeifenkopf aus und stopfte ihn mit Tabak. »Die gönne ich mir jetzt oben an Deck. Das stumpfsinnige Herumsitzen geht mir sowas von auf den Sack.«

Kaum war Jo fertig mit dem Stopfen seiner Pfeife, landete eine Bürste aus Pferdehaaren krachend auf den Holzdielen des Zwischendecks und ein grobmaschiger Putzlappen segelte hinterher. Ostheim stand in der Luke, die zum Wohndeck der Soldaten führte, und kickte einen Holzeimer die Treppe hinunter, der auf jeder Stufe laut polternd aufschlug. »Wem das Warten zu lange wird, für den habe ich eine passable Abwechslung.« Er fixierte Jo. »Aufheben, aber plötzlich.«

»Warum ich?« Jo zuckte mit den Achseln.

»Wer hat sich denn gerade lauthals beschwert?«

»Ich weiß von nichts«, entgegnete Jo.

»Wenn der Oberst Wind davon bekommt, dass seine Soldaten an Bord nur herumlungern, möchte ich nicht in eurer Haut stecken.«

»Zu gütig, der Herr.«

»Aufheben!«, wiederholte Ostheim ernst und zog seine Augenbrauen nach oben.

Jo schälte sich aus der Hängematte, in der Hocke bekam er Bürste und Lappen zu fassen, griff nach dem Eimer und richtete sich auf. »Was jetzt?«

»Für dich habe ich mir etwas ganz Besonderes ausgedacht.« Er gab Jo einen Wink und sie stiegen die Treppe nach oben. Im Rücken spürte Jo den kantigen Griff einer Peitsche. Als sie das Deck erreicht hatten, zeigte Ostheim zum Schiffsbug.

»Anker putzen, und zwar blitzblank«, befahl er.

»Wozu soll das gut sein? Das ist doch völliger Unsinn.«

»Spüre ich da einen Hauch von Meuterei?«

Jo verdrehte die Augen. »Wer denkt sich nur so einen Mist aus?«

»Willst du dich meinen Befehlen widersetzen?«

»Bewahre, ich kenne die Spielregeln.« Damit krempelte Jo seine Hemdsärmel nach oben und setzte sich in Bewegung.

Der Schiffsanker war unter zwei Balken befestigt, die seitlich vom Bug abstanden. Jo balancierte über einen Balken, setzte sich breitbeinig darauf und stellte das Putzzeug neben sich ab. Zuerst befreite er den Ankerschaft von Schlingen und Algen, die sich um den Stiel gewickelt hatten. Von oben sah er, wie die Wellen gegen die Bordwand schlugen.

»Salzkruste entfernen«, befahl Ostheim. »Ich will, dass das gute Stück in der Sonne funkelt.«

An einem Tau ließ Jo den Eimer ins Meer gleiten, zog ihn gefüllt nach oben, tauchte die Bürste ein und begann zu schrubben.

»Die Ankerflunken nicht vergessen.«

Jo rutschte zur Seite, hielt sich mit der linken Hand an der Kante des Balkens fest. Er beugte sich immer weiter nach vorne, strecke seinen rechten Arm aus, so weit er konnte. Schließlich wurde er der pfeilförmigen Spitzen mit der Bürste habhaft. In der Schräglage kam das Meer beängstigend nahe, die Schaumkronen spritzten in sein Gesicht.

»Pass bloß auf, dass du nicht abrutschst, dann kann dir nämlich niemand mehr helfen.« Jo hörte Ostheims hämisches Lachen.

Als Jo nach einer Weile wieder unter dem Ankerbalken auftauchte, warf Ostheim ihm den Lappen entgegen.

»Polieren.«

Jo biss sich auf die Lippen, um seine Wut nicht herausschreien zu müssen. Kopfüber gebeugt begann er den Anker vom Stiel bis zu den Spitzen blank zu reiben. Innerlich brodelte es in ihm.

Plötzlich spürte Jo eine harte Ledersohle auf seinen Fingerknochen, die fester und fester zutrat. Ein beißender Schmerz schoss durch seine Hand. Dann platschte eine dreckige Brühe über ihn, Salz und Sand verfingen sich in seinen Haaren.

Ostheim stand auf dem Ankerbalken und stellte den leeren Eimer neben sich ab.

»Und jetzt das Ganze noch mal von vorne.«

Jo schnappte nach Luft. Dieses miese Dreckschwein, dachte er.

»Wirklich schade, dass beim nächsten Ankersetzen die Arbeit umsonst war. Aber ich verspreche dir, die Fische werden deine Mühen sicher zu schätzen wissen.« Wieder ertönte Ostheims hämisches Lachen.

Die Fortuna hatte den Wendekreis des Krebses passiert und hielt Kurs auf den Äquator. Seeschwalben umkreisten die Masten, wie treue Gefährten zogen sie Runde für Runde. Als sie höher stiegen, verzauberte die gleißende Sonne die Seeschwalben in leuchtende Fabelwesen. Der Himmel spiegelte sich im Wasser, die Elemente flossen ineinander und wurden eins mit dem Licht.

Mit jeder Meile, die sie südwärts segelten, verlor der Wind an Kraft, verkam zu einer lauen Brise und verstummte schließlich. Flirrende Luftschichten türmten sich über dem Meer auf. An Bord herrschte absolute Flaute, kein Windhauch war zu spüren. Die Fortuna rührte sich nicht mehr von der Stelle. Sie schien unter der drückenden Hitze zu ächzen, ihre Planken waren staubtrocken, ihr Gerippe knarrte.

»Jungs, jetzt könnt ihr zeigen, was in euch steckt«, rief Bootsmann Hendrik Pommer, »die Fortuna braucht eine Abkühlung. Befehl vom Kapitän, alle Mann sollen sofort Wasser übers Deck schütten. Das Pech zwischen den Planken darf auf keinen Fall flüssig werden, sonst saufen wir ab.«

Von Matrosen umringt stand Severin an der Reling. Im Takt der Seeleute warf er einen Holzeimer, der an einem langen Seil befestigt war, ins Meer. Er lehnte über die Brüstung und sah dem Eimer nach, der auf der Wasseroberfläche aufspritze und versank.

»Was ist, wenn plötzlich ein Kalmar auftaucht und uns von Bord reißt? Ihr kennt doch die Geschichte von dem Riesenkraken, Chi Ying Ping, hast du ihnen nichts davon erzählt?«, rief Severin.

Der Chinese murmelte etwas Unverständliches.

»Kannst ja mal nachschauen, ob da unten wirklich was ist.« Die Matrosen grinsten.

Severin zog den Eimer nach oben und goss das Salzwasser über die Bohlen.

»Ich sehe nichts, rein gar nichts. Das Meer ist spiegelglatt.«

»So haben wir das auch nicht gemeint.« Ihre Augen blitzten auf.

»Sondern?« Severin entfernte sich von der Reling.

»Wir finden, du solltest im Wasser nachschauen.« Sie lachten höhnisch.

»Was? Nein!«, stammelte Severin.

»He, Jungs, hier will einer baden gehen.«

»Endlich passiert mal wieder was auf dem verdammten Schiff.« Ein Matrose rieb sich die Handflächen.

»Sind wir nicht wenige Meilen vom Äquator entfernt? Höchste Zeit, einen *Nykamer* zu taufen«, grölte ein anderer.

»Ja, da vorne am Horizont sehe ich ganz deutlich die Nulllinie.« Der Seemann hielt seine Hände wie ein Fernrohr vor die Augen.

Severin bekam es mit der Angst zu tun. Er lief Richtung Vorderdeck, sprang auf die Back und kletterte in die Takelage. Wie Windhunde folgten ihm zwei Matrosen. Geschmeidig stiegen sie die Wanten des Fockmastes nach oben. In Sekundenschnelle hatten sie Severin eingeholt und drückten ihn fest gegen das Tauwerk. Er wehrte sich, versuchte, sich zu befreien. »Lasst mich los«, schrie er verzweifelt.

Die Matrosen warfen ein Seil über die Saling, befestigten ein Stück Holz am Seilende und schoben es ihm, wie das Brett einer Schaukel, unter die Beine. Als Severin frei in der Luft schwebte, wurde ihm schwindlig und schwarz vor Augen. »Hilfe, Hilfe ich kann nicht schwimmen!«, schrie er.

»Wir auch nicht«, kreischten sie. »Schöne Grüße an Neptun, wenn du ihn triffst.« Sie stießen ihn ins Wasser. Das Deck füllte sich mit Seemännern, sie applaudierten, pfiffen durch die Zähne. Binnen weniger Augenblicke tauchte Severin wieder auf und klammerte sich krampfhaft an dem Seil fest. Er bibberte, schlotterte am ganzen Leib, gab aber keinen Laut mehr von sich. Die Matrosen zogen ihn empor, hoch und immer höher bis zur Rah, dann ließen sie ihn wieder fallen. Das Wasser spritzte die Bordwand hinauf.

»Höher, höher, zieht ihn höher«, schrie die Meute.

Als sie Severin zum dritten Mal aus dem Meer hievten, schritt Hendrik Pommer ein: »Genug, ihr hattet euren Spaß.

Und lasst bloß eure dreckigen Finger von dem Kleinen, der ist gerade unser wichtigster Mann.«

Severin knirschte mit den Zähnen, als er das Zwischendeck erreichte. Zitternd legte er sich in seine Hängematte. Er war verzweifelt und wütend zugleich. »Diese Schweine«, knurrte er.

Lotte saß an einem runden Tisch, eingerahmt von riesigen Wäschebergen. Sie stopfte gerade eine löcherige Socke, die sie über eine grüne Flasche gestülpt hatte. Von dem Spektakel über ihr hatte sie nichts mitbekommen: »Was ist denn passiert?«, fragte sie erstaunt.

»Die wollten mich ersäufen wie ein neugeborenes blindes Kätzchen. Ich dachte, meine letzte Stunde hätte geschlagen.«

»Warte.« Sie holte das Fässchen Branntwein hervor und schenkte ihm einen Becher ein. »Das hilft.«

»Das sind keine Menschen, das sind Ungeheuer, ein Schiff voller Bestien.«

Lotte drückte den Korken wieder auf das Fässchen.

»Wir sind nichts wert, gar nichts. Es ist egal, ob wir leben oder sterben.«

»Blödsinn.«

»Ich hätte nie geglaubt, dass es so schnell vorbei sein könnte.«

»Seemänner und Schwangere stehen mit einem Bein im Grab.«

Er trank. Einen Moment lang schwiegen sie sich an.

»Hast du Angst vor dem Tod?«, fragte Severin.

»Und du?«

»Niemand weiß genau, was danach kommt.«

Sie zuckte mit den Achseln.

»In meinen Leben habe ich mir schon so unglaublich viel gefallen lassen, bin immer im Strom mitgeschwommen, habe gehorcht, niemals aufbegehrt und dennoch Prügel eingesteckt. Und das ist auch der Grund, weshalb ich auf dieses elende Schiff geraten bin«, sagte Severin weinerlich.

Lotte nahm die nächste löchrige Socke vom Stapel. Ich habe schon Situationen erlebt, dachte sie, in denen fühlte ich mich eingeschlossen wie in einem Zimmer ohne Türen. Aber jetzt nicht mehr.

»Jo hat Mut, der wehrt sich wenigstens.«

»Ja, Jo ist anders.«

»Ich denke, zum Helden muss man geboren sein.« Severin seufzte. »Wir sind die Marionetten und der Herzog, der Kapitän, der Oberst oder irgendein hohes Tier zieht an den Fäden.«

»Manchmal hat man sein Schicksal auch selbst in der Hand«, sagte Lotte bestimmt.

»Solange wir hier an Bord sind, bewege ich mich nicht mehr von der Stelle, ich habe die Schnauze gestrichen voll.« Severin hörte nicht auf zu jammern.

Lotte zog einen Knoten fest und biss das Ende des Fadens mit ihren Zähnen durch. Ich darf nie vergessen, wer ich bin und warum ich hier bin. Wenig quatschen, bloß nicht anecken, am besten unsichtbar sein, dann stehe ich das hier bis zum Schluss durch. Und wann Schluss ist, bestimme ich selbst, dachte sie.

Über ihnen hörten sie das Getrampel von schweren Stiefeln, die sich näherten.

»Ihr zwei habt es ja richtig gemütlich.« Meinhard war die Treppen ins Zwischendeck heruntergestiegen. Lotte erschrak, als sie in seine eiskalten Augen sah.

»Krieg ich auch was von dem Fusel oder ist der nur für Ehrengäste?« Wie besessen glotzte er Lotte an.

»Wenn es unbedingt sein muss.« Sie zog ihren Branntwein hervor, schüttete einen Becher halb voll und stellte ihn auf den Tisch.

Meinhard griff danach, kippte den Inhalt mit einem Schluck nach hinten und ließ sich in Lottes Hängematte fallen.

»Na, wie hat dir das Bad gefallen? Ich hätte mir vor Lachen beinahe ins Hemd gemacht.« Meinhard schlug sich auf die Schenkel. Severin reagierte nicht, er war tief in seine Hängematte versunken.

»Ich will noch einen.«

»Aber dann verschwindest du.«

»Der Kleine will mich fortschicken; ich dachte, wir machen uns einen lauschigen Abend, zu zweit.«

Ihr war, als könnte er sie mit seinen Blicken durchbohren. Lotte lief es kalt den Rücken hinunter. Meinhard hatte es auf sie abgesehen und Severin, der elende Feigling, würde ihr nicht beistehen, er regte sich nicht mehr, gab keinen Laut von sich. Hier unten war sie auf sich allein gestellt, die Matrosen und Jo tummelten sich oben an Deck. Widerwillig schenkte Lotte Meinhard noch einen Schnaps nach. Sein warmer, stinkender Atem ekelte sie, als er sich von hinten über sie beugte. Er war ihr nun ganz nahe gekommen, dann packte er ihre Hand. »Du hast mir schon von Anfang an gefallen. Deine Haut ist so zart wie die eines Mädchens.«

»Lass mich los, du mieses Stinktier.«

»Temperament besitzt das Bürschchen auch noch, gefällt mir.«

»Hilf mir endlich, hörst du nicht?«

Doch Severin stellte sich tot.

Lotte griff nach dem Becher und schüttete Meinhard den Schnaps ins Gesicht.

»Ah, das war nicht besonders nett von dir.« Er wischte sich die Flüssigkeit aus den Augen, zog Lotte an sich und versuchte, sie zu küssen. Sie drehte den Kopf beiseite, stieß ihn von sich, wehrte sich nach Leibeskräften, vergeblich.

Dann zerrte er ihm das Hemd aus der Hose, riss daran. Lotte schrie auf.

Plötzlich ertönte von oben eine laute Stimme: »He, Junge, sind die Socken bald fertig?« Der Bootsmann hatte die Luke zum Zwischendeck geöffnet. »Pass auf, es gibt Nachschub, ich komme jetzt runter.«

Marianne streckte sich vor dem Wandspiegel ihrer Kajüte und begutachtete ihr Ebenbild, mit dem sie äußerst zufrieden war. Die langen braunen Haare fielen lässig über ihre Schultern, das hauchdünne, durchsichtige Negligé, welches sie trug, umspielte ihre weiblichen Reize. Mit ein wenig Puder würden sich alle Strapazen der Reise überdecken lassen. Leise summte sie eine Melodie, zu der sie sanft ihre Hüften wiegte. Eine Ehre, was für eine Ehre, in den Salon des Kapitäns eingeladen zu sein, dachte sie. Aus ihrem Spind nahm sie ein weißes Kleid mit kleinen rosa Schlaufen und hielt es vor ihren Körper. Schon die kleinste Bewegung trieb ihr den Schweiß auf die Stirn, die Hitze in ihrer Kajüte wurde von Tag zu Tag unerträglicher. Warum sollte sie überhaupt etwas anziehen? Am liebsten wäre sie nackt zum Dinner des Kapitäns erschienen. Sie schmunzelte, das gefiele wahrscheinlich allen Herren, nicht nur ihrem Hamster. Mit der Hand fächelte sie sich etwas Luft zu.

Kapitän Fries van Bodö bewohnte keine gewöhnliche Seemannskajüte, sondern eine herrschaftliche Suite, wie Marianne mit Neid feststellte. Die Wohn- und Schlafräume sowie ein eigenes Badezimmer befanden sich neben dem Salon. Eine Sitzbank mit roten Polstern schmiegte sich perfekt in die Wölbung des Hecks. Sie zählte sieben weiß getünchte Sprossenfenster, die weit geöffnet waren. Das Innere der Kajüte war mit rötlichem Mahagoni getäfelt, auf dem

Schreibtisch hatten Seekarten, Zirkel, Lupe, Federkiele, ein Tintenfässchen und ein Tabakkasten Platz gefunden.

»Willkommen in meiner bescheidenen Unterkunft.« Fries van Bodö begrüßte seine Gäste.

»Wenn Sie Ihre Unterkunft tauschen möchten, gerne«, schlug Marianne vor.

»Wie Sie sehen, hätte ich hier sogar Platz für zwei, Gnädigste.«

Theobald von Hügel räusperte sich.

»Ah, der Oberst hat eine trockene Kehle. Bei mir ist noch niemand verdurstet. Brandy für die Herren und einen Sherry für die Dame? Alles eine rein medizinische Vorsichtsmaßnahme. Der Doktor wird mir zustimmen, andernfalls wäre das grau-braune Etwas, das der Koch uns nachher auftischt, nicht genießbar.«

»Seitdem wir unterwegs sind, geht mir der Name ›Kap der Guten Hoffnung‹ nicht mehr aus dem Sinn. Ich kenne nur Frauen, die ›guter Hoffnung‹ sind. Woher kommt der Name?«, fragte Marianne.

»Bartolomeo Diaz, der die Südspitze Afrikas als Erster umsegelte, nannte die Landzunge Kap der Stürme. Zur Hoffnung wurde das Kap für den portugiesischen König Johann II., da nun endlich einer seiner Kapitäne den Seeweg nach Indien entdeckt hatte«, antwortete Fries van Bodö.

»Der Name ist doch völlig falsch. Danach, was ich gehört habe, ist das Kap ein Schiffsgrab. Tausende Schiffe sind bei dem Versuch, es zu umrunden, gekentert«, sagte Ostheim. »Eigentlich sollte es Kap des Todes heißen.«

»Ist es so gefährlich?« Marianne erschrak.

»Hunderte spitze Felsen lauern wie gefräßige Haie direkt unter der Meeresoberfläche, kommen die Schiffe den Riffen zu nahe, ist das ihr Todesurteil. Die messerscharfen Felskanten ritzen die Bordwände auf und lassen selbst das größte Segelschiff absaufen.«

»Dummes Gerede einer Landratte. Alles angelesen, Leutnant, was? Wann haben Sie das Kap zuletzt umrundet? Sind Sie überhaupt jemals zur See gefahren?«

Ostheim erstarrte.

»Lassen Sie sich keine Angst machen, in den Seekarten sind die Riffe haarklein verzeichnet«, sagte Dr. de Cohen, den Blick auf Marianne gerichtet.

»Solange ich die Fortuna befehlige, geschieht niemandem etwas! Schließlich bin ich erst einmal abgesoffen und das war reines Pech.«

Die Runde verstummte und schaute ihn interessiert an.

Kapitän Fries van Bodö genoss den Augenblick, jetzt hatte er seine Gäste genau an dem Punkt, wo er ungeniert loslegen konnte. Er nahm die Karaffe, schenkte sich Brandy nach, trank genüsslich und begann zu erzählen.

»Ich habe mehr Zeit auf See als an Land verbracht. Meine Mutter, eine Kaufmannstochter aus Lübeck, brachte mich auf einer Bark zur Welt. Mein Vater stammte aus dem nordholländischen Alkmar. Er handelte mit allem, was man zwischen Brügge, Visby und Danzig begehrte. Felle, Stoffe, gepökelte Heringe, Indigo. Eigentlich sollte ich in seine Fußstapfen treten, doch mit neunzehn wurden mir die Nord- und Ostsee zu eng. In den Häfen kannte ich alle Tricks der Händler, die Zeiten von Ebbe und Flut konnte ich im Schlaf aufsagen und der Wolkenatlas verriet mir schon Stunden im Voraus, wann der nächste Sturm anheben würde. Mit zwanzig heuerte ich auf einer Fregatte der VOC an, drei Jahre später hatte ich bereits das Kommando über mein eigenes Schiff. Tonnenweise transportierte ich Gewürze, Tee, Kaffee von den Molukken nach Amsterdam. Während all der Jahre, die ich zur See fuhr, zürnten mir die Meeresgötter nur ein einziges Mal. Wir befanden uns gerade auf einer Reise nach Colombo, das Meer wimmelte von Haien und Piraten. Kurz vor den Komoren geriet unser Schiff in Brand, eine Unachtsamkeit des Kochs, wie sich später herausstellte. Im Lagerraum hatte der Trottel eine brennende Öllampe in die Mehlkiste fallen lassen. Das Feuer breitete sich in Windeseile aus. Es zerstörte die Masten, bohrte sich durch das Zwischendeck und erreichte die Pulverkammer. Kurz bevor das Schiff explodierte, retteten wir uns in die Beiboote. Tagelang trieben wir auf offener See. Die Sonne brannte erbarmungslos auf uns herab, die Hitze schien uns den Verstand zu rauben, nicht mehr lange, und wir wären durchgedreht oder einfach verdurstet. Schließlich entdeckte ich einen Küstenstreifen am Horizont, ich glaubte schon an eine Fata Morgana, als uns plötzlich Eingeborene in Kanus entgegenruderten und unsere Boote an Land schleppten. Wir hatten die Nordspitze Madagaskars erreicht.«

»Und jetzt ist Schluss mit den Abenteuern und Heldentaten?«, fragte Oberst Hügel, dem die Prahlerei des Kapitäns auf die Nerven ging.

»Heldentaten vollbringt die Vereinigte Ostindische Kompanie schon lange keine mehr. Unter uns Pfarrerstöchtern, die Kompanie kämpft gegen den Bankrott. Mir kann es ja egal sein, das ist meine letzte Fahrt ans Kap. Der wohlverdiente Ruhestand winkt.« Und meine Gelder stecken in einem wunderbaren Amsterdamer Stadthaus an der Herengracht, dachte Fries van Bodö selbstzufrieden. Er lehnte sich in seinem Sessel zurück und verschränkte die Arme hinter dem Kopf. Ach, was waren das für glückliche Zeiten, in denen er ein Zehntel, in den besten Tagen sogar ein Fünftel der Fracht auf eigene Rechnung verkaufen konnte. Dass die Kapitäne in die eigene Tasche wirtschafteten, war ein offenes Geheimnis, niemand sprach darüber. Und selbst wenn die Direktoren und Kontorbeamten den Betrug ahnten, sie drückten beide Augen zu. Wer weiß, wie viele Waren sie selbst unter der Hand verschacherten.

»Kann die Kompanie ihre Rechnungen überhaupt noch bezahlen?«, fragte Ostheim empört. »Allein beim Kapregiment steht die Kompanie mit zehntausend Gulden in der Kreide. Geld, das dem Herzog von Württemberg gehört.«

»Bin ich der Schatzmeister der Vereinigten Ostindischen Kompanie, hocke ich auf den Goldtruhen?«

»Wie konnte die mächtige und glänzende Kompanie nur so auf den Hund kommen?«, fragte der Oberst.

»Das Problem ist alt. Rund um den Globus schnappen die Engländer der Kompanie die besten Handelsplätze weg. Das lukrative Geschäft mit Tee und Kaffee machen schon seit Jahrzehnten die Inselaffen. Zuletzt dieser ruinöse Krieg. Den Engländern wäre es beinah gelungen, Kapstadt zu erobern. In dem Kriegsgewirr konnten die Schiffe aus Ostindien ihre Heimathäfen nicht mehr ansteuern. Waren im Wert von zehn Millionen Gulden gingen den Holländern durch die Lappen. Na endlich, das Essen. Was hast du diesmal zusammengerührt, Zoutman?«

Der Koch trug eine riesige, dampfende Schüssel herein und stellte sie auf dem Tisch ab. »Nun ja, Sir, es tut mir leid, was soll ich sagen, zaubern kann ich jedenfalls nicht. Und erlauben Sie mir die Bemerkung, es kann nur das geben, was wir eingelagert haben und was in der Hitze noch nicht vergammelt oder verschimmelt ist. Sollte es Ihnen aus irgendeinem Grund nicht schmecken, dann kommen Sie und besuchen mich in meiner Kombüse, die Ungezieferplage in meinem Reich hat bereits biblische Ausmaße angenommen«, gab der Koch zur Antwort, der in seinem früheren Leben bereits als Wanderprediger und Wunderheiler gearbeitet hatte.

»Wenn du so gut kochen könntest, wie um den heißen Brei herumreden, Zoutman, wir würden von dir verwöhnt wie eine Horde Affen beim Felllausen.«

Ein Windstoß erfasste die Fortuna. Eine warme Brise strömte durch die geöffneten Luken der Kajüte und brachte die Enden der weißen Tischdecke zum Flattern.

»Das Schlimmste ist vorüber, wir haben den Kalmengürtel passiert. Eine wochenlange Flaute ist uns Gott sei Dank erspart geblieben. Wir nehmen die Fortuna jetzt unter volle Segel. Und Gnädigste, falls es unterwegs ungemütlich werden sollte, rate ich Ihnen, sich mit einem Riemen am Bettpfosten festzuschnallen.« Er verzog das Gesicht zu einem Grinsen. »Übrigens, falls Sie den Wunsch verspüren, umzuziehen, mein Angebot steht.«

Die Fortuna hatte die Himmelfahrtsinsel passiert und steuerte nun in südöstlicher Richtung auf St. Helena zu. An Deck beobachteten Jo und Lotte, wie sich die Sonne durch die aschgrauen Wolken schob und für einen kurzen Moment am westlichen Horizont rot aufflackerte. Dann breitete sich die Nacht aus. Das Meer änderte seinen Farbton von Tiefblau zu Grau und verschmolz schließlich mit dem Schwarz des Himmels. Die Dunkelheit auf See war grenzenlos. Zwei Glasen der ersten Nachtwache frischten die Winde auf und ließen die Fortuna unruhig in den Wellen hin- und herschaukeln. Weiße Wolkenschiffe flogen wie eine Gespensterflotte an ihnen vorbei.

»Die Wolken sind die Segler der Lüfte«, sagte Lotte versonnen. Sie hatte nicht bemerkt, dass Chi Ying Ping neben ihr stand, und erschrak, als sie seinen warmen Atem auf der Haut spürte.

»Ein fürchterlicher Sturm kommt auf uns zu«, sagte er. »Nicht alle werden mit dem Leben davonkommen.«

»Was? Was sagst du da?« Lotte schaute erschrocken.

»Einer der Todgeweihten bin ich«, sagte Elias Hesse, der alte Soldat, und bekreuzigte sich.

»Was redest du, Alter, hat dir die Hitze ein Loch ins Gehirn gebrannt?«, fragte Jo.

»Es ist kein Verlust, wenn ich sterbe. Meine Zeit ist vorbei. Ich habe nicht einmal etwas, das ich euch hinterlassen könnte.«

»Red nicht so dummes Zeug, Hesse.«

»Eine einzige Bitte: Gebt mir meine Bibel mit auf den letzten Weg.«

»Der Alte sagt die Wahrheit. Acht Glasen der Tagwache sah ich ein kleines brennendes Licht, das an Deck gespült wurde. Es leuchtete wie ein Glühwürmchen«, sagte Chi Ying Ping.

»Was hat das alles zu bedeuten?«, fragte Lotte.

»Das Elmsfeuer, der Geist eines toten Seemannes hat uns heimgesucht. Ein fürchterliches Unglück steht uns bevor.«

Elias Hesse sank auf die Knie und bekreuzigte sich wieder.

Lotte wurde es mulmig. Kannte man in Württemberg nicht auch eine Totenwanderung? In den Raunächten kehrten die Seelen der Verstorbenen zu ihren Angehörigen zurück und brachten Unheil über jene, die ihnen zu Lebzeiten Leid zugefügt hatten. Warum sollte es auf See keine Geister geben, die sich für erlittenes Unrecht rächen wollten?

Es begann zu regnen, ein Schleier aus Wasser umhüllte die Fortuna. Grimmig und laut prasselten die Regentropfen auf das Deck. Der Wind gewann an Stärke und trieb das Meer in hohen Wellen vor sich her, es schäumte und stampfte gegen die Bordwand. Nach drei Tagen hatte das Unwetter seinen Höhepunkt erreicht. Der Sturm peitschte um die Takelage, ein Wellenberg rollte heran, erfasste das Vorschiff und trug es hoch hinaus. Gleichzeitig schien das Heck in eine alles verschlingende Tiefe zu stürzen. Brüllende Winde wühlten die See weiter auf und wirbelten weiße Gischt durch die Luft. Wieder rauschte eine Monsterwelle heran und prallte seitlich auf die Fortuna, schwappte über die Reling und setzte das Deck unter Wasser. Die Matrosen verfluchten sich und die Elemente.

Im Bauch des Schiffes wütete die Angst. Es roch nach Schweiß und Urin, jeder erleichterte sich an der Stelle, wo er sich gerade befand. Der Angstgeruch mischte sich mit einer unerträglichen Schwüle, die Luft war zum Schneiden dick. Severin kauerte in einer Ecke und winselte wie ein kleines Hündchen, dann kotzte er alles heraus, bis sich sein leerer Magen verkrampfte. Lotte hatte sich zwischen die Bordwand und eine Seekiste gezwängt. Mit den Füßen stemmte sie sich gegen die rollenden Bewegungen der Fortuna. Wenn die Angst übermächtig wurde, fing sie an zu beten, sie murmelte ein Vaterunser, rief Maria um Beistand an. Plötzlich kam ihr das holländische Seestädtchen Vlissingen wieder in den Sinn. Seit Kindertagen war sie nicht mehr so glücklich gewesen. Wenn das Ende nun gekommen war, wollte sie mit den Bildern von den bunten Fischerbooten, den flatternden Fahnen, den Gewürzständen und Marktfrauen im Kopf sterben.

Jo hatte sich mit einer Leine an einem Schiffsbalken festgebunden. Er glich einem zu Tode Verurteilten, der auf sein Erschießungskommando wartet. Mit ganzer Kraft bäumte er sich gegen die Wucht des Sturmes auf. Dem Untergang wollte er aufrecht entgegentreten. Über ihnen krachte es fürchterlich, sie glaubten, ein Mast sei gebrochen und auf Deck zersplittert.

Die wütende See sperrte ihr riesiges Maul auf, als wollte sie die Fortuna verschlingen. Schäumende Fluten überspülten das Deck, sickerten durch Luken und Ritzen. Unter dem Druck des Wassers brachen die Luken, und eine gewaltige Fontäne ergoss sich in den Bauch des Schiffes. Ein mörderischer Schwall Wasser jagte den nächsten. Lotte hatte ihre Position verlassen und stand nun bis zu den Schenkeln in der dreckigen Brühe. Ihr Soldatenrock klebte nass am Körper, das Salzwasser brannte in ihren Augen.

»Wir saufen ab. Los, raus hier, nach oben«, hallte ein Ruf durch den Bauch des Schiffes. Verzweifelt drängten Lotte und ihre Schicksalsgenossen zum Ausgang. Auf der schmalen, steilen Treppe schienen sie sich gegenseitig zu zerquetschen.

»Für euch ist ab hier Schluss. Jeder, der einen Fuß auf das Deck setzt, wird von mir erschossen.« Ostheim hatte sein Bajonett auf die Menge gerichtet.

»Lasst uns raus, wir ertrinken jämmerlich«, brüllte Lotte.

»Keine Chance.« Er schüttelte heftig mit dem Kopf.

»Hauptsache, die feinen Herren retten ihre Haut.«

»Wer noch einen Schritt macht, hat eine Kugel im Bauch«, sagte Ostheim kühl.

»Wir sind wohl der letzte Dreck, um uns ist es nicht schade.« Lotte ließ nicht locker.

»Letzte Warnung: Niemand betritt das Deck.«

In dem Moment hatte Lotte vergessen, wer sie war und warum sie an Bord gegangen war, Todesangst brach aus ihr heraus: »Du elender Mistkerl, lass uns endlich hier raus.«

»Ich zeig dir, was ein Mistkerl ist!« Mit dem Gewehrkolben verpasste Ostheim ihr einen Schlag ins Gesicht.

Eine heftige Böe erfasste die Fortuna und legte das Schiff schräg zur Seite. Lotte und die anderen wurden unter Deck geschleudert. Das Gebrüll des Sturmes übertönte selbst noch ihre ohrenbetäubenden Schreie. In dem Durcheinander gelang es Elias Hesse nicht, an einem Pfosten oder einer Kiste Halt zu finden. Sein Gesicht wurde unter Wasser gedrückt. Er ruderte mit den Armen, kämpfte verzweifelt gegen die rollenden Wogen im Schiffsbauch. Doch er war zu schwach, um alleine auf die Füße zu kommen. Stunden später, als die Fortuna sich wieder aufgerichtet und die schlimmsten Wellenberge passiert hatte, trieb der alte Soldat noch immer mit dem Gesicht unter Wasser.

Die Toten wurden in ihre Hängematte gewickelt und an Deck gebracht. Wie Mumien lagen sie in einer Reihe nebeneinander aufgebahrt. Die Bibel von Elias Hesse steckte in der Innentasche seines Rockes.

Im Moment des Abschieds waren die Seeleute ganz in sich gekehrt, sie sprachen ein Gebet, dann sangen sie einen letzten Choral.

Ich bin nur Gast auf Erden und hab hier keinen Stand;
der Himmel soll mir werden, da ist mein Vaterland.
Hier reis ich bis zum Grabe; dort in der ewgen Ruh
ist Gottes Gnadengabe, die schließt all Arbeit zu.

An einem lauen Junitag gingen siebzehn Leichensäcke über Bord. Über Bohlen ließ man sie ins Meer rutschen. Einen Moment schwammen die Körper auf der blauen, sanft geriffelten Wasseroberfläche, dann versanken sie in der Tiefe des Ozeans. Lotte schien es, als habe der Blutzoll das Meer besänftigt.

18

Zwischendeck der Fortuna

»Krankheiten suchen sich immer die Schwächsten aus – und auf der Fortuna haben sie leichtes Spiel.« Dr. de Cohen zog seinen Kopf ein und stieg die Stufen zum Zwischendeck hinunter, wo über die Planken verstreut, in jeder Ecke Verletzte kauerten. Unter die modrig feuchte Luft hatte sich der Gestank von Blut und Eiter gemischt, jeder badete in seinem eigenen Schweiß. Dr. de Cohen bot sich ein Bild, als hätten die Männer eine blutige Schlacht geschlagen. Routiniert machte er sich an die Arbeit, verarztete gebrochene Beine, ausgekugelte Schultern, zerschnittene Hände und blau unterlaufene Augen. Mancher Knöchel oder Unterarm war so zertrümmert, dass nur noch eine Amputation Rettung versprach. Die Kranken röchelten und husteten, spuckten gelben Schleim neben sich oder lagen in ihrem Erbrochenen. Ein Seemann, der aus der Takelage gefallen war, litt Höllenqualen. Er konnte seine Beine nicht mehr bewegen, nicht mehr pinkeln, seine Schreie waren zum Gotterbarmen. Lotte hätte nicht für möglich gehalten, dass ein Mensch so hilflos und verloren sein konnte, wie ein Tier, das zur Schlachtbank geführt wird. Nach zwei qualvollen Tagen und Nächten war der Matrose tot.

Da der Sturm unzählige Fässer über Bord gerissen hatte, ließ der Kapitän das Wasser rationieren. Zu trinken gab es eine faulig stinkende Plörre, über die sich ein giftig grüner Film gelegt hatte.

»Wer soll das saufen?«, Dr. de Cohen schleuderte einen Eimer Wasser gegen die Bordwand. »Der Bootsmann soll jedes Gefäß, jeden Bottich, den er auftreiben kann, auf Deck stellen. Der nächste Regen erledigt dann den Rest. Ich hoffe, Pommer kommt von alleine auf die Idee, andernfalls werde ich ihm auf die Sprünge helfen.«

Mit Salben, Binden und Tinkturen bewaffnet folgte Lotte dem Doktor auf Schritt und Tritt. Er beugte sich über einen Fiebernden. »Hilf mir, seine nassen Kleider auszuziehen. Er braucht dringend ein trockenes Hemd.«

»Wir haben nur eine Garnitur erhalten, ein Hemd, eine Hose, einen Soldatenrock, das war's«, sagte Lotte. »Entweder er trägt sein nasses Hemd oder keins. Geld für neue Sachen gibt es nicht.«

»Ich habe noch keinen einzigen Heller gesehen, seit ich Württemberg verlassen habe«, beschwerte sich Jo. »Unseren Sold teilen sich die Herren Offiziere wohl untereinander auf.«

»Das solltet ihr … Mein Gott, wie ich befürchtet habe, jetzt ist es so weit.«

»Was ist so weit?«, fragte Lotte erschrocken. Dr. de Cohen betastete die blauen Flecke auf dem Rücken des Kranken. »Husten!«, befahl er ihm. »Hast du Beklemmungen in der Brust und das Gefühl zu ersticken?«

Der Soldat sah ihn mit müden Augen an und nickte fast unmerklich. Er war nicht mehr imstande, seine Lippen zu öffnen.

»Was ist das?«, fragte Lotte nochmals, die sich nah zu Dr. Cohen herabgebeugt hatte.

»Um Himmels willen, was stinkt hier so abscheulich? Bist du das etwa, Junge? Es riecht wie …« Er fächerte sich Luft zu. »Puuh, aus deinem Mund stinkt's wie aus einem Korb fauler Eier. Du also auch, die Krankheit verschont keinen.«

Lotte sprang zur Seite, als habe der Leibhaftige ihren Weg gekreuzt. Was war denn nur mit ihr los, was fehlte ihr? Eine unbändige Furcht erfasste sie.

»Mach den Mund auf, sofort«, befahl Dr. de Cohen. »Dein Zahnfleisch blutet. Drück die Zunge gegen die Zähne. Wie erwartet, zwei obere Schneidezähne und ein Backenzahn wackeln, unten fehlt bereits ein Eckzahn.« Dann wandte er sich an alle im Zwischendeck: »Habt ihr außer Zwieback und gepökeltem Fleisch jemals irgendetwas anderes gegessen? Ich meine so etwas wie Kohl oder Sauerkraut?«

»Entweder Schiffskekse oder Mehlsuppe, sonst nichts«, erwiderte die Mannschaft wie mit einer Stimme.

»Damit ist sofort Schluss. Jeder isst täglich zwei rohe Zwiebeln, je größer, desto besser. Der Koch soll sie höchstpersönlich hier abliefern.«

»Wir haben eine Krankheit, die man mit Zwiebeln kurieren kann?« Lotte sah den Doktor ungläubig an.

»Zwei rohe Zwiebeln, verstanden, sonst werdet ihr sterben wie die Fliegen, bevor auch nur einer von euch südafrikanischen Boden betreten hat. Skorbut verschont niemanden.«

Die Zwiebelkur zeigte Wirkung. Unter Deck stank es jetzt bestialischer denn je, doch die Kranken schienen wieder zu Kräften zu kommen. Täglich befühlte Lotte ihre Zähne, ob jeder noch an seinem angestammten Platz war.

»Die Zähne des Menschenfressers sind schärfer als zehn geschliffene Messerklingen, kommen Sie ihm bloß nie zu nahe, Gnädigste, sonst zerfetzt er Sie bei lebendigem Leibe.«

»Nicht einmal meine kleine Zehe würde ich freiwillig in dieses Gewässer halten«, erwiderte Marianne.

»Gefangen an Deck windet sich die Bestie, schlägt um sich und kann noch in den letzten Zuckungen Ihr zartes Fußgelenk durchbeißen.« Der Bootsmann Hendrik Pommer zog die Augenbrauen zusammen, er sah finster aus.

Jagdfieber vereinte Gemeine und Offiziere, machte Seemänner und Soldaten zu gleichen Brüdern. Der Oberst mit Marianne und seinen Offizieren im Schlepptau wollte sich die bevorstehende Hai-Jagd unter keinen Umständen entgehen lassen. Die Matrosen hatten den Koch dazu gebracht, seine Täubchen, die er in einem Käfig als letzte Lebensmittelreserve immer dabeihatte, zu schlachten. Als Entschädigung für sein Opfer erhalte er die Finnen des Hais. Die Matrosen warfen ihre Angeln mit den blutenden Ködern über Bord und nahmen die Wasseroberfläche aufmerksam ins Visier.

»Wie schmeckt Haifischfleisch eigentlich?«, fragte der Oberst.

»Die Chinesen sind verrückt danach. Hey, Chi Ying Ping«, rief Hendrik Pommer, »der Oberst will wissen, wie Haifischfleisch schmeckt.«

Der Chinese murmelte etwas von Manneskraft und gut für die Liebe.

»Ich glaube, das Ganze ist eine ziemlich zähe Angelegenheit«, erklärte der Bootsmann.

»Warum machen Sie dann überhaupt Jagd auf Haie?«, fragte Marianne.

»Gnädigste, ich habe gesehen, wie ein Seemann, der über Bord gegangen ist, von einem weißen Hai in Stücke gerissen wurde. Dieses Ungeheuer ist blutrünstiger als ein Rudel Wölfe. Sie quälen ihre Beute, bevor sie sie verschlingen, werfen sie in die Luft oder drücken sie unter Wasser, ganz nach Belieben. Die Schreie des armen Kerls habe ich noch heute in den Ohren.« Dann zeigte er auf einen Schmuckstein, der um seinen Hals hing. »Den habe ich aus dem Wirbel dieser Bestie geschnitzt. Übrigens, Haifett eignet sich bestens als Schuhwichse.«

Unter den Matrosen stieg die Spannung, eine grau schimmernde Silhouette sei unter Wasser aufgeblitzt. Die Seeleute drängelten sich an der Reling, stierten ins Wasser. Die Rückenflosse eines Hais tauchte auf, umkreiste die Fortuna und versank wieder. An Deck wurde es andächtig still. Plötzlich spannte sich unter einem heftigen Ruck die Angelschnur. Die Matrosen schrien auf, rieben sich ihre schwitzenden Handflächen an der Hose ab.

»Er hat angebissen.« Zu viert zerrten sie an der Angel, wuchteten das Tier an Bord und drückten es fest auf die Planken. Von der Schnauze bis zum Schwanz maß er sieben Fuß. Der Hai zappelte, wand sich, riss sein Maul auf, als würde er nach Luft schnappen, vergebens schlug er mit der Schwanzflosse um sich.

»Leute, wir werden das Vieh nicht töten«, schrie Hendrik Pommer, »die Lady soll nicht denken, wir seien Scheusale. Doch der Koch darf nicht leer ausgehen, versprochen ist versprochen.« Er zog sein Messer heraus und schnitt die Rückenflosse des Hais ab. Blut strömte über den Rumpf der Kreatur. »Dreht ihn!« Blitzschnell machte sich Pommer über die Finnen an Brust und Bauch her. »Vergesst die Augen nicht.«

Schließlich banden sie ein leeres Fass an die verstümmelte Schwanzspitze.

»Und jetzt über Bord damit«, befahl Pommer.

Der blinde Hai schwamm auf der Wasseroberfläche, drehte sich im Kreis und schnappte nach dem Fass, das er nicht zu fassen bekam. Bei dem Manöver stieß er mit seinem Maul mehrmals krachend gegen die Schiffswand. Dann tauchten immer mehr Haie im Wasser auf. Überall wimmelte es von Flossen. Das Meer färbte sich blutrot. Zuletzt trieben einzelne Fleischfetzen in den Wellen.

»Wie kann man auch noch stolz auf diese Barbarei sein?« Marianne drehte sich angewidert ab.

»Wenn Sie so zimperlich sind, warum bleiben Sie nicht einfach unter Deck, Gnädigste. Frauen haben auf einem Schiff ohnehin nichts verloren. Wir können von Glück reden, dass wir noch nicht gekentert sind.«

»Beruhige dich, die Männer müssen einfach mal Dampf ablassen, das ist alles«, sagte der Oberst zu ihr.

»Ich weiß nicht, wer die größere Bestie ist, Mensch oder Hai.«

Und ha, wenn sich der Tafelberg
Aus blauen Düften hebt,
So strecken wir empor die Hand,
Und jauchzen: Land! ihr Brüder Land!
Daß unser Schiff erbebt.

Aus dem »Kaplied« von
Christian Friedrich Daniel Schubart

19

Südlicher Atlantik

Westwinde brachten die Fortuna schnell voran. Das Heck des Schiffes wühlte das Wasser auf. Eine Spur aus Gischt verlor sich gegen den Horizont. Lotte, die alleine an der Reling stand, war, als zeigten ihr die weiß schäumenden Bahnen den Weg in die eigene Vergangenheit, von der sie sich mit jeder Bugwelle weiter entfernte.

»Meinst du, wir kommen irgendwann wieder nach Hause?«, fragte Severin, der sich geräuschlos von hinten genähert hatte.

»Hauptsache, wir kriegen wieder festen Boden unter die Füße.«

»Was wird uns erst am Kap erwarten nach all dem hier?«

Lotte drehte sich zu ihm um. »Plackerei, Krankheit, Tod, ein Paradies oder gähnende Langeweile. Warum fragst du immer mich? Ich weiß es auch nicht«, sagte sie. »Lass mich gefälligst in Ruhe.«

»Welche Laus ist dir denn über die Leber gelaufen?«

»Du weißt genau, was los ist.«

Severin zuckte mit den Achseln. »Keine Ahnung.«

»Stimmt, der Herr lag ja erschöpft in seiner Hängematte.«

Severin kratzte sich am Kinn, jetzt schien ihm wieder etwas einzufallen. »Ach, die Geschichte mit Meinhard, olle Kamellen, wen interessiert das noch?«

»Was machst du eigentlich hier oben? Du wolltest doch keinen Fuß mehr an Deck setzen.« Lotte ließ ihn stehen und ging zum Vorschiff.

Dunkelheit breitete sich aus, flimmernde Sternenkolonnen kletterten den Nachthimmel empor und zogen ihre Bahnen durch den tiefblauen Kosmos. Immer mehr Sterne erwachten, bald waren es Hunderte, Tausende, die sich wie silberne Makrelenschwärme zusammenballten. Fern der riesigen Sternenhaufen traten einzelne hell leuchtende Gestirne hervor, die sich untereinander zu bizarren Konstellationen, Tierzeichen oder mythischen Figuren vereinten. Seefahrer wussten die Sternenkarte schon seit Jahrhunderten zu deuten. Über allen Himmelskörpern thronte das Kreuz des Südens, es wies Schiffen den Weg zum südlichsten Punkt der Erde.

Dr. de Cohen hörte ein sanftes Klopfen gegen seine Kajütentür. Er zog seine Lesebrille ab und legte sie auf den Schmöker, in dem er gerade las. Mit voller Stimme rief er: »Herein.«

»Ich hoffe, ich störe Sie nicht bei der Lektüre, Doktor«, sagte Marianne beim Eintreten.

»Es ist ärgerlich, aber wohl unvermeidlich.«

»Bitte?« Marianne schaute düpiert.

»Die Blütenpracht im Namaqualand werden wir bei unserer Ankunft in der Kapkolonie wohl soeben verpassen.«

»Aha.« Marianne schaute nun etwas weniger düpiert.

»Robert Gordon schreibt in seinem Reisebericht, das Namaqualand würde sich im Frühling von einer öden Wüste in ein Blütenmeer verwandeln.«

»Vom Meer habe ich genug, für immer und ewig! Ob mit oder ohne Blüten. Hören Sie, Doktor, ich kann nicht mehr schlafen, vom Schaukeln ist mir ständig übel, ich fühle mich eingesperrt wie in einem Käfig. Hitze, Kälte, Flaute, Sturm, hört das denn nie auf? Doch das Schlimmste ist dieses entsetzliche Schaukeln.«

Der Arzt hievte sich aus dem Sessel, machte zwei Schritte zu seiner Arzneikiste, die er auf dem Boden neben seinem Bett festgenagelt hatte, öffnete den Deckel und entnahm ein Fläschchen mit einer dunkelbraunen Tinktur. »Ich denke, das wird Ihre Beschwerden lindern: Passiflora incarnata, Passionsblume.«

»Hilft Ihr Wundermittel auch gegen Herzklopfen und Beklemmungen?«, fragte sie. »Seitdem wir den Äquator passiert haben, werde ich die Angst nicht los …«

»Ja?« Der Doktor sah sie schräg von unten an.

»Also, Kapitän Fries von Bodö meinte, auf der Südhalbkugel liefen die Menschen verkehrt herum, mit dem Kopf nach unten. Wenn man nicht höllisch aufpasse, falle man herunter.«

Der Arzt schmunzelte. »Gnädigste, seien Sie unbesorgt. Hat uns das Meer abgeschüttelt, seitdem wir den Äquator passiert haben? Nein. Ich versichere Ihnen, auch in Südafrika haben die Menschen festen Boden unter den Füßen. Und Kapstadt ähnelt weit mehr einem holländischen Seebad mit schmucken Villen, als Sie sich das jetzt vorstellen können.«

Marianne stieß einen lauten Seufzer aus, ihre Gesichtszüge entspannten sich.

»Allerdings: Die Sonne läuft verkehrt herum. Sie zieht ihre Bahn zwar auch von Osten nach Westen, aber nicht wie bei uns über den Süden. Hat sie den Norden erreicht, steht sie quasi im Zenit.«

»Wenn nur die Sonne kopfsteht, ist mir das herzlich egal.«

Ein Schnattern und Schnauben, ein Kreischen und Klagen erfüllte die Luft. Kaptölpel umflatterten die Fortuna, stürzten sich in die kalten Fluten des Atlantiks auf der Jagd nach einem Leckerbissen. Im Flug luchsten sie sich die Beute gegenseitig ab.

Der Ruf »Land in Sicht« hatte die Besatzung, Gemeine und Offiziere an Deck gelockt.

»Die weißen Vögel erinnern mich an Martinsgänse, wenigstens schnattern sie so laut«, sagte Lotte zu dem Chinesen, der neben ihr stand.

»Die Kaptölpel begrüßen jedes Schiff, das sich der Tafelbucht nähert. Sie sind Seelenhändler, die dem Meistbietenden zwischen Himmel und Hölle die Seelen der Toten verkaufen. Mit ihrem Geschrei erzählen sie einander, wie viel es auf der Fortuna zu holen gibt«, sagte Chi Ying Ping.

»Was soll das heißen?«

»Einhundertsiebenundzwanzig Tage auf See und jeder Fünfte an Bord wird nie wieder Land betreten. Aus Sicht der Kaptölpel sicher ein gutes Geschäft.«

Lotte betrachtete ihren Körper. Ihre Hände waren knochig, die Unterarme ein dünnes, festes Band aus Sehnen, das Hemd flatterte an ihr herunter wie an einem Kleiderständer. Jede weibliche Linie war verschwunden, aber sie hatte überlebt, ü-ber-lebt, allein das zählte. Und das Leben in Südafrika würde wahrscheinlich weit erträglicher sein als jenes an Bord des Schiffes. Nachdem der Kapitän den Befehl gegeben hatte, die Anker zu setzen, stand Lotte noch lange an der Reling und schaute hinüber zum Ufer. Die Umrisse des Tafelberges hoben sich schwarz von der Dämmerung ab. Verstreut über die Ebene flackerten Lichter auf, die herabgefallenen Sternen glichen.

Ein nächtlicher Seewind wiegte die Fortuna in den Schlaf.

20

Die Tafelbay

Am Kap ist der Wind allgegenwärtig. Weit draußen auf dem Meer, wo warme und kalte Luftmassen sich vereinigen, schlägt die Geburtsstunde des Südostpassats. An der Scheide zwischen Indischem Ozean und Atlantik bläht er seine Lungen auf und nimmt Anlauf. Wie ein Karussell dreht er sich um die eigene Achse, bäumt sich auf und durchpflügt als Windhose das Wasser. Schiffen zerschmettert er die Knochen und treibt Wellen wie riesige Spielreifen vor sich her. Windsbräute umschmeicheln ihn, spornen ihn an. Voller Übermut trifft er an der False Bay auf Land, entzieht der Erde ihr Lebenselixier, verwandelt Felder in Steinwüsten, lässt verdorrtes Gras und windschiefe Bäume zurück. Er jagt Staubfahnen durch die Gassen Kapstadts, reißt Fensterläden aus der Verankerung. Er dringt durch Schornsteine, Mauerritzen und Türspalten in die Häuser der Leute, zerrt an ihren Gedanken, durchweht Ängste und Hoffnungen. Abends zieht er sich aufs Meer zurück, um am nächsten Morgen wieder kraftvoll und ausgelassen seinen Launen zu frönen.

Fragt man den Wind, so wirkt Kapstadt von oben wie ein gigantisches Schachbrett. Jedes der weißen, reetgedeckten Häuser bildet ein eigenes Quadrat, das von breiten, rechtwinkligen Gassen eingerahmt wird. An die weiß-schwarzen Quadrate landeinwärts schmiegt sich ein herrlicher Park mit Springbrunnen, deren Fontänen aus einer Quelle des Tafelberges gespeist werden. Im Westen thront das »Kasteel de Goede Hoop«, in Form eines fünfzackigen Sterns. Auf der Ostseite bietet ein mannshoher Palisadenzaun Schutz vor Überfällen.

Kapstadt rühmt sich seit einhundertfünfundzwanzig Jahren, das Gasthaus der Ostindischen Kompanie zu sein. Alle Schiffe, die monatelang auf den Weltmeeren unterwegs sind, gehen hier vor Anker, um ihre Vorräte an Lebensmitteln, Werkzeugen, Holz oder frischem Wasser aufzufüllen. Seeleute aus aller Herren Länder vergnügen sich in Tavernen und Bordells, verspielen ihren Sold oder lassen sich während des Landgangs einen Tripper anhängen.

Marianne erwanderte sich Kapstadt. Einen Tag nach ihrer Ankunft entdeckte sie den Marktplatz, der von einem prunkvollen weißen Gebäude überstrahlt wurde. Dr. de Cohen hatte recht behalten, Kapstadt war schöner und eleganter, als sie es zu träumen gewagt hatte. Über den hohen Rundbögen, die ins Innere des Rathauses führten, befand sich eine ausladende Balustrade, die selbst den Herzog von Württemberg verzückt hätte. Auf dem Platz herrschte ein aufgeregtes Gewimmel, es war Markttag. Auf einem Holztisch stapelten sich lange grüne Früchte übereinander, rohes Fleisch lag auf der Erde, eine dicke Matrone hockte vor einem dampfenden Kessel und rührte in einer seltsam braunen Brühe, eine andere daneben backte Fladen. Fasziniert war sie von den Frauen, die ihre voll beladenen Körbe grazil auf dem Kopf balancierten. Sie konnte ihren Blick nicht von den bunten Gewändern der Frauen lösen.

In dem Durcheinander wäre sie beinahe mit einem Hünen zusammengestoßen. Marianne reckte ihren Hals und sah über sich ein breites Grinsen mit makellos weißen Zähnen. Behängt war der Riese mit Muschelketten und Trommeln, die Kürbissen ähnelten. Was den Fremden noch imposanter erscheinen ließ, war eine Pyramide aus cremefarbenen Eierschalen, die er auf dem Kopf trug. Gewaltige Eier, Eier so groß wie Bälle.

Das klare, helle Licht, das die Stadt durchflutete, die exotischen Menschen auf den Straßen und Plätzen, all die fremden Gerüche und fulminanten Farben, dieser wunderbare Flecken Erde versetzte Marianne in Staunen.

Der Oberst ließ Marianne bei der Wahl des Hauses freie Hand. Er stecke bis zum Hals in Arbeit, müsse das Regiment neu ausrüsten und auf die unsagbar vielfältigen Herausforderungen vorbereiten, die Südafrika ihnen abverlange. Marianne hatte seine Botschaft verstanden und machte sich alleine auf die Suche. Von einem südafrikanischen Makler, einem Holländer, der perfektes Deutsch sprach, ließ sie sich herumführen. Auf ihrer Besichtigungstour, erklärte sie, dass der Mietpreis völlig unwesentlich sei, wenn ihr nur etwas gefalle. Die Architektur am Kap, schwärmte ihr Begleiter, verbände verspielte Leichtigkeit mit dem praktischen Denken holländischer Kaufleute. Die weißen, würfelförmigen Häuser mit den kunstvoll geschwungenen Giebeln verkörperten wohl eher die Extravaganz und die Klasse ihrer Erbauer, dachte Marianne.

Schließlich entschied sie sich für eines der eleganten, geräumigen Herrenhäuser, das von einer hohen Mauer umgeben war. Vor dem Gebäude stand eine alte knorrige Eiche, das Vermächtnis eines deutschen Kolonialisten, der sie vor Jahren gepflanzt hatte. Das Haus besaß Sprossenfenster und grüne Fensterläden. Die Fassade war weiß getüncht und mit Stuckgirlanden verziert, der Giebel zeigte das Relief eines tanzenden Paares. Im Inneren bot ihr neues Heim unendlich viel Platz, so viel, dass einige Räume wohl leer bleiben würden. Von der lichtdurchfluteten Eingangshalle gelangte man in den weitläufigen, mit Teakholz ausgestatteten Salon. Gegenüber vom Eingang befand sich ein mächtiger Kamin.

Als Marianne durch die leeren Räume schlenderte, stellte sie sich vor, wie ihr Zuhause ein Ort glänzender Diners und raffinierter Maskenbälle werden würde. Sie selbst könnte Hauskonzerte geben. Was sie dazu bräuchte, wären ein Klavier und für den Anfang etwas Unterricht. Sie sah es genau vor sich: Von allen Gästen bewundert, setzte sie sich in einem langen blauen Samtkleid an ihr Instrument. Darauf stünde ein silberner Kandelaber mit brennenden Kerzen, das Licht wäre gedämpft. Blumen verströmten einen unsagbar betörenden Duft. Sie würde ihre Hände ausstrecken und sachte gegeneinander reiben. Die anwesenden Männer verfolgten jede ihrer Bewegungen, fasziniert schauten sie ihren Fingern nach, die virtuos über die Tasten flögen. Die Atmosphäre im Salon wäre erotisch aufgeladen. Selbst die Frauen könnten sich ihrem Bann nicht entziehen. Sie würde hinreißend, geradezu göttlich spielen und selbst dazu singen. Wenn sie ihr Spiel beendet hätte, brandete ein tosender Applaus auf und käme nicht mehr zur Ruhe. Man würde sie bitten, an Geburts- und Gedenktagen irgendwelcher Prinzen oder siegreicher Armeehelden zu spielen. Sie wäre eine Berühmtheit am Kap.

In wenigen Wochen war das neue Zuhause eingerichtet. Schwere, braune Brokatgardinen mit goldenen Mustern säumten die Fenster, über dem Kamin im Salon hatte sie einen gigantischen Spiegel anbringen lassen, der die Größe des Raumes ins Endlose zu steigern schien. Überall standen Abstelltische und Ledermöbel herum, Felle exotischer Tiere zierten die Böden im Parterre. Ein Lampenschirm, der von einem Fabelwesen getragen wurde, zählte zu ihren Lieblingsstücken.

Doch zu Mariannes Bedauern nahm Hügel keine Notiz davon, mit welcher Hingabe und Liebe sie alles eingerichtet hatte. Schlimmer noch, er hatte sich in der Kaserne verbarrikadiert, die Arbeit lasse ihm keine Zeit für das Klein-

Klein des Haushalts, ließ er sie wissen. Schon seit Tagen saß sie alleine in ihren prunkvoll ausgestatteten Räumen und starrte die Wände an. Sie kannte niemanden, sprach mit niemandem ein Wort.

Marianne hatte den Marktplatz überquert und passierte die lutherische Kirche. Mit eingerollter Schulter stemmte sie sich gegen die Windböen, die von der Tafelbucht herüberbliesen. Ihren Seidenschal hatte sie fest um den Kopf gebunden. Beharrlich setzte sie einen Fuß vor den anderen, es schien, als bewege sie sich nicht von der Stelle. Ihre Augen tränten, Sandkörner bedeckten ihre Wimpern. Sie erreichte ihr Zuhause, schüttelte ihren geblümten Schal aus und öffnete die Tür zur Eingangshalle. Ein Sandflor hatte sich über den Boden gelegt. Es macht überhaupt keinen Unterschied, dachte sie verärgert, ob ich die Fensterläden schließe oder nicht, der Sand kriecht durch die kleinsten Ritzen herein und bemächtigt sich sogar unserer Kleidertruhen. Was ich brauche, sind Diener, die einkaufen, kochen, saubermachen. Jeder Haushalt in Kapstadt, der etwas auf sich hält, beschäftigt Sklaven. Ein kleiner, flinker Malaie, der wie ein Wiesel durch die Räume wirbelte und täglich Staub wischte, wäre nach ihrem Geschmack.

Sie durchquerte die Halle, betrat die opulent eingerichtete Küche, in der eine ganze württembergische Familie Platz gefunden hätte, stellte ihren Korb auf dem Küchentisch ab und packte aus. Sie drehte eine ovale, gelbgrünliche Frucht in der Hand, die mit kleinen, warzenähnlichen Flecken übersät war. Erst jetzt bemerkte sie die unsichtbaren, haarfeinen Stacheln der Schale, die sich schmerzhaft in ihre Haut bohrten. Vor der Heimtücke dieser Frucht hatte die Marktfrau sie nicht gewarnt. Sie schnitt die Kaktusfeige entzwei. Der Saft an ihrem Messer roch herb-frisch, nach grünen Walnussschalen und vergorenem Apfel. Zu ihrer

Überraschung war das Innere scharlachrot und mit vielen kleinen Kernen gespickt. Sie probierte, ließ das Fruchtfleisch langsam durch ihren Mund gleiten. Da war ein Hauch von Süße, der sich allerdings schnell verwässerte. Wenn sie ehrlich war, schmeckte die Frucht nach rein gar nichts. Enttäuscht warf Marianne ihre neueste Entdeckung in den Müll.

Wenig später machte sie sich daran, das Abendessen vorzubereiten, rieb eine Lammkeule mit Kräutern ein, schnitt Bohnen zurecht, setzte Wasser auf den Herd. Hügel hatte ihr hoch und heilig versprochen, dass sie den Abend gemeinsam verbringen würden. Sie deckte den Tisch, platzierte das Silber neben die Porzellanteller und stellte Kerzen auf. Nachdem alles fertig und perfekt angerichtet war, wartete Marianne eine Stunde, eine zweite und noch eine. Als Hügel um Mitternacht noch immer nicht erschienen war, entsorgte sie ärgerlich das trocken gewordene Fleisch. War sie jemals mehr als ein verwöhntes Anhängsel gewesen? Sinnloses Rumsitzen und Warten, das schien ihre Bestimmung zu sein, ihr Leben ödete sie an. In Kapstadt hatte sie hart arbeitende Frauen gesehen, die Wassereimer schleppten, schwere Lasten auf dem Kopf trugen, Fleisch entbeinten, sich für keine Drecksarbeit zu schade waren. Dabei sahen sie zufrieden aus. Marianne wollte mehr sein als ein dekoratives Möbelstück, das man nach Belieben herumschieben konnte. Hügel sollte sie gefälligst ernst nehmen. Der Wunsch, sich auszuprobieren, sich zu beweisen, beseelte sie, es musste ja nicht gleich in einem Schlachthaus sein.

Eine Heerschar Ameisen kletterte die raue Festungsmauer herab, zog im Halbkreis an Lottes Stiefeln vorbei und bahnte sich ihren Weg Richtung Abfalltonne, die vor der

Kasernenküche stand. Wie im Sturm plünderten sie die Essensreste, balancierten winzige Fitzelchen Kohl oder Karottenschalen über dem Kopf und brachten die Beute zurück in ihren Bau, der sich in Hohlräumen des Mauerwerks befand. Lotte war fasziniert, wie perfekt die Ameisenarmee funktionierte. Eine nach der anderen, Hunderte, Tausende entschlüpften den Mauerritzen, reihten sich hintereinander ein, ohne sich zu behindern. Marschierten, ohne aufzubegehren, hin und her, hin und her, hoch und runter. Lotte schulterte das Gewehr, stellte es wieder ab, trat von einem Fuß auf den anderen. Ihre Waden kribbelten unangenehm, so als würden sich einige der emsigen Arbeiterinnen auf Abwegen befinden.

Seit dem Morgengrauen hielt sie im Kasernenhof Wache, der Wind fegte über sie hinweg, heulte laut auf. Wie die Tage zuvor hatte sich nichts Außergewöhnliches ereignet, eigentlich passierte nie etwas. Allein die Schatten im Innenhof des Forts bewegten sich über den staubigen Boden, wechselten geräuschlos von einer auf die andere Seite. Das Soldatenleben am Kap verlief im immer gleichen Trott. Wecken, Stube reinigen, Exerzieren. Nur agierten die Männer weniger eifrig, weniger hingebungsvoll als die Ameisen. Nein, der wirkliche Unterschied zwischen ihnen und den Insekten war weit gravierender, die Ameisen schienen ihre Aufgabe aus freien Stücken zu erledigen, dachte Lotte.

In der Dämmerung endete ihr Wachdienst. Als sie die Tür zu ihrer Baracke öffnete, waren ihre Kameraden bereits vom Exerzierplatz, der außerhalb der Fortmauern lag, zurückgekehrt.

»Kapstadt ist so beschissen wie Ludwigsburg, Vlissingen oder jede andere Kaserne«, schimpfte Jo, der mit großen Schritten die Schlafbaracke durchmaß. »Es ist zum Verzweifeln, jeden Tag starre ich auf die gleichen Wände, trage eine lächerliche Uniform, die sich bald in Nichts auflöst, marschiere in Karrees, mache komische Verrenkungen vor irgendwelchen Hanswursten, die noch buntere Uniformen tragen als ich. Marschieren, salutieren und wieder marschieren und salutieren, von morgens bis abends, Tag für Tag, Woche für Woche. Ich komme mir vor wie ein Ochse unterm Joch, der sein Leben lang durch dieselbe Furche getrieben wird. Kann mir jemand verraten, warum ich Tausende Kilometer über den Ozean segeln musste, um Waffen zu putzen?« Jo krallte seine Hände in die Haare. »Aber nein, ich darf mich nicht beschweren, ich besitze ein eigenes Bett in einem düsteren Saal, den ich nur mit dreißig anderen teilen muss. Ständig werde ich überwacht. Mein Leben spielt sich zwischen Baracke, Latrine und Kasernenhof ab. Ich fühle mich wie ein Gefangener, ich bin ein Gefangener.«

»Im Unterschied zu Ludwigsburg scheint hier die Sonne«, sagte Severin.

»Ja, wir stehen oben auf dem Kastell und glotzen aufs Meer, weil angeblich englische Schiffe die Stadt bedrohen. Danke, ich wusste gar nicht, wie öde das Meer und ein blauer Himmel sein können. Am schlimmsten ist das Nichtstun.«

»Beruhige dich wieder, setz dich zu uns.« Paul Schwarzenberg zog ein Kartenspiel hervor. »Lust auf eine Partie?« Er legte achtundvierzig Karten in einem Halbrund auf eine umgestülpte Holzkiste, um die sie sich versammelt hatten. »Jeder zieht eine, wir bestimmen den Geber.«

»Ich hau hier ab, und wenn ich den ganzen Weg zu Fuß zurücklegen muss.«

»Dann könntest du genauso gut zum Mond laufen.« Lotte mischte und verteilte das Blatt. Ihre Karten sortierte sie in der linken Hand, dann klopfte sie auf die Holzkiste.

»Hochzeit?«, fragte Paul.

»Erster Stich geht mit.«

»Du hast auch immer ein Glück.«

»Denkt ihr manchmal an Zuhause?«, fragte Lotte.

»Wenig«, sagte Jo. »Was soll ich vermissen? Reben schneiden, bis einem die Finger bluten, Unkraut jäten, Mist streuen oder einen herrischen Vater ertragen, der einen nicht versteht und es auch niemals tun wird.«

»Sag mal, hast du nichts zum Schmieren?«

»Von meinen Nullen darfst du dir gerne eine aussuchen, wenn du willst.«

»Bewahre.«

»Ich habe eine unbändige Lust auf Fleisch«, sagte Severin. »Ich meine, richtiges saftiges Fleisch, nicht diese salzigen, trockenen Schuhsohlen, auf denen wir ständig herumkauen.«

»Zuhause läge jetzt Schnee, stellt euch vor, die Welt ist dick verschneit und die Eiskristalle glitzern in der Sonne«, sagte Lotte. »Ich hätte nie gedacht, dass ich einmal den Schnee vermissen könnte.«

Jo legte einen Pik-Buben. »Fuchs im letzten Stich gefangen.«

»Gott verdammich«, sagte Severin.

Jo grinste höhnisch, dann griff er nach seiner Pfeife und stopfte sie. Nachdem er den Tabak angezündet hatte, inhalierte er den Rauch tief in seine Lungen und blies kleine Ringe in die Luft. »Zuhause würde ich gerne eine Wirtschaft betreiben, so eine wie den ›Wilden Mann‹.«

»Den ›Wilden Mann‹ kannst du vergessen. Die Wirtin ist nicht auf der Suche nach einem Heiratskandidaten. Sie hat zwei verwöhnte Söhne, die würden dir schwer was husten, wenn du dich ins gemachte Nest setzen wolltest.«

»Na, jetzt wird es spannend, woher kennst du denn die Wirtin vom ›Wilden Mann‹, ist die nicht ein bisschen zu alt für dich?« fragte Jo neugierig.

Lotte hätte sich am liebsten auf die Zunge gebissen. Was bin ich für ein elendes Tratschweib. Sie räusperte sich laut und spuckte auf den Boden.

»Ja«, bohrte Jo weiter, »wir hören.«

»Ich kenne die Wirtstochter vom ›Wilden Mann‹.«

»Welche, die Ältere?«

»Nein, nein, Marie. Lotte habe ich nie gesehen. Ich war auf der Suche nach Arbeit. Marie bot mir an, eine Weile zu bleiben und bei der Obsternte zu helfen.«

»Morell, Morell, bist du etwa mit den Wirtsleuten vom ›Wilden Mann‹ verwandt, die heißen doch auch Morell«, Jo ließ nicht locker.

Lotte wurde es ganz heiß. »Puuh, verwandt? Nicht, dass ich wüsste, vielleicht über drei Ecken.«

»Komisch, ich hab dich nie dort gesehen.«

»Im Wirtshaus hab ich mich selten blicken lassen, die alte Vogelscheuche konnte mich nicht ausstehen. Meist saßen wir oben bei der Käsbergkanzel, man ist dort allein, völlig ungestört.«

»Bei der Käsbergkanzel im Herbst?«

»Da hat man eine herrliche Aussicht auf die Neckarschleife.«

»Dann hätten wir uns begegnen müssen, unsere Weinberge grenzen nämlich direkt an die Käsbergkanzel.«

Lotte stand der Schweiß auf der Stirn. Herr im Himmel, ich rede mich um Kopf und Kragen. Natürlich, jetzt fällt es mir wieder ein. Dort oben, völlig ab vom Schuss, lebte die Familie Jett mit zwei kleinen Buben. Geld für einen Besuch im »Wilden Mann« haben die armseligen Weinbauern nie besessen. Der Alte war als bigotter Geizkragen verschrien. Als ich von Zuhause weggegangen bin, muss Jo noch ein halbes Kind gewesen sein. Ich kann mich nicht einmal mehr an seinen richtigen Namen erinnern. Jo ist die Abkürzung für was?

»Komisch! Warum sind wir uns nie über den Weg gelaufen?« Jo setzte nach.

»Na ja, so häufig waren wir auch nicht dort. Meist kamen wir erst in der Dämmerung.«

»So, so, in der Dämmerung.«

»Selbst mit der tollsten Braut wäre mir das zu kalt«, sagte Severin.

Jo lehnte sich auf dem knarrenden Stuhl zurück und zog an seiner Pfeife. »Händchen halten im Dunkeln, was?«

Bitte, Jo, stell mir keine weiteren Fragen mehr, du bringst mich sonst in Teufels Küche, dachte Lotte. Sie sah ihm fest in die Augen.

»Ach ja, Louis, wegen der Tabakspfeife, das vergesse ich dir nicht, du hast noch einen gut bei mir.«

»Können wir jetzt weiterspielen?«

»Wer gibt?«, fragte Severin.

»Qui semper saudumm questat.«

»Woher kann Jo Latein? Das ist doch Latein?«

In den Sommermonaten zelebriert der Wind ein imposantes Ritual. Über dem Meer saugt er sich mit Wasser voll und bläst Myriaden haarfeiner Tröpfchen an die Osthänge des Tafelbergs. Dunstschleier rollen übereinander, türmen sich auf und umhüllen das Bergplateau wie weißes Leinen. Der Himmel über Kapstadt ist dabei blau und klar, die Luft heiß. Gegen Mittag öffnet sich der Wolkenmantel, Winde reißen ihn auseinander, er zerfranst wie ein altes Stück Stoff. Von der Kante des Berges stürzen die Wolkenfetzen ins Bodenlose, feengleich lösen sie sich in Nichts auf.

»Von Kapstadt aus könnte man meinen, der Tafelberg habe eine Perücke auf«, Marianne schaute aus einem Fenster ihres Salons.

»Was meinst du?«

»Jeden Tag vollzieht sich das gleiche Schauspiel aus Wind und Wolken.«

»Dafür habe ich jetzt keine Zeit, erzähl mir das ein anderes Mal.«

Marianne schaute fasziniert Richtung Tafelberg. Die Natur am Kap war voller Wunder. Nur schade, dass ihr Oberst kein Auge dafür hatte, so langweilig und leidenschaftslos war er geworden.

»Wenn alles glatt läuft, könnte ich bald die Leitung der gesamten Garnison übernehmen. Der alte Gordon ist krank und, wie mir scheint, lebensmüde, lange hält der nicht mehr durch.« Oberst Hügel rieb sich die Hände. »Er ließ mir ausrichten, er bedauere außerordentlich, doch leider, leider könne er heute Abend nicht unser Gast sein, ihn plage ein entsetzlicher Husten.«

Marianne war es so leid, dass Hügel nur seine Karriere im Kopf hatte. Was war mit ihr, wo blieb sie?

»Wie bitte?«, sagte sie leicht säuerlich.

»Du kommst doch alleine zurecht? Getränke, Essen, Besteck, Karaffen, Diener. Unsere Gesellschaft muss erlesen, einzigartig werden.«

»Bleibt mir eine Wahl?«

»Ist irgendwas vorgefallen?«, fragte er irritiert.

»Es ist alles wie immer, leider.«

»Du weißt, wie wichtig der Empfang für mich ist.«

»Natürlich, ich kümmere mich um jede Kleinigkeit.«

»So ist's brav, mein Mädchen, ich weiß, ich kann mich auf dich verlassen.«

Der Oberst hatte es eilig, ein Treffen mit dem holländischen Kommandeur der Kolonie müsse vorbereitet werden. Die weltpolitische Lage und die Rolle des Kapregiments im Gefüge der Mächte stünden auf der Tagesordnung. Die Gespräche seien höchst brisant und nur ein kleiner, erlesener Zirkel nähme daran teil.

Als Hügel gegangen war, setzte sich Marianne ans Klavier und klimperte die Tonleiter rauf und runter. Es wollte ihr nicht gelingen, diesem schwarzen Monstrum eine wohlklingende Melodie zu entlocken. Sie spielte ein D, ein Fis, eine Terz. Alle zehn Finger drückte sie gleichzeitig in die Tasten, ließ sie hoch und runter hüpfen. Wie steif sich ihre Hände anfühlten, als seien sie aus Holz. Bis heute Abend würde aus ihr keine begnadete Konzertpianistin mehr werden, so viel stand fest. Genervt schlug sie den Klavierdeckel zu.

Das Licht der blauen Stunde tauschte mit dem Mollton der Nacht. Drei malaiische Musiker malträtierten ihre Instrumente und entlockten ihren Flöten, Trommeln und Gongs für europäische Ohren seltsam schräge Laute. Der Salon im Hause Hügel füllte sich mit Gästen. Auf den Tischen türmte sich unvorstellbar viel Essen: geschmortes Hammelfleisch, gebratene Goldbrassen, glasierte Karotten, eingelegtes Kürbisgemüse. Einen halben Ochsen hatte Marianne im Hof grillen und die einzelnen Fleischstücke kunstvoll auf silbernen Platten anrichten lassen. Die Karaffen waren bis zum Rand gefüllt mit Kapwein oder Brandy. Die Kandelaber, auf denen die Kerzen zu einer Art brennender Pyramide arrangiert waren, verbreiteten ein angenehm warmes Licht.

Zuerst hörte sie nur sein Lachen, ein klares, ansteckendes Lachen, ein Lachen, das Tote erwecken konnte. Als Dirck Schalkenbosch den Salon betrat, überragte er alle anderen. Der Ledermantel, den er trug, hing lässig von seinen Schultern. Wie ein Naturereignis erfüllte er den Raum. Das Vibrieren des Bodens unter seinen Schritten traf Marianne wie ein Erdbeben. Er zog den Hut, wandte ihr sein kantig geschnittenes Gesicht zu und lächelte sie an. Er hatte strahlend blaue Augen. Innerhalb eines Wimpernschlags war Mariannes Welt nicht mehr dieselbe.

»Ich darf dir Dirck Schalkenbosch vorstellen, er beliefert die ganze Garnison mit Kapwein«, sagte Oberst Hügel.

Marianne hätte gerne etwas erwidert, es gelang ihr nicht.

»Mein Weingut liegt im Constantiatal.«

Die erste Berührung würde sie nie vergessen. Er hatte schlanke, schmale und dennoch kräftige Hände. Er roch wie frisch geschlagenes Holz, sein volles, dunkelbraunes Haar umrahmte seine hohe Stirn.

»Erzählen Sie uns, wie lebt man alleine unter Wilden?«, fragte Hügel.

»Constantia liegt südöstlich des Tafelbergs nicht weit von Kapstadt entfernt. Die Wildnis beginnt erst hinter den Schneebergen in der Karoo-Wüste.«

»Ist es nicht äußerst beschwerlich, im Buschland zu leben? Ich stelle mir das grauenhaft vor. Ohne einen Funken Zivilisation bin ich verloren«, sagte Marianne.

»Alles was ein Bure braucht, ist ein Ochsenkarren, eine Flinte und eine Bibel. Für diese Armseligkeit muss man geboren sein.«

»Was ist so verwerflich an diesem Leben?«, fragte von Wolzogen.

Hatte Dirck Schalkenbosch ihr zugenickt oder schüttelte er den Kopf?

»Nichts, aber ich wollte nicht mit ihnen tauschen. Dreimal verlieren die Siedler alles, was sie besitzen, dreimal müssen sie von vorne anfangen. Entweder plündern Buschmänner die Farm, die Scheune wird von einem Blitz getroffen und brennt samt dem Wohnhaus nieder. Oder Löwen reißen die Jungtiere und eines Tages werden die Farmer selbst zu Freiwild«, erklärte Dirck Schalkenbosch.

»Die Arbeit der Pioniere verdient unseren höchsten Respekt. Schließlich stammen die Köstlichkeiten, die bei uns auf dem Tisch stehen, von ihren Weiden, sind ein Produkt ihrer Hände Arbeit«, entgegnete Ostheim.

»Das ist ja das erste Mal, dass ich so einen Unsinn höre«, wieder lachte er sein klares, betörendes Lachen. »Viele Farmer betreten die Stadt nur ein einziges Mal, und zwar um zu heiraten. Mit dem Ochsenkarren vom Buschland nach Kapstadt dauert es Monate. Bis zum Markt schaffen es nur die wenigsten. Wenn sie überhaupt etwas zu verkaufen haben, geht die Ware – wie Schlachtvieh, Bohnen oder gesalzene Butter – an vorüberziehende Händler, vorausgesetzt die Farmer werden nicht vorher überfallen. Die Buren in Südafrikas Hinterland leben so isoliert wie in einem Kokon, nur, dass sie ihm niemals als bunter Schmetterling entschlüpfen werden.«

»Worauf begründet sich Kapstadts Reichtum denn dann?«, fragte Marianne.

»Handel, meine Gnädigste, Welthandel, und zum Wohlstand tragen natürlich auch die Weingüter des Umlands einiges bei, Weingüter wie das meine.«

Da aus Erfahrung damit zu rechnen war, dass der Alkoholkonsum mit jeder Stunde des Abends rasant zunehmen würde, bis niemand mehr ein klares Wort sprechen oder verstehen würde, hielt Oberst Hügel den Augenblick für gekommen, eine kleine Rede zu halten. Er schlug an sein Kristallglas, schaute in die Runde und hieß alle Gäste willkommen. Beinahe unterwürfig dankte er dem Herzog Karl Eugen und den siebzehn Herren der Vereinigten Ostindischen Kompanie für die Ehre, das Kap gegen jeden äußeren Feind verteidigen zu dürfen, eine Aufgabe, die bei ihm in besten Händen liege. Seit der Anwesenheit des württembergischen Regiments könne sich die Kolonie in völliger Sicherheit wiegen. Wie die Anwesenden wüssten, sei Friede das Fundament eines florierenden Handels und einer prosperierenden Gesellschaft. Er wünschte dem Kap ein weiteres goldenes Jahrhundert unter holländischer Führung. Zum Schluss gab er seinem großen Bedauern Ausdruck, auf die Gegenwart des verehrten Kommandanten Robert Jacob Gordon verzichten zu müssen, da dieser ans Bett gefesselt sei.

»Das ist wirklich schade«, sagte Dr. de Cohen enttäuscht, »ich hatte mich so auf ein Treffen mit Gordon gefreut. Die Berichte über seine Expeditionen ins Innere der Kolonie habe ich an Bord der Fortuna gelesen, geradezu verschlungen.«

»Kaum hat einer den Schatten einer Hyäne gesehen, ist er schon ein großer Naturforscher«, sagte Dirck Schalkenbosch.

»Entschuldigen Sie bitte, Robert Jacob Gordon hat Tiere und Pflanzen beschrieben, die vor ihm noch kein Mensch zu Gesicht bekommen hat.«

»Kein Europäer«, sagte Dirck Schalkenbosch.

»Wie Europäer?«

»Sie wollen nicht ernsthaft leugnen, dass die Khoikhoi, die schon seit Jahrhunderten die Weiten Südafrikas durchstreifen, ihr Wissen über wilde Tiere oder giftige Pflanzen schon mit der Muttermilch eingesogen haben?«

»Diese dunkelhäutigen Zwerge, die in den Bäumen hausen, kann man wohl kaum als Menschen bezeichnen, in der göttlichen Ordnung stehen sie gerade mal eine Stufe über Pavianen«, sagte Ostheim.

»Die Frage, ob die Ureinwohner Südafrikas eine Seele haben, ist durchaus berechtigt«, erklärte Dr. de Cohen.

»Besäßen sie eine Seele, wäre diese bereits in die ewigen Jagdgründe eingegangen. Seitdem die Buren ins Landesinnere vorgedrungen sind, haben die Blattern vielen Eingeborenen den Garaus gemacht. Gewehrkugeln besorgten dann den Rest.«

»Nur wer sich der Vorherrschaft der Holländer widersetzte, wurde gefügig gemacht, so schreibt es Robert Jacob Gordon in seinen Berichten.«

Die Männer starrten stumm auf ihre leeren Brandygläser. In dem geschliffenen Kristall verfing sich das Kerzenlicht als buntes Glitzern. Marianne unterbrach das Schweigen. »Welches ist denn nun das seltsamste Tier, das dieser Gordon gesehen hat?«

»Eine Giraffe. Sie besitzt den Körper eines Kamels und das fleckige Fell eines Leoparden, das Außergewöhnliche an ihr ist der lange, sehr lange Hals, der bis in die Baumkronen, ach was sage ich, bis in die Wolken reicht. Der zoologische Name ist Giraffa camelopardalis.«

»Einem Einhorn ist er wohl noch nicht über den Weg gelaufen?«, fragte Hügel.

»Einhörner, gibt es die überhaupt? Ich dachte immer, das sind Fabelwesen, die höchstens in Märchen vorkommen.«

»Hottentotten berichteten dem Gouverneur, sie hätten Einhörner nördlich der Schneeberge entdeckt.«

»Kann man diesen Wilden überhaupt trauen?«, fragte Ostheim.

»Das Einhorn soll so eine Art Hirschpferd mit weißem Fell sein, auf dem Kopf trägt es ein langes Horn.«

»Anerkannte Koryphäen der Zoologie hegen großen Zweifel an der Existenz von Einhörnern«, sagte Dr. de Cohen. »Ein Professor aus Holland versuchte anhand sorgfältiger Tierstudien zu beweisen, dass Einhörner reine Hirngespinste sind. Wenn ihr Kopf nämlich so gebaut sei wie der eines Pferdes, könne sich darauf unmöglich ein einzelnes langes Horn befinden, das sei anatomisch schlicht unmöglich.«

»Glauben Sie doch nicht dem Gerede eines Forschers, der die Wunderwerke der Natur allein in seiner Studierstube zu ergründen sucht«, sagte Hügel.

»Solange es Vögel gibt, die nicht fliegen, aber dafür schneller rennen können als Hunde, gibt es auch Einhörner«, bemerkte Ostheim.

»Lassen Sie uns eins schießen, dann haben wir den Beweis.«

»Ich bin dabei!«, riefen von Wolzogen und Ostheim wie aus einem Mund.

»Eine Jagd, wie wunderbar«, sagte Marianne.

»Schatz, wirklich, das ist nichts für Frauen.«

Mariannes Lächeln erstarrte zu Eis.

»Wann geht's los?«, fragten von Wolzogen und Ostheim ungeduldig.

»Von mir aus gleich morgen«, sagte Hügel.

»Also, wenn Einhörner tatsächlich existieren, möchte ich das mit eigenen Augen sehen.«

»Sie sind also mit von der Partie, Doktor!«

»Das wird ein Abenteuer!«

Dirck Schalkenbosch drehte sich zu Marianne und senkte den Kopf. »Solange die Herren das Jagdfieber gepackt hat, würde ich mich glücklich schätzen, wenn Sie mir Gesellschaft leisten, meine Teuerste. Können Sie reiten?«

Gerne hätte Marianne darauf geantwortet, aber wieder verschlug es ihr die Sprache. Egal, ob Einhörner nun Fabelwesen waren oder nicht, sie würde diese Kreatur auf ewig lieben. Ihr war, als sei der Wind für einen Moment verstummt.

21

Zederberge

Die ersten Sonnenstrahlen fielen über den Kamm des Tafelberges, die Sonne stieg höher und höher, bis sie den Fuß des Berges und das südliche Weinland mit Licht erfüllte. Flamingos färbten die Bucht rosa, grazil wie Ballerinas stolzierten sie durch das seichte Wasser der Lagunen, im Gleichklang neigten sie ihre schlanken Hälse, um sie im nächsten Augenblick wieder in die Höhe zu reißen, als folgten sie einer einstudierten Choreographie. Die Flamingos spreizten ihre Flügel, verneigten sich abermals und beendeten schließlich ihren Balletttanz. Als rötlich schimmernde Wolke flatterten sie hinaus aufs offene Meer.

Hügel, von Wolzogen, Ostheim und Dr. de Cohen waren seit dem Morgengrauen unterwegs. Sie ritten durch eine sanfte Hügellandschaft westlich des Tafelbergs. Ihre Hunde tänzelten um die Pferde herum, sie hielten ihre Schnauzen in den Wind, alle ihre Sinne waren gespannt, damit sie jeden Augenblick Witterung aufnehmen konnten. In drei Tagesritten würden sie ihr Ziel, den Groen River erreichen, dort, so ging das Gerücht, habe man Einhörner beim Äsen beobachtet. Sklaven mit nackten Oberkörpern, die riesige Bündel auf dem Kopf trugen, folgten ihnen.

»Diese Halbaffen bleiben mir suspekt«, sagte Ostheim. »Diese abscheulichen Laute, die sie ständig von sich geben, dieses widerwärtige Schnalzen, das kann doch keine menschliche Sprache sein. Wenn die Wilden auf immer aus dem Land der Weißen verschwänden und zurück auf ihre Bäume kletterten, würde ich danebenstehen und laut Beifall klatschen.«

»Wollen Sie ihr Gepäck etwa selber tragen?«, entgegnete Hügel.

»Wie mir scheint, sind unsere Träger eine bunte Mischung aus allen Rassen, die die Vereinigte Ostindische Kompanie ans Kap gebracht hat, Araber, Inder, Malaien«, sagte Dr. de Cohen.

»Lastvieh, reines Lastvieh.«

»Was, wenn eines dieser Lasttiere das Einhorn aufschreckt und verscheucht?«

»Bei Gott, der Trottel erlebt den nächsten Tag nicht.«

»Es soll am Kap Mode sein, unliebsam gewordene, aufmüpfige Schwarze abzuknallen wie Vieh.«

»Hören Sie, Ostheim, ich will weder Schwarze noch Kaninchen oder Wachteln jagen, sondern mit einem Einhorn zurückkommen, es soll die Zierde meines Salons werden, verstanden? Können wir jetzt weiter?«, sagte Hügel.

Einen halben Tag lang ritten sie durch eine offene Graslandschaft, die von der Bergkette des Zedergebirges flankiert wurde. Der Boden war mit weißen Strohblumen bedeckt, die ihre flauschigen Blütenköpfe in die Sonne reckten. Als sie einen Kaprosenhain passierten, scheuchten sie Rebhühner auf, die mit hastigen Flügelschlägen das Weite suchten. Im Dämmerlicht errichteten sie ihr Lager in der Nähe eines Tümpels, der gerade so viel Wasser enthielt, um die Pferde zu tränken. Das Zirpen der Zikaden erfüllte die Nacht gleich dem schrillen Klang von Pikkoloflöten. Das Trillerkonzert war so laut und durchdringend, lange konnten die Männer nicht einschlafen.

Am nächsten Morgen löschten sie die Glut, sattelten die Pferde und machten sich wortlos auf den Weg. Sie durchquerten eine Senke, als ein Schwarm Wildbienen sie attackierte. Ein wildes Summen und Brummen umgab sie. Die Reiter schrien, wedelten mit den Armen, schlugen um sich, versuchten das Geschwader auf Distanz zu halten. In engen Bahnen umkreiste sie die schwarze Wolke. Ihre Pferde scheuten, traten auf der Stelle, wieherten laut. Plötzlich gab das Bienenvolk die Verfolgung auf und ließ sich in einem hohlen Baumstamm nieder.

Später am Tag erspähten sie einen Fluss, der von Binsen und hohem Riedgras gesäumt war. Ein grauer Felsbrocken lag im seichten Wasser. Sie kamen näher, sahen, dass nicht einer, sondern viele riesige Steinkugeln aus dem Fluss ragten. Kleine bunte Vögel hüpften darauf herum.

»Das sind keine Felsen«, schrie Ostheim verblüfft, »die bewegen sich ja, mein Gott, was sind das für Ungeheuer – und diese gewaltigen Hauer!«

Vor ihm stand ein Flusspferd mit weit aufgerissenem Maul, die Wellen schmiegten sich um seinen glatten Rücken, seine kleinen, runden Ohren flatterten wie Wimpel, die von einem Windstoß erfasst wurden. Schnell erlangte Ostheim seine Fassung zurück, zog sein Gewehr aus dem Halfter, spannte den Hahn, legte an und schoss. Aufgeschreckt von dem Knall rannte das Flusspferd ans Ufer, machte kehrt und im Zickzack stürzte es zurück in die Fluten, das Wasser spritzte an ihm hoch. Ostheim zielte erneut, es krachte laut.

»Bravo, Ostheim, was für ein Schuss.« Die Runde zollte ihm Beifall.

Das Tier röchelte, verdrehte die Augen, ein weißer Streifen kam hinter der schwarzen Pupille zum Vorschein. Es fiel zur Seite, Blut floss aus seiner Wunde. Inzwischen war die ganze Herde in Aufruhr geraten. Ein Bulle raste angriffslustig auf sie zu, zeigte seinen gigantischen Kiefer.

»Der will es aber wissen.« Ostheim feuerte drei Salven auf ihn ab, der Koloss stürzte ins Wasser. Einige Flusspferde hetzten ans Ufer, andere tauchten unter. Ostheim hatte es auf ein Kalb abgesehen, das verschreckt zwischen dem Riedgras kauerte, mit einem gezielten Schuss zwischen die Augen brachte er es zur Strecke.

»Hätte nicht gedacht, dass sich unsere Expedition so lohnen würde«, jauchzte Ostheim, »die werden uns ja hier auf dem Silbertablett serviert.«

Wolzogen und Hügel taten es ihm gleich, griffen zu den Gewehren und schossen wild in die Herde. Blauer Pulverdampf waberte durch die Luft, versperrte ihnen die Sicht, reizte ihre Schleimhäute. Ostheim schien wie besessen, im Blutrausch gab er seinem Hengst die Sporen, jagte einzelnen Flusspferden hinterher und schlachtete eins nach dem anderen ab. Die regungslosen Tierkörper färbten das Wasser rot. Schließlich lag der Todesfluss still vor ihnen.

»Kann man mit denen etwas anfangen?«, fragte Hügel.

»Die Träger meinten, das Fleisch sei eine Rarität«, sagte Dr. de Cohen.

»Puuh, nicht für meinen Gaumen, die Schwarzen fressen anscheinend alles, was sich bewegt«, sagte Ostheim.

»Das würde ja heißen, wir müssen die toten Fleischhaufen an Land zerren, zerlegen, einpacken und verstauen. Bei der Affenhitze rühre ich keinen Finger«, erklärte von Wolzogen.

»Wer soll das ganze Zeug überhaupt essen?«

»Wir reiten weiter, bevor es hier noch fürchterlich zu stinken anfängt.«

Als sie ihre Pferde antrieben, hatte die Strömung bereits einzelne Kadaver flussabwärts gespült.

Wolken verdunkelten den Horizont, in der Ferne zuckten Blitze auf. Das Wetterleuchten tauchte den Himmel in ein giftiges Violett-Grün.

»Ich dachte, in dieser Gegend regnet es nie«, sagte Hügel.

Die Blitze kamen immer näher und mischten sich mit Donnergrollen. Ein mächtiges Sommergewitter fegte über sie hinweg. Laut und heftig prasselte der Regen auf ihre Zelte, die sie beinahe in letzter Sekunde aufgestellt hatten. Die Stoffplanen sogen sich mit Wasser voll, Tropfen perlten ins Innere des Zeltes. Als sie am nächsten Morgen weiterritten, war ihre Kleidung noch feucht.

Je nördlicher sie vorrückten, desto karger wurde die Landschaft. Ausgedörrte Grashalme bedeckten die Ebene, krümmten sich im Wind. Dazwischen ragten Agaven aus dem Sandboden. Im Trab wirbelten die Hufe ihrer Pferde kleine Staubwolken auf. Das saftige Grün der Hügel, wie sie es rund um Kapstadt kannten, war matten Gelb- und Brauntönen gewichen. Die Luft flirrte in der Hitze. Der Boden war so trocken und ausgebrannt, als habe die Erde auf ihrer Umlaufbahn die Sonne gestreift.

»Ich wette, die ersten Missionare, die sich in diese Gegend wagten, landeten sofort im Kochtopf.«

»Keine Bange, wir sind nicht die ersten Weißen, die ihren Fuß in diese Gegend setzen«, sagte Dr. de Cohen.

»Die Buren verdienen meinen vollen Respekt, sie sind die wahren Helden der Kapkolonie«, meinte von Wolzogen.

Die Hunde schnüffelten auf der Erde, liefen aufgeregt umher und kläfften. Die Träger standen in einem Kreis zusammen, lärmten und gestikulierten.

»He, ihr da, was gibt es dort zu glotzen?«, schimpfte Ostheim.

Sie zeigten auf eine Grasnarbe und einen Baumstumpf, die blutgetränkt waren.

»Wie es scheint, haben Hyänen hier vor kurzem Schafe gerissen, wir dürften nicht mehr weit entfernt von einer Siedlung sein.«

Die Farm Ellenboogfontein bestand aus einer Holzhütte, an die ein kleiner Stall grenzte. An den Bretterwänden eines offenen Verschlags lehnten Wagenräder und allerlei Werkzeug; wie es schien, stand hier für gewöhnlich der Ochsenkarren. Ein wackliger, schulterhoher Zaun umfasste das Gehöft. Als sie das Eingangstor passierten, trat eine Farmersfrau, bekleidet mit einem farblosen Kleid, auf die Türschwelle, das Gewehr hatte sie im Anschlag. Ein kleines Mädchen mit Milchbart um den Mund und in der Hand eine gesprungene Tasse schmiegte sich fest an ihre Beine.

»Keine Angst, gute Frau, wir tun Ihnen nichts«, sagte Hügel.

»Verzeihen Sie, man kann nicht vorsichtig genug sein, mein Mann ist seit vierzehn Tagen unterwegs«, erklärte sie.

»Wenn Sie ein wenig Milch für uns hätten, wären wir Ihnen sehr dankbar.«

»Was treibt Sie hierher?«

»Wir sind auf der Jagd.«

»Was denn, Rebhühner?«

»Wir wollen ein Einhorn erlegen.«

»Einhörner habe ich in dieser Gegend noch nie gesehen. Gazellen, Antilopen, Rehböcke, Panther, alles, aber keine Einhörner.«

»Sie müssen wissen, das sind sehr scheue Tiere, die sich nur in der Dämmerung zeigen. Und wir sind die Ersten, die eines schießen werden.«

»Na, wenn Sie meinen.«

»Haben Sie denn hier draußen keine Sklaven, Knechte, niemand, der Ihnen unter die Arme greift?«, fragte Hügel.

»Manche Farmer haben nicht mal eine weiße Frau«, erklärte sie. »Die begnügen sich mit einer Einheimischen.«

Kaum hatten sich die vier mit den besten Wünschen verabschiedet, sagte Ostheim in die Runde: »Dieser

Dirck Schalkenbosch soll auch so ein Negerfreund sein, man erzählt sich, eine Sklavin wärme ihm von Zeit zu Zeit das Bett.«

»Jeden Morgen raubt es mir den Atem«, sagte Marianne. »Regungslos stehe ich am Fenster und beobachte, wie die Wolken den Tafelberg für einige Stunden verhüllen. Das Wolkenspiel erinnert mich an eine …«

»Tischdecke, die das Bergplateau zudeckt«, sagte Dirck Schalkenbosch, der neben ihr stand.

»Vielleicht ist es auch ein Feenschleier«, entgegnete sie.

»Oder eine Schaumkrone.«

»Wolkenmütze.«

»Zuckerhut.«

Beide lachten, als sie gemeinsam hinüber zum Tafelberg sahen.

Marianne und Dirck Schalkenbosch hatten sich für ihren Reitausflug fertig gemacht. Vor der Villa des Obersts in Kapstadt standen zwei herrliche Pferde. Es war überflüssig, dass Dirck Schalkenbosch ihr seinen Arm anbot. Marianne raffte ihr Kleid über die Knie, schwang sich aufs Pferd und gab ihm die Sporen, als sei sie im Sattel aufgewachsen. Er schaute ihr nach, sah, wie ihre langen braunen Haare umherflatterten und sich im Rhythmus der Pferdemähne bewegten. Dirck Schalkenbosch stieg auf, folgte ihr, und sobald er Marianne eingeholt hatte, ließen sie ihre Pferde im Schritt nebeneinanderher gehen.

»Warum können Sie so gut reiten?«

»Und warum sprechen Sie ein so gutes Deutsch?«

»Ich …«, sagten beide im selben Atemzug.

»Sie zuerst«

»Nein Sie, die Dame zuerst.«

»Das ist schnell erzählt, mein Vater war der Verwalter des herzoglichen Marstalls und ein Pferdenarr obendrein. Auf Geld und Liebe hätte er verzichtet, nur auf seine beiden Füchse nicht. Wenn er keine Zeit fand, durfte ich mich um sie kümmern und ritt mit ihnen aus. Ende der Geschichte. Jetzt sind Sie dran.«

»Ich bin Deutscher«, sagte Dirck Schalkenbosch. »Meine Familie stammt aus Papenburg. Dreizehn Jahre lang fuhr ich als Unterkaufmann im Dienste der Vereinigten Ostindischen Kompanie, ich sah die tropische Welt der Überseekolonien und lernte fließend Holländisch schreiben und sprechen. Nachdem unzählige Empfehlungsschreiben, die gewogene Mentoren und weniger gewogene Vorgesetzte für mich verfasst hatten, ihre Wirkung verfehlt hatten, nahm ich meinen Abschied. Irgendwann wurde mir klar, dass es mehr gibt als nur Bestelllisten, Bilanzen und Frachtpapiere. Ich blieb am Kap hängen und kaufte ein Weingut in Constantia.« Er beugte sich nach vorne und tätschelte den Hals seiner Stute. »Schalkenbosch ist der Name meiner Frau.«

Plötzlich war das Strahlen aus Mariannes Augen verschwunden.

Dirck Schalkenbosch legte die Stirn in Falten. »Es ist erschreckend und ernüchternd zugleich. Nie hätte ich geglaubt, dass man die Gesichtszüge eines geliebten Menschen vergessen könnte. Nach Jahren lösen sich die Konturen auf, verschwinden wie Tautropfen auf einem Lotusblatt.«

Das Land, durch das sie ritten, war leicht gewellt. Licht und Schatten jagten einander, flohen über die Hügel, rollten in nordöstliche Richtung, bis sie sich an den aufragenden Felswänden der Hottentots Holland Mountains verloren.

Dirck Schalkenbosch hatte Marianne vorgeschwärmt, wie herrlich Sommerset West sei, dort gäbe es eine Delikatesse, für die er sterben würde. Als sie gegen Mittag den Strand erreichten, hatte der Wind die Wolken ins Landesinnere getrieben und ein unendliches Blau tat sich vor ihnen auf. Ozean und Himmel verschmolzen zu einem azurfarbenen Kosmos. Im Spiel der Brandung, bevor sich das Meer in Gischt auflöst und den Strand in Schaum badet, funkelte das Wasser in den Farben seiner Augen, dachte Marianne.

Sie stiegen ab, banden die Zügel an einer Strelizie fest und ließen die Pferde grasen. Dirck Schalkenbosch erklärte, er wolle sich nun um die versprochene Delikatesse kümmern. Er kletterte zwischen den ins Meer ragenden Felsen umher. Er schien etwas zu suchen, beugte sich vor und tastete vorsichtig die Felswände ab. Es spritzte und schäumte, seine Hosen wurden nass bis zu den Knien. Er kehrte mit einer Art Muscheln zurück und brach sie mit seinem Messer auf. Dann entfernte er das gesplitterte Perlmutt von den Rändern, lockerte das Fleisch und reichte sie ihr.

»Austern schlürft man«, sagte er.

»Roh?«

»Roh und lebend.«

Sie musterte das gewölbte Fleisch, das an den schwarzen Enden wie Stoff ausfranste und in dem Austernwasser graubläulich schimmerte. Südafrika und seine Wunder nahm sie begierig in sich auf.

»Versprochen, Sie werden es nicht bereuen.«

Sie setzte die Schale an den Mund und schluckte die Auster. »Es ist wie ein Schluck Meer, nur weniger salzig.«

»Ich wusste, dass Sie es mögen würden.«

»Frisch und kühl.«

Ihre Blicke kreuzten sich. Das Sonnenlicht verlieh seinen Augen einen ungewöhnlichen Glanz, eine atemberaubende Tiefe. Sie beobachtete ihn, wie er lässig weitere Austern öffnete und sie ihr reichte. Sie zwang sich wegzuschauen, konzentrierte sich auf das leuchtende Perlmutt in ihren Händen. Nie hätte sie geahnt, dass Wegschauen aufregender sein könnte als Hinschauen. Da war es wieder, sein unwiderstehliches Lachen, das sie wehrlos werden ließ und zugleich warm einhüllte.

Nachdem Dirck Schalkenbosch sein Austernmesser verstaut hatte, legte er seinen Ledermantel als Decke in den weißen Sand. Marianne band sich ihr farbiges Seidentuch um den Kopf und setzte sich neben ihn.

»Was werden Sie unternehmen, solange Sie in Südafrika sind?«

»Ich führe das Leben einer Hausfrau, arrangiere Diners, lerne Klavierspielen.«

»Nun ja, ich meine, was werden Sie sich noch anschauen, den Bloubergstrand vielleicht, von dort hat man einen herrlichen Ausblick auf den Tafelberg. Wie mir scheint, ist Ihre Zeit am Kap nicht unbegrenzt.«

»Ich habe nicht vor, Kapstadt zu verlassen.«

»Südafrika ist für viele Soldaten und Kaufleute nur eine Zwischenstation. So wie ich die Vereinigte Ostindische Kompanie einschätze, hat sie bereits Pläne, das Württembergische Regiment nach Ostindien zu schicken.«

»Davon war nie die Rede, nein, nein, wir bleiben, keine Frage.« Sie schüttelte heftig ihren Kopf.

»Ich wollte Sie nicht beunruhigen, Teuerste. Ich spreche nur aus Erfahrung – und Erfahrungen habe ich mit der Kompanie reichlich gemacht.«

Sie saßen stumm nebeneinander und blickten in die Wellen, die ruhelos an den Strand rollten. Der Wind frischte auf, Marianne bekam Gänsehaut, sie fröstelte. Schließlich banden sie ihre Pferde los und ritten im Dämmerlicht zurück nach Kapstadt. Bei ihrer Ankunft erhob sich die Silhouette des Tafelbergs wie ein schwarzes Ungeheuer über der Ebene. Es fiel ihnen schwer, sich voneinander zu trennen. Unendlich lange hielt er ihre Hände in den seinen. Beide wussten, was auch immer in Zukunft passieren würde, Verletzendes oder Wunderbares – sie würden nichts bereuen.

Die Dunkelheit sank herab und begrub die Erde unter sich. Hügel und seine Gefährten hatten ihr Lager am Groen River errichtet, im Widerschein des Feuers leuchteten ihre Gesichter hellorange. Sie nagten an den Knochen eines Wildschweins, das Ostheim direkt vor die Flinte gelaufen war. Die Reste warfen sie neben sich in die Böschung.

»In dieser gottverlassenen Gegend müsste uns nun wirklich ein Einhorn über den Weg laufen. Ich ertrage die Spannung bald nicht mehr«, sagte von Wolzogen.

»Sehen Sie das Kreuz des Südens«, Dr. de Cohen deutete in den Nachthimmel, »wenn man den Kopf wendet, könnte man in dem Sternbild auch himmlische Giraffen entdecken.«

»Meine Herren, ich nehme die Jagd sportlich, wer das Einhorn zuerst entdeckt, darf auch zuerst schießen«, sagte Hügel.

»Das ist ein Wort.« Ostheim atmete zufrieden aus. Das Gerede über Sterne und himmlische Giraffen raubte ihm jegliche Geduld.

Der Ruf der Kapralle, ihr schrilles Krieck-krak-krak, welches aus dem Schilf drang, kündigte den nächsten Morgen an. Ostheim hatte sein Zelt verlassen, entfernte sich behutsam von seinen schnarchenden Kameraden und nahm das Gelände ins Visier. Das Schwarz der Nacht wich zusehends sanften Grautönen. Das Schilfgras und die Kieselsteine, die den Fluss säumten, nahmen Konturen an. Er ging in die

Hocke und horchte auf jeden Laut. Wenn er das Einhorn erlegte, würde er das Horn und das Fell für sich beanspruchen. Es war eine Sache der Ehre, Ehre unter Offizieren, dass dem erfolgreichen Schützen die Trophäe gebührte. Er nahm die andere Flussseite ins Visier. Hatte sich dort im Gebüsch etwas bewegt? Da war doch etwas! Er hörte ein sachtes Schnauben und dann sah er es ganz deutlich vor sich. Ein Schemen von der Größe eines Ponys huschte durchs Unterholz. Das musste das Einhorn sein. Er legte sein Gewehr an, atmete tief durch und schoss. Jetzt hörte er lautes Gewieher und das Getrappel von Hufen. Der Schuss hatte die Schlafenden geweckt, benommen verließen sie ihre Zelte.

»Was ist hier los?«, fragte Hügel.

»Das Einhorn, ich habe es erwischt.«

»Wo?«

»Dort drüben«, Ostheim zeigte auf das gegenüberliegende Ufer.

»Wirklich?«

Von Wolzogen und Dr. de Cohen stürzten in das knietiefe Wasser, wateten zur anderen Flussseite und blieben vor der erlegten Beute stehen.

»Ein Einhorn habe ich mir immer anders vorgestellt«, sagte von Wolzogen. »Irgendwie fehlt dem hier das Horn.«

Hügel und Ostheim waren den beiden zum anderen Ufer gefolgt.

»Das ist ja mein Schimmel«, schrie Oberst Hügel außer sich. Das Pferd lag mit bebender Flanke auf der Erde, weißer Schaum quoll aus seinem Maul. »Sie Vollidiot, Sie vermaledeiter Hornochse, was fällt Ihnen ein, meinen Schimmel abzuknallen?«

»Ich dachte, es wäre …«

»Verdammt, Ostheim haben Sie keine Augen im Kopf?«

Von Wolzogen und Dr. de Cohen grinsten vor Schadenfreude.

»Was für eine elende Sauerei. Bringen Sie Ihr Werk wenigstes zu Ende.«

Ohne zu zögern, drückte Ostheim ein zweites Mal ab. »Ich verstehe nicht, Sir, wie sich Ihr Pferd über Nacht losreißen konnte«, sagte er entschuldigend.

»Wo sind denn die anderen Tiere?« Von Wolzogen schaute sich um. »Sie sind weg.«

»Himmel, Arsch und Zwirn, durch Ihre elende Knallerei haben Sie alle unsere Pferde verscheucht.«

»Aber …«

»Aber was?«

»Die Afrikaner hätten Wache halten müssen.«

»Wo stecken die überhaupt?«, fragte von Wolzogen.

»… hätten Wache halten müssen«, äffte Hügel ihn nach. Er konnte sich nicht mehr beherrschen. »Die Schuld immer auf andere schieben, was? Bei wem haben Sie das gelernt? Erst Mist bauen und dann keine Eier in der Hose haben und zu seinen Fehlern stehen, das ist überhaupt das Allerletzte. Verschwinden Sie aus meinen Augen und fangen Sie die Pferde wieder ein, das ist ein Befehl.«

»Unsere Träger haben es wohl mit der Angst zu tun gekriegt und sind getürmt«, sagte Dr. de Cohen.

Verdammt, wie konnte ihm das nur passieren, dachte Ostheim, er war sich so sicher gewesen. Die Größe, das Gewieher, selbst das weiße Fell deuteten auf das Einhorn hin. Er durchkämmte die Gegend rund um das Lager. Ein Hund lief ihm voraus, schnüffelte den sandigen Boden ab, der mit Spuren übersät war.

Er wagte wenigstens etwas, war nicht zu einem bequemen Jasager verkommen wie von Wolzogen. Außerdem war er der beste Schütze des Quartetts und seine Schießkünste stellte er nur zu gerne unter Beweis. Ein erlegtes Einhorn wäre eine Sensation gewesen, hätte ihm zu grenzenlosem Ansehen verholfen, der Ruhm wäre ihm bis zum württembergischen Hof vorausgeeilt. Er hätte alles für das Einhorn gegeben. Und nun stand er wieder als lächerlicher Versager dar. Der Hund blieb stehen und jaulte. In einem Gebüsch hatte sich sein Hengst verheddert, die Nüstern des Tieres weiteten sich, als er es aus seinem Gefängnis befreite. Von den anderen Tieren war weit und breit keine Spur.

Gegen Abend brach er die Suche ab und kehrte zurück ins Lager. Das Pferd, das er am Zügel führte, lahmte. Als Hügel ihre Ankunft bemerkte, zog er seine Pistole und erschoss es. Seinen Unmut darüber konnte er nicht verbergen. »Was für eine elende Sauerei. Morgen brechen wir früh auf, und zwar zu Fuß«, sagte er bestimmt.

Nachdem sie etwas Proviant, Decken und ihre Waffen geschultert hatten, machten sie sich in der Morgendämmerung auf den Weg. Stundenlang folgten sie einem Pfad durch hohes Buschgras, den, wie Dr. de Cohen behauptete, Nashörner hinterlassen hätten.

»Ich kann mich nicht erinnern, hier vorbeigekommen zu sein«, sagte Ostheim.

»Vom Rücken eines Pferdes hat man auch eine völlig andere Sicht auf die Welt«, meinte Hügel süffisant.

»Ich finde, in diesem Land sieht es sowieso überall gleich aus.«

Gegen Mittag wurde es unerträglich heiß, ihre Augen blinzelten im grellen Sonnenlicht, das auf sie fiel.

»Wir sollten uns einen Rastplatz im Schatten suchen«, sagte der Doktor.

»Wir haben keine Zeit für eine Rast, ich will nicht bis zum Ende meiner Tage in dieser Wildnis herumirren.« Hügel nahm einen kräftigen Schluck aus seiner Wasserflasche.

Sie marschierten weiter. Die Erde unter ihnen glühte, es war so stickig und heiß, die Männer glaubten Staub einzuatmen.

Dr. de Cohen ächzte: »Ich kann nicht mehr, meine Füße brennen wie Feuer.« Er ließ sich neben einen silbernen Zuckerbusch fallen, streifte seine Stiefel ab und warf sie in den Sand.

»Verweichlichte Zivilisten«, murmelte Hügel und blieb ostentativ stehen, während die beiden anderen sich neben den Doktor auf die Erde setzten.

»Wie weit sind wir heute gekommen?«

»Zehn Meilen, vielleicht mehr.«

»Wenn wir uns ranhalten, können wir in einer Woche in Kapstadt sein.«

»Wir werden auch nachts marschieren, schließlich gibt es keinen besseren Wegweiser als das Kreuz des Südens, nicht wahr, Doktor?«

Eine korallenrote Mondsichel stand tief am Firmament. Federwolken streiften sanft daran vorbei. Die Augen der vier Jäger hatten sich an die Dunkelheit gewöhnt, mühelos erklommen sie eine Anhöhe, dann bahnten sie sich in Serpentinen einen Weg abwärts und erreichten eine baumlose Senke. Zum Schutz vor der nächtlichen Kälte knöpften sie ihre Jacken fest zu, ihre Hüte zogen sie tief ins Gesicht. Wo sollten sie in dieser Ödnis schlafen, dachte Dr. de Cohen. Schließlich ließen sie sich unter einer Wildkorinthe nieder und rollten ihre Decken aus, zusammengekauert lauschten sie dem Geheul des Windes.

Am nächsten Morgen passierten sie ein ausgetrocknetes Flussbett, in dem weiße, glatt geschliffene Steine lagen. Ostheim nahm einen Schluck aus seiner Feldflasche. »So das war's, Ebbe.« Er drehte sie um, klopfte auf den Flaschenboden, als wollte er ihr einen allerletzten Tropfen entlocken. »Und wie geht's jetzt weiter?«, fragte er.

Von Wolzogen zuckte mit den Schultern. »Hat einer von euch noch etwas zu trinken?«

Mit seinem Stiefel schoss Ostheim einen Kiesel durch die Luft, der klackend zu Boden fiel. »Verdammt, weit und breit nichts als Staub und Steine.« Die anderen ließen ihn wortlos stehen und trotteten weiter.

Als sie dem Flussbett entstiegen, änderte sich abrupt die Landschaft, sie wurde felsig und schroff, ein mächtiger Höhenzug tat sich vor ihnen auf. Sie müssten nur noch darüber, eine letzte Anstrengung, dann könnten sie bereits das Meer sehen, meinte der Doktor. Steil ging es bergauf. Sie kämpften sich durch Gestrüpp, hangelten sich an Ästen immer weiter nach oben. Dornen zerschnitten ihre Haut und Blut rann über ihr Gesicht. Sie überwanden Geröllhaufen, balancierten über einen schmalen Grat, auf dem der Doktor beinahe abgerutscht wäre. Mit jedem Höhenmeter, den sie erklommen, wurden sie missmutiger. Plötzlich tat sich ein unpassierbarer Abgrund auf, vor ihnen stürzten Felswände Hunderte Meter in die Tiefe. Windschiefe Bäume krallten sich an den Felsen fest, spalteten das Gestein mit ihren kräftigen Wurzeln. Weit unten schlängelte sich ein tosender Fluss durch die Schlucht.

»Das war's. Hier geht's nicht weiter.«

»Das sehe ich auch. Blöder Klugscheißer«, murmelte Hügel in Richtung Ostheims.

»Da unten ist immerhin Wasser.«

»Wasser! Wie witzig.«

»Verdammt, wir haben uns verlaufen. Hügel, geben Sie wenigstens zu, dass wir uns verlaufen haben. Weiß irgendjemand, wo wir uns hier befinden?« Von Wolzogen erhielt keine Antwort.

»Wenn wir nicht bald an Wasser kommen, werden wir elendig krepieren.«

Die Sonne verschwand hinter einem Bergrücken des Kouebokkeveld-Gebirges und die Nacht breitete sich langsam aus. Dr. de Cohen sammelte Holz, schichtete es in einer Höhle übereinander, die er zufällig hinter Zweigen entdeckt hatte. Dann entzündete er den Holzstapel. Die Felswände leuchteten orange im Feuerschein. Sie waren mit schwarzen Zeichnungen übersät. Er erkannte Sonnen und Mondsicheln, springende Gazellen, einen mit Speeren gespickten Büffel, dem Blutfontänen aus dem Rücken spritzten, daneben Strichmännchen, die ihre Arme nach oben reckten. Sie symbolisierten eine eigene, fremde Welt, die den Weißen wohl für immer verschlossen bleiben würde.

Nach einer Weile hatten sich alle vier in der Höhle versammelt. Hügel und von Wolzogen lehnten mit dem Rücken an der Felswand, Ostheim saß in der Hocke vor dem Feuer, stocherte in der Glut und grunzte laut vor sich hin.

»Vermutlich sind wir zu weit östlich geraten«, sagte der Arzt, der neben dem Höhleneingang saß.

»Zu weit östlich, zu weit nördlich – oder doch zu weit westlich? Das Geschwätz hilft uns auch nicht weiter«, meckerte Ostheim.

»Ich suche wenigstens konstruktiv nach einem Ausweg.«

»Sie meinen wohl Irrweg, nicht Ausweg. Ohne Wasser werden wir höchstens noch zwei, drei Tage überleben.«

»Haben Sie vielleicht einen besseren Vorschlag, wer hat uns denn in diese unmögliche Situation gebracht?«

»Alles meine Schuld, na klar.« Ostheim sprang auf und ballte seine Fäuste. »Und wer hat uns hier hochgescheucht? Niemals hätten wir auch nur einen Fuß in dieses wahnsinnige Gebirge setzen sollen.«

»Konnte doch niemand ahnen, dass sich dieses Bergland so unendlich weit erstreckt.«

»Ruhe, Männer, reißt euch gefälligst am Riemen«, befahl Hügel.

»Zurück, wir müssen wieder zurück, uns bleibt keine andere Wahl.«

»Wohin sollen wir denn, nach Norden, Westen oder Osten?«

»Wir müssen so lange zurück, bis wir wieder die Grassteppe erreichen, durch die wir gekommen sind.«

»Wann soll das denn gewesen sein – vorgestern, vorvorgestern?«

»Elender Hurensohn!« Dr. de Cohen erkannte sich selbst nicht wieder.

»Und von welcher Grassteppe spricht der Doktor eigentlich?«

»Es wird verdammt eng«, sagte von Wolzogen.

Die vier starrten ins Feuer. Wie konnte ich mich nur auf so ein aberwitziges Abenteuer einlassen, dachte Dr. de Cohen, noch dazu mit diesem unberechenbaren, aufbrausenden Ostheim. Einhörner gab es vermutlich gar keine.

Plötzlich raschelte es am Eingang der Höhle, sie hörten, wie Zweige knackten. In der Dunkelheit tauchten Umrisse auf. Ostheim zog sein Gewehr hervor und spannte den Hahn.

»Nicht abdrücken!«, befahl Hügel. »Wer weiß, welches Unheil Sie diesmal mit ihrer blinden Schießwut anrichten.«

»Iteki, das ist doch Iteki«, sagte Dr. de Cohen.

»Wer?«

»Einer unserer Träger, er ist ein Angehöriger der Khoikhoi, ein Stamm, der schon vor Jahrhunderten das Land hier besiedelte. Welch ein Glück, sie werden uns helfen.« Dem Doktor huschte ein Lächeln über das Gesicht.

»Glück? Was? Sollen uns etwa die Hottentotten hier rausbringen?«, murrte Ostheim.

»Halt endlich dein dummes Maul, sonst passiert wirklich ein Unglück«, schimpfte Hügel.

»Es heißt, sie können Wasser aus der Ferne riechen.«

Iteki und sein Begleiter brachten die Verirrten in langen Tages- und Nachtmärschen wieder zurück ans Kap. Sie kämpften sich durch dorniges Gestrüpp, kletterten wie Gämsen über felsige Plateaus, durchquerten endlose Ebenen. Unter saftigen Grasbüscheln gruben die Khoikhoi nach Wasserstellen.

Bei ihrer Ankunft erwachte die Landschaft rund um den Tafelberg gerade aus einem tiefen Schlummer.

Das Einhorn soll mir in Zukunft gestohlen bleiben, dachte Hügel. Nein was für eine Blamage! Alles, was ich mir eingefangen habe, ist ein Schnupfen. Der Oberst nieste laut.

22

Fort de Goede Hoop

Seit einigen Tagen durchbrach ein Jaulen und Kläffen die monotone Stille des Kasernenhofs. Nahe der Regimentsküche befanden sich Käfige, in denen Hunde und Katzen eingepfercht waren. Die Tiere waren mager, hatten ein struppiges Fell, abgerissene Ohren, ein Hund humpelte, er hatte eine abgerissene Pfote. Niemand konnte sich die Ansammlung der Vierbeiner erklären, als Fleischzusatz in den Suppen seien sie hoffentlich nicht gedacht, unkte Lotte. Je mehr Tiere dazugesperrt wurden, desto anklagender und jämmerlicher wurde ihr Geheul.

»Irgendetwas müssen die Viecher doch zu bedeuten haben?«, rätselte Severin. »Weiß einer überhaupt, wie die hierhergekommen sind?«

»Auf Wache habe ich beobachtet, wie holländische Soldaten des Forts die Tiere hier abgeliefert haben«, sagte Lotte.

»Auf wessen Befehl?«

»Keine Ahnung. Ostheim hat die Truppe kommandiert.«

»Ostheim, das bedeutet nichts Gutes«, murmelte Jo. »Warten wir's ab.«

Am nächsten Morgen wurden die Kapsoldaten zum Appell in den Kasernenhof gerufen. Auf Tischen, die man in einem Halbrund aufgestellt hatte, lagen Gewehre bereit.

»Was soll das hier?«, fragte Lotte in die Runde.

Die anderen schüttelten nur die Köpfe.

Ostheim trat vor die Gruppe und erklärte: »Ich habe mir etwas Besonderes für euch ausgedacht, ihr sollt eure Schießkünste verfeinern.«

»Versteht einer, was der meint?«, zischte Lotte.

»Ihr werdet nacheinander schießen!«

»Auf was?«

»Flaschen?«

»Etwas viel besseres, ein lebendes Ziel.«

»Kann mal einer erklären, was hier los ist?«, kam nun von Severin.

»Wir werden jeweils fünf Katzen oder Hunde aus dem Käfig rauslassen, und wer die meisten erwischt, erhält eine Prämie.«

»Wir sollen diese halb verhungerten Viecher abknallen? Puh, ohne mich.« Lotte winkte ab. Sie hatte die Gewalt und Brutalität, der sie nun schon so lange ausgesetzt war und die grenzenlos zu sein schien, so satt. »Was ist das wieder für eine Schnapsidee?«, murrte sie.

»Wer sich weigert, bekommt die hier zu spüren«, Ostheim wedelte mit seiner Peitsche.

Lotte sah die anderen verunsichert an, mit ihrer Schuhspitze wirbelte sie Staub vom Boden auf. Nein, bitte, ich will nicht auf wehrlose Katzen und Hunde schießen, was soll diese barbarische Schlachterei. Sie machte sich klein, versuchte, so gut es ging, zwischen den Soldaten in Deckung zu gehen.

Plötzlich schob sich Meinhard an der Gruppe vorbei. »Macht Platz, ihr Memmen, ich zeig euch jetzt, wie das geht.« Er nahm ein Gewehr in die Hand, lud es und legte an. In dreißig Metern Entfernung wurden die Käfige geöffnet und fünf Katzen herausgelassen. Meinhard zielte und schoss, ohne zu zögern. Lautes Kreischen, das an menschliche Schreie erinnerte, schallte über den Hof. Nach wenigen Minuten lagen vier tote Körper auf dem Hof, eine Katze war über die Balustrade entwischt.

»Bevor ich mich prügeln lasse, bringe ich es lieber gleich hinter mich.« Severin, griff zum Gewehr. Der Ablauf wiederholte sich, nur das Miauen und Bellen wurde lauter, geradezu panisch. Severin traf dreimal. »Es war gar nicht so schwierig«, dabei zuckte er mit den Schultern.

Das anfängliche Zögern der Männer schlug in Jagdfieber um. Lotte hätte nicht für möglich gehalten, wie verroht ihre Kameraden geworden waren. Sie hatten sichtlich Freude am Töten. Als die Sonne den Zenit überschritten hatte, lagen bereits Hunderte Kadaver über den Kasernenhof verstreut.

»So, jetzt bin ich dran.« Paul Schwarzenberg drängelte sich vor. Fünf Schüsse ertönten. »Puuh, das war ganze Arbeit«, meinte er selbstzufrieden und legte das Gewehr beiseite. »Ich wusste gar nicht, dass Schießen und Treffen so einfach ist.« Dann wandte er sich zu Lotte. »Für den Kleinen ist jetzt nichts mehr übriggeblieben.«

»So ein Jammer«, log Lotte. »Das nächste Mal bin ich aber als Erster dran, damit das klar ist.« Sie wischte sich den Schweiß von der Stirn.

Gegen Ende des Sommers lässt die Wut des Windes nach. Dann verbreitet sich ein bestialischer Gestank in den Straßen von Kapstadt, ein Gestank, als käme er direkt aus der Hölle. An Schlachttagen werfen die Metzger ihre Abfälle vor die Lagerhallen, ungerührt von der fauligen Verwesung, die sie einhüllt. Eine Blutspur zieht sich von der Schlachtbank nach draußen, das tiefrote Blut bleibt zwischen den Ritzen der Pflastersteine kleben. Brummende, schwarze Wolken umkreisen die Fleischberge. Heerscharen von Schmeißfliegen fallen darüber her und legen ihre Eier ab. Es wimmelt von Maden, die sich durch die Gedärme und abgetrennten Rinderköpfe fressen. Sie bohren sich durch das Weiß der

Augen und lassen in den Schädelknochen dunkle Höhlen zurück. Tiefer und immer tiefer dringen die Insektenschwärme vor und überziehen die stinkenden Haufen mit ihren schleimigen Körpersäften. Der einzige Platz, um dem Gestank zu entkommen, ist auf dem Wall des Forts, wenn man sein Gesicht gegen den Wind hält und den Salzgeruch des Meeres tief in sich einsaugt.

Lotte saß alleine oben auf der Brüstung und starrte in die Dunkelheit hinaus. Ruhelos schlugen die Wellen gegen die Felsen, die Brandung dröhnte, Schleier aus haarfeinen Tröpfchen wirbelten empor, die sich an den Mauern der Festung verfingen. Über dem endlosen Firmament hatte sich ein Sternenteppich ausgerollt. Lotte fiel es schwer, sich zu erinnern. Wie lange war sie bereits am Kap, sechs Monate, neun oder bald ein Jahr? Sie konnte die Zeit an nichts festmachen, da war kein Feiertag, kein Wechsel der Jahreszeiten, keine Ernte, keine Aussaat, nur das immer wiederkehrende Geheul von Wind und Meer. Die Zeit zerrann im Einerlei des Militäralltags. Jeder Tag war gleichförmig, verstrich wie der vorangegangene. Man hatte ihnen eingebläut, das Kap sei ein Zankapfel zwischen England und den Niederlanden, sie müssten wachsam, kampftauglich und jederzeit einsatzbereit sein, aber nichts geschah. Nur warten und herumsitzen, die Zeit totschlagen. Mittlerweile nahmen ihre Schicksalsgenossen kaum noch Notiz von ihr. Höchst selten wurde sie zum Gegenstand ihres Gespötts. Ein Grund, froh und gelassen zu sein, doch in ihrem Inneren fühlte sie sich entsetzlich leer und stumpf. Selbst ihre Erinnerung an Württemberg begann zu verblassen. Würde sich bald ihre eigene Vergangenheit in nichts auflösen, die lähmende Eintönigkeit alles unter sich begraben? Ihr Leben war ohne Bedeutung, sie war bedeutungslos. Nicht die Zeit verging, sie verging in der Zeit, wie ein verlöschender Stern am frühen Morgen.

Als die Sonne den östlichen Rand des Horizonts durchwanderte, die bleiche Ödnis des jungen Tages verscheuchte und das Meer silbern färbte, blies ein Trompeter zum Appell. Im Fort wurde es plötzlich laut und hektisch. Lichter wurden angezündet, Rufe ertönten, Befehle hallten zwischen den dicken Festungsmauern wider. Wolffskeel schlug mit seinem Peitschenstiel gegen die verrammelten Schlafsäle. »Alle Mann antreten, der Feind bedroht das Kap!«, schrie er. »Raus aus den Federn. Die Ferien sind zu Ende.« Seine bellende Stimme erfüllte das gesamte Fort.

»Hast du verstanden, was Wolffskeel gebrüllt hat?«, fragte Severin.

»Irgendwas von Ferien«, meinte Jo.

»Nein, ich meine davor?«

Die Tür zur Baracke wurde aufgerissen. Nachdem die Trompeten erklungen waren, hatte Lotte den Wall der Festung in Windeseile verlassen und war zu ihren Kameraden gestürmt. Noch ehe sie ein Wort sagen konnte, rannte Severin auf sie zu.

»Weißt du, was los ist?«, fragte er aufgeregt. »Du warst doch die ganze Nacht draußen.«

»Es heißt, englische Schiffe sind in der False Bay aufgetaucht und nehmen die Küste unter Beschuss.«

»Jetzt sind unsere Trockenübungen doch noch zu etwas nutze«, sagte Jo und streifte sich seine weiße Uniformhose über. »Die Langeweile hat endlich ein Ende.«

»Auf diese Abwechslung könnte ich dankend verzichten«, sagte Lotte, sie konnte ihre Furcht kaum unterdrücken. Herr im Himmel, jetzt würden sie wirklich kämpfen müssen und sie war gar nicht darauf vorbereitet. Töten oder getötet werden, das war die bittere Wahrheit des Krieges. Und wenige Stunden zuvor hatte sie noch die Eintönigkeit ihres Lebens beklagt, wie töricht.

Sie wandte sich zu Jo und fragte: »Was meinst du, werden wir schießen müssen?« Lottes Unterlippe zuckte fast unmerklich. »Ich meine, so richtig, mit der Waffe in der Hand?«

»Hast wohl die Hosen gestrichen voll?«

»Louis hat doch recht, wir waren niemals Soldaten und werden es auch nie sein. Mal abgesehen von ein paar räudigen Katzen habe ich noch niemanden … mit der Waffe, also ich meine … noch niemanden umgelegt«. Severins Stimme klang jammervoll.

Ich habe nicht mal auf Katzen geschossen, dachte Lotte und fügte hinzu: »Am besten wär's, wir würden uns kampflos ergeben.«

»Hör dir diese Jammerlappen seiner Durchlaucht an, ein Glück, dass Wolffskeel das nicht gehört hat, der würde euch sofort in Ketten legen lassen.«

»Das wäre doch allemal besser als kämpfen.«

»Du redest schon wie ein ängstliches Weib.«

Bei diesen Worten zuckte Lotte zusammen. Vielleicht wäre es sogar ein guter Einfall, sich jetzt als Frau zu erkennen zu geben, dann könnte sie dem Gemetzel, das ihnen nun bevorstand, entkommen. Doch bei der Aufregung, dem ganzen Drunter und Drüber, welches im Fort herrschte, würde ihr sowieso niemand zuhören, geschweige denn glauben.

»Bis wir zur Küste gelangen, sind wir vielleicht schon erobert.«

»Das wäre sogar das Beste. Englisch, holländisch, württembergisch, ist mir doch egal, unter welcher Flagge ich diene«, murrte Lotte leise. Sie ging langsam zu ihrem Spind, öffnete ihn und zog ihr Kaskett hervor. Dabei zitterten ihre Hände.

Eine laute Baritonstimme ertönte in den Arkaden des Forts: »In Viererreihen antreten! Das Gewehr geschultert, vorwärts. Wir rücken aus nach Muizenberg«, befahl Karl von

Wolzogen. Der Oberst, den dringende Geschäfte aufhielten, hatte ihm das Kommando übertragen.

Dreihundert Mann, drei Dutzend Pferde sowie acht Planwagen, beladen mit Kanonen und Munition, verließen das Fort de Goede Hoop Richtung Süden. Sie durchquerten hügeliges Gelände, der Weg vor ihnen war staubig, erschien endlos. Obwohl es bereits Mittag war, wollte es nicht hell werden. Der Wind blies dunkle, schwere Wolken ans Kap, wirbelte Sand auf und trieb ihn in Böen vor sich her. Lottes Augen tränten, sie spuckte in ihre Hände, wischte sich mit dem Speichel die Sandkörner aus den Wimpern. Sie achtete nicht auf die anderen, die Angst bohrte sich in ihr Herz. Jeder litt für sich allein.

Die Engländer sind uns haushoch überlegen, dachte Lotte. Zum ersten Mal wird es brandgefährlich. Was, wenn ich verwundet werde, in Gefangenschaft gerate oder Schlimmeres? Ich will nicht sterben, nicht hier und vor allem nicht jetzt. Ihr war speiübel, die durchwachte Nacht hing ihr wie Blei in den Knochen, die Waffe schmerzte auf der Schulter. Mit jedem Schritt, den sie vor den anderen setzte, wurde sie verzweifelter. Lotte war, als würde ihr Leben in einem dunklen, schwarzen Loch verschwinden.

Als die Soldaten gegen Abend die False Bay erreichten, hatte der Wind nachgelassen, die untergehende blutrote Sonne kämpfte sich durch ein geriffeltes Wolkenband und versank im Meer. Was sie hier erwartete, widersprach jeglicher Vorstellung. Die Soldaten trauten ihren eigenen Augen nicht. Es war einfach unfassbar, was sich ihnen nun zeigte.

»Da will uns wohl jemand verarschen.« Wütend schrien sie durcheinander, sie schrien sich ihre Furcht aus dem Leib.

»Und wo sind jetzt die Engländer?«

»Wer hat was von Schiffen gefaselt?«

»Sieht so etwa der Krieg aus?«, schrie Lotte. Sie ließ ihr Gewehr fallen und starrte entgeistert auf das Wasser.

Jo ließ sich fallen, rollte sich wie ein junger Hund im Gras. »Ich hab ja schon immer gewusst, dass die Engländer knallharte Jungs sind, erbarmungslos und heiß auf den Krieg.«

»Welcher Vollidiot konnte denn einen Danebrog nicht von einem Georgskreuz unterscheiden?«, rief von Wolzogen außer sich. »Das da vorne ist ein dänisches Handelsschiff und nicht die englische Armada.«

»Hauptsache, es ist keine Kugel geflogen«, sagte Lotte. Sie war unendlich erleichtert, als wäre ein Mühlstein von ihr abgefallen.

Eine Handvoll dänischer Matrosen stand auf der gekenterten Penelope und winkte ihnen hilflos zu.

»Der Gestank ist abscheulich.« Marianne eilte in ihrer Villa von Zimmer zu Zimmer und verrammelte energisch alle Fenster. Anstatt sich zu beklagen, wie Hügel eigentlich erwartet hatte, band sie ihre Haare zu einem Pferdeschwanz zusammen und warf sich im Wandspiegel des Salons ein Lächeln zu. »Der Nase nach zu urteilen, hat die Vereinigte Kompanie mal wieder geschlachtet«, sagte sie und tippte dabei auf ihre Nasenspitze.

»Sicher! Vielleicht fällt für uns ein saftiges Stück ab.«

Seit seiner Rückkehr war Marianne verändert, sie wirkte ausgesprochen zufrieden, munter, sogar vergnügt, eine Aura des Glücks umgab sie. Er war ihr unendlich dankbar, dass sie sich mit keiner Silbe über seine lange Abwesenheit beklagt, noch die vom Pech überschattete Einhornjagd erwähnt hatte. Ihr Hochgefühl führte er auf seine glückliche Heimkehr zurück. Erstaunlich nur, dass ihr die Worte

»mein süßer Hamster« nicht mehr über die Lippen kamen. Kosenamen nutzten sich ab, ihm war das nur recht.

»Was hast du gerade gesagt?«, fragte Marianne.

»Vielleicht überlässt uns die Vereinigte Ostindische Kompanie ein saftiges Stück Fleisch, ohne den handelsüblichen Aufschlag.«

»Das ist überhaupt die Idee.«

»Fleisch?«

»Nein. Handel.«

»Ich verstehe nicht.«

»Womit hat es die Kompanie zu unsagbarem Reichtum gebracht? Sicher nicht durch Hexerei, sondern allein durch kaufmännisches Geschick.«

»Was meinst du damit?« Hügel runzelte die Stirn.

»Ich meine, wir sollten in das lukrative Handelsgeschäft mit einsteigen. Wer sollte uns das verbieten?«

Er zuckte die Achseln.

»Die Rechnung ist simpel. Wir kaufen, beispielsweise, frisch geschlachtetes Fleisch, je mehr, desto preiswerter, und verkaufen es teurer weiter.«

»An wen?«

»An die Kolonialisten hier am Kap.«

»Oder an dreitausend hungrige Mäuler im Fort, denen allein beim Wort Braten das Wasser im Mund zusammenläuft.«

»Wie mir scheint, können die Soldaten alles Mögliche gebrauchen, Tabakspfeifen, Nadel und Faden.«

»Stoff für neue Uniformen, Gürtelschnallen, Leder für neue Stiefel oder Taschen.«

»Hemden, Socken, Unterbeinkleider.«

»... oder ein Schlückchen Kapwein aus Constantia.« Bei diesen Worten erhielt Mariannes Stimme einen weichen Klang.

»Ein Drittel des Solds wandert direkt in die Regimentskasse, aus der dann das alles bezahlt wird.«

»Und selbstverständlich verwaltest du diese Kasse.«

Hügel nickte.

»Und ich werde mich um das Geschäft kümmern.« Marianne jubilierte.

»Einverstanden, bei meinen vielen Verpflichtungen in der Kaserne bleibt mir ohnehin keine Zeit dafür.«

»Wenn wir unsere Waren nur ein paar Kreuzer günstiger anbieten als die Vereinigte Ostindische Kompanie, können uns die Männer sogar noch dankbar sein. Schließlich sind alle Güter am Kap nicht nur unendlich rar, sondern auch um ein Vielfaches teurer als in Holland oder Württemberg.«

Hügel stand von dem Tisch auf, an dem er die ganze Zeit gesessen war. »Allein der Herzog könnte uns einen Strich durch die Rechnung machen.«

»Es kann nur in seinem Interesse sein, dass die Kapsoldaten gut ausgerüstet sind.«

»Es ist besser, wenn wir die Sache vorerst für uns behalten. Sobald der Herzog ein Geschäft wittert, wird er es sich unter den Nagel reißen.«

»Und das wäre doch zu schade …«

»Allerdings.«

»Wir mieten eine Lagerhalle, ich weiß auch schon wo, an der Waalstreet Ecke Leeuwengracht in der Nähe der Küste.«

»Solange ich mich nur um das Finanzielle kümmern muss, ist mir alles recht.«

»Der Aufenthalt in Südafrika wird sich für uns noch richtig lohnen. Wir sehen goldenen Zeiten entgegen.« Marianne schmunzelte. »Süßen und goldenen.«

Sanft gekräuselte Wellen umspülten die auf Grund gelaufene Penelope. Jo stand bis zum Bauchnabel im Wasser und drückte Severin einen Korb in die Hand, aus dem ein verschreckter Affe glotzte. Wie beim Feuerlöschen reihten sich die Männer hintereinander in eine Schlange und hievten Kisten, Fässer, Schachteln, Truhen vom einen zum anderen.

»Ich möchte zu gerne wissen, was in diesen hundsschweren Kisten steckt, die wir an Land wuchten müssen.«

»Was wird die Penelope wohl geladen haben, wenn sie von Java auf dem Weg nach Dänemark war?«

»Gewürze, Porzellan, Seide?«

»Schlauer Junge, und vielleicht ist sogar ein Kakadu für den Kopenhagener Zoo mit dabei«, sagte Jo.

»Kakadu? Zoo?«, Severin schaute verwirrt.

»Ich hab gehört, manche Seeleute machen nen dicken Reibach mit exotischen Tieren, die sie nach Europa verschiffen und dort an irgendwelche Spinner verkaufen.«

»Wer hat dir das erzählt?«, fragte Severin.

»Zum Kuckuck noch eins, ihr sollt im Wasser keine Wurzeln schlagen«, rief Wolffskeel in ihre Richtung. »Vorwärts, weiter, am Abend marschieren wir zurück ins Fort.«

»Wurzel schlagen ist gut, unterhalb der Gürtellinie ist bei mir schon alles aufgeweicht«, grunzte Jo.

»Wolffskeel macht auf dicke Hose und wir erledigen die Drecksarbeit«, brummte Severin. »Was springt für uns bei all der Plackerei heraus?«

»Wenn du weiter große Töne spukst, setzt's ne Tracht Prügel.« Wolffskeel sah nicht so aus, als meinte er das im Spaß.

»Hey Louis, zieh dein Hemd aus und hilf uns. Ein Bad könnte dir nicht schaden«, Jo winkte Lotte vom Wasser aus zu.

»Geht nicht, ich sortierte vergammeltes Zeug aus, muss auch einer machen.«

»Irgendwie schafft Louis es immer, sich die leichtesten Arbeiten zuzuschanzen.«

»Was?«

»Na ja, wir schleppen uns hier krumm und buckelig, und der feine Herr sortiert faulige Ware aus«, erklärte Severin.

»Nur kein Neid.«

Gegen Mittag hatten die Soldaten die Ladung der gestrandeten Penelope gelöscht. Kisten, Eimer, Körbe standen kreuz und quer über die Bucht verteilt. Erschöpft ließ sich Severin auf den Strand fallen und begutachtete seine Schuhe, vielmehr das, was von ihnen übriggeblieben war. Die Sohlen standen ab, die Riemen waren gerissen. »Das Salzwasser hat meinen Galoschen den Rest gegeben«, sagte er.

»Wirklich, diese Mistdinger sind zu nichts zu gebrauchen. Schon die zweite Garnitur ist am Arsch.« Jo warf seine zerfetzten Schuhe samt den aufgequollenen Gamaschen ins Meer.

Lotte hatte sich zu den beiden gesetzt und strich über ihre Beine. »Und erst meine Uniform, quasi komplett ruiniert, die Hosen zerschlissen, die Jacke voller Flecken.«

»Wird höchste Zeit, dass wir neue kriegen.«

»Los, ihr Faulpelze, nur keine Müdigkeit vortäuschen, das Zeug muss heute noch nach Kapstadt.«

»Was?«, murrten sie.

»Aufladen, alles«, befahl Wolffskeel, der wie üblich mit der Peitsche in der Hand seinen Worten Nachdruck verlieh.

An diesem Märztag stach die Sonne erbarmungslos vom wolkenlosen Himmel herunter und heizte die Luft auf.

»Louis, fass mit an«, rief Jo. Lotte schob ihre Hemdsärmel hinauf und zu zweit hievten sie einen monströsen Überseekoffer auf einen Leiterwagen. Dicht an dicht spürte Jo ihre Wärme, den weichen Körper.

Mein Gott, durchfuhr es ihn, was hatte Louis nur für zarte Handgelenke – und dann diese weiche, honigfarbene Haut, sein anmutiges Profil. Jo wurde es plötzlich ganz heiß und daran war nicht die Sonne schuld. Noch nie hatte er einen anderen Jungen so angeschaut, was stimmte mit ihm nicht, was stimmte hier nicht? Irgendetwas stinkt gewaltig zum Himmel, dachte er, aber was?

»Ist was?« fragte Lotte.

»Nichts, ich frage mich nur, ob dir der Kasten vielleicht zu schwer ist.«

»Nein, wieso? Geht schon.«

»Du bist ja eher zart gebaut.«

»Was nicht heißt, dass ich nicht zupacken kann.«

»Hat auch keiner behauptet.«

Jo's Blick fiel wieder auf Louis' feines Handgelenk. Es fiel ihm schwer, nicht länger hinzuschauen. Solch schlanke Hände, dann die zarten Finger könnten auch … Ich weiß nicht, verflucht noch eins! Vehement schüttelte er den Kopf, als wollte er einen unbequemen Gedanken loswerden.

»Puuh, ich schwitze wie ein Schwein«, sagte Jo, »ich brauche dringend eine Abkühlung.« Er schleuderte sein Hemd in die Luft, rannte lärmend zum Meer und warf sich in die Wellen. Als er auftauchte, stricht er sich die wirren, nassen Haare aus dem Gesicht.

Was hatte Jo's dumme Fragerei zu bedeuten? dachte Lotte. Hat er irgendetwas bemerkt? Wäre es vielleicht besser, sich ihm anzuvertrauen? Aber wer weiß, ob Jo überhaupt dichthalten konnte. Vielleicht würde er die Situation sogar schamlos ausnutzen, Schweigegeld von ihr verlangen. Wie Kanonendonner dröhnten die Fragen in ihrem Kopf.

»Louis, komm rein.«

»Lieber nicht, mir ist kalt.«

»Es ist herrlich, los, sei kein Spielverderber.«

Die anderen folgten Jo, hüpften, sprangen oder hechteten kopfüber ins Meer und tollten ausgelassen umher.

Jo breitete die Arme aus, ließ sich rückwärts fallen und mit den Wellen Richtung Strand treiben. Als er Boden unter die Füße bekam, sprang er hoch und bespritzte Lotte mit Wasser.

»Wenn du nicht freiwillig kommst, hol ich dich.«

»Nein, lass mich!« Sie versuchte zu fliehen, wehrte sich gegen seinen Zugriff, vergeblich.

Jo hatte Lotte gepackt, nahm sie hoch und warf sie ins Meer. Als Lotte wieder auftauchte, prustete sie laut und heftig, kreuzte ihre Arme vor der Brust und rannte an Jo vorbei. An Land streifte sie sich hektisch ihre Uniformjacke über.

»Was hast du bloß? Du bist doch sonst nicht so zimperlich.« Jo zuckte mit den Achseln.

»Jo, komm wieder rein«, riefen die anderen. »Von der Heulsuse lassen wir uns den Spaß nicht verderben.«

Es gab Augenblicke im Leben, die waren einfach nur schön. Die Kapsoldaten tummelten sich im Wasser, gingen ganz darin auf. Das Vergangene, die Mühsal der letzten Monate, die Verzweiflung fielen von ihnen ab. Sie fühlten sich unendlich lebendig, als seien sie aus einer Winterstarre erwacht. Lotte, die im Schatten eines Planwagens saß und ihren Rücken an ein Rad gelehnt hatte, würdigten sie keines Blickes.

Plötzlich schrie Severin auf. »Autsch, ich glaub, mich hat etwas gestochen. Oh Gott.« Er stolperte an Land und griff nach seinem rechten Fuß.

»Zeig mal – da ist doch gar nichts.« Lotte musterte den Fuß. »Vielleicht ein bisschen rot.«

»Aua, verdammt. Nicht anfassen!«

Es fühlte sich an, als krabbelten Ameisen sein Bein hinauf, dann brannte es höllisch. Severin kämpfte gegen die Tränen.

23

Ludwigsburg

Noch bevor das Orchester verstummt und der rote Samtvorhang gefallen war, brandete ein frenetischer Jubel im Ludwigsburger Schlosstheater auf. Karl Eugen saß alleine in seiner Loge, fixierte die schweren Stoffballen, die nun sanft die Bühnenbretter berührten. Lange hatte er dem Ballettabend entgegengefiebert, ihn herbeigesehnt, die heitere Musik, die göttliche Primaballerina. Der Vorhang öffnete sich wieder und die Tänzerinnen verneigten sich voller Anmut und Schönheit, spreizten ihre schlanken Arme so graziös nach oben wie Schwanenhälse. Jetzt fiel auch der Herzog in den Applaus mit ein. Er fühlte sich leicht und unbeschwert wie seit Monaten nicht mehr. Nicht einmal der Schweiß, der ihm von den Achseln abwärts den Körper entlanglief, störte ihn. Als junger Herzog, frei von ehelichen Pflichten, hätte er sich nun eine der Tänzerinnen auserkoren, die das Bett mit ihm teilen würde. Unvergessen seine Maskenbälle, als er die blutjungen Mädchen Württembergs antreten ließ, um sich die Hübscheste für eine Nacht auszuwählen. Beim Anblick reizender Mädchen konnte er sein Begehren nicht unterdrücken. Diese körperliche Begierde, dieses Beben empfand er so nur noch auf der Jagd.

Dabei waren weiße Hirsche seine Lieblinge. Nie hatte er sich daran sattsehen können, wie ihr Fell in der Dämmerung leuchtete. Unbeschreiblich der Moment, wenn sie im Morgennebel ihre Geweihe erhoben, weißer Dampf aus ihren aufgerissenen Mäulern stob, ihre Nasenspiegel zuckten, als würden sie die Gefahr wittern. Der Zeigefinger seiner rechten Hand zitterte jedes Mal am Abzug, sein Herz raste. Im Kopf hämmerten seine Gedanken, kämpften gegen die Erregung an, ruhig Blut, nur ruhig Blut. Dann der Triumph, er nahm seine Beute ins Visier und schoss, ein lautes Röhren erfüllte den Morgen und erstarb, an der Einschussstelle färbte sich das Fell rot, das majestätische Tier knickte mit den Vorderläufen ein und fiel mit bebender Flanke zur Seite. Als junger Mann hatte er es vorgezogen, alleine mit seinem Jagdvorsteher auf die Pirsch zugehen, hatte selbst bei kühler Witterung ausgeharrt, um die Heiligkeit des Augenblicks, in dem er Herr über Leben und Tod war, ungestört zu genießen. Sobald zur Jagd geblasen wurde, packte den Herzog ein Fieber, selbst wenn man ihm das Wild vor die Flinte trieb, die Jagd wie die Liebe ein perfekt inszeniertes Lustspiel war.

Er spürte, wie die Kraft verflossener Tage in ihn zurückkehrte. Er war erhitzt, wollte sein Franzele unbedingt sehen, er konnte nur noch an ihre weichen Rundungen, ihr offenes, lockiges Haar denken. Bereits zum siebten Mal war der Vorhang gefallen, als der Herzog hastig seine Loge verließ. Er eilte durch die langen Gänge des Schlosses, warf im Laufen seinen Rock auf die Marmorplatten und stürmte schließlich die Treppen des Vestibüls zu ihrem Appartement nach oben. Er hoffte inständig, dass sie ihn wenigstens diesmal nicht abweisen würde. Sanft klopfte er gegen ihre Türe. Ohne eine Antwort abzuwarten, trat er ein. Schummriges Kerzenlicht und ein abgestandener Geruch strömten ihm entgegen. Noch nie hatte er sie so vorgefunden: Sie kniete auf einem Gebetsstuhl, das Gesicht in die Hände vergraben. Sie musste ihn gehört haben, langsam hob sie ihren Kopf, der von einer weißen Schlafhaube bedeckt war und drehte sich zu ihm um.

Aus müden, schwarz geränderten Augen sah sie ihn an. Im Widerschein der Kerze wirkte ihre Haut auf einmal so blass und runzlig, sie schien zu zittern, obwohl es in ihrem Schlafgemach unerträglich heiß war.

»Ich bin voller Sorge«, sagte sie mit gebrechlicher Stimme.

»Was?«, entgegnete der Herzog, der nicht wusste, wie ihm geschah. Die Sehnsucht nach ihr, die ihn angetrieben, ja beflügelt hatte, erstarb bei ihrem Anblick. Sie trug ein langes Leinenhemd, das wie ein Sack an ihr herunterhing. Ihre zarten Füße stecken in schmucklosen Filzpantoffeln.

»Ich bin voller Sorge und Unruhe. Wie mag es den jungen Rekruten ergangen sein, die wir nach Südafrika geschickt haben?«

Der Herzog verstand die Welt nicht mehr. Noch nie hatte sie sich um Amtsgeschäfte gekümmert. Außerdem lag der Abschluss mit den Holländern bereits Jahre zurück.

»Was meinst du damit, wie soll es ihnen ergangen sein?«

»Hatten sie ein Bett, genug zu essen, sind sie gesund?«

»Mir wurde nichts Nachteiliges berichtet, wie mir scheint, gab es kaum Abgänge.«

Sie erschrak, die Falten in ihrem Gesicht gerieten in Bewegung. Sie stand auf, hielt ein überdimensioniertes Silberkreuz fest vor ihre Brust und machte ein paar Schritte auf ihn zu. »Ist es gottgewollt, gottgefällig, dass andere für unser Wohlsein Leid erdulden müssen, gar sterben?«

Was waren das für neue Töne, anstatt einer warmen Begrüßung, sanfter Worte, gar einer zärtlichen Umarmung, die er sich inständig gewünscht hatte, machte sie ihm Vorwürfe!

»Auf dem neuen Schloss liegt kein Segen.«

»Das Schloss Hohenheim, das ich dir zu Füßen gelegt habe, ist noch nicht fertig gebaut und du beklagst dich schon darüber.«

»Wir müssen umkehren und Buße tun, unsere Sünden sind groß.«

Im Alter von dreiundvierzig Jahren hatte sich Karl Eugen unsterblich in Franziska verliebt. Sie milderte seinen Jähzorn, mehrte sein Ansehen als fürsorglicher Landesvater. Lange hatte er nur auf den Tod seiner ersten Frau gewartet, um seine langjährige Mätresse entgegen zahlreicher Widerstände endlich heiraten zu können. Am Ende erhielten der Katholik und die geschiedene Protestantin sogar den päpstlichen Segen. Karl Eugen war ihr so verfallen, dass er all seine Begierden und Leidenschaften für sie geopfert oder doch zumindest gezügelt hatte. Ins Theater ging er mittlerweile alleine, genauso wie auf die Jagd, die für sie nur eine grausame Metzelei war. Doch mit ihrem bigotten Geschwätz verdarb sie ihm jetzt auch noch das Einfachste, ihr harmloses Beisammensein. Der Herzog spürte, wie der Ärger in ihm hochstieg. Sie hatte einen zahnlosen Wolf aus ihm gemacht.

»Wir müssen Gnade vor Gott suchen und finden, ich fühle es, unser Ende ist nah«, sprach Franziska bedeutungsvoll. Daraufhin drehte sie ihm den Rücken zu.

Auf einmal klopfte es an der Tür und eine Kammerzofe huschte mit gesenktem Blick ins Schlafgemach der Herzogin. Ob ihre Durchlaucht etwas für die Nacht benötige, Kissen, eine weitere Decke, eine Wärmflasche oder ob sie ihr bereits die heiße Schokolade servieren solle wie jeden Abend vor dem Zubettgehen. Den Nachttopf habe sie soeben geleert. Als sie den Herzog bemerkte, zuckte sie zusammen.

Sie solle schleunigst verschwinden, ihre Durchlaucht alleine lassen, schnaubte der Herzog. Begleitet von Beschimpfungen verschwand die Zofe durch die Tür. Würde es in ihrem Leben nur noch um Wärmflaschen und Nachttöpfe gehen? Stand sein Ende wirklich bald bevor? Voller

Zorn griff er nach Franziskas Haarbürste, die auf dem Toilettentisch lag und schleuderte sie gegen den Spiegel, der krachend in Stücke zersprang. Wer seine Frömmigkeit so offen zur Schau stellte, brauchte auch keinen Spiegel mehr. Plötzlich durchfuhr ihn ein Schrecken, als er sein grotesk verzerrtes Spiegelbild erblickte. Er hatte einen aufgedunsenen roten Schädel, ein Doppelkinn, in seinem verschwitzten Hemd machte er die Figur eines gemeinen Bauerntölpels. Doch das Schlimmste, er war verbraucht, alt, seine Männlichkeit war dahin. Angewidert von seinem Gegenüber wandte er sich ab und verschwand, ohne ein weiteres Wort zu sagen. Die Kerze war beinahe heruntergebrannt, flackerte nur noch leicht.

24

Fort de Goede Hoop

Wer aufmerksam durch die Straßen Kapstadts ging, konnte beobachten, wie riesige Papierballen vom Hafen in die Druckerei der Vereinigten Ostindischen Kompanie gebracht wurden. Einige Tage später eskortierte ein bewaffneter Trupp einen Konvoi Ochsenkarren, die bis zum Rand mit Kisten beladen waren, ins Fort de Goede Hoop. Am Kap war Zahltag.

Das Morgengrau wich allmählich den ersten warmen Sonnenstrahlen, der Himmel färbte sich lichtblau, als die Männer zum Appell gerufen wurden. In neuen Uniformen und gewichsten Stiefeln versammelten sie sich im Innenhof des Kastells und stellten sich in langen Zweierreihen hintereinander auf. Unter der Balustrade des Haupteingangs hatte der Oberst an einem fein verzierten Tisch aus schwarzem Grenadillholz Platz genommen. Seine Offiziersriege umringte ihn in einem Halbkreis.

»Männer, eurer Sold ist eingetroffen. Vortreten, Namen nennen, und wenn ich den Namen auf meiner Liste finde, steht dem Geldsegen nichts mehr im Wege.« Zahltag war der schönste Tag im Leben eines Kommandeurs, noch schöner als der Tag nach einer siegreichen Schlacht. Vielleicht hatte es auch damit zu tun, dass er schon lange keinen Kanonendonner oder Säbelgerassel gehört hatte.

»Wie war das? Morell, Louis«, der Oberst fuhr mit seinem Zeigefinger die Liste unter dem Buchstaben M entlang, dann schlug er das nächste Blatt um. »M wie Morell, da ist er ja. Zehn Monate Dienst in Südafrika macht fünfunddreißig kapländische Rixdaler.«

»Pro Monat?«, fragte Lotte erstaunt.

»Nein, insgesamt, der Nächste.«

Widerspruchslos trat Lotte zur Seite.

»Haas, Severin.«

»Jawohl, steht auf meiner Liste, auch fünfunddreißig Rixdaler.« Hügel blätterte ihm drei Zehn- und einen Fünf-Rixdalerschein hin, die mit dem Wappen der Vereinigten Ostindischen Kompanie bedruckt waren.

»Sir, warum kriegen wir nur so wenig?«

Hügel ignorierte ihn. »Der Nächste.« Kraftlos nahm Severin sein Geld und setzte sich in den schattigen Arkadengang auf der Nordseite des Forts. Schweiß stand auf seiner Stirn, er zitterte und war kreidebleich.

Nachdem Oberst Hügel achtunddreißig murrende Soldaten abgefertigt hatte, war Jo an der Reihe.

»Einen Jett habe ich, aber Jo kann ich nicht finden.«

»Gibt es einen Joseph Baptist Jett auf Ihrer Liste?«

»Joseph Baptist, genau, wie die anderen fünfunddreißig Rixdaler.«

»Sir, mit allem Respekt, seit zehn Monaten sind wir jetzt am Kap, der Sold müsste einhundert Gulden betragen. Nicht fünfunddreißig Rixdaler.«

»Mach Platz, die anderen wollen auch ihren Sold.«

Jo ließ sich nicht vertreiben. »Warum bekommen wir nur so wenig Geld? Vereinbart war etwas anderes.«

Schnaubend stand Hügel auf, sein Stuhl kippte nach hinten, er zog seinen Rock gerade und trat vor die Kapsoldaten. Seine Hände hatte er in die Hüften gestemmt.

»Vereinbart war aber auch, dass ihr für euer Essen und die Schiffskleidung selber aufkommen müsst.«

»Was?«, schrien die Männer empört.

»Fünfundzwanzig Gulden betrugen die Kosten für Schiffsmontur und Kost. Dazu nochmals fünfzehn Gulden für die neue Gardeuniform und die Stiefel, die ihr jetzt tragt. Wer wollte denn nicht nackt herumlaufen? Eure ewigen Beschwerden klingen mir immer noch in den Ohren.«

»Davon wussten wir nichts.«

»Was ist das schon wieder für eine elende Sauerei?« Sie scharrten mit ihren Stiefeln auf dem sandigen Boden.

»Wenn ihr die Verträge genau gelesen hättet, wüsstet ihr, dass Kleidung und Verpflegung euch vom Sold abgezogen werden. Vertrag ist Vertrag.«

Die Umstehenden schauten sich verdutzt an. Niemand hatte den Vertrag durchgelesen, die allerwenigsten konnten überhaupt lesen.

»Rixdaler, was ist das überhaupt?« Jo streckte seinen Arm in die Luft und wedelte mit den Scheinen.

»Rixdaler ist die offizielle Währung der Vereinigten Ostindischen Kompanie, die hier am Kap ausgeben wird.«

»Und die in Württemberg wertlos ist«, unterbrach ihn Jo.

»Was sollen wir mit den ollen Lappen?«, schrie Lotte empört. »Damit können wir nichts, rein gar nichts zu Hause anfangen. War etwa die ganze Plackerei umsonst?« Sie wurde immer mutiger. »So haben wir nicht gewettet.«

Die Stimmen wurden lauter. »Warum kriegen wir keine Münzen? Wer weiß, ob dieses Papiergeld überhaupt etwas wert ist?«

»Geld ist Geld und in einem Monat, versprochen, gibt es noch etwas extra drauf. Ich rate euch, nehmt mein Angebot an.« Dann machte Hügel drei Schritte auf die Truppe zu und in einem jovialen Ton sagte er: »Wer jetzt einschlägt, erhält morgen einen Tag frei, Ausgang in die Stadt bis spät in die Nacht.«

Binnen Sekunden war die aufgeheizte Stimmung in gedämpften Jubel umgeschlagen. Die Männer sahen einander aufgeregt an, rieben ihre Hände, zerrten an ihrem Hosenbund und räusperten sich laut. Die Vorstellung, sich nach einem Jahr die Hörner abstoßen zu können, ließ sie kraftvollen Schrittes umherstolzieren.

Die Idee, ein eigenes Kontor aufzubauen, hatte Marianne in Windeseile umgesetzt. Sie hatte die Lagerhalle in der Waalstreet gemietet und, so gut es eben ging, mit einheimischen Händlern und Farmern der Umgebung verhandelt. Dabei hatte sich Dirck Schalkenbosch als sehr hilfreich erweisen, vor allem, wenn ihre Geschäftspartner sie partout nicht verstehen wollten. Sie hatte Lieferverträge geschlossen und das Fort de Goede Hoop unter seinem Kommandanten Robert Jacob Gordon als Abnehmer gewinnen können. Selbst mit überseeischen Handelsgesellschaften in Europa und Java stand sie bereits in Kontakt. Sie war mehr als zufrieden, die Geschäfte liefen prächtig.

Marianne spürte einen leichten Windhauch am Knöchel, als sie eine Holzleiter vor ein berstend volles Regal zog und fünf Sprossen nach oben stieg. Sie trug offene Ledersandalen, eine Pumphose aus Leinen im Stil ihres malaiischen Bediensteten und eine weiße Bluse. Mit einem bunten Schal hatte sie ihre Haare zu einer Art Turban zusammengebunden. Sie war nicht mehr widerzuerkennen. Morgens stand sie in aller Frühe auf und verließ noch vor dem Oberst das Haus. Sie hatte abgenommen, schminkte sich nicht mehr. Das Schweinefett, aus dem ihrer Salben bestanden, war schon längst ranzig geworden. Früher plagte sie die Furcht, wie eine Bauernmagd auszusehen, heute waren ihr Gesicht und ihre sehnigen Unterarme braun gebrannt und Marianne gefiel sich so. Sie zog einen Karton hervor und fing an zu zählen. Unter ihrem rechten Arm klemmte ein Rechnungsbuch.

»Fünf Gläser Orangenmarmelade, macht neunzehn verkaufte Gläser in einer Woche. Nicht schlecht. Ich dachte, nur die Engländer sind verrückt nach dem klebrigen, bitteren Zeug.«

»Wird Ihnen dort oben nicht schwindlig, meine Teuerste?«

Beinahe wäre ihr der Karton mit den Marmeladegläsern aus der Hand gefallen. Gegen Höhenangst war sie immun, aber beim Klang dieser Stimme verlor sie den Boden unter den Füßen.

»Darf ich Ihnen helfen?«, fragte Dirck Schalkenbosch und reichte ihr seine Hand.

»Besten Dank, aber wenn ich es alleine heraufgeschafft habe, sollte ich auch alleine wieder herunterkommen. Übrigens, Sie haben mir schon genug geholfen.« Dabei schmunzelte sie. Marianne schob den Karton zurück ins Regal, öffnete das Buch, kritzelte etwas auf die Seite, schlug es wieder zu und kletterte die Sprossen der Leiter hinunter. Im Rücken spürte sie, wie Dirck Schalkenbosch jede ihrer Bewegungen beobachtete. Auf der letzten Stufe drehte sie sich um und sah in sein Gesicht, das von Wärme und Zärtlichkeit erfüllt war.

»Auch wenn Sie meine Hilfe ablehnen, hoffe ich doch sehr, dass Sie meinen Wein nicht verschmähen werden.« Er lächelte sie an.

»Ihr Kapwein, Sie haben ihn vorbeigebracht, wunderbar. Die Holländer meinen es wirklich Ernst mit ihren Feiertagen. Man könnte auch sagen, sie sind äußerst trinkfest. Und was gäbe es besseres zum Anstoßen?«

»Sie haben versprochen, mich auf meinem Weingut zu besuchen. Wann lösen Sie Ihr Versprechen ein?«

»Bald, sehr bald. Nur wie mir scheint, hat Oberst Hügel seit seiner verkorksten Einhornjagd zu Hause reichlich Sitzfleisch bekommen.«

»Was spricht dagegen, einen Geschäftspartner aufzusuchen?«

»Nichts, selbstverständlich gar nichts.«

Dirck Schalkenbosch schaute sich um. Das Kontor war bis zum letzten Platz gefüllt mit Körben, Truhen und Regalen, die bis zur Decke reichten. Darin stapelten sich Waren aus aller Herren Länder. Blaue Tuchrollen, Stiefel aus Kalbsleder, getrocknetes Fleisch, gepökelter Fisch, Rohrzucker, Teedosen, japanische Lackarbeiten, eingelegtes Essiggemüse, Porzellan, Wanderstöcke aus Bambus.

»Beachtlich, was Sie in den letzten Wochen auf die Beine gestellt haben.«

»Meinen Sie wirklich?«

»Unbedingt.« Er nickte ihr zu. »Sie können stolz auf sich sein, ich jedenfalls bin es.«

Bei diesen Worten bekam Marianne weiche Knie. Sie atmete tief durch.

»Wie sich nach langem Hin und Her herausstellte, hat die Kompanie erhebliche Schwierigkeiten, die einfachsten Dinge zu beschaffen. Der Statthalter war schließlich hocherfreut, dass wir das Kapregiment mit allen möglichen Waren beliefern. Innerhalb von zwei Monaten kann ich ihnen alles liefern, was Sie wünschen.«

»Sicher! Ich komme darauf zurück.«

Die Tür zum Kontor wurde laut aufgeschlagen. Ein bärtiger Matrose kam herein und hielt ihr eine Schlangenhaut entgegen.

»Was soll das sein?«

»Das ist die Haut einer schwarzen Mamba, sie ist das giftigste Tier der Welt und ich habe sie mit meinen eigenen Händen erschlagen.«

»Erzähl die Geschichte deiner Großmutter.«

»Ich will zehn Gulden dafür.«

»Zwei.«

»Gute Frau, ich habe mein Leben dafür riskiert.«

»Wenn ich das nur glauben könnte.«

»Zwei Rixdaler sind viel zu wenig. Ich will sieben.«

»Was soll ich mit diesem schuppigen, schwarzen Etwas überhaupt anfangen?«

»Eine Geldbörse oder einen Gürtel kann man daraus machen, das sieht wunderbar aus, wirklich wunderbar.«

»Aber dann brauche ich zuerst einen Schneider, der mir so ein Ding näht. Vier.« Sie kramte vier Münzen hervor und legte sie nebeneinander auf den Tisch. »Nimm die, oder lass es bleiben, ich habe die Haut nicht bestellt.«

Der Matrose griff gierig nach den Münzen und verschwand.

»Wie Sie sehen, Herr Schalkenbosch«, sagte Marianne, »hat sich meine neueste Geschäftsidee bereits herumgesprochen.« Dann griff sie nach einer chinesischen Teekanne aus blau-weißem Porzellan, um die sich ein schwarzer Drache schlängelte. »Ich kaufe den Seeleuten, die am Kap vor Anker gehen, alles Mögliche ab. Ein Matrose, der auf Landurlaub war, drängte mir diese Teekanne regelrecht auf. Der arme Kerl brauchte dringend Geld, um seine Spielschulden auszulösen. In den nächsten, sagen wir, drei Tagen werde ich sie für das Doppelte verkauft haben.« Sie betrachtete das kühle Porzellan, das auf ihrem Handteller ruhte.

»Klingt vielversprechend.«

»Was halten Sie von Tieren?«

Er stutzte.

»Ja, Papageien, Kakadus, vielleicht sogar ein Panther. Ich habe gehört, Europas Fürsten sind verrückt nach exotischen Tieren.«

»Sie werden mir beinahe unheimlich, Gnädigste.« Er nahm ihre Hand und küsste sie.

Seine sanfte Berührung traf sie heftiger als ein Windstoß. Dieser stattliche, gut aussehende Mann hatte sich völlig unverhofft in ihr Leben geschlichen und von ihr Besitz ergriffen. Sobald er gegangen war, würde sie ständig an ihn denken, und wenn sie an ihn dachte, geriet ihr Herzschlag aus dem Takt. Seine Lippen würde sie noch Tage später auf der Haut spüren, seine Nähe vermissen.

Durch die halb geöffnete Barackentür fiel ein heller Lichtschein. Der Schlafsaal war fast leer, nur Jo und Lotte saßen nebeneinander auf der oberen Etage eines Stockbettes und ließen ihre Füße herunterbaumeln. Unter ihnen schlief Severin.

»Wir haben unsere Haut für nen Appel und 'n Ei zu Markte getragen, und zwar jeder von uns«, sagte Jo.

»Selbst, wenn man uns die Kosten für Kleider und Essen in Rechnung stellt, haben wir immer noch zu wenig Sold erhalten«, erklärte Lotte.

»Was meinst du?«

»Ganz einfach: Hundert Gulden Sold minus fünfundzwanzig für die Überfahrt minus fünfzehn für die neue Uniform macht sechzig und nicht fünfunddreißig.«

»Tut mir leid, diese Zahlendrehereien verstehe ich nicht.«

»Da stinkt was gewaltig zum Himmel, was, werden wir wahrscheinlich nie erfahren, ihre krummen Touren verraten sie uns sowieso nicht.«

Paul Schwarzenberg schlug die Tür auf und polterte herein. »Mann, ihr Trantüten, was sitzt ihr immer noch hier rum. Draußen gibt es Kapwein für alle, kostenlos, angeblich hat irgend so ein holländischer Prinz heute Geburtstag.«

Er schaute sie erwartungsvoll an: »Los, die geizigen Holländer werfen ne Runde. Erst feuchten wir hier unsere Kehle an und dann geht's ab in die Stadt. Was ist mit euch? Die

Mädels da draußen warten schon auf uns.« Er verzog sein Gesicht zu einem breiten Grinsen.

»Warum lassen die uns so einfach aus dem Fort raus, das ist doch die beste Gelegenheit, um abzuhauen.«

»Die Kolonie ist klein und überschaubar, die spüren jeden wieder auf. Was dir dann droht, bewahre Gott, sie sperren dich wochenlang in ein dunkles, miefiges Loch, foltern dich mit brennenden Kerzen und schlagen dich abwechselnd blau und grün, bis es in deinen Ohren nur so klingelt. Falls die Ratten noch was von dir übriggelassen haben, verfrachten sie dich für den Rest deines Lebens in die Sümpfe von Batavia, wo du dann allerspätestens am Schwarzfieber sterben wirst.«

»Sachte, sachte. So schlimm wird es schon nicht werden.«

»Nein? Vielleicht willst du dich auch im Hinterland von wilden Tieren zerreißen lassen oder bei der Gluthitze verdursten, dann lieber Kapwein trinken auf Kosten der Kompanie.«

»Man könnte sich bei Siedlern verstecken.«

»Du glaubst nicht ernsthaft an den guten Samariter, der dich aufnimmt und bewirtet. Vergiss es, die armen Schweine haben selbst nicht genug zu fressen.«

»Was ist bloß mit dir los, hast du keinen Saft mehr in den Knochen?«, fragte Jo.

»Es heißt, Hügel hätte die Militärwache verstärkt, denen entwischt keiner. Vergiss es endlich, Jo. Ich habe den Gedanken an eine Flucht längst aufgegeben«, erklärte Paul Schwarzenberg.

Ich nicht, dachte Jo. Ich finde einen Weg hier raus und wenn es das Letzte ist, was ich in meinem Leben tue, ihr werdet euch noch wundern.

»Ich will jetzt feiern und nicht öde rumsitzen«, krächzte Paul Schwarzenberg. »He, Kleiner, du bist doch dabei, wir rechnen fest mit dir.«

»Puuh, ich weiß nicht.«

»Schämst du dich? Der Kleine schämt sich!«

»Blödsinn.«

»Du hast doch schon mal, oder?«

»Sicher, was soll die dumme Fragerei?«

»Wann denn? Etwa in Ludwigsburg auf der Käsbergkanzel, wo du wahrscheinlich niemals warst, weil ich dich dort nie gesehen habe«, sagte Jo kühl.

»In … wie hieß der Ort noch gleich, es war … also, ich war damals mit …«, Lotte fing an zu stottern, ihr Gesicht rötete sich.

»Vor Aufregung macht sich der Kleine gleich in die Hose.« Schwarzenberg lachte. »Mit ner Schwarzen hab ich noch nie, ob die leidenschaftlicher, heißblütiger sind als unsere Frauen?«

»So eine könnte mir auch gefallen«, sagte Lotte.

»Dann kommt endlich, mir geht gleich einer ab.«

Schwarzenberg rüttelte am Bettgestell. »He, Severin, aufstehen! Alle Mann an die Waffen, die Engländer bedrohen Kapstadt.«

Severin schreckte auf und rammte mit dem Kopf gegen den oberen Bettrost. »Ahh«, stöhnte er.

»Fehlalarm! Du kannst den Kopf wieder einziehen.« Wieder ertönte Schwarzenbergs krächzendes Lachen. »Allerdings sind wir jetzt auf dem Weg in die Stadt.«

Severin hielt sich den schmerzenden Kopf, seine Hände zitterten, Schweiß stand auf seiner Stirn. »Wartet, wartet auf mich, ich komme mit.«

Im letzten Licht des Tages jagten die Wolken den Himmel entlang. Dann senkte sich die Nacht über Kapstadt. Ich könnte mich mit den Dirnen einfach nur unterhalten, dachte Lotte. Ihnen Geld geben, reden und wieder gehen. Nur, welche Sprache sprechen die Einheimischen am Kap überhaupt? Holländisch, Afrikanisch, einen Dialekt. Ihr wurde plötzlich heiß und kalt. Bestimmt nicht Deutsch. Sie erschrak. Was, wenn die Prostituierte nicht lockerlässt, mich bedrängt, mir das Hemd aufknöpft, die Hose öffnet und dann den ganzen Puff zusammenschreit. Verflucht noch eins. Ich sitze in der Falle.

Kaum hatten die Männer das Fort verlassen, hörten sie in der Nähe eine Kirchenglocke läuten, dann schlug die Turmuhr acht Mal.

»Wir könnten auch die Abendmesse besuchen, heute ist Samstag«, schlug Lotte vor.

»Bist du wahnsinnig, wir sind gleich am Puff.« Schwarzenberg beschleunigte seine Schritte.

»Was bist du für ein Schlappschwanz«, sagte Jo. »Du hättest Pfarrer werden sollen, nicht Soldat. Pfarrer dürfen nämlich nicht.«

Unermüdlich grinste das runde Gesicht des Mondes auf sie herab. Lotte war, als wollte der Mann im Mond sie verhöhnen.

Das Bordell von Kapstadt lag in einer Seitengasse beim Marktplatz. Wie die anderen Gebäude der Straße waren die Läden grün und die Fassade weiß gestrichen, eine rote Laterne hing am Eingang und schaukelte im Wind. Durch die geöffneten Fenster hörten sie aufgeregte Stimmen. Wie in einer Wolke drangen die Geräusche nach draußen, ein Quietschen, Johlen und Stöhnen.

»Du siehst aus, als wollte man dich vom höchsten Mast eines Schiffes ins Meer stürzen«, sagte Jo.

»Was steht ihr so blöd rum, mir reicht's endgültig mit euch Langweilern«, erklärte Schwarzenberg. »Die Chance, einen wegzustecken, bietet sich am Kap so schnell nicht wieder. Ich geh da jetzt rein, augenblicklich, und keiner wird mich davon abhalten, meinen Spaß zu haben.« Er verschwand im Eingang, ohne sich nochmals umzudrehen.

»Ganz ehrlich, mir ist das Vergnügen zu teuer«, erklärte Lotte.

»Wenn es nur das ist, ich spendiere dir ne Nutte. Ich wollte mich sowieso bei dir revanchieren, du weißt schon, wegen der Tabakspfeife.«

»Nicht nötig, wirklich, das war ein Geschenk.«

»Lass uns zu zweit zu einer gehen, das verdoppelt den Spaß, ich lass dir sogar den Vortritt.« Jo ließ nicht locker.

»Bloß nicht.« Lotte schüttelte den Kopf. »Irgendwie bin ich heute nicht in Stimmung.«

»Warum willst du nicht?«, wieder bohrte er nach. »Jeder, der nur ein bisschen was in der Hose hat, würde sich nach einem Jahr Abstinenz darum prügeln, hier reinzugehen.«

»Ich …«, stotterte Lotte.

»Was bist du nur für ein Mann.«

Lotte sagte nichts mehr. Stumm schaute sie zu Boden.

»Aber vielleicht bist du gar kein Mann.« Jo strich aufgeregt seine Haare nach hinten. »Ich muss blind gewesen sein. Louis, gibt es endlich zu, du bist gar kein Mann, jeder Zweifel ausgeschlossen. Das erklärt so einiges, nämlich warum du dich am Strand wegen drei Wassertropfen so sonderbar aufgeführt hast.« Es erklärt aber auch die zarten Handgelenke, dachte Jo beruhigt.

»Und jetzt?«

»Was und jetzt?«

»Wirst du mich verraten? Ich gebe dir Geld, wenn du es für dich behältst.«

»Ich will dein Geld nicht.«

Sie starrten sich an. Unendlich lange blickten sie sich in die Augen, sagten nichts, schauten sich nur an. Dann hörten sie von hinten eine dunkle, raue Stimme. Ohne sich umzudrehen, wussten sie, wer ihnen gefolgt war.

»Da kotzt sich gerade einer die Seele aus dem Leib.« Wolffskeel blieb neben ihnen stehen. »Mann, Mann, Mann, der ist schon so besoffen, dass er den Weg zum Puff nicht mehr findet.«

»Wo ist eigentlich Severin?«, fragte Jo. »Der war doch gerade noch hier.«

Sie kehrten um und liefen den Weg zurück zum Fort.

»Wie heißt du eigentlich?«

»Lotte.«

25

Krankenstation

Severin zitterte am ganzen Körper, als Lotte und Jo ihn die letzten Stufen zum Regimentshospital hinaufschleiften. Der Saal war weiß getüncht, etwa zwei Dutzend Holzbetten standen im Raum. Schmerzgekrümmte, leise röchelnde Gestalten lagen auf den Strohmatratzen, ihre Bettlaken waren fleckig. Entlang der Wände hatte der Doktor Glasvitrinen aufgestellt, in denen er seine Mixturen, Skalpelle und Sägen aufbewahrte. Durch das vergitterte Fenster drang fahles Winterlicht. Ein düsterer Streifen zeichnete sich hinter den Gitterstäben ab. Es roch nach Eiter und geronnenem Blut, Hoffnungslosigkeit lag über dem Saal.

»Um Himmels willen, warum lasst ihr euch erst jetzt blicken?«, Dr. de Cohen war außer sich. »Seit wann geht es ihm schon so schlecht?«

Entschuldigend zuckte Jo mit den Achseln. »Man denkt sich doch nichts dabei, ein harmloser Stich, nichts weiter.«

»Geht es auch genauer?«, fragte der Arzt gereizt.

»Vor drei Tagen sind wir zu Fuß von Muizenberg zurückgekommen. Wir waren am Strand, plötzlich jaulte er auf. Irgendwas muss ihn gestochen haben.«

»Ein Skorpion?«, fragte der Doktor.

»Ich habe nichts gesehen.«

»Gestern Abend ging es ihm bereits hundeelend«, ergänzte Lotte.

»Wie schlecht genau?«, fragte Dr. de Cohen.

»Er kotzte alles aus sich heraus, konnte kaum noch gehen.«

Sie legten Severin in ein freies Bett. Er wimmerte, kalter Schweiß stand auf seiner Stirn, Fieberschübe schüttelten seinen Körper.

»Er wird doch wieder gesund?«

»Was fehlt ihm denn?«

Dr. de Cohen starrte auf das gelb eiternde Geschwür an Severins rechtem Knöchel. Sein Fuß war dick angeschwollen, die Haut blau verfärbt.

»Zuerst versuche ich die Wunde zu reinigen, aber dafür ist es wahrscheinlich schon zu spät.«

Auf einer Anrichte lagen Verbände, kleine Töpfchen mit Salben und blank geputzte medizinische Instrumente. Der Doktor nahm weiße Gaze, strich eine braune Paste darauf und säuberte den Eiterherd. Lotte zog einen Stuhl heran, setzte sich an das Kopfende des Bettes. Sie griff nach Severins Arm, der über die Bettkante hing, und hielt seine glühende Hand. Sie spürte, wie das Blut durch seine Adern raste.

»Wegschneiden, ich muss die entzündete Stelle wegschneiden.« Mit einer chirurgischen Schere kratzte er die nässende Eiterblase aus, entfernte graues, abgestorbenes Gewebe, schnitt immer tiefer bis zum Knochen vor.

Severin schrie auf, seine feuchte Hand umklammerte Lottes Finger.

»Wenn es ihm nicht bald besser geht«, Dr. de Cohen machte eine Pause, »nein, es ist …, ich glaube, wir müssen …«

»Was?«

»Amputieren.«

Severin atmete schwer und brachte nur noch ein mattes »Nein« hervor. Aus müden, schwarz umrandeten Augen starrte er Lotte an. Seine Hand wurde immer kraftloser.

»Ich werde ihn verbinden und kurz nach meinen anderen Patienten sehen.« Leise fügte er hinzu: »Es ist sowieso sinnlos.«

»Was haben sie da gesagt?«, schrie Lotte aufgeregt.

»Nichts, gar nichts«, entgegnete der Doktor. »Ich bin ganz allein mit Sterbenskranken. Niemand interessiert sich für all das Leid hier. Der Einzige, der regelmäßig vorbeischaut, ist der Pfarrer.« Er schüttelte den Kopf, stand schließlich auf, ging durch die Bettreihen hindurch, verabreichte Medizin oder wechselte einen Verband.

Für einen kurzen Augenblick schien es, als habe die Wintersonne den Kampf gegen den Nebel gewonnen. Wie ein roter Ballon stand die Sonne auf dem Meer und warf einen letzten bronzefarbenen Lichtstreifen in das Krankenzimmer, kurz darauf ergriffen wieder graue Dunstschleier von ihr Besitz.

»Ich baue mir ein Schloss«, stammelte Severin im Fieberwahn.

»Bitte?« Lotte verstand nicht.

»Bald, sehr bald, von meinem Sold, den ich mir verdient habe, ein Schloss mit Türmen und Zimmern, vielen, vielen …«

»Sei unbesorgt, wir kommen bald nach Hause«, Lotte versuchte ihn zu beruhigen, beugte sich vor und streichelte über sein nasses Haar.

»Schöner und größer als das des Herzogs.«

»Du wirst sehen, wir kommen alle wieder nach Hause.«

»Meine Mutter, mein Vater werden stolz auf mich sein.«

»Ja, sie können stolz auf dich sein.«

»Schöner und größer.«

»Bitte, Doktor, kommen Sie schnell, er faselt nur noch wirres Zeug«, rief Lotte.

»Meine Mutter …«

Dr. de Cohen eilte herbei, fühlte seine Stirn, die zu kochen schien. Dann nahm er sein Handgelenk und ertastete den Puls.

»Ich kann ihm nicht mehr helfen.«

»Sie wollten doch sein Bein amputieren.« Jo bedrängte den Doktor.

»Ich werde ihm keine unnötigen Schmerzen mehr zufügen, es geht zu Ende.«

Severin war zu schwach, um sich noch einmal aufzurichten. Sein Kopf versank in den Kissen. Der Atem ging flacher. Nach einer Weile rührte er sich nicht mehr. Der Glanz war aus seinen Augen verschwunden.

Lotte streichelte über seine schweißnassen Wangen, dann drückte sie seine Lider zu. Einen Moment hielt sie inne. War sie zu hart mit ihm umgegangen nach der Sache mit Meinhard unter Deck, als sich Severin nicht gerührt und ihr nicht beigestanden hatte? Das Leben war so unendlich beschwerlich, nein, es war grausam. Sie faltete Severins Hände über seinem Bauch und murmelte leise ein Vaterunser.

»Vor drei Tagen war er noch quicklebendig und jetzt soll er auf einmal tot sein, das glaube ich nicht.« Jo strich sich durch die Haare. »Das will ich nicht glauben.«

»Es kann jeden zu jeder Zeit treffen, der Tod ist der eigentliche Herr über das Leben, für ihn gelten keine Gesetze«, erklärte der Doktor.

»Warum, warum nur? Severin darf nicht tot sein.« Jo ballte die Hand zu einer Faust, drückte so fest zu, dass seine Nägel sich tief ins Fleisch bohrten.

»Diese armen Hunde sterben für nichts«, sagte Dr. de Cohen mehr zu sich selbst als zu den beiden. Wesentlich lauter setzte er fort. »Die Vereinigte Ostindische Kompanie ist am Ende – und die Zeit der Herzöge, die sich an menschlichem Elend auch noch bereichern, ist längst abgelaufen. In Frankreich erheben sich die Massen. Nur hier am Kap ist die neue Zeit noch nicht angekommen. Es ist empörend, selbst für Medikamente müssen die Soldaten bezahlen.«

»Was?«, fragte Lotte.

»Ich habe alles so satt. Den Verband, die Paste, alles müsste ich Severin in Rechnung stellen, die Kosten werden von seinem Sold abgezogen.«

»Geld von einem Toten!«

»Ja, auch von einem Toten.«

»Wer hat sich das denn ausgedacht?«

»Wer wohl, unser lieber, fürsorglicher Herzog.«

Lotte starrte ihn ungläubig an.

»Wie soll ich das vor meinem Gewissen verantworten? Ich war beim Oberst und habe mich beschwert. Wisst ihr, was er mir geantwortet hat? Nein?«

Jo und Lotte schüttelten den Kopf.

»Er sei in großer Sorge, die Gunst des Herzogs zu verlieren, da Karl Eugen den Schaden, der durch die Toten entstehe, aus seiner eigener Kasse begleichen müsse.«

»Das verstehe ich nicht.«

»Für jeden verstorbenen Soldaten muss Karl Eugen der Vereinigten Ostindischen Kompanie Ersatz beschaffen.«

»Ja, und?«

»Für den Herzog sind das neue Kosten für die Anwerbung, die Uniformen, die Überfahrt. Darum reißt er sich auch den Sold der Toten unter den Nagel. Er achtet penibel darauf, dass ihm die Todeslisten nach Württemberg übersandt werden. Es ist so menschenverachtend.«

»Was werden Sie tun?«, fragte Jo.

»Meine Entscheidung steht fest, ich werfe den Bettel hin. Den Dienst habe ich bereits quittiert und so bald wie möglich kehre ich zurück nach Holland.«

»Haben Sie sich bereits um eine Passage gekümmert? Wann gehen Sie, wann gehen Sie an Bord?« Jo war so aufgeregt, dass er stotterte, seine schwitzenden Hände rieb er unentwegt an der Hose ab.

»Spätestens in einem halben Jahr. Irgendein Segler wird mich mit zurück nach Europa nehmen. Auf der Heimreise sind die Schiffe unterbesetzt, weil Passagiere und Teile der Mannschaft in Übersee bleiben. Zivilisten nehmen die Kapitäne gerne mit an Bord, das bessert ihre Kassen auf. Und für jeden, der zupacken kann, sind sie sogar dankbar.«

»Sind sie sogar dankbar«, wiederholte Jo murmelnd.

Die Nacht war kalt und sternenlos. Jo und Lotte stiegen die Stufen des Rondells nach oben, bis sie den oberen Wall der Festung erreicht hatten. Auf der Westseite des Forts breitete sich das Meer schwarz vor ihnen aus. Lotte fror, sie hatte ihre Arme fest um den Körper geschlungen.

»Sind wir an seinem Tod schuld? Er war unser Freund.«

»Schuld ist ein großes Wort, meine Schuld ist es nicht, dass wir hier sind, die Schuld hat jemand ganz anderes auf sich geladen.«

»Wir hätten ihm sofort helfen müssen, dann wäre er noch am Leben.«

»Vielleicht«, murmelte Jo.

»Es ist paradox, wer handelt, kann schuldig werden, wer nicht handelt aber auch.«

»Niemand konnte wissen, dass ein kleiner Piekser so gefährlich ist. Das bisschen Fieber und Krämpfe, davon stirbt man normalerweise nicht.«

Weiße, vom Wind geblähte Segel tauchten in der Dunkelheit auf. Lotte und Jo beobachteten, wie sich ein Schiff von Osten der Tafelbucht näherte. Um den Bug des Schiffes waren die Kronen der Wellen von einem Feuerkranz umgeben. Das Meer schien zu brennen. Schnell kam das Schiff voran, und je mehr es an Geschwindigkeit gewann, desto heller leuchtete das Fahrwasser, als habe Neptun zur Begrüßung viele kleine Lichter angezündet.

»Wunder und Entsetzen liegen am Kap so nah beieinander.«

Jo nickte.

Nach einer langen Pause sagte er: »Mich hält hier nichts mehr, bevor ich ins Gras beißen muss, werde ich fliehen. Das ist so sicher wie das Amen in der Kirche.«

»Wie oft hast du uns das schon vorgebetet«, Lottes Stimme klang resigniert.

»Mit einem Unterschied: Jetzt haben wir tatsächlich eine Chance.«

26

Kapstadt

Ostheim saß am Schreibtisch einer karg möblierten Dachkammer. Er wohnte bei einer holländischen Offizierswitwe, die nur wenig Geld für die Unterkunft verlangte. Die zehn Quadratmeter, ein Bett mit welliger Seegrasmatratze, eine Kommode, darauf eine gesprungene Waschschüssel und an der Wand ein Haken, an dem seine Uniform baumelte, waren Wohn-, Schlaf-, und Esszimmer in einem.

Ostheim hatte den Schreibtisch dicht ans Fenster gestellt, so hatte er die Tafelbay, den Hafen und das Fort im Blick. Mit seinem Fernglas konnte er die Fahnen der Schiffe erkennen, die in Kapstadt vor Anker gingen. Er lehnte sich auf seinem quietschenden Stuhl zurück und verschränkte die Arme hinter dem Kopf, dann atmete er tief aus. Die letzten fünfzehn Monate waren ein einziges Desaster gewesen, dachte er wütend. Schlimmer noch, sein bisheriges Leben als Sohn eines Herzogs war eine Abfolge von Demütigungen, Fehlschlägen und Katastrophen gewesen. Ämter und Würden stünden ihm zu, die Leitung eines eigenen Regiments, stattdessen war er der Handlanger eines unfähigen Fettwansts. Seit der missglückten Einhornjagd hatte man ihn degradiert, die niedersten Dienste mutete man ihm zu. Seit Wochen saß er begraben wie ein Maulwurf in der Registratur der Vereinigten Ostindischen Kompanie, wühlte sich durch die Frachtpapiere der ein- und auslaufenden Schiffe, ordnete, stempelte sie und archivierte die Kopien. Das Tageslicht bekam er in seinem Verließ nie zu Gesicht. Auf ein eigenes Kommando konnte er warten, bis er schwarz war, bis er in den feuchten Kellerräumen der Registratur Schimmel angesetzt hatte. Seine Karriere war zu Ende, bevor sie überhaupt begonnen hatte.

Mit der flachen Hand schlug er auf die Tischplatte. Es musste sich etwas ändern, hier und jetzt. Immerhin floss blaues Blut durch seine Adern, auch wenn seine Mutter eine italienische Schauspielerin gewesen war, von der er seine schwarzen Augen und seinen dunklen Teint geerbt hatte. Er richtete sich auf, öffnete die Schublade und zog ein Blatt Papier hervor. Ihm blieb nur eine Wahl, er musste einen Brief an seinen Vater, den Herzog von Württemberg, schreiben.

Er strich das beige melierte Pergamentpapier glatt, tauchte seinen Federkiel in ein Tintenfässchen, das vor ihm auf dem Pult stand, und setzte an. Doch wie sollte er beginnen? »Eure Königliche Hoheit, Seine Hochwohlgeboren, geneigter Sir, hochverehrter Vater«? Was, wenn die Anrede »Vater« seine Absichten von vornherein zunichtemachte? »Vater« klang so vertraut, ein familiäres Vertrauen hatte nie zwischen ihnen existiert. Er dufte sich keinen Fehler erlauben, nicht jetzt, und so entschied er sich für die Formulierung »Eure hochwohlgeborene Durchlaucht«. Ostheim war stolz auf seine geradlinige, gut lesbare Handschrift, die alle unnötigen Schnörkel vermied. Spiegelte sich in der Handschrift nicht der Charakter eines Mannes wider?

Er setzte erneut an und plötzlich war ihm, als würden die Worte wie ein sprudelnder Quell aus ihm herausfließen. Er schrieb: »Durchlaucht, wenn Sie mir untertänigst erlauben, möchte ich Ihnen einen wahrheitsgetreuen Bericht vom Leben des Württembergischen Regiments am Kap der Guten Hoffnung abstatten. Nach meinem Dafürhalten steht das Ende der Vereinigten Ostindischen Kompanie kurz bevor. In meiner verantwortungsvollen Position als Leiter der Registratur komme ich zu dem Schluss, dass die Geschäfte der hochgeschätzten Kompanie miserabel laufen, in nur wenigen Wochen wird die einst so mächtige und reiche Handelsgesellschaft zahlungsunfähig sein. Hemmungslos und ungeniert drucken die Herren der Kompanie Papiergeld, um den Soldaten ihren Sold auszahlen zu können. Das ehrlose Schauspiel ist nur ein weiteres untrügliches Zeichen ihres Niedergangs.

Es ist zu befürchten, dass die Holländer den Betrag für die Kostgelder, die Eure Durchlaucht dem Württembergischen Regiment vorgestreckt haben, nicht werden begleichen können. Gestatten Sie mir die Frage: Haben Sie die überfällige Summe von zehntausend Gulden bereits erhalten?

Es ist eine Frage der Zeit, bis die Engländer die Herrschaft am Kap übernehmen. In dieser Situation könnte es sich als äußert günstig erweisen, wenn Eure Durchlaucht den Engländern ein Angebot unterbreiten würden, das Kapregiment in britische Verantwortung zu übergeben. Mit der tatkräftigen Unterstützung der württembergischen Soldaten könnten die englischen Herren das Fort der Guten Hoffnung im Handstreich einnehmen. Als glänzender Feldherr werden Sie den außergewöhnlichen Vorteil ermessen können – und die Geschichte wird Ihnen einst recht geben –, was es bedeutet, sich rechtzeitig auf Seiten der Sieger gestellt zu haben.

Nun zu einem äußerst düsteren Kapitel im Leben des Kapregiments. Mit Bedauern muss ich berichten, dass Oberst Hügel seinen Verpflichtungen als Kommandeur nicht mehr gerecht wird. Der Oberst hat sich von einem ehrenhaften Soldaten zu einem geldgierigen Krämer entwickelt, der nicht würdig ist, den Offiziersrock Eurer Durchlaucht zu tragen. Anstatt sich um das Wohl und Wehe seiner Männer zu kümmern, hat er nur noch seine Geschäfte im Kopf. Hat die herzogliche Verwaltung bereits Kenntnis davon genommen, dass Oberst Hügel zusammen mit seiner Konkubine am Kap einen florierenden Handel mit Ausrüstungsgütern aus Württemberg und der ganzen Welt betreibt? Ist es nicht das heiligste Recht Eurer Durchlaucht, an diesen Geschäften beteiligt zu werden?

Könnte Eure Durchlaucht aus oben dargelegten Gründen in Erwägung ziehen, mit den Engländern Kontakt aufzunehmen?

Zuletzt erlaube ich mir, Ihnen den Vorschlag zu unterbreiten, nach geglückter Übernahme des Forts durch die Engländer, meine Wenigkeit, den ergebensten Diener Eurer Durchlaucht, Leutnant Ostheim, mit der Leitung des württembergischen Regiments zu beauftragen.

Untertänigst: Ihr Karl von Ostheim, Leutnant des Württembergischen Regiments.«

Das Schreiben durfte auf keinen Fall in die falschen Hände geraten. Er faltete das Papier, versiegelte es und steckte es in die Innentasche seines Soldatenrocks. Übermorgen würde ein Paketboot nach Holland ablegen. Er würde den Brief höchstpersönlich an Bord bringen.

27

Ludwigsburg

Drei Monate später traf das Paketboot von Kapstadt in Amsterdam ein. Nach weiteren zehn Tagen öffnete Karl Eugen in Schloss Ludwigsburg das Schreiben und las es aufmerksam durch. Hatte er Ostheim unterschätzt, war sein Sohn tatsächlich zu Höherem berufen? Was war das für eine elende Geschichte, dass Oberst Hügel sich hinter seinem Rücken bereicherte? Der Gewinn, den die Ausrüstung und Verpflegung der Soldaten in Südafrika einbrachte, stand ihm alleine, dem Herzog von Württemberg, zu. Dieser hinterhältige Hügel kannte die Verträge sehr genau.

In einem Schreiben, das er ohne Umschweife an den Oberst aufsetzte, ließ er seiner Empörung freien Lauf. Er verlangte eine detaillierte Abrechnung über alle Einnahmen und bestand auf der peniblen Rückerstattung aller Gelder. Hügels unehrenhafte Machenschaften würde er keinen Tag länger dulden. Im äußersten Fall schrecke der Herzog auch nicht davor zurück, Oberst Hügel durch seinen hochgeschätzten Sohn, Leutnant Ostheim, zu ersetzen. Zudem stellte er Hügels militärische Fähigkeiten in Frage. Sei der Oberst überhaupt noch in der Lage, die Situation am Kap richtig zu beurteilen? Karl Eugen sei von einem Vertrauensmann zu Ohren gekommen, dass die Kompanie in ernsthaften Geldschwierigkeiten stecke und kaum in der Lage sei, ihre zukünftigen Verpflichtungen zu erfüllen. Selbst die Verpflegungsgelder für die Überfahrt, die der Herzog aus der Staatskasse vorgestreckt hatte, standen noch aus. Ob dem Oberst klar sei, dass er durch sein schamloses Treiben dem württembergischen Volke einen unermesslichen Schaden zugefügt habe? Zum Schluss seines Briefes ermahnte er den Oberst mehrfach und erteilte ihm die strikte Weisung, mit allen Kräften die Interessen seines Vaterlandes zu verfolgen.

Das war geschafft. Müde ließ Karl Eugen die Feder sinken, über seine arthritisch gekrümmte Hand spannte sich eine fleckige Haut. Sein Körper war ihm verhasst, er ekelte sich vor seinem eigenen Geruch. Die Knie versagten ihm den Dienst, bei jedem Versuch sie zu beugen, schwappte ein infernalischer Schmerz in ihm hoch, jeder Schritt wurde zur Qual, er verspürte nur noch den Wunsch zu schlafen, endlos zu schlafen. Resigniert nahm er zur Kenntnis, wie fremd ihm sein Franzele geworden war. Meistens hielt sie sich in der Schlosskapelle auf. Schon morgens in aller Frühe, noch bevor er aufgestanden war, rutschte sie auf den kalten Kirchenbänken herum. Sie hatte sich bigotten, pietistischen Predigern verschrieben, die Einfluss auf seine Politik nehmen wollten. Deren Geschwätz über die ewige Verdammnis und ein bußfertiges Leben brachten ihn zur Weißglut. Das Alter verdammte ihn ohnehin zu einem gottgefälligen Leben, er verzichtete auf alles, was er liebte: Fleisch, Wein und Frauen.

Stöhnend erhob er sich. Nach der Mittagsruhe würde er den Kontakt zu den Engländern einfädeln. Der Oberhofmeister von Zeppelin weilte derzeit in London. Seinen Vertrauten würde er beauftragen, in Sachen Kapregiment Verhandlungen mit dem britischen Hof zu führen, ein letztes Mal wollte er beweisen, welch listiger Fuchs er sein konnte.

Die Antwort aus London ließ nicht lange auf sich warten. Karl Eugen spürte einen heftigen Krampf in der Magengegend, ihm wurde speiübel, er war kreidebleich, als habe man ihm eine Totenmaske übergestülpt. Das Schreiben von Henry Dundas, dem ersten Viscount von Melville, Kriegsminister im Kabinett Pitt, lag vor ihm auf dem Pult. Jede Silbe enthielt eine Niedertracht, jedes Wort war eine Demütigung, jede Zeile ein Stich ins Herz; der Brief kam einem Todesstoß gleich.

Zu lesen war da, welch abstruse Vorstellung den Herzog überkommen habe, etwas verkaufen zu wollen, was ihm nach Wissen der britischen Kriegsmarine nicht mehr gehöre. Karl Eugens verwirrter Geisteszustand lasse sich nur mit seinem greisen Alter erklären, zu entschuldigen sei sein Ansinnen jedenfalls nicht. Habe er bereits in Erwägung gezogen, die Krone Württembergs einem Jüngeren anzuvertrauen? Das Schreiben endete mit einem Affront: Sollte das englische Empire jemals auf fremde Soldaten angewiesen sein, würden sich seine Militärs hüten, eine Armee aus württembergischen Bauerntölpeln zu verpflichten.

Karl Eugen war zum Gespött des englischen Hofes geworden. Zu verdanken hatte er die Schmach dieser verfluchten Missgeburt. Im Moment bereute er es zutiefst, den Bastard gezeugt zu haben. Er nahm das Schreiben, zerriss es in viele kleine Stücke und schleuderte die Papierschnipsel durch die Luft, sanft segelten sie zu Boden. Tausende Kilometer von Südafrika entfernt gab es keine Gelegenheit, sich an dem elenden Nichtsnutz zu rächen. Ihm war, als sei sein Machtbereich binnen Augenblicken auf ein kleines Fleckchen Württemberg zusammengeschrumpft. Er verfluchte das Kap, das Geschäft mit den Holländern, welch elendes Kreuz hatte er sich damit am südlichsten Rand der Welt aufgeladen? Er verfluchte seine Hilflosigkeit. Und seinen einzigen Verbündeten hatte er vor den Kopf gestoßen. Es war ein unverzeihlicher Fehler, den hochgeschätzten und äußerst verdienten Oberst so hart angefasst zu haben. Andererseits, musste Hügel gegenüber Ostheim nicht die gleichen Rachegelüste empfinden wie er selbst? Er atmete aus, seine Muskeln entspannten sich, die Schmerzen in seinen Gelenken schienen zu verstummen. Nun war er sich sicher, ein anderer würde für ihn die Drecksarbeit erledigen. Bei diesem Gedanken ließ sich der Herzog in die samtene Lehne seines goldlackierten Sessels zurückfallen.

28

Kapstadt

Die Sonne blinzelte zwischen nassgrauen Wolkenbänken hervor und warf einen schwefelgelben Lichtkegel auf die Lagerhalle in der Waalstreet. Lotte saß auf den Stufen, die zum Kontor führten, und hielt ihre angewinkelten Beine fest umschlungen. Hinter ihr stand Marianne, ihre Fäuste in die Hüften gestemmt. Die Tore des Kontors waren weit geöffnet. »Diese verdammten Hurensöhne, jetzt warten wir schon seit fünf Stunden auf die neue Ladung. Soll ich die Ware etwa selbst hierhertragen? Die Helena liegt seit einer Ewigkeit vor Anker! Den Matrosen ziehe ich die Hammelbeine lang, falls sie überhaupt noch einmal auftauchen.«

Eines Tages hatte Marianne eine Aushilfe für das Warenlager gesucht, die Arbeit wachse ihr über den Kopf, hatte sie den Oberst wissen lassen. Ob Hügel nicht einen seiner Jungs entbehren könne? Er werde Leutnant Ostheim mit ihrer Bitte beauftragen, versprach Hügel. Nachdem Lotte im Kontor erschienen war, hatte Marianne sofort Gefallen an ihrem neuen Gehilfen gefunden, obwohl sie sich eigentlich einen kräftigen Burschen fürs Grobe gewünscht hatte, nicht so eine halbe Portion. Zu ihrer Überraschung war ihr junger Assistent nicht nur zäh und flink, sondern konnte sogar rechnen und ordentlich zupacken.

»Welche Ware soll heute eintreffen?«, fragte Lotte.

»Leinen und blaues Tuch aus württembergischen Webereien. Außerdem habe ich Äpfel bestellt. Die Leute werden sich darum prügeln, vorausgesetzt die Äpfel werden in diesem Jahrhundert noch geliefert.«

Lotte nickte.

»Na endlich, ich dachte schon, der Erdboden hat sie verschluckt.«

Am Ende der Waalstreet hatte Marianne eine riesige Staubwolke entdeckt, die sich langsam näherte. Drei voll beladene Ochsenkarren zuckelten über den trockenen, aufgerissenen Lehmboden. Vor dem Kontor kamen die Ochsen zum Stehen. Von jedem Wagen sprangen zwei Hafenarbeiter herunter, rieben sich ihre schwieligen Hände und schauten die Kontorsbesitzerin beflissen an.

»Alles abladen, schnell, schnell. Ich habe nicht ewig Zeit. Die Fässer kommen auf die Rampe, ich will einen Blick reinwerfen. Auch die Kisten stellt ihr zuerst hier oben ab. Bevor ich die Ladung quittiere, will ich kontrollieren, was ich kaufe.«

Die Arbeiter wuchteten die Fässer vor die Tore des Kontors, mit Hämmern und Meißeln traktierten sie die zugenagelten Deckel, bis sie knarrend aufsprangen. Marianne griff hinein, holte einen roten Apfel heraus und drehte ihn sorgsam in der Hand.

»Herrlich, die Äpfel haben die Reise bestens überstanden. Ich hatte schon befürchtet, mit vergorenem Most abgespeist zu werden.« Marianne warf ihrem Gehilfen einen freudigen Blick zu. »Jetzt will ich die andere Ware sehen.«

Mit geübten Schlägen öffneten die Matrosen die Holzkisten.

»Was ist denn das?« Marianne zog einen rot-blau karierten Rock aus Schurwolle hervor. »Und hier?« Sie hielt ein seidenes Negligé in der Hand, dann förderte sie einen monströsen Damenhut zu Tage, an dem bunte Federn hingen. »Aufmachen, alles aufmachen!«

Marianne durchwühlte die geöffneten Kisten, dabei fielen Schals, Blusen und Strümpfe zu Boden. Nach einer Weile war die Rampe mit vielen bunten Kleidungsstücken übersät.

»So viele Frauen gibt es in der Kolonie überhaupt nicht, dass ich den Plunder losschlagen könnte. Das scheint heute nicht mein Glückstag zu sein.« Sie setzte sich auf den Rand einer Kiste.

»Wenn du eine Frau wärst, könntest du dir jetzt aussuchen, was dir gefällt«, sagte sie zu Lotte.

»Die Sachen sind wunderschön.« Lotte nahm ein geblümtes Sommerkleid in die Hand und hielt es sich vor den Körper.

»Würde dir sicher gut stehen. Ich befürchte nur, Oberst Hügel wüsste es nicht zu schätzen, wenn seine Soldaten plötzlich in bunten Kleidchen umhermarschierten.« Marianne lachte.

Die Arbeiter hatten den beiden regungslos zugehört, bis einer plötzlich fragte: »Madame, was soll nun mit all den Sachen passieren? Wir müssen zurück zum Hafen.«

»Den Krempel könnt ihr gleich wieder mitnehmen. Ich hatte Leinen und blaues Tuch bestellt, nicht Damenunterwäsche.« Sie griff nach einem Höschen, wirbelte es um den Finger und schleuderte es im hohen Bogen weg.

»Wir liefern die Ware nur aus, für Reklamationen sind wir nicht zuständig.«

»Das ist mir ganz egal, mit wem ihr das regelt, mit dem Kapitän, dem Reeder oder dem lieben Gott persönlich. Die Sachen gehen zurück. Mein letztes Wort.«

»Für die Sommerkleider finden wir sicher Käuferinnen«, sagte Lotte. »Es würde mich sehr wundern, wenn die Damen am Kap sie uns nicht aus den Händen reißen würden.«

»Du entwickelst Geschäftssinn, das gefällt mir.« Mit funkelnden Augen sah sie Lotte an.

»Ihr habt es gehört. Außer den Kisten mit den Sommerkleidern geht alles zurück.«

Murrend sammelten die Hafenarbeiter die verstreuten Kleidungsstücke ein, packten sie in die Kisten und verstauten die Waren wieder auf den Ochsenkarren.

Von der Waalstreet hörten sie lautes, heftiges Schnaufen und Getrappel. Oberst Hügel preschte fluchend herbei. Er winkte, rief, stürmte an den Arbeitern vorbei und ließ sich erschöpft in einen Korbsessel fallen, der vor dem Kontor stand. Mit der linken Hand wischte er sich den Schweiß von der Stirn, mit der rechten umklammerte er einen Brief.

»Brauchen Sie uns noch, Madame?«

»Geht endlich, geht«, herrschte sie der Oberst an.

Wortlos stiegen die Männer auf die Ochsenkarren, nahmen die Zügel in die Hand und fuhren los.

»Es ist ungeheuerlich, einfach ungeheuerlich!« Oberst Hügel rang nach Luft.

»Um Himmels willen, was ist denn passiert?«, fragte Marianne.

»Dieser miese Ostheim hat uns verraten, dafür wird er mir büßen.«

»Ich verstehe kein Wort.«

»Der verdammte Sauhund hat uns beim Herzog angeschwärzt, ihm von unseren Geschäften berichtet.«

»Was heißt das? Etwa, wir müssen teilen?«

»Das heißt, wir müssen Karl Eugen alle Einnahmen auf Heller und Pfennig zurückerstatten.« Er wedelte mit dem Brief.

»Alles?«

»Jedenfalls die Gelder, die wir durch die Ausrüstung der Soldaten verdient haben.«

»Das ist fast alles.«

»Eben.«

»Wir legen uns krumm und der olle Hanswurst streicht den Gewinn ein. Nicht mit mir.« Wütend stampfte Marianne mit dem Fuß auf den Boden.

»Wir können gar nichts machen, Vertrag ist Vertrag. Der Herzog wird beim Gouverneur der Kolonie intervenieren, sollte er nicht schleunigst sein Geld erhalten.«

»Und was jetzt?«

Der Oberst zuckte mit den Achseln.

»Ich lasse mir das nicht bieten, ich finde einen Weg, und wenn ich die Bilanzen fälschen muss, damit habe ich überhaupt kein Problem. Das ist mein Verdienst, mein Geld.«

»So einfach ist das nicht.«

»Oh doch, der Herzog wird mich noch kennenlernen.«

»Außerdem …«

»Was denn noch?« Sie verdrehte die Augen.

Oberst Hügel machte eine lange Pause, dann seufzte er laut.

»Heute Morgen ist durchgesickert, dass das Kapregiment verlegt werden soll.«

»Was, wie, wann? Woher weißt du das?«

»In aller Frühe traf eine Depesche aus der Amsterdamer Zentrale im Fort ein. Da Gouverneur Gordon nicht auffindbar war, habe ich das Schreiben entgegengenommen. Schwarz auf weiß habe ich es gelesen: Die Vereinigte Ostindische Kompanie plant die Verschiffung des Regiments nach Batavia.«

»Ich verstehe nicht. Wie soll das gehen, so mir nichts, dir nichts?«

»Durch eine Geheimklausel des Vertrags kann das württembergische Regiment in jeden Winkel dieser Welt geschickt werden.«

»Bitte, dir war klar, dass die Holländer uns wie Billardkugeln auf der Landkarte herumschubsen können, und du hast nie einen Ton gesagt?« Marianne wusste nicht, ob sie heulen oder fluchen sollte. Ihr war, als würde der Boden unter ihren Füßen wegbrechen.

Hügel nickte fast unmerklich mit dem Kopf.

»Was bedeutet das jetzt für uns?«, schrie sie, ihre Stimme überschlug sich, ihre Hände zitterten.

»Wenn es stimmt, wovon ich ausgehe, müssen wir unsere Zelte hier abbrechen, wir alle.« Oberst Hügel sank in sich zusammen, er sah aus wie ein eingefallener Hefeteig.

»Wir sollen unser Geschäft aufgeben? Herr im Himmel, sag, dass das nicht wahr ist!«

»Alles muss weg.«

Trotzig schüttelte Marianne den Kopf.

»Es ist vorbei.«

Lotte stand unbeachtet im Kontor und hatte das Gespräch der beiden belauscht. Als sie den Oberst sagen hörte, Batavia sei das Grab der Deutschen, von dort kehre nur einer von dreien wieder zurück, nahm sie eine Kleiderkiste, die im Eingang stand, und trug sie in die hinterste Ecke der Lagerhalle. Jetzt hieß es handeln. Nach Java würden sie keine zehn Teufel bringen. Sie schlug den Deckel auf, nahm ein geblümtes Sommerkleid und ein Tuch heraus, entdeckte in dem Kleiderwust vergissmeinnichtfarbene Strümpfe, versteckte die Sachen in einem Blechkasten und schob ihn in die Tiefen eines Regals, das hinten im Kontor stand.

»Zumindest ein Gutes hat Batavia«, hörte sie den Oberst zu Marianne sagen.

»Und was sollte das sein?«

»Ostheim wird noch in dieser Woche ein Schiff Richtung Ostindien besteigen, so wahr mir Gott helfe. Und ich werde dem Bootsmann einbläuen, dass dem Bastard auf der Überfahrt ein Unglück zustoßen soll. Die See entlang der Straße von Madagaskar ist stürmisch, sehr gefährlich, immer wieder geht dort jemand unbemerkt über Bord.

Sollte der Verräter die Reise dennoch überleben, werde ich ihn auf Java höchstpersönlich in eine Schlangengrube werfen.«

Marianne hatte dem Oberst zuletzt gar nicht mehr zugehört. Sie fühlte sich wie ein verschrecktes, waidwundes Tier, das in eine Falle geraten war. Ein unsagbarer Schmerz zerriss sie. Unmöglich, es ist absolut unmöglich, dass ich Südafrika verlasse, welch aberwitzige Vorstellung! Nie und nirgends habe ich mich freier, lebendiger, glücklicher gefühlt. Südafrika ist mein Leben, hier bin ich zum ersten Mal ich selbst. Wer gehen will, soll gehen, ich bleibe.

Marianne nahm einen Seidenschal, wickelte ihn sich um den Kopf, bändigte eine lose Haarsträhne und murmelte, sie müsse sich um eine Ladung Kapwein kümmern. Der Junge solle die Lagerhalle abschließen. Ohne einen Gruß stieg sie die Treppen des Kontors hinunter, lief die Waalstreet entlang, durchquerte die Burgengracht und erreichte ihr Zuhause. Kaum hatte sich der Schlüssel im Schloss herumgedreht, rief sie dem malaiischen Boy, er solle ihr Pferd satteln, sie habe es eilig.

Ihr Weg führte sie über verwitterten Granit vorbei an weiten, ausladenden Hügeln, die mit Weinreben bedeckt waren. Aus der Ferne wirkte das smaragdgrüne Weinlaub wie die sanft gekräuselten Wellen eines riesigen Blättermeeres. Die Sonne stand bereits tief im Westen und warf ein rötliches Licht über die Landschaft. Ihr Pferd scheute, als es über seinen eigenen Schatten laufen musste. Marianne beruhigte es, tätschelte seinen Hals und versprach ihm, dass sie bald am Ziel wären.

Das Weingut Groot Constantia lag eingebettet zwischen hohen Eichenbäumen, die den Blick auf das Gehöft versperrten. Durch das Eichenlaub schaute zuweilen ein weißer Streifen oder die Spitze des Giebels hervor. Marianne passierte ein Gatter, das offen stand, und ritt direkt auf die prächtige, stuckverzierte Villa zu, die wie ihr eigenes Haus grüne Fensterläden und ein reetgedecktes Dach besaß. Sie zügelte ihr Pferd und entdeckte Dirck Schalkenbosch, der mit einem Angestellten sprach. Als er Marianne bemerkt hatte, eilte er ihr entgegen und winkte dabei unermüdlich.

»Wie komme ich zu der Ehre?«

»Ich war zufällig in der Gegend und dachte, ich schaue mal vorbei.«

»Ausgezeichnet.«

Beim Absteigen stützte Marianne sich auf seinen Arm. Als sie festen Boden unter den Füßen hatte, drückte er mit einem strahlenden Lächeln ihre Hand und hätte sie am liebsten nicht mehr losgelassen.

»Übrigens, das ist April van de Caab, mein Kellermeister, meine rechte Hand, das Mädchen für alles. Ohne ihn könnte ich keine einzige Flasche Wein verkaufen.«

Sie nickten einander freundlich zu.

»Kommen Sie, kommen Sie, ich führe Sie herum.«

Er zupfte sie am Ärmel und deutete mit einem Blick auf die Weinpresse. In dem fensterlosen Gebäude roch es nach vergorenen Trauben. Malaien waren damit beschäftigt, riesige Holzbottiche zu putzen, sie kletterten hinein, wischten, schrubbten und spülten sie nacheinander mit Wasser aus. Im Herbst nach der Weinlese würden seine Arbeiter darin die Trauben mit den Füßen zerstampfen, erklärte Dirck Schalkenbosch. Einen Kelterbaum wie in Württemberg besäße das Gut nicht, was die Qualität ihres Weines in keiner Weise schmälere. Der lehmige Sandstein, dazu der maritime Einfluss des Südatlantiks, der die Halbinsel umschließe, und die trockenen Nordwinde aus dem Landesinneren seien ideal, um Wein anzubauen.

Dirck Schalkenbosch öffnete eine sperrige Holztür, jetzt würden sie das Allerheiligste betreten, versprach er. Sie stiegen die Treppe zum Weinkeller hinunter, der einer Tropfsteinhöhle glich. Die Wände aus Lehmziegeln verbreiteten eine feuchte Kühle. Eichenholzfässer stapelten sich in drei Reihen übereinander. Zusammen mit April van de Caab habe er alles renoviert, die Wirtschaftsgebäude erneuert und sogar die Holzfässer selbst gezimmert. Sie liefen die Fassreihen entlang und bogen in einen schmalen Flur, an dessen Ende sich ein kleiner Raum, gleich einem Tresor, befand. Dirck Schalkenbosch musste seinen Kopf weit nach vorne neigen, um durch den Türrahmen zu treten. Zielsicher zog er eine Flasche hervor. Das sei ihr Schatz, süßer Dessertwein aus französischen Muskattrauben. Die Prinzessin von Nassau-Weilberg sei verrückt danach, jedes Jahr würde sie mehrere Kisten davon bestellen und selbst die preußischen Königinnen wüssten einen süßen Tropfen vom Kap sehr zu schätzen. Eine Flasche koste den Monatslohn eines Soldaten. Er pustete den Staub von der Flasche, strich über das Etikett und legte sie vorsichtig in das Holzgestell zurück. Sie verließen den Weinkeller und schlugen den Weg Richtung Haupthaus ein.

»Verzeihen Sie, jetzt bin ich noch gar nicht dazu gekommen, Sie zu fragen …« Er sah sie an, wusste, dass etwas mit ihr nicht stimmte, bereute die vielen Worte, die er gemacht hatte, die keinen Funken seiner Gefühle widerspiegelten. Er hatte geredet und geredet, um nicht hilflos vor ihr zu verstummen und sein Inneres preisgeben zu müssen. Dirck Schalkenbosch war, als würde sein Gerede ihm noch nachträglich die Luft abschnüren, ein dicker Kloß saß in seiner Kehle.

»Was wollten Sie mich fragen?«

Er hatte sich verschluckt, räusperte sich laut. »Ich wollte fragen, ähm, wie, also … Sie sehen so …«

»Wie?«

»… verzweifelt aus und ich rede und rede ohne Unterlass.«

»Nein, nein es ist wunderbar, Ihnen zuzuhören. In Ihrer Gegenwart fühle ich mich so leicht, so unbeschwert.«

Im Dämmerlicht hatten sie die Terrasse erreicht, auf der Dirck Schalkenbosch für gewöhnlich seine Abende verbrachte. »Nehmen Sie Platz, was darf ich Ihnen anbieten, einen süßen Weißen oder einen trockenen Roten?«

»Weißen.« Er brachte eine Flasche Muskat, entkorkte sie, goss öligen, hell schimmernden Wein in Gläser, die beim Anstoßen einen hellen Klang verbreiteten. Er wusste nicht, wie er anfangen sollte, fühlte sich glücklich und verstört zugleich. Aus der Stille heraus fragte er plötzlich: »Und wie laufen die Geschäfte?«

Sie zuckte zusammen. »Nun, heute ist ein Malheur passiert.«

»Ja?«

»Anstatt Leinen wurden Damenhöschen geliefert.«

Er lachte. »Das ist doch für Sie eine Kleinigkeit, dic Wäsche an den Mann, besser gesagt an die Frau zu bringen!«

Sein helles Lachen umschloss sie wie ein seidiger Umhang.

Die Nacht hatte sich über das Weinland gelegt, in der Ferne blitzten gezackte Lichter auf, die den Horizont violett erleuchteten. Donner war keiner zu hören. Sie sahen hinaus in die Dunkelheit. Wilder Rosmarin und das Harz der Bäume verströmten den Duft des Sommers.

»Ich will nicht weg von hier.«

»Bitte?«

»Die Kompanie wird unsere Leute nach Batavia schicken.«

»Was, wann soll das sein?« Er sprang auf.

»Ich will Kapstadt nicht verlassen, ich will Sie nicht verlassen.«

Marianne fing an zu schluchzen, er nahm ihre Hand und zog sie an sich heran. Dann küsste er ihr die Tränen von den Wangen. Sie erwiderte seine Küsse, strich über sein Gesicht und sah in seine blauen Augen. Wann hatte Hügel sie zum letzten Mal so innig, so verliebt angesehen, sie konnte sich nicht erinnern. Noch nie hatte sie sich so verstanden, so geborgen gefühlt. Sie streifte seinen Hals, da war er wieder, der Geruch von frisch geschlagenem Holz, dem sie damals sogleich verfallen gewesen war. Die Gedanken kreisten in ihrem Kopf, unzählige Bilder stiegen in ihr auf. In Ludwigsburg hatte sie sich von einer frechen, ungezogenen Maid in ein verwöhntes Nichts verwandelt. Außer Kleidern, Tanzen und Festivitäten war ihr nichts wichtig gewesen. Erst Kapstadt hatte ihre besten Seiten zu Tage gefördert. Sie war eigenständig, verdiente ihr eigenes Geld, und das nicht zu knapp. Bei diesem Gedanken lächelte sie wieder. In dem Moment drückte Dirck Schalkenbosch sie fest an sich, hoffentlich würde er sie nie wieder loslassen. Was sie mit der Vergangenheit verband, was die Zukunft für sie bereithielt, war in diesem Augenblick bedeutungslos.

29

Fort de Goede Hoop

»Was für ein widerlicher Gestank, die verwesenden Fleischreste vor den Schlachthäusern sind ein Dreck dagegen.« Jo kniete auf dem Boden der Latrine, tauchte eine Bürste in einen Zinkeimer und schrubbte die Abtritte sauber. »Ich verstehe nicht, wie man ständig danebenpissen kann. Die Löcher sind doch wirklich groß genug.«

Eine hartnäckige Kruste aus eingetrockneten Exkrementen hatte sich über die Steinplatten gelegt.

»Verdammt noch eins, das geht ja gar nicht mehr weg, das müsste man mit einem Messer abkratzen.«

Paul Schwarzenberg spülte gerade die Ablaufrinnen aus. »Immer bleibt die Drecksarbeit an uns hängen.«

»Vergiss nicht, draußen müssen wir noch die Sickergrube mit Erde zuschütten.«

Sie hörten eine Glocke schlagen.

»Essenszeit.« Jo warf die Bürste in den Putzeimer, wischte seine Handflächen an der Hose ab und rappelte sich auf. Sie überquerten den Kasernenhof, erreichten die Essensausgabe vor der Regimentsküche und reihten sich in die Schlange der Wartenden ein. Als sie aufgerückt waren, schöpfte ihnen der Koch eine Kelle graue, übelriechende Flüssigkeit in den Blechnapf.

»Was soll das sein?«, fragte Paul Schwarzenberg.

»Kohlsuppe.«

Paul Schwarzenberg tauchte seinen Zeigefinger in die Brühe und schleckte ihn ab. »Versalzen, wie immer. Ich glaube nicht, dass man das Zeug fressen kann.«

»Dann lass es bleiben und mach den anderen Platz.«

Ohne zu überlegen, schüttete er dem Koch die Suppe über die Brust.

»Iss den Schlangenfraß selbst, ich brauche was Ordentliches.«

Entgeistert schaute der Koch ihm hinterher, wie er in die Küche eindrang.

»Der elende Stümper versteckt doch irgendwo Fleisch, das hol ich mir.«

In der Küche durchstöberte er die Regale, warf Büchsen zu Boden, entdeckte die Tür zur Vorratskammer, öffnete sie und erhaschte geräucherte Würste, die über einer Stange baumelten. Kaum hatte er zugegriffen, spürte er einen heftigen Schlag gegen seinen Nacken und seinen Hinterkopf, dann sackte er zu Boden.

»Von Selbstbedienung war nie die Rede.« Wolffskeel zog Paul Schwarzenberg auf die Füße, bugsierte ihn nach draußen und schob ihn über den Platz zum Arrestturm. »Du kommst jetzt für längere Zeit in den Genuss unserer Luxusunterkunft, vielleicht schmeckt dir das Essen dort besser.«

Auf dem Kasernenhof versuchte Wolzogen, die murrende Menge im Zaum zu halten. »Alle Mann zurück auf die Stuben«, befahl er, »sofort.«

Die Gruppen, in denen die Soldaten zusammenstanden, lösten sich nur zögerlich auf. Viele verharrten an Ort und Stelle, blickten um sich.

»Ich hab die Schnauze gestrichen voll«, schrie Jo wütend und warf seinen Napf Richtung Wolzogen, klappernd fiel er zu Boden.

»Mir stinkt's auch gewaltig«, rief Lotte. »Den Fraß könnt ihr den Schweinen vorsetzen.«

Plötzlich erfüllte ein frenetischer Lärm den Hof. Die Männer grölten, pfiffen oder droschen auf ihre Schüsseln ein.

»Es ist eine gewaltige Sauerei, für jeden Scheißdreck müssen wir bezahlen«, riefen sie. »Kein Heller bleibt für uns übrig. Jetzt lernt ihr uns kennen.«

»Schon vergessen: Sechs Monate ist es her, dass wir den letzten Sold erhalten haben.«

»Papiergeld, das völlig wertlos ist«, rief Lotte.

»Eine Nutte verlangte beim letzten Mal das Doppelte, weil ich mit kapländischen Rixdalern bezahlen wollte. Betrug, das ist Betrug«, schimpfte Jakob Gerst.

»Wir lassen uns nicht länger abzocken.«

Die Atmosphäre auf dem Kasernenhof war explosiv.

»Jetzt ist Schluss.«

»Auf zu den Waffen, wir holen, was uns gehört.«

»Wir haben nichts mehr zu verlieren.«

Unbemerkt waren über ein Dutzend Meuterer, darunter Jo und Lotte, über den Hof gerannt und hatten die Tür zur Waffenkammer eingetreten, die in der Nähe der Küche lag. Sie überwältigten den wachhabenden Unteroffizier, fesselten ihn und verteilten Gewehre und Patronen nach draußen.

»Zuerst befreien wir Schwarzenberg aus dem Loch, dann nehmen wir uns die Regimentskasse vor«, schrie Jakob Gerst, der ein Gewehr lud.

»Du bleibst besser hinter mir und duckst dich rechtzeitig«, sagte Jo zu Lotte. »Es könnte gefährlich werden.«

Die Bewaffneten stürmten über den Platz zur Ostseite des Forts, wo sich der Gefängnisturm befand. Mit den Gewehrkolben schlugen sie die Eisenkette auf, die um das Gatter geschlungen war.

Plötzlich fielen Schüsse. Jo sah, wie sich oben auf dem Wall Schatten bewegten. »Geh in Deckung«, rief er Lotte zu, »die knallen uns ab.«

Die Männer verschanzten sich hinter den Säulen des Arkadenganges. Jo spannte den Hahn, legte an und feuerte in Richtung Wall. Seine Kugel durchbohrte den Sandstein und hinterließ ein fingerbreites Loch.

»Lasst die Waffen fallen, ergebt euch«, befahl Wolzogen, »ihr habt keine Chance.«

»Das werden wir ja noch sehen!« Jakob Gerst verließ die Deckung, nahm einen Soldaten ins Visier und schoss. Der Getroffene fiel über die Brüstung in den Kasernenhof, regungslos blieb er liegen. Immer mehr holländische Garnisonssoldaten rückten über die Wachtürme nach und verstärkten das Feuer. Das Zischen des Kugelhagels hallte zwischen den Mauern wider und vermischte sich mit den Schreien der Verwundeten, das Getöse im Fort war ohrenbetäubend. Lotte glaubte, ein Schuss sei direkt neben ihr aufgetroffen. Sie blickte um sich, Jakob Gerst sackte zusammen und fiel seitlich in den Staub. Blut tränkte sein weißes Hemd, er verdrehte die Augen, seine Pupillen bewegten sich nicht mehr. Der Boden war mit Toten übersät, auch Meinhard hatte es getroffen. Um den ist es wenigstens nicht schade, dachte Lotte, als sie seinen leblosen Körper mit der Schuhspitze berührte.

»Stellt endlich das Feuer ein, oder wollt ihr alle verrecken«, schrie Wolzogen.

Mittlerweile waren im Säulengang weitere Soldaten herangerückt und hatten die Meuterer umstellt.

»Werft die Waffen weg, wird's bald«, befahl Wolzogen.

Jo ließ sein Gewehr fallen und hob die Hände. »Nicht schießen, wir ergeben uns, wir ergeben uns.«

Seit Tagen hatte Hügel seine Diensträume im Fort nicht mehr verlassen. Der Oberst saß auf einem wackeligen Feldbett und kratzte sein Kinn, auf dem ein grauer Stoppelbart spross. Die Haut unter seinen Augen war dunkel und faltig, seine Hüfte schmerzte. Er schlief schlecht, träumte wirres Zeug, morgens fühlte er sich wie ein ausgewrungenes Tuch. Beglückender, erholsamer Schlaf erschien ihm wie ein fernes, fremdes Land. Er war um Jahre gealtert. Nachdem Marianne von ihrem Ausritt nicht zurückgekehrt war, hatte er sich vorgestellt, sie sei von wilden Tieren zerrissen, von Wegelagerern überfallen worden und in einem Graben qualvoll verblutet. Am nächsten Morgen in aller Frühe hatte er einen Trupp Soldaten losgeschickt, um Marianne zu suchen. Abends kehrten seine Feldjäger zurück und berichteten, man habe ihre schwarze Stute mit dem markanten weißen Streifen auf dem Nasenrücken entdeckt, das Tier grase mit anderen Pferden auf einer Koppel, die zum Weingut Groot Constantia gehörte.

Die Nachricht traf Oberst Hügel ins Mark, seitdem war er nicht mehr er selbst. Was suchte sein Fräulein Kayser bei Dirck Schalkenbosch, diesem aufgeblasenen, widerlichen Affengesicht. Sieben Tage und elf Stunden waren seit ihrem Verschwinden vergangen. Hügel litt entsetzlich. Sollte er Schalkenbosch zum Duell fordern, Marianne gewaltsam seinen Klauen entreißen oder Groot Constantia einfach in Schutt und Asche legen? Die Eifersucht zermarterte sein Gehirn, Eifersucht schien ihm die grausamste aller Qualen zu sein. Und das Schlimmste, die Zeit lief gegen ihn. Die Vereinigte Ostindische Kompanie hatte sich klar geäußert, Oberst Hügel wurde in einer Woche nach Ceylon verlegt, Hauptmann von Wolzogen nach Java. Es war zum Verzweifeln, vielleicht würde er sein Fräulein Kayser nie mehr wiedersehen.

Jemand klopfte an seine Tür, nach einem kurzen »Ja« des Obersts trat Wolzogen ein und erinnerte ihn daran, dass man ihm die Gruppe der Meuterer vorführen wollte. Hügel stand auf, griff nach seiner schmerzenden

Hüfte, machte einige unbeholfene Schritte zur Garderobe, streifte seine blaue Uniformjacke über, stieg ächzend in seine Stiefel und schob das Feldbett mühevoll hinter einen Paravent. Er sei bereit, das Standgericht könne beginnen.

Kurz darauf führte man ihm Jo, Lotte und die anderen Beschuldigten vor, die sich an der Revolte beteiligt hatten. Mit gefesselten Händen standen sie vor seinem Schreibtisch.

»Die Abendsuppe scheint euch wohl nicht bekommen zu sein«, eröffnete Hügel das Verhör.

Die Angeklagten erwiderten nichts, starrten ihn nur regungslos an.

»Warum habt ihr euch nicht bei Feldwebel Wolffskeel, Hauptmann von Wolzogen oder sonst irgendeinem Vorgesetzten beschwert, wenn die Suppe angeblich so ungenießbar war? Ihr hättet einen Koch aus den eigenen Reihen bestimmen können.« Er schüttelte vehement seinen Kopf. »Wegen einer versalzenen Suppe zetteln diese Schwachköpfe einen Aufstand an, das habe ich während meiner gesamten Dienstzeit noch nicht erlebt.«

»Wenn es nur die Suppe wäre! Wir werden um unseren Sold betrogen, und das schon seit Monaten«, platzte Jo heraus.

»Ein Geständnis, Einsicht, Reue, so könntet ihr eure Situation noch verbessern, nicht durch Querulantentum.« Hügel schlug mit der Faust auf den Tisch. »Hauptmann Wolzogen, der sich während der bewaffneten Revolte außerordentlich tapfer verhalten hat, berichtete mir, dass er zwei Rädelsführer ausgemacht hat, das sind nach seinen Aussagen …«, er blätterte in den Unterlagen, die auf seinem Tisch lagen, »äh, das sind, hier habe ich es, Joseph Baptist Jett und Louis Morell, beide vortreten.« Lotte und Jo machten einen kleinen Schritt nach vorne.

»Der Morell hat damit nichts zu tun, das Ganze ist allein meine Schuld«, erklärte Jo standfest, »meine Schuld und die von Jakob Gerst, der Morell kann nichts dafür, ist bloß aus Versehen da reingeraten.« Er zeigte auf Lotte, die dicht neben ihm stand. Lotte wusste nicht, wie ihr geschah, sie war sprachlos, fand kein Wort der Verteidigung.

»Nun, das sehen meine Offiziere anders. Bei Meuterei ist der Fall ganz klar: Die Mitläufer schwören feierlich, ihr Verhalten zu bereuen, und werden zu zwei Jahren Zwangsarbeit im Steinbruch auf Robben Eiland verurteilt. Für die Rädelsführer lautet das Urteil Tod durch Erschießen. Abführen.«

Ihre Augen gewöhnten sich nur schwer an die Dunkelheit. Durch ein Gitterfenster drang ein schwacher Lichtschein herein. In der Zelle war es kalt und feucht, ein übler Modergeruch lag in der Luft, so rieche der Tod, meinte Jo. Er lehnte mit dem Rücken an der Wand, strich mit der Hand durch sein störrisches Haar.

Sah so das Ende aus? Eingesperrt in einer dunklen Zelle, in diesem schrecklichen Land, das nichts kennt außer Hitze, Staub und Wind? Er wollte nie nach Südafrika, hatte sogar versucht zu fliehen und sich dafür blutig schlagen lassen. Was hatte er mit dem Herzog, dem Fort oder den Engländern zu schaffen? Das alles musste ein riesiger Irrtum sein. Er stieß seinen Kopf gegen die Wand, heftiger und immer heftiger. Nein, nein, ich will nicht sterben. Er spürte nicht, wie sich Blut zwischen seinen Haaren sammelte, er spürte keinen Schmerz. Wir sind wie Insekten, kriechen umher wie Insekten und werden zerquetscht wie Insekten. Was soll das alles, wozu werden wir geboren, wenn das Leben sowieso sinnlos ist und Menschen nur die zerbrechlicheren Insekten sind? Langsam glitt er an dem rauen Gemäuer hinab. Auf dem klammen Stroh, das den Gefängnisboden bedeckte, rollte er sich zusammen und gab keinen Laut mehr von sich. Es war, als habe sein Sterben bereits begonnen.

In drei Tagen sollte die Hinrichtung stattfinden. Drei Tage, das war die Zeit zwischen Tod und Auferstehung, so stand es in der Bibel. Es waren ihre letzten drei Tage, die schmerzlichste Erfahrung ihres kurzen Lebens stand ihr damit bevor: das Warten auf den eigenen Tod. Lotte haderte mit ihrem Schicksal, verdammte sich und den Herzog, verfluchte die Welt. Womit hatte sie all das verdient: die Strapazen an Bord der Fortuna, die Gefahren, die überall auf sie lauerten, das ewige Versteckspiel, die Stumpfsinnigkeit in Südafrika, die Demütigungen zu Hause im »Wilden Mann«? Ihr Leben war ein Sumpf aus Bitternis und Elend. Sie raste vor Wut und Verzweiflung, schlug ihre Fäuste gegen die Schläfen. Die Angst breitete sich in ihrem Körper aus wie ein gefräßiger Tumor. Lotte versuchte zu beten, es gelang ihr nicht. Dann vergrub sie den Kopf in ihren Händen und weinte stumm in sich hinein. Sie fühlte sich wie lebendig begraben. In drei Tagen würde sie tot sein.

Im Morgengrauen hörten sie ein Klacken, ein Schüssel drehte sich zweimal im Schloss herum und die Zellentür sprang auf. Ein Uniformierter scheuchte sie auf und band ihre Hände auf dem Rücken zusammen. Das Gewehr im Anschlag führte er sie ins Freie. Draußen warf die Sonne ihre ersten Strahlen über einen samtblauen Himmel, der Sommerwind säuselte und tänzelte über sie hinweg, als wollte er sie verspotten. Heute ist ein schlechter Tag zum Sterben, scherzte der Soldat.

Allmählich wurden Jo und Lotte der Szenerie gewahr: Soldaten über Soldaten bevölkerten den Kasernenhof. Um ihre Nacken an schweren Lederriemen hingen Trommeln, die Schlagstöcke hielten sie fest umklammert, andere schwenkten Fahnen, auf denen die drei großen Buchstaben VOC in Gold genäht waren. Inmitten des Platzes hatte man zwei Pfähle errichtet. Obwohl Hunderte aufmarschiert waren, um dem Spektakel beizuwohnen, lag eine beklemmende Stille über dem Fort. Jo und Lotte spürten einen Gewehrkolben im Rücken. Den Blick zur Erde gesenkt, setzten sie mühsam einen Fuß vor den anderen. Beim Gehen wirbelten sie Sand auf, feinen, weißen Sand, der sich als Schleier um ihre Stiefel legte. Ein Kaplan eilte herbei, murmelte Gebete, der himmlische Vater würde ihnen verzeihen, er bekreuzigte sich und verschwand zwischen den Reihen der Soldaten. Sie wurden an die Pfähle gefesselt, das Blut entwich aus ihren Gliedern und eine unendliche Leere breitete sich in ihnen aus.

Jemand stülpte Lotte eine schwarze Kapuze über den Kopf, man hatte ihr keine Wahl gelassen. Reflexartig presste sie die Augenlider zusammen, öffnete sie im gleichen Augenblick wieder, sie sah nichts, kein Licht, keine Bewegung, völlige Finsternis umgab sie. Ein Trommelwirbel ertönte, schwoll an, dröhnte laut und erstarb so plötzlich, wie er erklungen war. Wieder diese bedrückende Stille. Dann hörte Lotte Schritte, ein metallenes Geräusch, ein Klacken. Ihre Hände verkrampften sich, ihr Atem ging schneller, überschlug sich, ihr Herz pochte hinauf bis zur Halsschlagader.

»Legt das Gewehr an«, schrie eine laute Stimme.

Da war es wieder, dieses Klacken, ein Gewehrhahn wurde gespannt und rastete ein – Schüsse krachten. Nichts. Lotte spürte – nichts. War sie bereits tot? Fühlte sich so der Tod an, schmerzlos? Nein, nein, ein Irrtum, ein riesiger Irrtum, sie atmete, sog die Luft tief in ihre Lungen. Sie lebte.

Dann hörte sie laute Rufe: »Bringt die Delinquenten zurück in den Arrestturm, das Urteil wurde vollstreckt.«

»Diese verdammten Hunde, die wollten uns gar nicht töten«, schrie Jo und traktierte die Zellenwand mit seiner Faust. »Die wollten uns eine Heidenangst einjagen, uns zu Tode erschrecken. Das Urteil stand von Anfang an fest.« Blut lief an seinem Handgelenk herunter.

»Ich muss mich erst wieder daran gewöhnen, am Leben zu sein, weiterzuleben«, sagte Lotte. Ihre Knie zitterten, ihr Herz flatterte, noch immer hatte sie sich nicht beruhigt. »Was machen die jetzt mit uns? Werden wir nach Robben Eiland geschickt?«

»Nein, nein, diese Hunde, die brauchen jeden Mann für Batavia. Deshalb hat man uns am Leben gelassen.«

Lotte ließ sich ins Stroh fallen. Wie schön das Leben doch war, selbst in diesem trostlosen Loch!

Gegen Abend hörten sie vor ihrer Zelle eine Stimme: »Soldat, Sie können gehen, ich übernehme ab jetzt die Wache.«

Der Gefreite, der an einem schlichten Pult vor sich hin gedämmert hatte, blickte überrascht auf, zögerte einen Moment, zuckte schließlich mit den Achseln und stand auf. Mehrere rostige Eisenschlüssel hingen an einem Brett über dem Pult. Er sagte: »Zu Befehl, Leutnant.« Dann tippte er mit der flachen Hand an die Stirn und verschwand.

Ostheim hörte, wie der Wachmann sich entfernte, seine Stiefel über die Wendeltreppe klackten und verhallten. »Irgendeiner von denen wird schon passen.« Ostheim griff nach den Schlüsseln, durchschritt den schmalen Gang zwischen Wache und Zelle und öffnete die Gefängnistür. »Kommt schon, ich bringe euch sicher hier raus.« Dazu forderte er Jo und Lotte mit einer Handbewegung auf, ihm zu folgen. »Bleibt dicht hinter mir, dann wird euch nichts passieren.«

Die beiden sprangen auf die Füße, blieben jedoch unschlüssig stehen.

»Warum wollen gerade Sie uns helfen? Wohin bringen Sie uns?«

»Ich versteck euch im Keller und bring euch später nach draußen.«

»Warum?« Jo beharrte auf seiner Frage. »Ich verstehe nicht?«

»Rache, ich will dem Oberst eins auswischen, der lässt mich wie ein totes Stück Fleisch in der Registratur vergammeln.«

»Dem trau ich nicht über den Weg, da ist doch was oberfaul«, sagte Lotte.

»Los, vorwärts«, befahl Ostheim.

»Von wegen sich am Oberst rächen – seit wann fallen sich Offiziere gegenseitig in den Rücken? Das stinkt doch zum Himmel. Ich bleibe.«

Plötzlich zog Ostheim eine Pistole hervor, die unter seiner Uniform steckte und zielte mit dem Lauf direkt auf sie: »Raus hier, wird's bald.«

Jo und Lotte sahen sich verdutzt an, dann verließen sie ihre Zelle, wobei sie sich an ihm vorbeidrücken mussten, und betraten die Wachstube. Ostheim folgte ihnen mit gezückter Pistole.

»Was soll das Ganze?«, fragte Lotte. »Erst wollen Sie uns befreien und jetzt bedrohen Sie uns mit der Pistole?«

»Ihr seid zwei ganz Gescheite, hmm? Denkt doch mal nach. Wer die Flucht von Gefangenen vereitelt, kann sich des Danks von allerhöchster Stelle sicher sein. Garnisonskommandeur Robert Gordon wird mich für meine Tapferkeit auszeichnen. Wen kümmert es da, wenn zwei Meuterer auf der Strecke bleiben.«

»Der knallt uns ab, der will uns abknallen, verdammt!«

»Jeder muss schauen, wo er bleibt. Vielleicht trete ich auch in die Dienste der Vereinigten Ostindischen Kompanie und werde Gordons persönlicher Adjutant.«

»Halt, stopp, die Kompanie schickt uns alle nach Batavia.«

»Unfug. Das wüsste ich. Los, geht endlich, damit wir es zu Ende bringen können.«

Dielen knarrten.

Ostheim schaute erstaunt, als er im Türrahmen Wolffskeel erkannte. »Verschwinden Sie, Feldwebel, das hier erledige ich alleine«, schnauzte er ihn an.

»So, sind alle hübsch beisammen, ist ein Ausflug geplant?«, fragte Wolffskeel spöttisch.

»Unsinn! Ich habe die Gefangenen überrascht, als sie fliehen wollten, bin quasi im letzten Moment dazugekommen, um ihren Ausbruch zu verhindern.« Unsicherheit lag in Ostheims Stimme.

»Das ist nicht wahr«, schrie Lotte.

»Spielt überhaupt keine Rolle«, erklärte Wolffskeel kühl, »auf diese Gelegenheit warte ich seit genau neunundzwanzig Monaten.« Er zog seine Peitsche hervor und mit einem präzisen Hieb schlug er Ostheim die Pistole aus der Hand. Dann warf er sich auf ihn und knallte ihm seine Faust mitten ins Gesicht. »Schon vergessen, wir zwei hatten noch eine Rechnung offen.« Aus Ostheims Nase tropfte Blut.

»Raus hier, das ist unsere Chance«, flüsterte Jo, »solange die Herren noch eine Weile miteinander beschäftigt sind.« Er schob Lotte zur Wendeltreppe.

»Schon vergessen, du schuldest mir den Sold von vier Monaten.« Eine Reihe von Schlägen trafen Ostheims Unterkiefer, seine Wangenknochen und Augen.

Ostheim wehrte sich mit aller Kraft, versuchte Wolffskeels massigen Körper von sich herunterzustoßen. Er strampelte mit den Beinen wie ein hilfloser Käfer, der auf den Rücken gefallen ist, aber er entkam Wolffskeels Fäusten nicht.

»Geld, wie viel Geld willst du, ich gebe dir alles, was ich besitze.« Ostheims Uniform war mit Blut besudelt, das Gesicht rot geschwollen.

»Ich will dein Geld nicht.«

Ostheim sah ihn mit schreckgeweiteten Augen an.

»Denn es wird mir ein einmaliges Vergnügen sein, einem herzoglichen Bastard mit bloßen Händen die Kehle zuzudrücken«, sagte Wolffskeel.

Ostheim röchelte, schnappte nach Luft.

»Im Protokoll wird stehen, Leutnant Ostheim sei von zwei Häftlingen auf der Flucht erdrosselt worden, ehrenhaft und hochverdient habe er bis zuletzt seine Pflicht erfüllt.« Dann drückte Wolffskeel zu.

Die Nacht hatte das Fort in ein schwarzes Tuch gehüllt. Der Kasernenhof lag still vor ihnen. In den Diensträumen des Oberst Hügel brannte kein Licht. Sie mussten sich beeilen, es war eine Frage von Minuten, bis Wolffskeel Alarm schlagen würde. Dicht an die Mauer des Arkadengangs gedrängt, liefen Jo und Lotte vorwärts, versuchten das Nordportal zu erreichen. Sie beobachteten, wie eine Patrouille über den Hof marschierte und verharrten hinter einer Säule.

»Ich hätte mir vor Angst in die Hose geschissen«, sagte einer der beiden Wachsoldaten.

»Zum Schein exekutiert werden, puuh, das ist eine üble Schweinerei.«

»Nein, ich wäre vor Angst gestorben«, sagte der Erste.

»Bete zu Gott, dass uns das nie am eigenen Leib passiert.«

Ihre Stimmen entfernten sich.

»Über den Hof abzuhauen, ist zu riskant, hier entdeckt man uns sofort«, sagte Lotte.

»Was dann?«

»Wir brauchen Seile.«

»Wozu?«

Lotte zeigte auf den Wall.

»Wo sollen wir die so plötzlich herkriegen?«

»Aus der Sattelkammer.«

Im Schutz der Dunkelheit kehrten sie um, stießen eine Holztüre auf und waren von Sätteln, Zaumzeug und Reitstiefeln umgeben, ein scharfer Pferdegeruch lag in der Luft.

»Verflucht, gibt's hier keine Seile?«

Vom Nebenraum hörten sie lautes Schnarchen. Auf einem Haufen zusammengeknäulter Decken lag ein Soldat, der nach Schnaps stank. Daneben stand ein Holzbock, über dem Zügel und Taue hingen.

»Das reicht nie«, murmelte Jo. Sie schlichen vorwärts, den Schlafenden immer im Blick. Plötzlich musste Lotte niesen, der Pferdegeruch reizte ihre Nase. Sie nieste ein zweites Mal.

»Mist, verdammter.« Jo drehte sich hastig um und drückte ihr Mund und Nase zu. »Du hältst jetzt die Luft an«, flüsterte er. Der Schlafende räkelte sich und schmatzte mit den Lippen. Wie zu Stein geworden blieben sie stehen, starrten ihn regungslos an. Minuten wurden zur Ewigkeit, endlich wurde sein Atem wieder tief und regelmäßig, er verfiel in ein heftiges Schnauben. Sie packten die Taue, und auf Zehenspitzen machten sie sich davon.

Draußen war es ruhig, die Wache war verschwunden. Sie hasteten eine Außentreppe nach oben und kletterten auf eine Brüstung, die das Fort umgab. Meterhohes Mauerwerk trennte sie von dem Wall.

»Das schaffen wir nicht da rauf.« Jo schüttelte sein wildes schwarzes Haar.

Geduckt liefen sie die Balustrade entlang weiter, entdeckten ein offenes Fenster, durch das sie einstiegen. Plötzlich schien der Boden unter ihren Füßen zu wanken, laut und heftig, als stünde das letzte Gericht bevor, ertönte die riesige Sturmglocke über dem Haupteingang.

»Jetzt wissen alle, was los ist, bald hat es hier mehr Soldaten als Steine.«

Das Fort war ein Labyrinth aus Fluren, Erkern und Verliesen, verwinkelt und unübersichtlich. Im Dunkeln stolperten Jo und Lotte vorwärts, tasteten sich an einer Mauer entlang, verzweifelt auf der Suche nach einer Treppe, die sie nach oben führen würde. In einem Seitengang flammte der Lichtstrahl einer Fackel auf.

»Das wird die beiden teuer zu stehen kommen, abhauen und vorher noch den Sohn seiner Durchlaucht zur Strecke bringen.«

Im Widerschein des Feuers bewegten sich drei Schatten auf sie zu.

»Diesmal werden die Halunken nicht so ungeschoren davonkommen, bei der nächsten Hinrichtung fließt Blut.«

Es war Wolffskeel, der ihre Witterung aufgenommen hatte. Die Schatten der Verfolger flogen über die Wände, kamen immer näher, bedrohlich nah. Panisch durchquerten Jo und Lotte einen Gang, der sich zu einem Gewölbe erweiterte. Links von sich bemerkte Lotte eine Nische, die einer erkalteten Feuerstelle glich. Sie blieb stehen, bückte sich, nahm die Mulde in Augenschein.

Ein Schacht führte von dort ins Freie. Sie sah, dass Eisenhaken zwischen den Steinen befestigt waren. Im Inneren war der Schornstein fettig und rußig. Bis vor kurzem hatte man darin wohl Fleisch geräuchert.

»Komm schon, vorwärts, warum bleibst du auf einmal stehen?« Jo's Stimme bebte.

»Nein, komm hier lang.«

Lotte stieg in den Schornstein hinein, stemmte sich mit Armen und Beinen ab, bekam einen Eisenring zu fassen und zog sich hoch. Jo sah, wie Lotte in dem Schacht verschwand, und folgte ihr auf dem Fuß.

»Die können nicht mehr weit sein, die haben wir gleich – und dann gnade ihnen Gott.«

Das Getrampel von Soldatenstiefeln drang zu ihnen herauf und entfernte sich wieder.

Lotte streckte sich, erklomm einen weiteren Eisenring, kletterte höher und höher. Ihre Hände waren schon ganz schwarz und schmierig vom Ruß, der den Kamin über und über bedeckte. Schließlich ertastete sie den Rand des Schachts, ihr Fuß suchte einen Spalt im Mauerwerk, sie stieg weiter nach oben, dann hatte sie es geschafft. Sie schob ein Knie auf die Kante der Öffnung, sprang auf die Füße und ging hinter der Festungsmauer in Deckung. Wenig später kauerte Jo neben ihr. Auf dem Wall nahe beim Kanonenplatz hörten sie das Tosen der Brandung. Der Wind trug salzige Meeresluft zu ihnen herüber.

»Uns trennen nur noch fünf Meter von der Freiheit«, sagte Lotte.

»Fünf Meter können verdammt viel sein.«

Sie nickte, die Gefahr war längst noch nicht überstanden.

Das Fort war von einem ausgetrockneten Graben umgeben, der mit Gräsern und Büschen überwuchert war. Sie knoteten die Taue zusammen, befestigten das Seil an einer Kanone und warfen das andere Seilende durch eine Schießscharte. Es baumelte weit über dem Boden.

»Du weißt, was das heißt? sagte Jo, als er sich über die Brüstung beugte.

»Springen.«

»Du zuerst.«

Ohne zu überlegen rutschte Lotte an dem Seil nach unten, ließ sich fallen und landete unsanft in einer Senke, direkt neben der Festungsmauer.

Sekunden später hörte sie den Aufprall eines Körpers und Jo schob sich zu ihr. »Noch alles dran?«

»Denke schon.« Lotte rieb ihre Hände aneinander, die Haut war aufgeschürft und blutete, sie betastete ihre Füße, Knöchel und Knie, jeder Knochen war heil geblieben.

Dann krochen sie durch das Gestrüpp, Äste schlugen ihnen ins Gesicht. Als sie den Rand des Grabens erklommen hatten, sahen sie, wie sich die Tore des Forts öffneten und eine Armada von Soldaten ausschwärmte.

»Wir müssen die Drecksuniformen loswerden. Runter damit«, befahl Lotte.

Sie streiften ihre Jacken ab und warfen sie ins Gebüsch.

»Verdammt, überall sind Soldaten. Die werden uns sofort aufspüren. Wir haben überhaupt keine Chance zu entkommen.« Jo ging wieder in Deckung.

»Quatsch!«

»Sollen wir uns etwa in Luft auflösen?«

»Wir schwimmen«, erklärte Lotte.

»Was?«

»Zuerst suchen sie die Straßen nach uns ab, ganz sicher nicht die Küste.«

»Wohin willst du eigentlich?«

»Komm einfach mit, ich weiß genau, was zu tun ist, keine Zeit für Erklärungen.«

Halb aufrecht, halb kriechend stolperten Lotte und Jo durch die hohen Gräser zum Meer, kletterten über die glitschigen, algenbewachsenen Felsen ins kalte Wasser. Die Gischt umspülte ihre Brust, spritzte ihnen ins Gesicht. Wenn die Brandung zu stark wurde, die Wellen über ihren Köpfen zusammenschlugen und sie den Boden unter den Füßen verloren, warfen sie sich Richtung Land, paddelten voller Verzweiflung mit Armen und Beinen, bis sie wieder Grund spürten. Dabei schluckten sie Wasser, husteten laut, die Angst schnürte ihnen die Luft ab, einmal glaubte Lotte sogar zu ertrinken. Endlich hatten sie den besagten Küstenabschnitt umrundet und gingen schlotternd an Land.

»Wenn ich hier lebend rauskomme, lerne ich schwimmen, das schwöre ich«, sagte Jo.

»Ich bin dabei«, entgegnete Lotte.

Von der Meerseite näherten sie sich unbemerkt dem Kontor von Marianne Kayser. Lotte streifte ihren linken Stiefel ab, stülpte ihn um und ein Schlüssel fiel zu Boden. »Das beste Versteck überhaupt«, meinte sie und schloss die Eingangspforte auf.

»Du erstaunst mich immer wieder.« Jo musterte sie voller Anerkennung.

»Die nächsten Tage verstecken wir uns im Kontor, zu essen und trinken gibt es reichlich.«

»Was ist mit der Madame des Obersts?«

»Die ist schon vor Tagen abgehauen, verschwunden, ohne ein Wort zu sagen, ich glaube nicht, dass sie so schnell wieder auftaucht.«

Mit der Sicherheit einer Schlafwandlerin fand sich Lotte in dem dunklen Kontor zurecht, zündete eine Kerze an und schritt zielstrebig die Regale ab, bis sie in der hintersten Ecke angekommen war. Sie zog einen Blechkasten hervor, nahm den Deckel ab und entfaltete ein geblümtes Sommerkleid.

»Für dich brauchen wir auch trockene Sachen, Jacke und Hose.« Lotte begann in einer Kiste zu wühlen und fand genau das, was sie gesucht hatte. Sie hielt ihm einen weißen Leinenanzug hin, und stellte schwarze Lackschuhe auf den Boden. »Das wird sich prächtig machen. Kein Zweifel, Kleider machen Leute.«

Nachdem sie sich umgezogen hatten, sagte Lotte strahlend: »Das Beste kommt aber noch!«

Jo blickte sie fragend an.

»Was meinst du, wo Madame ihr Gespartes aufbewahrt?«

Er zuckte mit den Achseln.

In der Nähe des Pults, auf einem Regal, lag ein ausgestopftes Krokodil, das sein Maul weit aufgerissen hatte und seine spitzen, scharfen Zähne fletschte. Es wirkte wie lebendig, als würde es jeden Augenblick zuschnappen.

»Madame Kayser glaubte, ich merke es nicht, wenn sie die Bestie mit Geld fütterte. Greif da mal rein!«

»Wo? Ins Maul?«

»Keine Angst, das beißt nicht mehr zu.«

Jo führte seinen Arm bis zum Ellbogen in den Schlund des Reptils und zog einige Münzen hervor. »Das sind ja echte Gulden, kein wertloses Papiergeld.«

»Heute ist Zahltag.«

»Was meinst du, wie viel das ist?«

»Reichlich, Madame war eifrig und sparsam.«

30

Im Hafen von Kapstadt

Am östlichen Horizont färbte sich der Himmel über dem Meer leicht grau. Die Stimmen der Morgenvögel, ihr melodiöser Gesang, erfüllten die Stille. In Kapstadt erwachte ein neuer Tag.

Jo gähnte laut und räkelte sich, als die ersten Sonnenstrahlen das Kontor erhellten. Die Nacht hatte er auf ein paar kratzenden, leeren Leinensäcken verbracht. Lotte hatte mit angezogenen Knien im Korbsessel von Madame Kayser geschlafen. Jo erhob sich stöhnend und wirbelte sein dichtes Haar durcheinander. »Und wie geht's jetzt weiter? Bislang lief es ja nicht schlecht für uns.«

»Genauso geht es auch weiter, ich löse für uns zwei Schiffspassagen nach Europa.«

»Du weißt aber schon, dass die da draußen nach uns suchen.«

»Sicher, nach zwei entflohenen Kapsoldaten, nicht nach einer Frau.«

In einem leichten Sommerkleid und mit einer blauen Tasche entschlüpfte Lotte dem Kontor. Um ihre Haare hatte sie ein Tuch gewickelt. Sie näherte sich dem Stadtzentrum. Überall wimmelte es von Soldaten, auf dem Markt, vor dem Rathaus, selbst in den Kirchen wurde patrouilliert. Kapstadt war in Aufruhr. Eine Wache marschierte direkt an ihr vorbei, musterte sie und ließ sie unbehelligt ziehen.

Sie gelangte zum Hafen, prächtige Schiffe lagen dort vor Anker, der Wind wiegte sie hin und her. Schließlich betrat sie die Hafenmeisterei. Selbst hier hatten sich Soldaten postiert.

Vielleicht würde es doch schwieriger werden, zusammen mit Jo an den Patrouillen vorbeizukommen. Hatte sie sich das alles zu einfach vorgestellt? Doch ab hier gab es kein Zurück mehr. Wenn nur keine Zeichnungen von ihnen angefertigt würden und in der Stadt in Umlauf gerieten. Ein zunehmendes Unbehagen machte sich in ihr breit. Aber nein, das Anfertigen und Drucken solcher Zeichnungen würde Tage dauern, schoss es ihr durch den Kopf. Trotzdem, wir müssen so schnell wie möglich von hier verschwinden.

Lotte stellte sich vor den Schalter im Inneren der Hafenmeisterei, an dem bereits drei Malaien standen. Als sie nach kurzem Warten an der Reihe war, sagte ein Seebär mit verwittertem Gesicht etwas Unverständliches zu ihr. Vermutlich sprach er Niederländisch. Lotte zeigte auf eine Preisliste, die auf dem Tresen angebracht war.

»Deutsch, english, dansk?«, fragte der Hafenmeister.

»Deutsch«, sagte Lotte erleichtert.

»Hier kommen Leute aus aller Herren Länder vorbei, da ist es ganz nützlich, ein paar Sprachen zu beherrschen. Außerdem war meine Großmutter Deutsche. Aber bitteschön, gnädiges Fräulein, womit kann ich dienen?«

»Wann legt das nächste Schiff nach Europa ab?«

»Das nächste soll es sein?« Er blätterte in seinen Unterlagen und räusperte sich, bevor er sagte: »Morgen verlässt die Aurora den Hafen Richtung Amsterdam und segelt dann weiter nach Kopenhagen.«

»Ich möchte eine Passage für zwei, für mich und meinen Verlobten. Außerdem haben wir noch einen etwas sperrigen Koffer dabei.« Das Krokodil kommt in jedem Fall mit, dachte sie und musste schmunzeln, ein wunderbares Andenken.

»Zur Hochzeit geht's nach Hause, verstehe.« Mit seinem Finger glitt er die Passagierliste der Aurora nach unten. »Das lässt sich machen. Die Dänen haben so viele Kaufleute und Material nach Java verschifft, an Bord ist noch reichlich Platz. Ich befürchte, jeder von Ihnen muss eine eigene Kajüte beziehen. Der Kapitän ist ein knochentrockener Lutheraner, der versteht keinen Spaß, ausschließlich verheiratete Paare bekommen bei ihm eine Zweierkabine. Das mit der Hochzeitsnacht muss wohl noch ein wenig warten.«

»Wenn das alles ist. Ich zahle bar.«

»Macht hundert Gulden«.

Lotte kramte in ihrer Tasche.

»Haben Sie schon gehört, gestern Nacht sind zwei Soldaten entflohen, das ganze Fort steht Kopf.«

»Davon habe ich gar nichts mitgekriegt«, beteuerte Lotte mit Unschuldsmiene.

»Nein?«, er zog das ohnehin runzlige Gesicht noch stärker in Falten. »Haben Sie die vielen Soldaten nicht bemerkt?«

»Sicher, sicher, ich habe mich schon gewundert.«

»Die Feldjäger drehen jeden Stein um, ohne Erfolg, geschnappt haben sie die beiden noch nicht.«

»Wo können die sich bloß versteckt haben?«

»Also, was man so hört, sind die schon längst auf und davon, wahrscheinlich bei einem Siedler irgendwo in der Umgebung untergeschlüpft. Und der arme Wicht weiß vielleicht noch nicht einmal etwas von seinem Glück.«

Lotte schaute den Hafenmeister besorgt an.

»Ab morgen wird die Suche ausgedehnt. Ich glaube sogar, wenn die Entflohenen sich nicht in Kapstadt auffinden lassen, werden alle verfügbaren Garnisonssoldaten abgezogen, um das Umland zu durchkämmen.«

»Sicher?«, setzte Lotte neugierig nach.

»So sagt man. Aber das braucht Sie und Ihren Verlobten ja nicht zu kümmern.«

Lotte holte schnell hundert Gulden hervor und legte sie auf den Tresen. Der Hafenmeister füllte die Bordpapiere aus und reichte sie ihr.

Zum Abschied wünschte er ihr noch eine gute Reise.

Der Tag sickerte durch den halb geöffneten Fensterladen. Über ihrem Bett tanzten Staubflocken im Lichtstrahl der Sonne. Marianne küsste Dirck Schalkenbosch auf die Augenlider, den Mund, streichelte seine Wangen mit den dunklen Bartstoppeln, dann richtete sie sich in den Kissen auf.

»Sollte ich nicht besser mit ihm reden?«

»Was willst du ihm sagen, dass es vorbei ist und du bei mir bleibst? Das weiß Hügel längst.«

»Es ist feige und schäbig von mir, ihn einfach sitzen zu lassen, so ohne ein Wort.«

»Willst du ihn um Verzeihung bitten, um Verständnis?«

»Nein, aber all die Jahre …«

Dirck Schalkenbosch verdrehte die Augen.

»Er war immer gut zu mir.«

»Was heißt das, ›gut zu dir‹, das ist nichts. Hat er dich auf Händen getragen, hat er dich so geliebt wie ich dich, so wie du es verdienst? Feige und schäbig ist es, dass er dich – nach wie vielen Jahren? – immer noch nicht geheiratet hat.«

»Sieben.«

»Bitteschön, sieben Jahre. Ich gehe mit dir sofort, gleich heute, wenn du willst, zum Friedensrichter.«

Sie strahlte ihn an, küsste ihn. Er strich sanft ihren Rücken entlang.

»Und was wird aus dem Kontor?«

»Du bleibst auf Groot Constantia, bis das württembergische Regiment Kapstadt verlassen hat. Wenn er erst mal in Ceylon ist, wird dein Oberst dich schnell vergessen haben.«

»Sag nicht ›dein Oberst‹, das ist er nicht mehr.«

»Nur zu gerne. Und um das Kontor kümmere ich mich fürs Erste.«

Später würde sich Dirck Schalkenbosch wundern, wo das Krokodil abgeblieben war, von dem Marianne so beharrlich gesprochen hatte. Selbst als er jedes Regal ausgeräumt und durchsucht, jede Ecke durchforstet und auch noch die letzte Kiste umgedreht hatte, das Krokodil blieb wie vom Erdboden verschluckt.

Für einen Augenblick schien die Sonne rotglühend auf dem Meer zu stehen, sie stieg die Wölbung des wolkenlosen Himmels empor und auf ihrem Zenit brannte sie unbarmherzig herab. In dem gleißenden Licht erschien Kapstadt leer und verlassen wie eine Geisterstadt. Nur der Wind heulte durch die Gassen, gebärdete sich laut und wild wie eine Furie. Der Hafenmeister hatte recht behalten, die Soldaten hatten den Befehl erhalten, im Umland nach den Entflohenen zu suchen. Kapstadt war ausgestorben.

Zur Mittagszeit hatten sich ein Herr und eine Dame auf der Aurora eingeschifft. Beide trugen leichte Sommerkleidung und blickten einander tief in die Augen. Im Flüsterton sagte Jo zu Lotte, ihre Tarnung müsse so perfekt wie möglich aussehen. Dabei ließ er ihre Hand los und küsste sie lachend auf den Mund. Sanft lösten sie sich wieder aus der Umarmung und schlenderten die Reling entlang. Am Heck entdeckten die beiden Dr. de Cohen, der sie zunächst ungläubig anstarrte und ihnen dann lächelnd zuwinkte.

Als die Aurora vom Kai ablegte, flatterten holländische Fahnen schräg im Wind, Lotte und Jo sahen, wie die schaukelnden Boote im Hafen an ihrer Vertäuung rissen. Kaptölpel folgten ihnen hinaus aufs Meer. Mit jeder Bugwelle verblasste der Glanz der weißen Häuser von Kapstadt, aus der Ferne wirkte das Fort de Goede Hoop wie eine Spielzeugburg, es wurde kleiner und immer kleiner und schließlich war auch der Tafelberg aus ihrem Blick verschwunden.

Anhang

FIKTIVE PERSONEN

Lotte Morell, Magd aus Mundelsheim, die sich in einen Mann verwandelt und als Rekrut beim Kapregiment anheuert. Wie man aus Gerichtsakten weiß, kam es gerade im 17. und 18. Jahrhundert durchaus vor, dass Frauen aus purer Not den Soldatenrock überzogen und sich einem Regiment anschlossen.

Joseph Baptist Jett, genannt Jo, ist Sohn eines Weinbauern aus Mundelsheim, der gewaltsam in die Fänge der herzoglichen Werber gerät. Die Häscher waren nicht zimperlich, wenn es darum ging, Soldaten zu rekrutieren. Gewalt war ein probates Mittel, um die jungen Männer gefügig zu machen und sie zum Dienst an der Waffe zu zwingen.

Severin Haas haben seine Eltern beim Kapregiment verpflichtet. Missliebige Hausgenossen oder missratene Kinder wurden den Häschern des Herzogs übergeben, um sich ihrer auf diese Weise elegant zu entledigen.

Hayo Keller, der unfreiwillig ins Kapregiment gezwungen wurde, gelingt es in Durlach zu fliehen. Eine hohe Zahl Gepresster unternahm unterwegs einen Fluchtversuch. Denjenigen, die wieder aufgegriffen wurden, drohten zur Abschreckung schwere Strafen wie das Gassenlaufen.

Paul Schwarzenberg, Soldat. Meist waren es im Kriegshandwerk völlig unerfahrene junge Männer, die dem Kommando des Kapregiments unterstellt waren.

Jakob Gerst, Soldat des Kapregiments.

Elias Hesse, alter Soldat, der unterwegs stirbt. Dieses Schicksal teilten viele Angehörige des Kapregiments.

Meinhard ist ein skrupelloser Verbrecher, der beim Kapregiment unter Vertrag geht, um einer langjährigen Kerkerhaft zu entkommen. Verurteilte Strafgefangene wurden völlig bedenkenlos ins Kapregiment aufgenommen.

Franz Wolffskeel kennt das Soldatenleben von Kindesbeinen an. Er bringt es bis zum Feldwebel beim herzoglichen Kapregiment. Jungen, die im Gefolge eines Heeres geboren wurden, verbrachten meist ihr ganzes Leben im Militär.

Samuel de Cohen (oder **Samuel Schimmelpfennig**) bereist als Medikus alle sieben Weltmeere, bis er schließlich als Arzt beim Kapregiment anheuert.

Dirck Schalkenbosch, Besitzer eines Weingutes in der Nähe von Kapstadt.

Marie Morell, die kleine Schwester von Lotte.

Hedwig Jett, Mutter von Joseph Baptist Jett.

Johann Jett, Vater von Joseph Baptist Jett.

Gottlieb Jett, Bruder von Joseph Baptist Jett.

Anna Jett, kleine Schwester von Joseph Baptist Jett, die im Kindesalter verstarb.

REALE PERSONEN

Herzog Karl Eugen, der bereits im Alter von neun Jahren zu Amt und Würden kam, regierte Württemberg zwischen 1737 und 1793. Der Bau neuer Schlösser, insbesondere des Schlosses Hohenheim, verschlang Unsummen. Die Steuern deckten die Ausgaben bei Weitem nicht, die Banken verweigerten ihm weitere Kredite. Gegen Ende seiner Amtszeit ersann der Herzog den Plan, seine Untertanen an die Vereinigte Ostindische Kompanie (VOC) zu verkaufen. Auf seinen Befehl wurden dreitausend junge Männer gepresst, an die holländische Küste gebracht und über den Atlantik nach Südafrika ans Kap der Guten Hoffnung verschifft. Für viele war das Unternehmen ein Abschied ohne Wiederkehr, dem Herzog spülte der Soldatenhandel den gewünschten Geldsegen in die Staatsschatulle.

Franziska von Leutrum, genannt Franzele, war erst die Geliebte, später die zweite Ehefrau des Herzogs. Sie starb kurz vor ihrem dreiundsechzigsten Geburtstag 1811 in Kirchheim unter Teck.

Oberst Theobald von Hügel, geboren 1739 in Straßburg, gestorben 1800 auf Ceylon. Bereits in jungen Jahren trat er in die Dienste des Herzogs und erklomm die militärische Karriereleiter, bis ihm schließlich das Kommando über das Kapregiment übertragen wurde.

Marianne Kayser, das Fräulein Kayser genannt, war die Verlobte des Obersts von Hügel, den sie nach Südafrika begleitete und später auf Ceylon heiratete.

Karl von Wolzogen stammte aus vornehmem Hause und war Absolvent der herzoglichen Hohen Karlsschule. Bis 1796 stand er als Offizier in den Diensten des Kapregiments. In Kapstadt vertrieben sich die Offiziere die Zeit mit Essenseinladungen, aber auch mit der Jagd auf Flusspferde und Einhörner.

Alexander von Ostheim, Sohn des Herzogs Karl Eugen, wurde im Alter von zweiundzwanzig Jahren zum Oberleutnant des Kapregiments berufen.

Eberhard von Kniestedt, geboren 1725, gestorben 1795, war Staatsminister von Württemberg.

Ferdinand Friedrich von Nicolai, geboren 1730, gestorben 1814 in Ludwigsburg, legte als Sohn eines Cannstatter Bürgermeisters eine beeindruckende militärische Karriere hin. Vom Fähnrich der württembergischen Armee brachte der studierte Jurist es bis zum General.

Christian Friedrich Daniel Schubart trat als scharfer Kritiker der herzoglichen Eskapaden und seiner Verschwendungssucht hervor, die Württemberg an den Rand des finanziellen Ruins brachten. Öffentlich geißelte Schubart die Aushebung des Kapregiments und den Verkauf württembergischer Landeskinder an die Vereinigte Ostindische Kompanie. Zum Trost für die Unglücklichen, die ihre Heimat verlassen mussten, dichtete er das »Kaplied«. Zehn Jahre war er der Gefangene des Herzogs auf dem Hohenasperg. 1791 starb er in Stuttgart.

Robert Jacob Gordon war niederländischer Forschungsreisender und Offizier. Bis zu seinem Tod 1795 war er Kommandant der Garnison in Kapstadt.

Die Vereinigte Ostindische Kompanie (VOC) dominierte den Welthandel während zweier Jahrhunderte. Ihren Reichtum verdankte die niederländische Gesellschaft vor allem dem Verkauf von Gewürzen. In Kapstadt unterhielt die Vereinigte Ostindische Kompanie einen Stützpunkt, eine Art Zwischenstation auf dem Weg zwischen Batavia und Amsterdam. Zum Schutz vor möglichen englischen Angriffen ging die VOC das Geschäft mit Herzog Karl Eugen ein und erstand das Kapregiment.

Die Orte, die im Roman genannt werden, wie die **Garnison** in **Ludwigsburg, Fort Louis** im **Elsass, Fort Rammekens** an der Scheldemündung im niederländischen **Vlissingen** und das **Fort de Goede Hoop** in **Kapstadt** sind reale Schauplätze, an denen das Kapregiment stationiert war.

Das Kreuz des Südens, markantes Sternzeichen der südlichen Hemisphäre. Seefahrer orientierten sich daran auf ihrem Weg nach Süden.

Der Roman basiert auf vielen wahren Begebenheiten